Inger G. Madsen
Letzte Umarmung

Inger Gammelgaard Madsen arbeitete lange Zeit als Grafikdesignerin in verschiedenen Werbeagenturen. 2008 debütierte sie mit ihrem Kriminalroman *Dukkebarnet*, der bei Osburg unter dem Titel »Der Schrei der Kröte« erschien. Sowohl der erste als auch der zweite Band ihrer Krimireihe um den Ermittler Roland Benito wurden von Kritik und Publikum begeistert aufgenommen. 2010 gründete Madsen ihren eigenen Verlag *Farfalla* und seit 2014 konzentriert sie sich ganz auf das Schreiben. Die *Roland Benito*-Reihe umfasst inzwischen neun Bände. Inger Madsen lebt in Aarhus.

Inger G. Madsen

Letzte Umarmung

Kriminalroman

Aus dem Dänischen von
Kirsten Krause

Osburg Verlag

Titel der dänischen Originalausgabe:
Fremmed indtrængen

Erste Auflage 2016

www.osburgverlag.de

Lektorat: Bernd Henninger, Heidelberg
Umschlaggestaltung: Judith Hilgenstöhler, Hamburg
Druck und Bindung: CPI books GmbH, Leck
Printed in Germany
ISBN 978-3-95510-118-3

Marianne gewidmet

*»Deyr fé, deyja frændr,
deyr sjalfr it sama,
ek veit einn at aldrei deyr:
dómr um dauðan hvern!«*

*Vieh stirbt, Verwandte sterben,
man selbst stirbt ebenso;
ich weiß eines, das niemals stirbt;
das Urteil über jeden Toten.*

Hávamál Vers 77

1

Mit Einbruch der Dunkelheit fiel die Temperatur. Er merkte es, sobald er aus dem warmen, feuchten Stall gekommen war. Seine Nasenhaare gefroren zu Eis und der Schnee knirschte unter den Stiefeln, als er zum Wohnhaus ging. Der Atem hing wie weißer, versteinerter Nebel in der Luft. Das Thermometer an der Mauer zeigte minus dreizehn Grad.

Gunda war noch wach, obwohl sie heute Morgen schon um fünf aufgestanden war, um zu melken. Jetzt kochte sie den Abendkaffee. Die Deckenlampe erhellte die Dunkelheit vor dem Küchenfenster und warf einen goldenen Schimmer über den Schnee.

Das Auto stand immer noch da. Jetzt sah er, dass es nicht von einem Autofahrer, der sich in einer Schneewehe festgefahren hatte, kurzerhand zurückgelassen worden war, wie er zunächst angenommen hatte. Die Glut einer Zigarette leuchtete einen kurzen Moment in der Dunkelheit auf. Oder bildete er sich das ein? Würde er das aus dieser Entfernung überhaupt sehen? Der Wagen stand zwischen den Bäumen auf der Straße, die die vier benachbarten Höfe verband. Er stampfte den Schnee auf der Fußmatte ab und schaute wieder zu dem Auto hinüber, bevor er hineinging. Es hatte lange dort gestanden. Als er in den Stall gegangen war, war es noch nicht ganz dunkel gewesen. Trotzdem war der weiße PKW in der Schneelandschaft nicht leicht zu erkennen. Er hatte ihn nur bemerkt, weil es nicht normal war, dass jemand dort parkte. Beinahe wäre er hingegangen, um zu fragen, ob es Probleme gebe, aber er hatte es gelassen. Was ging es ihn an, was in diesem Auto stattfand? Vielleicht ein Liebespaar, obwohl das ein eisiges Vergnügen wäre und es dafür schon recht lange dauern würde.

Drinnen traf ihn die Wärme ebenso hart, wie es draußen die Kälte getan hatte. Jetzt tauten die Nasenhaare auf und seine Nase begann zu laufen. Er putzte sie mit einem Kleenex. Gunda sah von der Küche aus zu ihm.

»Du wirst doch wohl nicht krank werden, Thorkild?«

»Nein. Das ist nur der Frost.«

In der Waschküche, in der es wegen der Gummistiefel und Mäntel ohnehin schon nach Kuh roch, nahm er die Schirmmütze ab, zog den Mantel aus und fuhr sich mit der Hand über den Kopf, als wollte er seine Haare in Ordnung bringen. Aber die hatten bereits begonnen auszufallen, bevor er vierzig geworden war. Mittlerweile war er völlig kahl. Was konnte man mit Mitte fünfzig erwarten?

Gunda wischte die Wachsdecke ab und stellte die Kaffeekanne auf einen Untersetzer. Er ließ sich auf die Küchenbank fallen und schenkte sich Kaffee ein. Der Hof war ein richtiger Erbhof wie in den guten alten Morten-Korch-Filmen. Aber so rosig war das Leben auf dem Land nun auch nicht gewesen. Und heutzutage war Landwirtschaft nicht besonders angesehen. Die Umwelt, Geschäfte und Wohnungen waren wichtiger, sodass viele Bauern ihr Land verkaufen mussten, um diesen Bedürfnissen nachzukommen. Sie wurden nur für ihren Anteil an der Verunreinigung der Natur beschimpft. Trotzdem konnten die Leute Milch, Butter und Käse nicht entbehren; sie schienen zu glauben, das alles fiele vom Himmel oder die großen Supermarktketten hätten Kühe im Hinterzimmer stehen; er schnaubte bei dem Gedanken.

»Was hast du da oben an der Straße gemacht?«, wollte Gunda wissen und stellte die Kuchen auf den Tisch.

»Ach, da ist eigentlich nur ein Auto, das schon ziemlich lange da oben steht.«

»Das ist aber eine merkwürdige Stelle zum Parken. Wer das wohl sein könnte?« Sie starrte aus dem Fenster, konnte aber das Auto in der Dunkelheit nicht ausmachen.

»Das geht uns nichts an.«

Sie setzte sich ebenfalls, schenkte Kaffee ein und lud sich ein Stück Butterkranz und ein Plätzchen auf ihren Teller. Danach schob sie die Platte zu ihm herüber.

»Vielleicht haben Hovgaards wieder Besuch. Die haben ja fast die ganze Zeit Gäste«, überlegte sie, den Mund voller Kuchen.

»Und auch das geht uns auf jeden Fall überhaupt nichts an!«, stellte er mit Bestimmtheit fest.

Danach wurde der Abendkaffee schweigend eingenommen, aber der Gedanke an das Auto ließ ihn nicht los. Wer käme auf die Idee, bei dieser Kälte so lange darin zu sitzen?

*

Die Lichter in den Fenstern auf den wenigen in der Landschaft verstreuten Höfen waren längst eins nach dem anderen gelöscht worden. Es hatte wieder zu schneien begonnen. Die Flocken fielen wie glitzernde Kristalle, legten sich auf Büsche und Bäume und wurden zu einer schützenden, weißen Decke gegen den harten Frost. Sie leuchteten in der Stille der Nacht, die nur von dem unheimlichen Schrei eines Waldkauzes und dem leisen Knarren einer sich langsam öffnenden Autotür unterbrochen wurde. Drei dunkle Gestalten stiegen aus und gingen den Weg entlang, auf dem sie mit den grauen Schatten der Bäume verschmolzen. Mit ihren weißen Gummistiefeln bewegten sie sich lautlos im Schnee, langsam und zielgerichtet, mit schwarzen Sturmhauben, die gegen die Kälte schützten. Sie hatten lange gewartet, und jetzt war die Zeit gekommen.

2

Kriminalkommissar Roland Benito fror noch mehr, als er aus dem warmen Auto stieg. Er klappte den Mantelkragen hoch, um seine Ohren zu schützen. Es war kein Spaß, um drei Uhr nachts von Vizepolizeidirektor Kurt Olsens heiserer, verschlafener Stimme aus dem warmen Bett geholt zu werden. Er war kurz angebunden gewesen und hatte ihm nur einige wichtige Informationen wie die Adresse und das, was er bisher wusste, mitgeteilt. Es hatte sich nicht so heftig angehört, wie es nun aussah, als Roland auf das flatternde Band der Polizeiabsperrung stieß, das sich deutlich von der schneeweißen Umgebung abhob und bewies, dass ein Verbrechen geschehen war. Eine Tatsache, die durch die Kriminaltechniker auf dem Hof bestätigt wurde. In der Dunkelheit wurden ihre weißen Schutzanzüge eins mit dem Schnee, der still wie in einer friedlichen Weihnachtsnacht fiel. Mutlos ging er zum Hof hinüber. Die Techniker schauten ihn kurz an und grüßten, als er an ihnen vorbei ging. Der Beamte vor der Tür reichte ihm einen weißen Overall, Latexhandschuhe, Mundschutz, eine blaue Plastikhaube und Überschuhe. Während er sich anzog, bemerkte er flüchtig, dass das Haustürschloss aufgebrochen war.

Die Techniker arbeiteten auch im Haus. Sie nahmen Fingerabdrücke und sammelten Spuren. Kurt Olsen war eingetroffen und sprach mit einer aufgeregten Frau in einem fast stockdunklen Schlafzimmer. Ihn erkannte man in seinem Schutzanzug, der an einem Tatort vorgeschrieben war, auch nicht wieder. Eine zweite Frau saß auf dem Bett. Ihre Nase und Oberlippe bluteten, und das eine Auge war rot und zugeschwollen. Noch ein Raubüberfall im eigenen Haus in einem ansonsten ruhigen und stillen Gebiet weit draußen auf dem Land, wo man früher nicht mal die Tür abschließen musste. Nachdem Banken und Firmen uneinnehmbare Bollwerke der verbesserten Sicherheit geworden waren, mit teuren Alarmsystemen und Überwachungsanlagen, mussten andere herhalten, hauptsächlich Ältere, Unschuldige und Schutzlose, die es sich nie hätten träumen lassen, dass so etwas in ihrer friedlichen Umgebung geschehen könnte und schon gar nicht in ihrem eigenen trauten Heim. Dem Mythos zufolge waren es ausländische Banden, die sich auf so etwas spezialisiert hatten. Besonders die Osteuropäer wurden beschuldigt. Aber eine Analyse der Reichspolizei legte ganz andere Zahlen auf den Tisch. Die meisten Überfälle wurden tatsächlich von jungen Dänen begangen. Oft sogar *sehr* jungen Dänen.

Was Roland durch die Türöffnung sah, musste der Tatort sein, dachte Roland. Eine Lampe war vom Nachttisch gefallen und auf dem Kopfkissen, das er hinter der Frau im Bett undeutlich erkennen konnte, war Blut. Sie saß da wie eine weiße Gipsfigur und starrte versteinert vor sich hin. Er schätzte sie auf Ende fünfzig. Die Frau, die mit Kurt Olsen sprach, war wohl ein bisschen jünger und hatte ein maskulines Äußeres und grobe Züge. Eine breite Nase wie ein australischer Aborigine, eine Brille mit ovalen Gläsern und mittelblonde Haare. Strähnen guckten aus den zerwühlten, hochgesteckten Haaren hervor – sicher ihre Nachtfrisur. Ihre Stimme war ebenfalls tief und heiser wie die eines Mannes, aber das konnte natürlich auch an Angst oder Nervosität liegen. Er sah sich im Haus um und fand in der Küche den Rechtsmediziner Henry Leander, zusammen mit ein paar Leuten von der Spurensicherung. Sie machten Fotos von einem leblosen Mann, der in einer merkwürdig verdrehten Stellung auf dem Boden lag. Noch ein Tatort. Roland nickte zum Gruß, der schweigend von dem Rechtsmediziner, der sich aus seiner knienden Stellung erhob und ihn mit ernster Miene ansah, erwidert wurde.

»Was würdest du tun, wenn du mitten in der Nacht in deinem eigenen Haus überfallen werden würdest? Gegenwehr leisten und deine Wertsachen verteidigen oder es geschehen lassen?«

Roland zuckte mit den Schultern. Das war nicht gerade eine Situation, über die er nachgedacht hatte.

»Vielleicht hat man keine Wertsachen, die so viel wert sind, dass es sich lohnt, darum zu kämpfen«, seufzte Leander und schaute herunter auf den Mann auf dem Boden. Roland versuchte, es zu unterlassen. Leander hatte Recht, nichts Materielles war es wert, sich so zurichten zu lassen.

»Was ist die Todesursache?«

»Innere Blutungen nach scheinbar wahllosen Schlägen auf den Kopf und den Körper. Er hat sich mit den Händen verteidigt, die Finger sind zur Faust geballt. Die Kniescheiben haben auch was abgekriegt.« Henry Leander zog mit einem Plopp die weißen Handschuhe aus. »Die Obduktion zeigt vielleicht mehr.«

Kurt Olsen hatte Roland entdeckt und kam ihm gemeinsam mit der maskulinen Frau entgegen. Als die Frau ihren Hals reckte, um hineinsehen zu können, schloss Henry Leander schnell die Tür zur Küche. Nervös sah sie zum Fenster, als sie draußen in der Dunkelheit die Sirenen eines Krankenwagens hörten. Kurz darauf stürzten zwei Sanitäter mit einer Trage herein. Kurt Olsen dirigierte sie ins Schlafzimmer und drehte sich anschließend wieder zu ihm um. »Ich fahre mit ins Krankenhaus. Ella Geisler hier ist die nächste Nachbarin. Signe Hovgaard ist zu ihnen geflohen, um Hilfe zu holen. Schau mal, was du aus ihr rausbekommst«, flüsterte er und verschwand durch die offene Tür in die Kälte. Der Flur wurde mit Minusgraden geflutet, während die übel zugerichtete Frau in den wartenden Krankenwagen getragen wurde. Ella Geisler stellte sich in die Türöffnung und sah ihrer Nachbarin nach. Der Schrecken stand ihr ins Gesicht geschrieben. Die Sanitäter schlossen schnell die Türen, als sie die Trage an ihren Platz geschoben hatten, und fuhren in hohem Tempo in Richtung Straße. Ella Geisler trug nur einen türkisfarbenen Velours-Morgenmantel, den sie über ihr Nachthemd gezogen hatte. Aber sie wirkte nicht, als machte die Kälte ihr etwas aus. Vielleicht half ihr ihre kräftige Polsterung, die Wärme zu speichern, aber Roland fror trotz Mantel und den Extrakilos, mit denen ihn die vielen Mittag- und Abendessen über Weihnachten und Neujahr ausgestattet hatten. Sanft zog er Ella Geisler nach drinnen, schloss die Tür und sprach gedämpft mit einem der Techniker darüber, wo sie sich aufhalten könnten, ohne Spuren zu zerstören. Der Techniker zeigte in ein Zimmer, in dem sie fertig waren, aber nichts gefunden hatten.

»Nicht zu glauben, dass so etwas hier passiert«, murmelte Ella Geisler und setzte sich gehorsam in einen Ledersessel, wie er sie gebeten hatte. Er gab ihr eine karierte Wolldecke, die über der Armlehne des Sessels lag, in den er sich selbst setzte. Sie zog die Decke mit automatischen Bewegungen um sich, während sie fortfuhr, eine Menge Unverständliches zu murmeln. Im Wohnzimmer nebenan lagen umgefallene Stühle, zerbrochene Gläser und Blumentöpfe, deren Erde auf einem Perserteppich verstreut war. Die Spurensicherung verteilte kleine Schilder mit Nummern und nahm Bilder aus verschiedenen Perspektiven auf. Es gab deutliche Anzeichen, dass Albert Hovgaard um sein Leben gekämpft hatte. Vielleicht alle beide. Lohnte sich das?, fragte sich Roland erneut und schloss die Tür, damit sie sich ungestört unterhalten konnten.

»Können Sie mir erzählen, was hier heute Nacht passiert ist? Ganz in Ruhe.«

Sie hörte auf zu murmeln, schaute ihn an und begann zu zittern. »Signe hat uns geweckt. Sie war völlig verstört. Ihr Gesicht war voller Blut. Es dauerte eine Weile, bis sie erzählen konnte, was passiert war. Wie Sie sehen können, ist sie völlig am Ende«, begann sie. Ihre Augen waren groß und erschrocken, enthielten aber trotzdem den kleinen Funken Eifer, mit dem die meisten Menschen etwas Sensationelles berichten. In der nächsten Zeit würde wohl viel getratscht werden.

»Hat sie erzählt, was passiert ist?«

»Sie wurde von Tumulten im Haus geweckt und als sie die Augen aufschlug, sah sie sich einem Mann mit Maske gegenüber.«

»Maske?«

»Ja, nur die Augen waren frei. Vielleicht eine Sturmhaube. Ist es nicht das, was die benutzen?«

»Wer?«

»Die Osteuropäer.«

»Glaubt sie denn, dass es Osteuropäer waren?«

»Sind das nicht immer die? Jedenfalls haben sie eine Sprache gesprochen, die Signe nicht verstand. Vielleicht Russisch. Soviel ich weiß, waren die zu dritt oder viert.« Sie zog die Decke fester um sich und schielte zu der geschlossenen Tür.

Der Leichenwagen war angekommen, hatte Roland durch ein nach Süden gehendes Fenster bemerkt. Leander hatte ihn sicher zur Hintertür beordert, damit die Leiche direkt ins Rechtsmedizinische Institut gefahren werden konnte, ohne zu viel Aufsehen zu erregen. Aber man hörte deutlich Unruhe hinter der Tür.

»Was ist dann passiert?«

Sie schaute ihn wieder an und schüttelte still den Kopf. »Albert geriet offenbar in eine Schlägerei und Signe lief zu uns rüber. Wir wohnen gleich dort drüben.« Sie drehte sich um und zeigte auf das Fenster.

»Wir? Sie und Ihr Mann?«

»Ja, und unsere Zwillinge, Sam und Dorthe. Sie sind dreizehn.«

»Wo sind sie jetzt?«

»Sie sind rausgegangen, um nach den Verbrechern zu suchen, die vielleicht Spuren im Schnee hinterlassen haben.«

Roland runzelte die Stirn. Das war nicht gerade das, was sie bei Ermittlungen gebrauchen konnten.

»Sie haben nicht zufällig die Möglichkeit, sie zu erreichen? Wir sind nicht so glücklich darüber, dass sie rumrennen und Detektiv spielen.«

»Sam und Dorthe haben Handys, aber so etwas benutze ich nicht, daher ...«

Er holte sein eigenes Handy aus der Tasche. »Können Sie sich an die Nummern erinnern?«

»Gerade nicht, ich kann mich kaum an meinen eigenen Namen erinnern.«

Roland gab auf. Es blieb nur zu hoffen, dass im Haus genug Spuren gefunden worden waren. In solchen Fällen gab es die normalerweise. Und falls es drei oder vier Einbrecher gewesen waren, wäre es seltsam, wenn keiner von ihnen welche hinterlassen hätte.

»Wurde Signe Hovgaard auch in die Schlägerei verwickelt?«

Ella rang unter der Decke die Hände.

»Der Mann mit der Maske hat ihr mit der Faust direkt ins Gesicht geschlagen. Wenn sie entdeckt hätten, dass sie durch die Hecke über den Feldweg zu uns rüber gelaufen ist, wären sie ihr bestimmt gefolgt und hätten sie auch getötet. Aber die dachten wohl, sie wäre bewusstlos ... oder tot.«

»Sie haben sich also sofort hierher begeben? Haben Sie irgendetwas von den Tätern gesehen?«

»Nein, die waren weg. Wir mussten ja erst mal kapieren, was Signe schrie. Als wir herkamen, um Albert zu helfen, lag er tot auf dem Boden.« Ella Geisler schluckte, hielt aber die Tränen zurück.

»Sie haben an dem Abend nichts Ungewöhnliches bemerkt? Parkende Autos oder etwas anderes?« Falls es Osteuropäer waren, hatten sie in der Regel eine andere Taktik als dänische Diebe. Sie beobachteten die ausgesuchte Wohnung lange Zeit, und das Ganze ging ohne Eile vonstatten. Dass die Banden ihr Ziel über Tage hinweg überwacht hatten, bevor sie zuschlugen, wenn sie der Meinung waren, dass die Gelegenheit am günstigsten war, hatte man vorher schon gesehen. Solange aßen und schliefen sie im Auto.

»Nee, ich habe nichts bemerkt. Wir können allerdings von unseren Fenstern aus die Straße auch nicht sehen, also, falls die dort geparkt haben ...«

»Wissen Sie, ob irgendwelche Gegenstände verschwunden sind? Waren hier Wertsachen?«

»Nee, das glaub ich nicht. Wir sind doch nur arme Bauern.« Sie lächelte gezwungen.

»Hier sieht es aber nicht besonders arm aus!« Er hatte bemerkt, dass alles neu war, von den Möbeln über die Wände und Fenster bis hin zur Decke.

»Der Hof hat vor ein paar Jahren gebrannt. Das Wohnzimmer und die Küche sind fast bis auf den Grund niedergebrannt. Das war schrecklich. Wir haben um unseren eigenen gefürchtet, der so dicht dran ist. Glücklicherweise ist niemandem etwas passiert, und sie haben ihn mit dem Geld der Versicherung wieder aufgebaut. In den Kneipen gab es Gerede, dass sie den Hof selbst angezündet hätten, und ...«

Sie schwieg. »Haben Sie noch weitere Fragen, ich ...«

Roland schüttelte den Kopf. Es war für alle eine ungewöhnliche Nacht gewesen und mehr bekam er wohl jetzt nicht aus ihr heraus. Er hoffte, Kurt Olsen hatte im Krankenhaus mehr Glück gehabt, falls er überhaupt die Möglichkeit bekommen hatte, mit Signe Hovgaard zu sprechen.

Als er allein war, ging er in die Küche zu dem dort arbeitenden Techniker. Henry Leander war ins Rechtsmedizinische Institut zurückgefahren, um die Leiche unter besseren Bedingungen gründlicher zu untersuchen. Der Küchenfußboden sah aus wie in einem Schlachthof. Der Techniker saß in der Hocke, sammelte mit einer Pinzette kleine weiße Klumpen aus der Blutlache und legte sie vorsichtig in eine Tüte. Er hielt sie Roland hin und schüttelte sie. »Vielleicht gehört einer davon dem Täter«, meinte er, als müsste er die Situation erklären. Roland schluckte ein weiteres Mal, als er plötzlich sehen konnte, dass die weißen Klumpen Zähne waren. Er merkte schnell, dass er in der Küche nur im Weg war, und sah sich stattdessen in den übrigen Räumen um. Es war unmöglich zu sagen, ob etwas gestohlen worden war. Nur Signe Hovgaard konnte das feststellen, aber als er in das Büro kam, das Albert Hovgaards Arbeitszimmer sein musste, sah er, dass die Tür eines soliden Metallschranks offen stand. An der Wand daneben hing eine Medaille an einem rot-weißen Band. Er untersuchte sie näher. Albert Hovgaard war offenbar Schütze. Pistolenschütze. Einer der begabteren Sorte, der eine Goldmedaille gewonnen hatte. Es war kein Safe, wie er zunächst angenommen hatte, sondern ein Waffenschrank für Pistolen, in dem sie laut Gesetz aufbewahrt werden sollten. Er war leer. Auch die Munition fehlte. War es den Dieben gelungen, den Schlüssel zu finden, oder hatten sie den Besitzer gezwungen, ihn herauszugeben und aufzuschließen? In den meisten Schützenvereinen war die Standardpistole ein 22-Millimeter-Kaliber, wusste er, aber vielleicht hatte Albert Hovgaard andere und möglicherweise stärkere Waffen? Waren die das Ziel der Einbrecher gewesen, wussten sie etwas von dem Waffenschrank? Es waren also bewaffnete Mörder auf der Flucht. Plötzlich fühlte er sich todmüde.

In drei Stunden sollte er im Präsidium sein. Es lohnte sich kaum, nach Hause zu fahren und wieder ins Bett zu gehen.

3

Anne Larsen fuhr wütend den Laptop runter. Knallte ihn krachend zu. Auch heute war nichts zu finden. Es war hoffnungslos! So lange hatte sie von einem Alltag ohne Arbeit und Verpflichtungen geträumt, wie in ihren Teenagerjahren, als sie ihre Zeit dafür verwendet hatte, auf Demonstrationen für Gerechtigkeit zu kämpfen, leere Häuser zu besetzen und überhaupt eine aktive Autonome in Nørrebro zu sein. Jetzt langweilte sie sich, weil sie nicht mit dem Fahrrad zur Redaktion fahren konnte. Die Zeiten hatten sich geändert. Und wie!

Eigentlich wusste sie genau, dass es so nicht weitergehen konnte. Als sich zusätzlich zu einer ohnehin schon schweren Zeit für die Zeitungsbranche auch noch die Finanzkrise ankündigte, war nicht mehr viel zu machen. Die Krise kam unaufhaltsam über den Atlantik aus den USA angerollt – wie alles mögliche andere – McDonald's, Hip-Hop, Inlineskates und Skateboards. Wenn es *over there* schlecht lief, würde es garantiert auch auf Europa abfärben. So klang es jedenfalls in allen Medien von Journalisten, Finanzleuten, Wirtschaftswissenschaftlern, Zukunftsforschern und anderen Weltuntergangspropheten. Sie wurden dafür verantwortlich gemacht, dass sie durch ihren mangelnden Glauben an die Zukunft mit einer *self-fulfilling prophecy* die Finanzkrise verstärkten. Aber das war ein heißes Thema. Es verkaufte Zeitungen. Alle wollten wissen, wie es am nächsten Tag wohl aussehen würde. Mit dem Wohnungsmarkt, den Banken, den Aktien – dem Arbeitsmarkt. Vielleicht bliesen sie die Krise auf, vielleicht auch nicht. Aber jetzt waren viele Arbeitsplätze abgebaut, mehrere Unternehmen zwangsversteigert und viele Angestellte gefeuert worden. Hatten sie also übertrieben? Und das Schlimmste stand noch bevor, prophezeite man.

Die Stimme von Redakteur Ivan Thygesen hatte gezittert, als er ihnen mitteilte, dass die Redaktion schloss. Er war sehr bewegt gewesen, so hatte sie ihn noch nie zuvor gesehen. Er selbst hatte geplant, in den Vorruhestand zu gehen, aber er hatte sein ganzes Leben lang in der Zeitungsbranche gearbeitet, alle Tages- und teils Nachtstunden mit Schreiben und Vermitteln verbracht, kaum Urlaub gemacht oder Zeit gehabt, sich ein Hobby für sein Rentnerdasein zu suchen. Was tat man, wenn das Arbeitsleben vorbei war?

Kamilla hatte das meiste Glück. Sie war seit der Beerdigung ihrer Mutter im letzten Oktober nicht sie selbst gewesen. Von einem auf den anderen Tag kündigte sie, weil sie einen Job als Werbefotografin in einem Fotostudio in der Nørrestraße bekommen hatte. Das war der Beruf, zu dem sie ausgebildet war – nicht zur Pressefotografin, hatte sie gegen die Proteste von ihnen allen argumentiert. Es gab zwei andere Fotografen, mit denen sie zusammenarbeiten sollte, und Anne verstand die Entscheidung gut, obwohl sie enttäuscht darüber war, dass Kamilla sie alle verlassen würde. Sie selbst zurücklassen würde. Sie waren doch so etwas wie Freundinnen geworden, die zusammenhielten und sich in allem unterstützten. Dennoch gab es etwas, über das Kamilla nicht offen gesprochen hatte. Irgendetwas war bei der Beerdigung im Herbst passiert, das sie verändert hatte und worüber sie nicht reden wollte. Nicht mal mit ihr. Es tat weh, dass Kamilla ihr Vertrauen nicht erwiderte. Aber vielleicht lag es an all dem, was sie durchgemacht hatte. Natürlich bekam man Angst, Vertrauen zu zeigen und sich zu sehr zu öffnen. Dann war sie abgezogen, bevor die Finanzkrise und der Tumult richtig ausbrachen. Aber wie auch immer – sie wären ja ohnehin voneinander getrennt worden, so wie es nun gekommen war. Es hätte sich nur um ein paar Monate gehandelt. Das *Tageblatt* war aufgelöst und sie war arbeitslos. Die nächsten sechs Monate war sie auf sich allein gestellt und sollte selbst einen neuen Job finden, hatten sie bei ihrer Arbeitslosenversicherung gemeint, bei der sie im Verbund Journalistik, Kommunikation und Sprache glücklicherweise Mitglied war. Nach diesen sechs Monaten würde sie ein Wiedereingliederungsangebot vom Jobcenter bekommen, aber hatte sie das Pech, keine Arbeit zu finden, was sie momentan noch bezweifelte, würde sie die Möglichkeit in Erwägung ziehen,

Fortbildungskurse zu besuchen und sich weiterzubilden. Zu was, wusste sie noch nicht, aber es würde bestimmt etwas mit Kommunikation zu tun haben, obwohl angekündigt wurde, dass die kommenden Jahre noch härtere – fast brutale – Medienjahre werden würden und dass die Medienbranche in vier Jahren nur noch halb so groß sein würde. Viele gefeuerte Journalisten waren in ganz andere Branchen gewechselt, um die Unsicherheit zu umgehen. Einige waren Taxifahrer geworden, andere Unternehmensberater oder etwas ganz anderes – aber wo konnte man sich sicher fühlen?

Sie war am Kiosk an der Ecke gewesen, um ein paar Zeitungen zu kaufen. Trotz allem gab es noch einige. Die Zeitungskonzerne hatten sich gegenseitig aufgekauft. Leider hatte niemand das *Tageblatt* im Visier gehabt. Ein kleines Käseblatt voller Werbung. Soviel sie wusste, war Thygesen bei ein paar Besprechungen gewesen, aber das hatte nie zu einem Verkauf geführt, der sie vielleicht hätte retten können. Bald gab es wohl nur noch eine einzige Zeitung, die das ganze Land abdeckte – bis auch die der digitalen Welt unterlag.

Langsam blätterte sie in der Zeitung, während sie den Blick über die Spalten gleiten ließ. Taufen, Hochzeiten, Jubiläen und Todesanzeigen auf der gleichen Seite. Ein Überblick über die Lebensphasen. Sie warf einen schnellen Blick auf den Stapel alter Tageblätter auf dem Fußboden. Plötzlich fand sie das Design zutiefst altmodisch im Vergleich zu den anderen Zeitungen auf dem Tisch. Andere Redaktionen hatten ihr Layout in der Krise im Kampf um die Leser erneuert. War es nur das, was sie verkehrt gemacht hatten? Dass sie sich nicht erneuert hatten? Hätte sie Thygesen vorschlagen sollen, Danny Cramers Werbeagentur zu kontaktieren und ihn um Hilfe für ein neues, junges Design und modernere Farben zu bitten? Hätte das geholfen? Sicher nicht, und was hätte es bei Kamilla ausgelöst, wenn Danny miteinbezogen worden wäre? Dann hätte sie ganz sicher damals schon gekündigt. Aber das *Tageblatt* war veraltet. Zeitungen würden auch mit der Zeit nur noch eine nostalgische Erinnerung für sie sein. Sie hatte die Ausgaben aufbewahrt, in denen sie die größten Triumphe gefeiert hatte. Unter anderem den Gitte-Mord und den Moor-Fall von diesem Herbst. Unheimliche Mordfälle, die sie noch nicht vollständig abgeschüttelt hatte. Aber wie soll ich ohne die Kriminalthemen leben?, fragte sie sich. Sollte sie Privatdetektivin werden? Bei dem Gedanken an die Stellenausschreibungen, die sie auf der Homepage der Polizei von Ostjütland gefunden hatte, als sie dort herumsuchte, lächelte sie. Sie suchten Polizeianwärter mit einem Abschluss in öffentlicher Verwaltung oder in Wirtschaftswissenschaften. Leider hatte sie nur einen Abschluss in Journalismus, sonst hätte sie sich wohl auf die Stelle beworben. Roland Benito würde sicher große Augen machen, wenn sie angestellt werden würde. Sie suchten auch Polizeibeamte, vielleicht wäre das ein besserer Job für sie. Leider würde es zu lange dauern, bis sie fertig wäre und im Präsidium in Aarhus eingesetzt werden könnte. Dann würde Benito sich die Haare raufen. Er musste jetzt erleichtert sein, dass sie sich nicht länger in seine Arbeit einmischen konnte. Sie schluckte schwer, als sie einsah, dass sie ihn tatsächlich vermissen würde. Wie konnte sie ihren Job entbehren?

Als sie die Stellenanzeigen des Tages sowohl im Netz als auch in den Zeitungen vergebens durchsucht hatte, goss sie eine Kanne Kaffee auf und zündete sich eine Zigarette an. Sie setzte sich aufs Sofa und starrte aus dem Fenster. Der Frost hatte die Scheibe mit hübschen Eisblumen verziert, die in der Sonne zu schmelzen begannen. Sollte sie sich nicht darüber freuen, dass sie nicht eingepackt in einen dicken Mantel, mit Handschuhen, Schal und Mütze nach draußen in die Kälte musste, um zur Arbeit zu kommen? Die Räumfahrzeuge hatten bestimmt den Schnee von der Straße auf die Fahrradwege geworfen, sodass die Autos und Busse vorankommen konnten. Dann hätte sie das Auto nehmen müssen und der alte, gelbe Lada stand im Hof, von Eis und Schnee bedeckt, und würde garantiert nicht anspringen. Was für einen Ärger das gegeben hätte, wenn sie nicht gefeuert worden wäre. Sarkastisch lächelnd schnippte sie die Asche von der Zigarette. Aber es gab wohl genug andere, denen es schlechter ging als ihr. Mads Dam zum Beispiel, ihr ineffizienter Sportjournalistenkollege, der mehr Zeit in der Kneipe als auf dem Fußballplatz verbrachte.

Würde er im Suff enden? Ihre Kollegin Britt würde mit dem Busen, mit dem sie ausgestattet war, sicherlich Arbeit finden. Sie könnte leicht einen Job in einem Nachtclub oder in einer Bar bekommen. Da könnte sie dann Bierflaschen für Mads Dam öffnen. Anne lächelte wieder bitter. Und Thygesen – was würde aus ihm werden, wenn er sich nicht länger über Kleinigkeiten in der Redaktion aufregen und ihr die Leviten lesen konnte? Würde das dann seine Frau abkriegen, sodass eine Scheidung das nächste Unglück wäre?

Schöne Schicksale! Sie hatte Lust, Kamilla anzurufen und zu hören, wie es ihr in dem neuen Job erging. Sie hatten sich nicht mehr gesehen, seit sie auf Reisen gegangen war. Es war so viel passiert. Tatsächlich hatten sie seit der Beerdigung ihrer Mutter nicht besonders viel miteinander gesprochen. Es muss hart für sie gewesen sein, obwohl Kamilla sagte, dass sie und ihre Mutter sich nicht besonders nahegestanden hätten. Genau wie sie selbst und ihre Mutter. Vielleicht lebte sie gar nicht mehr. Wer sollte es ihr auch erzählen, falls sie nicht mehr lebte? Ist mir auch egal, dachte sie, drückte den Zigarettenstummel im Aschenbecher aus und trank einen Schluck von dem heißen Kaffee. Sie konnte sich nicht überwinden, Kamilla anzurufen. Das konnte warten, bis sie selbst einen Job gefunden hatte, damit sie etwas Gutes zu berichten hatte und nicht zugeben musste, immer noch arbeitslos zu sein. Sie war in Gedanken weit weg und hörte nur schwach ein leises Klimpern, so als ob irgendwer sich nicht traute, den Klingelknopf ganz durchzudrücken. Aber als es wieder klingelte, hörte sie es, zuckte vor Schreck zusammen und verschüttete fast ihren Kaffee.

Ihre Gedanken waren gerade zu ihrem Stiefvater Torsten gewandert. Wie er immer die Stirn gehabt hatte, ohne Klamotten herumzulaufen.

»Ja, ja, ja!«, murmelte sie irritiert und stand auf, als die Klingel schon wieder schrillte. Als sie endlich öffnete, sah sie eine kleine Frau, die offenbar aufgegeben hatte und wieder auf der Treppe auf dem Weg nach unten war. Sie drehte sich sofort um, als sie hörte, dass die Tür geöffnet wurde. Ihr halblanges, graues und strähniges Haar war mit einem Gummiband zu einem Pferdeschwanz gebunden. Die Schultern hingen, die eine noch mehr als die andere, weil sie eine riesige Tasche trug, deren abgenutzter Riemen ihre Schulter weiter nach unten zog. Ihr Mund war von den feinen, kleinen Falten umgegeben, die einen starken Raucher verrieten. Die Tränensäcke und Augenringe konnten auch auf einen Hang zum Alkohol schließen lassen – vielleicht sogar Drogen. Aber sie trug einen hübschen Mantel mit Pelzkragen und man konnte sehen, dass sie sich mit ihrem Aussehen Mühe gegeben hatte, so gut sie konnte. Die Schicht Rouge war gerade einen Tick zu rot, sodass es statt nach natürlich roten Wangen eher so aussah, als hätte sie ein paar Ohrfeigen bekommen, und der Lippenstift lief in die Falten um den Mund aus. Der blaue Lidschatten war auch nicht glücklich aufgetragen. Aber als Anne in die müden, grauen Augen sah, wuchs ein seltsames Gefühl in ihrer Brust. Sie erinnerten sie an etwas, das sie nicht benennen konnte.

»Ja?«, sagte sie abweisend und rechnete damit, dass ihr der ›Wachturm‹ gereicht werden würde. Aber die Frau drehte sich mit einem vorsichtigen Lächeln um, und als sie es geschafft hatte, die Treppe hochzugehen, schien es, als wollte sie sie umarmen. Sie bezwang sich zwar, aber die Stimme war belegt. »Anne?«

Anne nickte verständnislos. Das stand doch auf dem Namensschild an der Tür, also warum fragen? Aber für eine einfache Frage lag in dem Wort auch zu viel Gefühl.

»Ich hätte dich fast nicht erkannt. Nur die Narbe, die ...« Die Frau streckte die Hand aus, wollte ihre Augenbrauen berühren und wie in einem Flashback sah Anne Torstens Hand an dem Abend, als er sie hier in der Wohnung überrascht hatte. Er hatte auch ihre Narbe anfassen wollen. Es war Roland Benito zu verdanken, dass sie überlebt hatte. Sie packte grob das schmächtige Handgelenk, bevor die Hand sie berühren konnte.

»Wer bist du?« Die Stimme klang wie ein Fauchen, denn tief in ihrem Innern wusste sie genau, wer die Frau sein musste. Sie hatte die Augen erkannt, und das Gefühl in ihrer Brust musste Hass sein.

»Darf ich nicht ein bisschen reinkommen, kleine Ann? Es ist so lange her ...«

Jetzt war sie sich sicher. Sie war die Einzige, die sie Ann nannte, und sie sagte es so, als würde sie es nicht fertig bringen, das letzte jämmerliche E auszusprechen. Ihr sehr markanter Nørrebro-Dialekt war auch nicht zu verkennen.

»So lange her, dass es zu spät ist«, unterbrach Anne mit eiskalter Stimme. »Warum bist du gekommen? Was willst du?«

»Ich kann dir alles beantworten, wenn du mich reinlässt. Rieche ich da Kaffee?« Sie inhalierte den Duft aus der Küche, sodass sich ihre Nasenlöcher weiteten.

»Wir haben ganz bestimmt nichts zu bereden!«

Der graue Blick bohrte sich in ihren. Ihre Augen waren voller Reue und Verzweiflung. Es war wie ein Blick in den Spiegel. Die gleiche graublaue Farbe und der etwas schläfrige Ausdruck wegen der großen Augenlider, die mit Lidschatten toll aussahen – also, wenn man ihn richtig auftrug.

»Okay, dann komm halt kurz rein«, sagte sie willenlos. »Aber ich hab viel zu tun«, beeilte sie sich hinzuzufügen und versuchte ein bisschen Stress in ihre Stimme zu legen. Was machte sie hier? Warum suchte sie sie nach so vielen Jahren auf? Wenn nur Torsten nicht dabei war und plötzlich auch auftauchte. Sie schaute zur Sicherheit ins Treppenhaus hinunter, bevor sie die Tür schloss und verriegelte. Nein, er saß wohl immer noch ein. Falls er nicht schon wieder auf Bewährung entlassen worden war.

Nervös sah sich die Frau in der Wohnung um, als wagte sie es nicht, sich zu setzen.

»Setz dich einfach, Mama«, sagte Anne und stellte einen weiteren Becher auf den Tisch. Ihre Mutter sah schnell zu ihr hinüber und sie erschrak selbst darüber, dass das Wort aus ihrem Mund kam. Es wieder zu sagen war überraschend leicht, doch es ohne Zorn auszusprechen war schwer. Sie hatte sie einfach nie anders genannt; »Rose Teresa Larsen« passte nicht zu ihr. Eigentlich passte »Mama« auch nicht zu ihr.

Rose setzte sich, während ihr Blick weiter alle Sachen von Anne inspizierte.

»Sieht so aus, als kämst du gut zurecht, Ann. Bist eine bekannte Journalistin mit festem Job und gutem Gehalt geworden. Eigene Wohnung. Möbel und eine Menge schöner Dinge.« Der Blick verharrte jäh bei einem Foto im Regal. Sie lächelte blass. »Du hast immer noch deinen Vater hier stehen, wie ich sehe.«

»Was willst du? Ich habe seit bald – ja, wie lang mag das sein? – dreizehn, vierzehn Jahren nichts von dir gesehen oder gehört? Und dann tauchst du plötzlich mitten am Vormittag hier auf – unangemeldet!«

Rose sah ihre Tochter lange an. »Du warst erst vierzehn, ja. Ich erinnere mich genau.« Ihr Blick flackerte, und sie beeilte sich, ein Päckchen Zigaretten aus der Tasche zu suchen. »Es tut mir leid, was zwischen dir und Torsten passiert ist, ich wollte ...«

»Was wolltest du? Mir helfen? Nein, verdammt, das wolltest du nicht. Du hast nur an diese vier Mistkinder gedacht – seine Nachkommen. Die haben dir mehr als deine eigene Tochter bedeutet!«

»Nein, Ann. Das stimmt nicht! Natürlich warst du am wichtigsten. Aber du warst so ...«

Sie schaute sie prüfend an. »Du hast dich sehr verändert. Nur deine schwarzen, widerspenstigen Haare sehen noch wie früher aus. Damals warst du ein wandelndes Nadelkissen, überall Metallstifte und das schwere, schwarze Make-up und deine Klamotten, du sahst ja furchtbar aus.« Sie lachte heiser und konzentrierte sich darauf, ihre Zigarette anzuzünden. Das Feuerzeug klickte ein paarmal, bis es gelang.

Anne starrte sie böse an.

»Und niemand hat uns verstanden. Einen Dreck habt ihr verstanden!« Sie zündete sich ebenfalls eine Zigarette an, ihre Hand zitterte.

»Wir haben für Gerechtigkeit gekämpft. Aber wie sollte *ich* Gerechtigkeit in der Welt fordern, wenn sich herausstellt, dass mein Stiefvater ein gemeiner Drogendealer und Mörder ist und meine Mutter ihn darin auch noch unterstützt!«

Rose zupfte nervös an ihren Ärmeln, ihre Augen waren auf die fast geschmolzenen Eiskristalle an der Fensterscheibe gerichtet. Sie hatte den Mantel nicht ausgezogen und Anne bat sie auch nicht darum, denn sie sollte bald wieder gehen.

»Du hast bestimmt mitbekommen, was heutzutage in Nørrebro passiert, oder?! Nennst du *das* Gerechtigkeit?« Ihre Mutter schaute sie wieder an. »Wir können nicht auf die Straße gehen, ohne Angst haben zu müssen, von verirrten Kugeln rivalisierender Banden getroffen zu werden. Heute gibt es wirklich etwas, worum man in Nørrebro kämpft, wenn man Gerechtigkeit haben will. Damals war das nicht so. EU-Abstimmung und – ein Jugendzentrum!« Sie schnaubte das Wort zusammen mit dem Rauch aus, der aus beiden Nasenlöchern kam.

So kannte sie ihre Mutter. Anne hatte nie etwas getan, das in ihren Augen gut genug gewesen wäre. Natürlich war sie von zu Hause abgehauen, ohne zu sagen, wo sie sich aufhielt. Aber hatte ihre Mutter sie als vermisst gemeldet? Hatte sie überhaupt nach ihr gesucht? Sie hätte tot sein können. Ermordet!

»Wie hast du mich eigentlich gefunden? Damals hast du mich doch auch nicht gefunden«, fragte sie zurückhaltend.

»Das war Torsten, Schätzchen. Er hatte mir versichert, es wäre am besten, dich in Ruhe zu lassen. Dass du deine eigenen Erfahrungen machen würdest.«

»Okay – als Vierzehnjährige?!« Anne zog vorwurfsvoll eine Augenbraue hoch und schüttelte missbilligend den Kopf. »Und auf Torsten hast du immer gehört. Weißt du, dass er mich aufgesucht hat, als er auf Bewährung freigelassen wurde?« Sie schaute die kleine Frau direkt an, die unter ihrem Blick noch weiter zu schrumpfen schien.

»Nein, das hat er nicht erwähnt. Ich besuche ihn nicht mehr so oft. Ich kann es nicht ausstehen, in dieses Gefängnis zu gehen. Er hat dir doch wohl nichts getan?« Sie klang aufrichtig besorgt.

»Ich hab's überlebt, wie ich es immer ohne deine Hilfe geschafft habe – und mit ein paar zusätzlichen Narben als Erinnerung.«

»Du wirst doch wohl verstehen, dass ich nicht eingreifen konnte, wenn er dich geschlagen hat. Dann hätte er mich totgeschlagen. Das weißt du doch!«

»Hätte er sich nur mit Schlagen begnügt. Du hättest von ihm wegziehen können, Mutter! Warum sind wir nicht einfach umgezogen?« In ihrer Stimme lagen Tränen, wie damals bei dem kleinen Mädchen, das seine Mutter anflehte umzuziehen, ohne dass die zuhörte. Das tat sie jetzt auch nicht. Sie hatte eine Ausgabe des *Tageblatts* aus einem Stapel auf dem Boden genommen und sie beiläufig durchgeblättert. »Das ist also die Zeitung, die du machst«, stellte sie mit mütterlichem Stolz in der Stimme fest.

»Ich mach die nicht. Darin sind nur ein paar Artikel, die ich geschrieben habe.« Der Themenwechsel kam ihr sehr gelegen. Sie wollte über die Vergangenheit und Torsten am liebsten weder reden noch nachdenken.

»Du musst gut verdienen, wenn du es dir leisten kannst, hier zu wohnen. Ich bin in eine kleine Einzimmerwohnung in Nørrebro gezogen. Konnte mir nichts anderes leisten, die alte wurde renoviert und die Miete stieg um mehr als das Doppelte. Die andere ist billig, aber das ist auch eine alte Bruchbude.« Sie seufzte und legte die Zigarette auf den Rand des Aschenbechers, während sie weiterblätterte. Anne überlegte, was wohl aus ihren Stiefgeschwistern geworden war, aber fragte nicht. Wollte es eigentlich gar nicht wissen.

»Hast du Arbeit?«, fragte sie stattdessen.

»Nee, was kann ich machen? Einen Dreck. Ich habe nicht deine Fähigkeiten. Aber glücklicherweise wohnen wir ja in einem Land, das sich um die Schwachen kümmert, obwohl es hart sein kann, in diesem System zu sein. Die fordern heutzutage so viel von uns, es wird immer schlimmer und das Geld immer weniger.« Sie hatte die letzte Seite erreicht und schmiss die Zeitung gleichgültig zurück auf den Stapel. Anne saß unruhig auf dem Stuhl. Sie wollte nie wie ihre Mutter enden, so viel stand fest. Aber war sie auf dem Weg dorthin? Das soziale Erbe – war das trotzdem am stärksten?

»Du ähnelst deinem Vater. Von ihm hast du die kohlrabenschwarzen Haare.« Rose sah wieder auf das Foto ihres verstorbenen Mannes. Ein kleines, liebevolles Lächeln, das ihre Züge milderte, erschien um ihren faltigen Mund. Plötzlich konnte Anne sehen, dass ihre Mutter wohl einmal hübsch gewesen war.

»Alles in allem hast du nicht besonders viel über ihn erzählt«, meinte sie vorwurfsvoll. »Ich weiß nicht mal, wie er gestorben ist.«

Rose schaute immer noch auf das Foto, als spräche sie mit ihm und nicht mit Anne.

»Jonas war ein guter Mensch. Er war LKW-Fahrer und fuhr für verschiedene Firmen nach Dänemark. Ich hab ihn getroffen, als ich in einem Autobahncafé gearbeitet habe. Er kam immer rein und bekam ein Sandwich mit Hühnchen und eine Tasse Kaffee bei mir.«

»Er fuhr *nach* Dänemark – von wo aus?«

»Litauen. Er hieß Jonas Maldeikis.«

»Mein Vater war Litauer?!« Anne konnte ihre Verblüffung nicht verbergen.

Rose nickte. »Wir haben uns entschieden, dir nicht seinen auffälligen Nachnamen zu geben. Er war ein echter Kommunist.«

»Wie ist er gestorben?«

»Bei einem Autounfall an der polnischen Grenze. Du warst gerade zwei geworden.«

»Warum hast du mir das nie erzählt?«

Rose zuckte mit den Schultern. »Was hätte das gebracht? Du warst ja so klein. Im Jahr darauf traf ich Torsten, der stattdessen dein Vater sein sollte. Aber du hast ihn nie akzeptiert. Dann bist du weggelaufen. Du hast ihm nie eine Chance gegeben.«

»Jetzt hör aber auf!« Aufgebracht räumte Anne die Becher vom Tisch ab. Ihr Kopf rauchte von der neuen Information, dass sie litauisches Blut in den Adern und eine unbekannte Familie dort drüben hatte. Bedeutete das etwas für ihre Zukunft? Konnte sie das überhaupt zu etwas gebrauchen? Sie hatte noch nicht herausgefunden, welchen Zweck ihre Mutter mit ihrem Besuch verfolgte, aber das tat sie, bevor sie mit den leeren Bechern die Küche erreichte.

»Ich kann nicht zufällig ein paar Tage bleiben, Ann? In Nørrebro ist es so unsicher, ich trau mich nicht allein zu sein, und – ich hab nur dich.«

4

Henry Leander hatte Recht mit seiner Annahme bezüglich der Todesursache. Die Obduktion hatte gegenüber der Leichenschau keine neuen Erkenntnisse gebracht. Albert Hovgaard war brutal und rücksichtslos totgeschlagen worden.

Roland lehnte sich im Stuhl zurück. Er hatte in den paar Stunden, in denen er die Möglichkeit gehabt hätte, nicht geschlafen. Er wollte Irene nicht wecken, indem er, so durchgefroren, wie er war, wieder ins Bett kroch. Daher hatte er sich auf das Sofa im Wohnzimmer gelegt, wo Angolo ihn sofort gefunden hatte. Er war sechs Monate alt und das niedlich Welpenhafte war verschwunden, sodass man nun sehen konnte, was für ein feiner Schäferhund er werden würde. Roland hatte sich eisern gegen Irenes Wunsch gewehrt, er solle Hundeführer werden, also war das Polizeihund-Training aufgegeben worden. Trotzdem ging Irene mit Angolo zum Training und die Erziehung des Hundes war tadellos. Besonders wenn Irene die Kommandos gab, aber er hatte sich auch sofort auf den Boden neben das Sofa gelegt, als Roland nachdrücklich *Platz!* gesagt hatte. Auch Salvatore interessierte sich für Angolo und liebte es, mit zum Training zu kommen. Er hatte die Erlaubnis, über Weihnachten und Neujahr zu bleiben. Tante Giovanna hatte es ihm voller Freude erlaubt. Sie war diejenige, die auf dem Aufenthalt bei ihnen in Dänemark bestanden hatte. Er versuchte, nicht an die Absicht dahinter zu denken. Mit dieser Mission war er nicht viel weiter gekommen. Es war nicht leicht, mit Salvatore darüber zu sprechen. So waren fünfzehnjährige Jungen halt. Sie waren der Meinung, schon erwachsen zu sein und alles zu wissen. Man konnte ihnen nichts mehr beibringen. Aber er sah aus, als hätte er sich eingelebt und hinterfragte nicht, warum er so plötzlich in den ›Urlaub‹ im kalten Norden geschickt worden war, daher ließ Roland die Sache vorerst auf sich beruhen. Jetzt war der Schnee gekommen. Massenweise. Mehr als Salvatore jemals in Neapel gesehen hatte. Das genoss er. Vielleicht wurden sie ihn nie mehr los – so war das oft in einer Familie. Er lächelte müde. Es war ein Vergnügen, ihn hier zu haben. Seine Muttersprache war wieder aufgefrischt worden, sodass er fast so flüssig italienisch sprach wie Salvatore, der ihm in vieler Hinsicht ähnelte. Die gleichen schwarzen Augen, der gleiche nervige Wirbel auf der rechten Seite, der das Haar immer in die Stirn fallen ließ. Den hatten sie von Rolands Vater geerbt. Die Erinnerung an ihn löste tief in ihm das Gefühl eines schlechten Gewissens aus. Es wurde ein bisschen dadurch erleichtert, der Familie jetzt helfen zu können. Das hätte er nicht gekonnt, wenn seine Mutter nicht mit ihm nach Dänemark geflohen wäre, als sein Vater von der Camorra getötet worden war. Und es war gerade Italien und besonders Neapel, von dem Salvatore dringend wegmusste. Von dem *System*, wie sich die Mafia in Neapel nannte.

Gedankenversunken war er einen Umweg gefahren, den er mit Müdigkeit entschuldigte. Er konnte sich selbst auf die einfachsten Dinge kaum konzentrieren, obwohl er sich mit Kaffee abgefüllt hatte, seit er um acht hier eingetroffen war, aber er wachte abrupt auf, als es fest an der Tür klopfte und der Beamte Kim Ansager eintrat. Er hatte die hässliche Angewohnheit zu klopfen und hereinzustürmen, ohne auf eine Antwort zu warten. Warum sich dann überhaupt die Mühe machen zu klopfen? Er blieb in der Türöffnung stehen und hing mit den Armen daran wie ein Affe. Ein Brillenaffe. Er schob die schwarze Vintage-Brille, die fast schon Kultstatus hatte, mit einem Finger auf ihren Platz auf der Nase und sah so aus, als wäre er schon auf dem Sprung zurück in sein eigenes Büro. Das ließ auf eine wegen des Hochbetriebs kurze Nachricht schließen. Keine Zeit für Smalltalk. Die Finanzkrise beeinflusste auch das Präsidium. Die Krisenzeiten ließen bei denen, die ihre Arbeit verloren hatten, die Kreativität erblühen, hatte er in der Zeitung gelesen, aber es gab auch die, die sich mithilfe krimineller Kreativität durchschlugen. Die Anzahl der Einbrüche und der räuberischen Überfälle war drastisch gestiegen.

»Die Kriminaltechnik hat Übereinstimmungen mit Fingerabdrücken von zwei anderen unaufgeklärten Einbrüchen in Ostjütland gefunden. Die kriminaltechnische Zentralstelle hat sie durch die AFIS-Datenbank laufen lassen, dort aber keinen Treffer gelandet. Die Täter sind offenbar neu in der kriminellen Szene. Jedenfalls keine früheren Verdächtigen oder Vorbestraften.«

»Nein, hier bei uns nicht. Haben sie es bei Interpol versucht?«

Kim Ansager zuckte mit den Schultern. »Davon geh ich mal aus.«

»Davon gehst du aus? Hier geht's um Mord! Das ist nicht *nur* ein unbedeutender Raubüberfall. Darauf hast du die hoffentlich aufmerksam gemacht!«

Kim nickte verärgert. »Natürlich. Glaubst du nicht, du solltest heimfahren und ein bisschen schlafen, du klingst so ...«

»Hat sich wegen des Autos niemand gemeldet? Die Diebe müssen doch in einem Fahrzeug angekommen sein, bei diesem Winterwetter waren sie wohl kaum zu Fuß unterwegs.«

»Vielleicht sind sie auf Skiern gekommen!«

»Im Ernst jetzt, Kim!«

»Aber es gab keine Spuren von Reifenabdrücken oder von anderen Fahrzeugen. Es hat die ganze Nacht und am Morgen kräftig geschneit, und wir können ja kein Auto suchen, das wir nicht kennen. Kurt hat der Presse gesagt, dass sie gerne nach Zeugen suchen dürfen und dass die Leute uns kontaktieren sollen, falls sie Montagabend und -nacht etwas Verdächtiges gehört oder gesehen haben.«

»Okay. Gut, dass sich Kurt darum gekümmert hat.«

Plötzlich lächelte Kim. »Hast du übrigens gehört, dass das *Tageblatt* dichtgemacht hat? Nun gibt's eine nervige Journalistin weniger.« Er grinste schadenfroh und war wieder weg.

Roland schloss die Augen. Gott, wie er Schlaf brauchte. Sie sollten sich wohl trotz allem nicht über die Finanzkrise beklagen. Dadurch hatten *sie* mehr Arbeit, aber viele andere hatten die Krise nicht überstanden. Kleine und mittelständische Unternehmen, denen die Bank plötzlich den Kredithahn zugedreht hatte, trotz des Finanzpakets der Regierung, das genau das hätte verhindern sollen. Und nun hatte es dem *Tageblatt* offenbar auch das Genick gebrochen. Anne Larsen war also nicht länger eine Plage. Er hatte sich tatsächlich schon gewundert, wo sie in der Mordnacht abgeblieben war. Normalerweise tauchte sie noch vor ihnen auf, als könnte sie Blut riechen. Das können Vampire ja. Über den Vergleich lächelte er grimmig. Erst kamen die Freude und die Erleichterung, dann ein anderes Gefühl. Ärger? Obwohl sie – milde ausgedrückt – scheißnervig gewesen war, hatten sie viele kreative Zusammenstöße gehabt, die von Zeit zu Zeit einen frischen Wind in die Ermittlungen und die Aufklärung gebracht hatten. Würde er sie vermissen? Er stand auf und zog sich eine Jacke an. Nein, natürlich nicht.

Der Schnee lag hoch bis zum Fenster und verwandelte das Licht im Büro in ein weiches, gedämpftes Schimmern. Es war in Dänemark wirklich Winter geworden. Er fror schon, wenn er nur hinaussah, zog seinen Lammfellmantel und die Handschuhe an und schlang den Schal dreimal um den Hals. Ein Gespräch mit den Anwohnern konnte nicht länger aufgeschoben werden. Jemand musste ein Fahrzeug bemerkt haben, und so lange jemand sich noch gut erinnerte und eine nähere Beschreibung liefern konnte, die die Fahndung voranbrachte, könnte das helfen, die Täter zu erwischen. Das Fluchtauto wäre ein guter Anfang. Es würde ihn sicher auch ein bisschen aufmuntern, raus aufs Land zu kommen.

5

Der Mann vor der Tür sah nicht so aus, als gehörte er in diese kalte Klimazone. Er wirkte in dem weißen Schnee wie fehl am Platz, aber Gunda Hansen konnte leicht erkennen, dass es nicht einfach an einer Überdosis Solarium lag. Die südeuropäischen Züge waren deutlich. Er war nicht besonders groß, seine Haare waren fast schwarz, genauso wie die Augen, die Stimme war tief und Ehrfurcht gebietend, aber angenehm und akzentfrei.

»Gunda Hansen?«

»Ja.«

Er zeigte seinen Ausweis. Um ihn entziffern zu können, musste sie ein wenig näher herangehen. Sie hatte ihre Brille nicht mitgenommen, als es an der Tür geklingelt hatte. Die eine Socke wurde nass, als sie auf die Treppe trat.

»Kriminalkommissar Roland Benito. Darf ich einen Augenblick rein in die Wärme kommen?«, fragte er mit einem freundlichen, aber müden Lächeln und einem schnellen Blick auf ihre nasse Socke.

»Wir haben nichts von dem gesehen oder gehört, was letzte Nacht passiert ist, daher ...« Sie wollte die Tür wieder schließen, aber der Kriminalkommissar schaffte es, die Hand dazwischen zu stecken und der Blick, den er ihr zuwarf, war nicht misszuverstehen.

»Wir müssen mit allen Nachbarn sprechen; auch wenn sie nichts gesehen oder gehört haben. Ich fange nun bei Ihnen an, weil Sie der Straße am nächsten wohnen.«

Gunda öffnete die Tür und warf einen schnellen Blick nach draußen, bevor sie wieder zumachte. Aber wie gewöhnlich war niemand zu sehen. Sie zog die Socken aus und steckte ihre kalten Füße in ein Paar Lammfell-Hausschuhe.

»Ist Ihr Mann im Stall?«, erkundigte sich der Kriminalkommissar und zog Mantel, Handschuhe und Schal aus, als rechnete er damit, länger zu bleiben. Gunda setzte sich an den Küchentisch, auf dem noch die benutzten Tassen und Teller vom Frühstück standen. Der Käse roch streng, und zusammen mit dem Geruch nach Kühen, der aus der Waschküche kam, war das sicher nicht die Atmosphäre, die der Kommissar gewohnt war. Sie hatte keine Ahnung, wie es in einem Polizeirevier roch, aber Roland Benito schien das nicht zu stören. Dennoch legte er den Mantel über den Stuhl, statt ihn draußen in der Waschküche aufzuhängen. Er setzte sich ihr gegenüber und nahm dankend einen Kaffee an. Sie holte eine saubere Tasse aus dem Schrank und schenkte ihm ein.

»Er kommt sicher bald rein, um seinen Vormittagskaffee zu trinken. Wie gesagt, wir haben heute Nacht nichts gehört.« Bevor sie fertig eingeschenkt hatte, knallte die Tür in der Waschküche und die Kälte drang in die Küche ein. Sie schauderte. Ob es bei Signe und Albert wohl auch kalt geworden war, als die Mörder letzte Nacht einbrachen? Wenn man schläft, merkt man das wohl nicht gleich. Sie füllte auch Thorkilds benutzte Tasse und stand auf, um mehr Weißbrot zu schneiden. Er war eine Weile in der Waschküche. Der Wasserhahn lief lange. Bestimmt hatte er das Auto im Hof nicht gehört oder gesehen und wusste nicht, dass sie hohen Besuch hatten. Als er den fremden, dunklen Mann in seiner Küche entdeckte, war er auch tatsächlich überrascht. Der Kriminalkommissar erhob sich höflich, reichte ihm die Hand und stellte sich vor. Thorkild erwiderte den Händedruck, und seine Grimasse sagte ihr, dass er es auch nicht mochte, die Polizei im Haus zu haben. Die Nachbarn würden reden, und es sollte ja nicht so werden wie auf dem Hof oben am Ende der Straße, wo die jungen Menschen in einer Kommune wohnten. Ein paar von ihnen kamen aus Kopenhagen, hatte sie gehört. Oft war ein

Streifenwagen vorbeigekommen. Vielleicht waren sie es gewesen? Könnte einer von ihnen Albert getötet haben?

Thorkild setzte sich, schmierte eine dicke Schicht Butter auf eine Scheibe Weißbrot und legte danach eine noch dickere Scheibe Käse darauf. Der Gast hatte mit der Entschuldigung, er habe gerade gegessen, dankend abgelehnt.

»Sie haben also gestern Abend und Nacht nichts Ungewöhnliches gesehen oder gehört, wenn ich das richtig verstehe?« Der Kriminalkommissar schaute Thorkild an und trank einen Schluck Kaffee. Er schien auch etwas Belebendes zu brauchen. Bestimmt war er es, der heute Nacht ausgerückt war. Ella hatte irgendetwas von einem Kriminalkommissar erzählt, der sie brutal verhört hatte.

»Ich glaube, Sie sollten mit denen oben in der Kommune reden, glaubst du nicht auch, Thorkild?«

»Mit der Kommune! Warum das denn?«

»Diese jungen Menschen halten sich doch nicht immer ans Gesetz. Die Polizei war schon mehrfach da oben.«

Roland Benito wirkte nicht überrascht. »Ja, wir wissen ein bisschen was über die, und natürlich werden wir auch mit ihnen sprechen, aber gerade eilt es damit, ein Fahrzeug ausfindig zu machen. Sie haben keine parkenden Autos bemerkt?«

»Aber falls es die da oben *waren*, dann sind die einfach zu Fuß gekommen und dann gibt's auch kein Auto.« Sie war völlig überzeugt davon, Recht zu haben. Einige in diesem Haufen hatten Dreck am Stecken, obwohl ein paar von den Mädchen sehr nett wirkten. Eines von ihnen erinnerte sie sogar an sich selbst als junge Frau. Flowerpower. Make love, not war.

»Es kann ein Auto sein, das hier längere Zeit gestanden hat.«

Irgendwie lag ein verärgertes *Denkt-jetzt-richtig-gut-nach* in seinen Worten, und plötzlich schaute sie Thorkild an.

»Wir haben nichts gesehen«, wiederholte er und durchbohrte sie mit seinem Blick.

»Aber du hast doch gestern Abend dieses merkwürdige Auto auf der Straße stehen sehen? Erinnerst du dich nicht daran?« Sie beeilte sich, in die freundlichen braunen Augen des Kommissars zu schauen. Sie wusste genau, dass sich Thorkild am liebsten nicht in irgendetwas einmischen wollte, das mit der Polizei zu tun hatte, aber nun ging es ja um den Tod eines Nachbarn. Albert, klar, aber trotzdem. Es hätte auch sie treffen können, sie wohnten ja am dichtesten an der Straße und wären das nächstliegende Ziel gewesen, und zu Signe hatte sie immer ein gutes Verhältnis gehabt. Sie hatten sogar mehr gemeinsam, als sie es mit den anderen Nachbarinnen hatte. Aber das war nichts, worüber sie sprachen.

»Inwiefern war es merkwürdig? Was war das für ein Auto?«

»Das war schwer zu sehen«, antwortete Thorkild zurückhaltend.

»Es war weiß, sagtest du«, half sie ihm auf die Sprünge.

Thorkild schaute wieder böse zu ihr, danach zum Kommissar.

»Ja, es war weiß. Ein älteres Modell. Könnte ein Opel Kadett Caravan gewesen sein, bin mir aber nicht sicher. Es war dunkel. Und falls Sie jetzt nach dem Kennzeichen fragen, das hab ich nicht gesehen.« Er biss in sein Käsebrot.

»Aber das Merkwürdige daran war, dass es so lange dort gestanden hat. Da oben zwischen den Bäumen parken die Leute normalerweise nicht«, steuerte sie erneut bei.

»Wie lange hat es dort geparkt?«

Thorkild kaute. »Keine Ahnung. Ich hab's am Nachmittag entdeckt, als ich zum Stall rüber bin. Als ich mit dem Melken fertig war, stand es immer noch da.«

»Und um wie viel Uhr war das?«

Thorkild schaute ratlos zu Gunda. »Wie spät war es, als ich reingekommen bin? Du hast doch gerade den Abendkaffee gemacht.«

»Es war gegen neun, halb zehn, als ich Kaffee gemacht habe. Ich hab währenddessen im Radio die Spätnachrichten gehört.«

»Aber es stand also immer noch da?«

Thorkild nickte und atmete tief durch; er schien sich plötzlich zu ergeben. »Um Mitternacht rum musste ich mal austreten. Da hab ich aus dem Badezimmerfenster geschaut. Das unterm Dach. Von da oben hat man eine gute Aussicht auf die Straße, und das Auto stand immer noch da. Im Dunkeln war es schwer zu sehen, aber in der Nähe ist eine Straßenlaterne, daher konnte ich den Umriss deutlich erkennen, weil ich wusste, wo es geparkt war.«

»Und Sie haben nicht daran gedacht, uns das zu erzählen, nach dem, was nun geschehen ist?«

»Wir dachten doch, das wäre nur einer, der sich in den Schneewehen festgefahren und das Auto stehen gelassen hatte«, murmelte Thorkild.

Der Kriminalkommissar stand auf und zog seinen Mantel an. »Ich hätte gerne, dass Sie mitkommen und mir zeigen, wo genau dieses Auto geparkt hat«, sagte er bestimmt, während er den Schal um den Hals schlang. Widerstrebend ging Thorkild in die Waschküche und zog seinen Mantel an.

»Glauben Sie, das ist eine dieser osteuropäischen Banden, die hier überall Einbrüche verübt haben?«, fragte sie und hörte die Furcht in ihrer Stimme.

»Im Moment glauben wir noch gar nichts. Alle Möglichkeiten sind offen.«

»Sprechen Sie denn nicht mit denen in der Kommune – und den anderen Nachbarn?« Sie fing an den Tisch abzuräumen, um ihn für das Mittagessen vorzubereiten.

»Doch, wir klappern die ganze Reihe ab«, versprach der Kriminalkommissar und reichte ihr zum Abschied die Hand. Er sah aus, als hätte es ihn ein wenig erfrischt, aufs Land zu kommen.

6

Anne hatte es nicht einmal die erste Treppenstufe hoch geschafft, als sie den Lärm und den Geruch von Zigaretten bemerkte, der sich im gesamten Treppenhaus ausbreitete. Es klang, als ob in einer der Wohnungen eine Party gefeiert werden würde. Seltsam, sonst war es hier immer so still und ruhig. Die meisten Bewohner waren ältere Menschen, deren Drang nach wilden Trinkgelagen schon längst ausgelebt war. Ihre Befürchtungen wurden bestätigt, als sie den nächsten Treppenabsatz erreichte und die Mieterin unter ihr plötzlich aus ihrer Tür trat. Sie hatte wohl auf der Lauer gelegen und auf sie gewartet.

»Jemand feiert in Ihrer Wohnung und macht Krach«, knurrte sie. Sie war eine magere, kleine Dame um die siebzig mit weißer Dauerwelle und trug immer einen schwarzen Rock und eine Hemdbluse mit Blümchenmuster. Sie schaute sie durch dicke Brillengläser an, die ihre Augen unnatürlich vergrößerten. Anne war schon früher mit ihr aneinandergeraten. Sie beschwerte sich über alles. Schuhe von Gästen, die draußen vor der Tür im Treppenhaus herumflogen. Wenn irgendwer vergessen hatte, dass er mit der Treppenhausreinigung dran war oder nicht ordentlich genug geputzt hatte. Wenn die Enkel einiger Bewohner auf der Treppe gespielt und Krach gemacht hatten. Alles, was den feinen Hör- und Tastsinn dieser Frau stören könnte. Am Anfang hatte sich Anne maßlos über sie geärgert, aber dann hatte sie eingesehen, dass es eigentlich ganz praktisch war, jemanden zu haben, der den Trupp unter Kontrolle halten konnte. So war das doch immer mit Herdentieren. Es musste einen Leiter, einen Anführer geben. Meistens war dieser wohl männlichen Geschlechts, aber die Männer in dieser Herde hatten nicht den Mut, sich ihr entgegenzustellen.

»Tut mir sehr leid, Frau Jansen. Das ist meine Mutter, die gerade bei mir wohnt. Ich muss wohl ein ernstes Wörtchen mit ihr reden.«

»Ihre Mutter! Sollte sie nicht erwachsen genug sein, um zu wissen, dass ein solches Benehmen in unserem Wohnblock inakzeptabel ist?!«

Anne atmete tief durch und versuchte sich zu beherrschen. Aber es war nun einmal ihre Mutter, auf die sie wütend war, weil die Alte ja Recht hatte. Sie lächelte begütigend. »Soweit ich das hören kann, amüsieren die sich doch einfach – ganz gewiss ein wenig zu lautstark.« Gleichzeitig überlegte sie, wer wohl zu Besuch sein mochte, mit dem ihre Mutter so viel lachen konnte.

»Ja, gerade tun sie das, aber Sie hätten sie heute Vormittag hören sollen. Flaschen haben geklirrt und es wurde in einer Sprache herumgebrüllt, die ich nicht kenne. Wenn das welche von diesen Kanaken sind, die Sie zu Besuch haben, dann ...«

Anne wollte Frau Jansen gerade daran erinnern, dass der mächtigste Mann der Welt tatsächlich farbig war, als oben aus der Wohnung wieder lautes, schallendes Gelächter ertönte.

»Entschuldigen Sie mich«, murmelte sie und nahm die letzten Stufen mit einem großen Satz.

»Was zum Teufel geht hier vor?«, rief sie und knallte die Tür mit einem Krachen hinter sich zu. Das konnte Frau Jansen ganz bestimmt auch hören, nun stand sie wohl unten in ihrem hässlichen tapezierten Flur und lächelte triumphierend. Der Couchtisch war mit leeren Bierflaschen übersät und ein Aschenbecher aus dünnwandigem Glas sah aus, als würde er wegen all der Zigarettenstummel, die hineingepresst worden waren, gleich platzen. Auf dem Tisch lag bereits Asche verstreut, aber bestimmt hauptsächlich, weil man nicht länger imstande war zu treffen. In dem engen Wohnzimmer waren fünf Menschen beisammen. Auf dem hellen Zweipersonensofa saß Rose in einem roten Velours-Hausanzug, zusammen mit zwei jungen Männern, die sich neben sie gezwängt hatten. Ein weiterer saß, eine Bierflasche auf der Armlehne balancierend, im Sessel. Zwei andere, noch mit Mänteln bekleidet, saßen auf dem Boden. Es wurde schlagartig still, und Rose, die gerade heftig an ihrer Zigarette zog, beeilte sich zu inhalieren und lächelte schief, während der Rauch zwischen den Lippen, die heute ungeschminkt waren, entwich. Sie hatte sich nicht die Mühe gemacht, nur ein kleines bisschen vorzeigbarer auszusehen. Vielleicht war sie überrumpelt worden. Als Anne am Morgen zum Vorstellungsgespräch gegangen war, hatte sie noch geschlafen, und Anne sah, dass die Decke und das Kopfkissen auf dem Boden hinter dem Sofa lagen.

»Entschuldigung, sind wir zu laut?«, näselte Rose. »Willst du ein Bier haben?« Sie kramte im Kasten, der auf dem Boden neben dem Sofa stand.

»Nein, ich will kein Bier! Und die Party ist jetzt vorbei! Was in aller Welt bildest du dir ein? Wer sind die?« Sie zeigte auf die jungen Männer, die sie erschrocken ansahen.

»Ja, aber Annchen, dann versuchen wir halt, leise zu sein!« Sie sagte etwas zu den Jungen, was Anne nicht verstand. Die lächelten und nickten ihr zu. Einer von ihnen erhob sich vom Fußboden und streckte die Hand zum Gruß aus. Er wollte etwas sagen, aber Anne verschränkte die Arme und schaute ihre Mutter anklagend an.

»Ich hab ihnen nur erzählt, wer du bist.« Sie lächelte verlegen. Wenn sie nicht so betrunken wäre, hätte sie die Situation wohl besser begriffen.

»RAUS!«, brüllte Anne und wandte sich schnell zur Tür um wie ein Wetterhahn, der von einem heftigen Wind gedreht wird. »Packt zusammen und verschwindet!« Sie öffnete die Tür sperrangelweit.

Ihre Mutter sah sie unruhig an und sagte zu den jungen Männern etwas in einem ernsten Ton. Nur einer von ihnen lachte und schüttelte den Kopf, der Betrunkenste von ihnen, die anderen gingen gesenkten Hauptes aus der Tür.

»Nehmt euren Scheiß mit!«, brüllte sie erneut und deutete auf die leeren Flaschen, die verstreut herumlagen, als ob ein Orkan gewütet hätte. Der letzte junge Mann sammelte schnell die Flaschen ein und stellte sie in den Kasten. Er sah sie nicht an, als er an ihr vorbei zur Tür ging. Sie knallte sie fest zu, bevor er ganz draußen war, sodass ihm fast der Bierkasten aus den Händen fiel.

Rose erhob sich unsicher wie ein neugeborenes Fohlen, wollte offensichtlich protestieren, hatte aber wohl keine Kraft, das zu verhindern, was passierte. »Gilt das auch für mich? Soll ich auch verschwinden?«, fragte sie mit zorniger, belegter Stimme.

»Ja, sollst du. Aber setz dich erst mal hin, ich muss mit dir über das hier reden.«

Rose gehorchte und zog erneut an der Zigarette. Anne setzte sich in einen Sessel und sah verzweifelt auf den Couchtisch, auf dem Brotkrümel, Asche und verschüttetes Bier in kleinen Klecksen zu einem dünnen Brei zusammenflossen. Offenbar hatten sie zu dem Bier Brötchen gegessen. Die aufgerissene leere Bäckertüte lag ebenfalls mitten im Schmutz. Sie musste gerade mal eben rückwärts von zehn bis eins zählen.

»Mama«, sagte sie mit ruhiger Stimme, aber mit noch größerer Verachtung, als ohnehin immer in diesem Wort gelegen hatte. »Wie kommst du darauf, dass du hier Feste feiern kannst, ohne mich vorher zu fragen? Meine Nachbarn sind wütend und das ist nicht das erste Mal. Ich habe vorher schon Verwarnungen vom Vermieter bekommen und die letzte lautete, dass ich nächstes Mal rausgeworfen werde.«

Ihre Mutter lächelte schief und warf ihr einen prüfenden Blick zu. »Der Apfel fällt nicht weit vom Stamm, was? Du hast ja auch immer reichlich gefeiert, und ...«

»Das ist nicht das Gleiche«, unterbrach sie, »das erste Mal war die Einweihungsfeier, und ich hatte einen Zettel im Treppenhaus aufgehängt, dass es wohl ein bisschen lauter werden könne und ich hoffen würde, dass alle das verstehen. Das zweite Mal habe ich einfach ein bisschen zu laut Musik gehört, aber die Nachbarn – besonders die unter mir – sind so ...« Sie bemerkte, dass ihre Mutter immer noch lächelte, als würde sie kein Wort von dem glauben, was sie sagte. Sie gab auf. »Und wen hatten *wir* nun zu Besuch? Ich wusste nicht, dass du andere Sprachen als ›Nørrebroisch‹ kannst.

Rose streifte die Asche von der Zigarette ab. »Natürlich kann ich Litauisch. Ich hab's ein bisschen gelernt, als ich bei der Familie deines Vaters wohnte. Denk dran, du bist dort geboren. Deine Großeltern haben mich zu Hause rausgeschmissen, als sie entdeckten, dass ich schwanger war. Ich war denen total egal. So mit seiner eigenen Tochter umzuspringen!« Der Blick suchte vergebens nach Mitleid in ihrem.

»Du hast Recht. Der Apfel fällt nicht weit vom Stamm«, entgegnete sie bitter. »Dann waren deine Gäste also aus Litauen?«

Ihre Mutter leerte die Flasche und stellte sie auf den Boden neben das Sofa, wo der Bierkasten gestanden hatte. Es sah aus wie eine Gewohnheit, und Anne wagte es nicht, sich vorzustellen, wie ihre Wohnung in Nørrebro wohl aussah.

»Also, es ist nicht nett von dir, dich so aufzuführen, Annchen. Der, der dich begrüßen wollte, heißt Adomas, er ist dein Cousin, die anderen sind Kumpels, die er mitgebracht hatte.«

»Mein Cousin! Du lädst einfach meinen Cousin ein, ohne mir das zu erzählen!«, rief Anne mit abgrundtief vorwurfsvoller Stimme.

Ihre Mutter wedelte mit der Hand, wie um eine Fliege zu verjagen. »Nee, nein. Die waren wahrhaftig nicht eingeladen, die ...«

»Woher kannten die dann meine Adresse?«

Rose seufzte laut. »Adomas hatte vor einiger Zeit gesagt, er wolle mich gerne besuchen. Er hat hier in Jütland auf einer Baustelle gearbeitet, aber jetzt ist sie wegen des Wetters stillgelegt, und daher wollte er mich in der Zwischenzeit besuchen. Gestern hat er dann mitgeteilt, dass er mit einigen Kumpels unterwegs ist, und daher hab ich ihm deine Adresse gegeben, weil ich auf dem Weg hierhin war. Wäre ja dumm, wenn sie nach Kopenhagen gefahren wären, wenn ich ...«

»Okay, und das hast du mir also gestern nicht erzählt? Was, wenn ich dir nicht erlaubt hätte, hierzubleiben?«

»Ich wusste doch, du würdest es, Schätzchen. Ich bin doch deine Mutter!« Sie lachte heiser.

Anne antwortete nicht.

»Ja, und dann kamen sie also heute Morgen und haben mich mit einem Kasten Bier und Brötchen geweckt. Das sind ein paar nette Jungs, musst du wissen.«

»Kann schon sein. Aber du hättest mir trotzdem etwas davon sagen können, es ist ja immer noch meine Wohnung, und ...«

»Kann Adomas nicht auch hier wohnen?«, unterbrach sie. »Seine Freunde sind mit nach Dänemark gekommen, um ebenfalls Arbeit zu finden. Milch und Honig, weißt du. Es lief für sie alle nicht so gut. Die drei, die mit ihm hier waren, haben irgendwo in einer Gärtnerei Arbeit bekommen, aber andere haben es nicht so gut getroffen und sind auf die schiefe Bahn geraten.«

Anne bereute immer mehr, überhaupt geöffnet zu haben, als ihre Mutter gestern geklingelt hatte.

»Tagsüber arbeitest du doch selbst, dann merkst du gar nicht, dass wir hier sind. Ich verwöhn dich dann, koche, wenn du heimkommst, und ...«

Anne ging in die Küche und steckte einen Filter in den Trichter der Kaffeemaschine. Es war nicht der Drang nach Kaffee, der sie dazu veranlasste, sondern der Drang, dem Blick ihrer Mutter zu entkommen. Sie hatte es nie gemocht, Leuten direkt ins Gesicht zu lügen, wollte aber nicht erzählen, dass sie ihren Job verloren hatte. Das Land, in dem Milch und Honig fließt, ja, das gab es nur im Zweiten Buch Mose oder vielleicht vor ein paar Jahren mit Neubauten, hypothekenfreiem Eigentum und fast nicht vorhandener Arbeitslosigkeit. Und der Apfel fällt nicht weit vom Stamm, ja, da war was dran. Aber bald hatte sie wieder einen Job, sodass Rose nichts davon wissen musste, dass sie auch arbeitslos war. Deswegen war sie spät nach Hause gekommen. Es sollte so aussehen, als wäre sie in der Redaktion gewesen. Das Vorstellungsgespräch hatte nur eine halbe Stunde gedauert, und sie würde im Laufe der Woche eine Rückmeldung bekommen. Aber es hatte richtig viele Bewerber gegeben, hatten sie gesagt, daher ... Danach hatte sie bei McDonald's gefrühstückt, in einem Café im Studentenviertel gesessen und die durchgefrorenen Menschen beobachtet, die draußen vor dem Fenster in dicken Wintermänteln und mit versteinerten Gesichtern vorbeiliefen – auf dem Heimweg von der Arbeit. Nach acht Stunden des Zeittotschlagens hatte sie sich zurück in die Wohnung im J. P. Larsens Weg begeben.

»Kommt nicht in Frage, das kannst du vergessen! Hier können nicht noch mehr wohnen. Wir sind schon einer zu viel.« Sie schwieg, während sie die Löffel abzählte und den Kaffee in den Filter gab. Kurz darauf brodelte die Maschine und der Duft breitete sich aus. Sie fing an, die Küche aufzuräumen.

»Ann, du wolltest immer Menschen in Not helfen. Das weiß ich doch. So gut kenne ich dich. Und das, was ihr ihnen in der Zeitung vorwerft, haben die echt nicht gemacht.«

Mitten in der Bewegung, das Geschirrtuch in einer Tasse, hielt sie inne, drehte sich um und schaute Rose an. »Was werfen wir ihnen vor?«

»Das müsstest du doch selbst am besten wissen. Das war zwar nicht *deine* Zeitung, aber schreibt ihr nicht eh fast das Gleiche? Nett, dass du Kaffee kochst, den brauche ich gerade wirklich.«

»Wovon genau redest du?« Sie wusste nicht mehr, was in der Stadt passierte. Ohne ihren Job war sie total unwissend. Fröhliche Unwissenheit hatte das mal jemand genannt, aber Unwissenheit freute sie keineswegs. Sie hätte sich heute auch eine Zeitung kaufen sollen, aber da war ja das Gespräch, und sie hatte überhaupt nicht damit gerechnet, dass etwas passiert sein könnte. Als ob die Kriminalität aufhören würde, wenn das *Tageblatt* nicht länger existierte.

»Natürlich von der Sache mit dem Bauern, den sie totgeschlagen haben sollen. Das waren die nicht. Sagen sie. Und Adomas weiß, dass sie die Wahrheit sagen. Das sind seine besten Freunde, die kennen sich, seit sie Kinder waren, sind zusammen in die Schule gegangen, und ...«

»Freunde! Ist mein Cousin kriminell?«

»Nein, ist er nicht«, knurrte sie näselnd, »er hat eine gute Arbeit und verdient sein eigenes Geld. Er kann dafür bezahlen, hier zu wohnen, aber er konnte plötzlich nicht länger in dem Zimmer wohnen, das er gefunden hatte, der Vermieter ...«

»Aber seine Freunde sind also kriminell!«

»Nur ein paar. Aber was sollen sie auch sonst machen, wenn sie keine Arbeit finden? Sie sind ja völlig blank, weil sie all ihr Geld dafür gebraucht haben, hierher zu kommen. Sie haben das Auto gestohlen, aber das andere haben sie jedenfalls nicht getan. Ach, Ann, darf er nicht doch? Nur bis er eine andere Unterkunft findet.«

»Nein, ich will wirklich nicht helfen, da kannst du Gift drauf nehmen. Ich fasse es nicht, dass du dich wieder in so einen Kram reinziehen lässt, Mama!« Sie nahm zwei Becher und schenkte ihnen beiden ein. »Trink das hier und werd' nüchtern. Du kannst heute Nacht hier schlafen, aber wenn ich morgen Nachmittag von der Arbeit komme, bist du bitte zurück nach Nørrebro gefahren. Da fühlen sich deine Freunde garantiert auch wohler.«

7

Eine Schneelandschaft ist in der Regel geruchlos. Man kann nur den Frost in den Nasenlöchern spüren. Aber als er die Autotür öffnete, schlug ihm der unverkennbar stechende Geruch von Schweinen entgegen. Ein großes Holzschild über der Einfahrt verkündete, dass er sich auf einem echt ökologischen Hof befand. *Aus der Erde – frisch auf den Tisch* stand da in schnörkeliger Pinselschrift. Der weiß getünchte Hof sah in der weißen Umgebung leblos aus. Er erinnerte ihn an eine Leiche auf einem weißen Laken. Das einzige Lebenszeichen waren ein paar Schweine, die in der gefrorenen Erde wühlten, die sie hinter einer Scheune ausgebuddelt hatten. Auf dem Dach des Stallgebäudes war etwas Schnee geschmolzen. Darunter verbarg sich ein altes, graues und moosbedecktes Eternitdach. Wären nicht zwei Tore im Stallgiebel schwedenrot gestrichen gewesen, hätte der Hof fast wie getarnt ausgesehen. Er versuchte, die Straße zu erspähen, aber von hier aus würde man das geparkte Auto nicht sehen können. Man konnte gerade so Gunda und Thorkild Hansens Giebel und etwas von ihrer Hofeinfahrt erahnen, aber trotzdem gab es einen ganz ordentlichen Abstand sowohl zu den Nachbarn als auch zu der Straße.

Da oben zwischen den Bäumen hatte es nichts zu sehen gegeben. Frischer Schnee hatte alles zugedeckt, aber er hatte ein paar Kriminaltechniker angefordert, die vielleicht etwas ausfindig machen konnten – ein Haar, Kaugummi – einfach irgendetwas, obwohl Frost und Schnee sicher die DNA zerstört hatten. Hatte das Auto dort lange gestanden, konnte man vielleicht auch einen Reifenabdruck im Eis sicherstellen. Wenn sie Glück hatten.

»Aus der Erde – frisch auf den Tisch«, murmelte er und schaute wieder auf das Schild. Auf Anhieb klang das nicht weiter verlockend. Glücklicherweise hatte es Irene anscheinend aufgegeben, mit diversen Diäten und einem neuen Lebensstil zu experimentieren. Der ökologischen Welle hatte sie sich nicht angeschlossen – bisher. Die Blutgruppen-Diät war im Herbst ihr Fimmel gewesen, der aber vor Weihnachten jäh aufgehört hatte. Plötzlich war es wieder erlaubt gewesen, alles zu essen. Vielleicht hatte Salvatores Besuch dieses Experiment gestoppt. Italienische Jungs waren solide Nahrung wie Pasta mit Fleischsoße und Pizza mit reichlich Käse und Belag gewohnt, und Irene wollte dem Jungen nicht zumuten, sich bei der Familie in Dänemark nicht heimisch zu fühlen.

Ein aggressives Bellen, das bei dem schneebedeckten Dach eine Lawine auslösen konnte, ließ ihn zusammenzucken. Er drehte langsam den Kopf und war einem schwarz gescheckten Kampfhund gefährlich nahe, der plötzlich an der Stalltür aufgetaucht war. Zum Glück konnte das Tier ihn wegen einer soliden Stahlkette nicht erreichen, die ihn jäh stoppte und wie ein durchgehendes Pferd hochsteigen ließ. Er erkannte die Rasse als Amerikanische Bulldogge und erinnerte sich an Fälle, in denen Menschen von genau diesem Typ Hund angefallen und schrecklich zugerichtet worden waren. Er konnte sie nicht leiden, obwohl sich oft herausstellte, dass es die Hundebesitzer waren, die nicht in der Lage waren, einen Kampfhund zu erziehen; aber immer war es der Hund, der es büßen musste und getötet wurde. Es war deutlich, dass dieser hier auch nichts von ihm hielt. Mit blutunterlaufenen braunen Augen fixierte er ihn. Die abgespreizten Beine und der große Abstand zwischen allen vieren ließen ihn wie eine antike weiße Kommode aussehen, die an unpassenden Stellen mit schwarzer Farbe bekleckert war. Die eine Seite des Kopfes war schwarz, die andere weiß, und mit der flachen Schnauze und dem hängenden Kiefer sah er eher komisch als gefährlich aus. Aber die entblößten Zähne und das abgrundtiefe Knurren, das ihn nicht willkommen hieß, waren nicht misszuverstehen.

Am Küchenfenster wurde eine Gardine angehoben. Das Wohnhaus war also nicht so tot, wie es aussah. Wenn sie sein Auto wegen der schallschluckenden Schneeschicht nicht auf den Hof hatten rutschen hören, hatte bestimmt der Hund seine Ankunft offenbart.

Als er an der Tür klingelte, dauerte es lange, bis geöffnet wurde und er sich dem Mann vorstellen konnte, der über den Besuch der Polizei nicht besonders erstaunt aussah. Er musste ungefähr ein halbes Jahrhundert alt sein, vielleicht waren sie gleich alt. Roland war Anfang Januar gerade sechsundfünfzig geworden. An dem Tag herrschte Schneesturm, und keiner der geladenen Gäste war durchgekommen.

Vagn Mortensen stellte sich reserviert vor und bat ihn mit einem gewissen Vorbehalt in der Körperhaltung herein. Den Hund ermahnte er mit Bestimmtheit zur Ruhe und der schlich kleinlaut wieder in den Stall. Roland ging hinter Vagn hinein und konnte nicht aufhören, seinen Stiernacken anzustarren. Der Mann war kräftig gebaut, man konnte seinem Körper ansehen, dass er harte Arbeit gewohnt war, die er sicher von Hand statt mit Maschinen erledigte. Seine Haare sahen wie ein Stoppelfeld aus, sowohl was die Länge, als auch die Farbe anging. Dagegen war der Bart eine ungezähmte, verblühte Wiese. Die Frau saß auf dem Sofa und war so mit den grauen Möbeln verschmolzen wie das Wohnhaus mit dem Schnee. Ihre Stimme war fast unhörbar, als sie ihren Namen sagte, und der Händedruck war schlaff, aber man konnte sehen, dass sie dem Mann bei der Arbeit half; sie war muskulöser, als man es von ihrem Typ erwartet hätte. Vagn setzte sich neben seine Frau. Roland nahm in einem Sessel ihnen gegenüber Platz.

»Ich nehme an, Sie haben gehört, was vergangene Nacht bei Ihren Nachbarn geschehen ist, und ich will nur wissen, ob Sie in den letzten Tagen etwas Verdächtiges beobachtet haben. Ein geparktes Auto zum Beispiel?«

»Nein, nichts. Alles war wie immer«, erwiderte Vagn.

»Wie geht es Signe?«, erkundigte sich Olga Mortensen mit monotoner Stimme.

»Wir konnten noch nicht mit ihr reden, aber im Krankenhaus sagen sie, dass es ihr den Umständen entsprechend gut geht«, antwortete Roland und begegnete ihrem unsteten Blick. Es kam ihm so vor, als würde sie etwas verbergen und deshalb nicht wagen, ihm in die Augen zu schauen.

»Albert war nicht sonderlich beliebt. Er war ein Tyrann. Das wird auch Signe bestätigen können. Jeder könnte ihn totgeschlagen haben«, kam es brüsk von Vagn, und er rettete dadurch seine Frau vor Rolands Versuch, Augenkontakt aufzunehmen. Erschrocken schaute sie ihren Mann an.

»Das glaube ich nicht, Signe hat doch zu Ella gesagt, dass die russisch gesprochen haben.« Olga starrte Vagn weiter mit Misstrauen im Blick an, dann wandte sie sich wieder Roland zu. »Könnt ihr so eine Bande schnell finden? Stellt ihr hier draußen Wachen auf?«

»Leider haben wir dafür nicht die Kapazitäten. Aber wir tun natürlich, was wir können, um die Schuldigen schnellstmöglich zu fassen«, versprach er und wunderte sich insgeheim über ihre Angst, mit dem Killerhund auf dem Hof und dem Muskelprotz an ihrer Seite. Aber in der Regel scheuten diese Hardcore-Banden vor nichts zurück. Der Anblick von Albert Hovgaards übel zugerichtetem Körper hatte sich in seine Netzhaut eingebrannt, und nun waren die Mörder obendrein auch noch bewaffnet. Ihre Furcht war vielleicht mehr als begründet.

»Also, falls Sie uns mit Informationen helfen können – egal welcher Art –, würden wir das sehr begrüßen. Haben Sie zum Beispiel einen weißen Opel Kadett Caravan oder ein ähnliches Modell hier auf der Straße gesehen?« Er sah Vagn direkt an, da er vermutete, dass er sich am besten mit Automarken auskannte.

»Nein, wir haben nichts gesehen.« Vagn sah zu Olga, die ihn mit einem Kopfschütteln unterstützte.

Roland trommelte mit den Fingern auf den Oberschenkeln. Er fürchtete, dass sie die Wahrheit sagten. Was könnten sie gesehen haben, wenn man von ihnen aus weder die Straße noch Signe und Albert Hovgaards Haus sehen konnte?

»Können Sie sich erinnern, wann Sie gestern Abend schlafen gegangen sind?«

»Wir sind immer zeitig auf, daher gehen wir normalerweise schlafen, wenn ich das letzte Mal im Stall gewesen bin. Ich weiß nicht, wann das gestern Abend war.«

Roland fand es zwecklos, sie zu diesem Thema weiter auszuquetschen. »Sie betreiben ökologische Landwirtschaft, wie ich sehe. Ist das in diesen Zeiten nicht riskant?«

»Was ist heutzutage nicht riskant? Wir haben genau die richtigen Bedingungen, unsere Tiere so aufzuziehen, dass das Fleisch frei von Hormon- und Pestizidrückständen ist. Wie in den guten, alten Zeiten, könnte man sagen.«

Es klang wie eine Tirade, die er gewohnt war herunterzuleiern, gegenüber Metzgereien oder Kunden im Hofladen, den Roland in einem der Stallgebäude bemerkt hatte, bevor der Hund seine Aufmerksamkeit erfordert hatte. Er schaute aus dem Wohnzimmerfenster und reckte den Hals.

»Ist da draußen Wald?«

»Ja, unser eigener privater.«

»Gehen die Schweine auch dorthin?«

»Im Frühjahr und Sommer. Jetzt ist gerade alles zugefroren.«

Roland nickte und stand auf. »Naja, aber dann will ich Ihre Zeit nicht länger in Anspruch nehmen. Aber wenn Ihnen noch etwas einfällt, dann …« Er legte seine Visitenkarte auf den Tisch.

Vagn und Olga standen ebenfalls auf. Sie brachte ihn zur Tür. Er schaffte es gerade noch, sich zu verabschieden, bevor sie die Tür hinter ihm zuknallten.

Er hielt am Wald, wo er aus dem Auto stieg und in eine Schneewehe trat, sodass seine Schuhe und Hosenbeine nass wurden. Hier war das Räumfahrzeug nicht gewesen, aber einige Spuren, die nur mit einem Hauch von Schnee bedeckt waren, führten in den Wald bei der Schranke. Sie mussten frisch sein. Er folgte ihnen ein Stück, stoppte aber abrupt bei einem Schild mit großen roten Buchstaben: PRIVATGRUNDSTÜCK! UNBEFUGTEN IST DAS BETRETEN VERBOTEN!

8

Anita sah sie vom Küchenfenster aus. Sie kamen vom Supermarkt nach Hause. Mit Einkaufstüten im Arm rutschten sie in den Schneewehen in der Einfahrt herum, in der der Schnee lediglich durch die Reifenspuren von der Garage zur Straße etwas beiseitegeschoben war. Bitten lachte laut, als sie beinah hinfiel. Brian hatte eine erloschene Zigarette zwischen den Lippen hängen und erinnerte sie an eine junge Ausgabe von Mads Mikkelsen mit seinem etwas zu langen, strähnigen Haar und den dunklen Bartstoppeln auf Kinn und Wangen. Er schloss das Garagentor und machte nicht den Eindruck, als hätte er vor, noch mehr zu helfen. Er war auch der Fahrer gewesen, damit waren seine Pflichten für heute aus seiner Sicht überstanden. Wenn er dran war, gab es immer Probleme. Er schlenderte den anderen mit derselben Gleichgültigkeit hinterher, die er auch sonst im Leben an den Tag legte. Mit der großen, schwarzen Daunenjacke erinnerte er an das Michelin-Männchen; sie ließ seinen Oberkörper füllig erscheinen. Die dünnen Beine in abgenutzten Jeans und großen Moonboots schienen ihn kaum tragen zu können. Wieder dachte sie daran, dass sie in ihn verliebt gewesen war, als er vor ein paar Monaten in die Kommune gezogen war. Seine Augen hatten was. Sie waren braun, fast schwarz. Aber bei näherer Bekanntschaft gewann er nicht. Er war grob und unverschämt und hatte einige schlechte

Angewohnheiten aus Kopenhagen mitgebracht. Er war es, der eingeführt hatte, dass bei Partys Hasch geraucht wurde, obwohl Linda und Andreas dagegen waren. Sie hatten jedoch scharf durchgegriffen, was die Ecstasy-Pillen betraf, die Brian auch mit im Koffer gehabt hatte. Er nannte sie *love drugs* und war der Meinung, dass sie toll in das Konzept der Kommune passten. Linda und Andreas hatten die Idee zu der Kommune gehabt und beabsichtigt, den Alltag – und die Kosten – mit anderen gleichgesinnten Studenten mit den gleichen Wertvorstellungen wie sie zu teilen, also eine bessere Lebensform zu schaffen, die nicht nur auf materiellen Dingen basierte. Andreas hatte den Hof von seinen Eltern geerbt. Mit seinen achtundzwanzig Jahren war er der älteste Bewohner. Die Alternative war gewesen, den Hof zu verkaufen, aber da es seine größte Stärke war, und vielleicht auch seine größte Schwäche, an andere zu denken, war es seine Mission geworden, anderen Studenten in Wohnungsnot zu helfen. Zumindest denen, die am Arsch der Welt wohnen und keine Discos, Nachtclubs und Cafés in Reichweite haben wollten. Aber in ihren Augen war er nicht streng genug mit dem Aussortieren und den Absagen, wenn neue Bewerber kamen, die ungeeignet waren und nicht hineinpassten. In der Zeitung wurde jedes Mal, wenn sie neue Bewohner suchten, die gleiche Annonce geschaltet. Die, der sie selbst erlegen war, weil es wie ein nettes Leben klang, in einer Gemeinschaft billig auf dem Land zu wohnen, und die Lage könnte für sie nicht perfekter sein, obwohl die Eltern sehr dagegen waren, sowohl gegen den Ort als auch gegen die Kommune. Aber Brian war ein Fehler. Sie fasste es nicht, dass er dem Unterricht in der Technischen Schule folgen konnte. Seine Fehlzeiten waren, so viel sie wusste, auch ziemlich hoch. Und dann war plötzlich seine Freundin, Bitten, nach Aarhus gekommen und eingezogen. Sie hatte einen Ausbildungsplatz in einem Friseursalon in der Innenstadt bekommen und war insofern eigentlich keine Studentin, aber das hatte Andreas nicht als Problem gesehen, weil sie Brians Freundin und er akzeptiert war. Aber sie war nicht besser als er. Allein das Geräusch ihrer kratzigen Kopenhagener Stimme verursachte ihr Gänsehaut. Die führten sich auf, als ob ihnen der Hof gehörte. Aber Andreas tat nichts dagegen. Linda, die sonst viel zu sagen hatte, auch nicht. Sie waren eher von diesen beiden Kopenhagenern fasziniert.

In der Waschküche wurde es unruhig. Gespräche kamen in Wellen herüber, zusammen mit der Kälte und dem Lärm von Schuhen, von denen der Schnee auf der Matte abgetreten wurde und die auf die Fliesen geworfen wurden. Dort herrschte immer so ein Chaos, dass es schwer war, seine eigenen Schuhe und Stiefel zu finden, wenn sie morgens losmussten, aber es lohnte sich nicht aufzuräumen.

Bitten kam als Erste mit einer Einkaufstüte im Arm in die Küche. »Hi, Fette!« Sie stellte die Tüte auf den Küchentisch. Plötzlich kamen sie alle zusammen herein, jeder mit seiner Tüte, außer Brian, der in der Türöffnung mit den Händen in der Tasche stehen blieb und sie faul betrachtete. Anita hatte alle Hände voll zu tun, die Waren in Kühl- und Gefrierschrank unterzubringen. Sie hatte heute Küchendienst und gerade den Abwasch überstanden. Sie hasste diesen Job, aber das gehörte zu einer Gemeinschaft dazu und sie beschwerte sich nicht. Die Miete war billig, sodass sie sie alle von ihrer Ausbildungsförderung oder ihrem Ausbildungsgehalt bezahlen konnten. Es verletzte sie nicht, Fette genannt zu werden. Sie sah das als Kompliment, da alles, was gut war, von Klamotten bis zu Ereignissen, als *fett* bezeichnet wurde, ein Wort, das die Kopenhagener auch in ihren Wortschatz aufgenommen hatten.

»Ey, mach doch mal die Tür zu!«, rief Bitten Brian zu, der, statt zu gehorchen, ins Wohnzimmer ging und sich aufs Sofa warf, ohne die Michelin-Jacke oder die Moonboots auszuziehen. Anita schüttelte unbemerkt den Kopf. Er war einfach *trouble*. Bitten hatte eine Gurke aus der Einkaufstüte geholt, davon abgebissen und sie erst dann mit einem provokanten Lächeln Anita überreicht, um sie von ihr in den Kühlschrank legen zu lassen. Und sie war es auch. Big trouble, alle beide. Warum konnte Andreas das nicht sehen?

Oder konnte er? Er schloss die Tür und half ihr mit den Einkäufen, obwohl das heute nicht seine Aufgabe war. Sein Gesicht war ernst, aber das war es fast immer. Wenn er zwischendurch mal lächelte, erinnerte das mehr an eine spastische Reaktion, die schnell wieder verschwand. Er sah aus wie so viele andere, die man auf der Straße traf, daher schenkte man ihm selten Beachtung. Er ging in der Menge unter. Rotblonde Haare, ein bisschen hellerer Bartwuchs mit einem nicht besonders kräftigen Oberlippenbart, der irgendwie an den Mundwinkeln herablief und sich mit den anderen wenigen Haaren auf dem Kinn und den Wangen vermischte, die nicht mal ansatzweise einem Vollbart ähnelten. Den intelligenten Ausdruck bekam er durch eine Brille mit dünnem schwarzem Gestell, die auf dem schmalen Nasenrücken ein bisschen zu weit vorne saß. Die rostfarbene Strickjacke, die er fast immer trug, passte zu den Haaren und dem Bart und vervollständigte das Bild. Er studierte Geschichte an der Universität und war total besessen von allem, was sich zwischen 700 und 1050 ereignet hatte. Sie lächelte ihn an. Er war ein sonderbarer Nerd, aber sie mochte ihn und Linda, die nun auch mithalf, die Einkäufe auszupacken. Sie fand eine Packung Kekse und drohte an, Kaffee zu kochen. Ihr Kaffee war immer so stark, dass keiner nachts schlafen konnte, wenn sie mit dem Abendkaffee dran war. Brian war auf dem Sofa eingeschlafen und Bitten saß daneben und sah ihn verträumt an, während sie vorsichtig seinen langen Pony kraulte. Anita hatte immer Angst, dass sie in aller Öffentlichkeit zu weit gehen würden. Manchmal gingen sie an die Grenzen, bis Bitten ihn in ihr gemeinsames Zimmer zog, das neben dem Wohnzimmer lag, und glücklicherweise die Tür schloss. Sie war nicht ganz so exhibitionistisch wie er.

Linda setzte ihre Drohung in die Tat um und machte Kaffee. Anita und Andreas stellten Becher und Teller auf den Couchtisch, wo sie in der Regel Tee und Kaffee tranken – und freitagabends, wenn das Wochenende vor der Tür stand, Bier.

Brian erwachte von dem Kaffeeduft, setzte sich hin und machte es sich mit einem Arm um Bittens Schultern und einer Hand auf ihrem Oberschenkel bequem. Das konnten die beiden am besten – bedient werden –, und das nervte sie langsam. Manchmal kam es ihr vor, als würde sie das meiste im Haushalt erledigen.

»Kaffee ist fertig!«, rief Linda und stellte die Thermoskanne auf den Tisch. Kurz darauf hörten sie die Tür im ersten Stock aufgehen und Bjørn kam die Treppe heruntergelaufen. Anita lächelte. Kaffee konnte ihn aus seiner Höhle locken. Und zwar deswegen, weil er durchgesetzt hatte, dass es der ökologische mit Fair-Trade-Siegel sein sollte. Bjørn war dabei, das zweite Jahr seines Biostudiums abzuschließen, daher war er die meiste Zeit des Tages in seinem Zimmer in seine Studien vertieft, wenn er nicht im Lesesaal der Biologie der Aarhuser Universität saß. Im Großen und Ganzen sahen sie ihn nur beim Essen und wenn er unten war, um seine häuslichen Pflichten zu erledigen. Er war ein ebenso großer Nerd wie Andreas, und die beiden waren es auch, die die intellektuellsten Gespräche führten, bei denen andere nicht mithalten konnten. Bjørn war ein großer Mann. Nicht in Bezug auf die Höhe, sondern auf die Breite. Sie war froh, dass sie nicht die Einzige war, die nicht ganz den korrekten Body Mass Index hatte. Er trug ein zerknittertes khaki und grün kariertes Fjällräven-Hemd, das teilweise aus seiner braunen Hose hing. Naturfarben. Er ließ sich schwer neben Bitten und Brian auf dem Sofa nieder und schien dankbar für die Pause zu sein. »Ich kauf nächstes Mal ein«, versprach er und nahm sich einen Keks. »War's kalt draußen?« Ein Schimmer in seinen Augen forderte Bitten heraus.

»Lustige Frage für einen Biologen. Was zum Teufel glaubst du?«

Bjørn blinzelte ein paar Mal mit kleinen Augen unter buschigen Augenbrauen in einem rotwangigen Gesicht. Seine Haare waren ein Gewusel aus gekräuselten, hellblonden Locken. Er hatte es am schwersten, sich an diese zwei Neuen in der *Familie* zu gewöhnen, vielleicht weil er nicht so oft mit ihnen zusammen war.

»Wusstet ihr, dass die Polizei in der Umgebung unterwegs ist, um Zeugen zu finden? Die waren noch nicht hier, oder?«, beeilte er sich zu sagen.

Brian zuckte ein bisschen zusammen.

»Woher weißt du das?«, erkundigte sich Andreas in seiner ruhigen und besonnenen Art.

»Ich habe ihn vom Fenster aus gesehen. Es gibt echt keinen Zweifel daran, dass das ein Bulle ist, der von Hof zu Hof fährt.«

Die Kommune lag auf einem Hügel etwas höher als die Nachbarhöfe, sodass Bjørn von seinem Zimmer unterm Dach eine recht gute Aussicht über die Gegend hatte.

»Na und?« Bitten kaute auf einem Schokoladenkeks. »Warum sollte er herkommen, wenn wir so weit weg wohnen, dass wir unmöglich etwas sehen oder hören konnten? Du bist eigentlich der Einzige, der was bemerkt haben könnte.«

»Wenn es nicht dunkel gewesen wäre«, murmelte Bjørn.

»Ich hoffe wirklich, die finden etwas, dem sie nachgehen können. Es ist furchtbar, dass das passiert ist«, meinte Linda. Anita versuchte, Brian nicht anzusehen. Er hatte nur einen kranken Kommentar über Osteuropäer losgelassen, als sie beim Frühstück über das Thema gesprochen hatten. Als sie heute Morgen an der Straße entlang zur Bushaltestelle gelaufen war, hatte sie in den Hof geschielt, als sie daran vorbeigegangen war. Ihr war übel geworden und sie hatte innerlich gezittert. Bis zu den Knochen gefroren. Um den Garten herum war rot-weißes Absperrband. In dem weißen Feld stand *Polizei*, und die Tür zum Hauptgebäude war mit einem gelben Schild versiegelt. Im Seminar wurde nicht so viel über den Mord geredet, aber es fiel ihr schwer, sich auf den Unterricht zu konzentrieren. Das Ganze war zu nah gekommen. Es war letzte Nacht passiert, während sie nur ein paar Kilometer davon entfernt geschlafen hatten. Sie hätten bei ihnen einbrechen können. In der Zeitung stand, die Polizei vermute, der Hof sei längere Zeit beobachtet worden. Wenn das die Vorgehensweise war, hatten sie wohl schnell eingesehen, dass bei einem Haufen armer Studenten nichts zu holen war. Aber allein bei dem Gedanken, vielleicht von den Mördern überwacht worden zu sein, schauderte es sie.

»Die Leute können es doch echt mal lassen, damit anzugeben, dass sie Waffen haben«, fand Brian, legte ein Bein über die Armlehne des Sofas und trank einen Schluck Kaffee.

»Woher weißt du, dass sie Waffen haben?«, wollte Bitten wissen.

Brian richtete sich auf dem Sofa auf. »Es ist erst ein paar Tage her, dass er in der Zeitung war und damit geprotzt hat, dass er die Goldmedaille im Pistolenschießen gewonnen hat. So ein Idiot.« Höhnisch schüttelte er den Kopf.

»Das ist doch eine Sportart, was sollte daran verkehrt sein? Ich kann gut verstehen, dass er stolz ist«, widersprach Linda. Es war das erste Mal, dass sie Brian vorwurfsvoll ansah, obwohl Anita der Meinung war, dass es eine Menge anderer Gelegenheiten gegeben hatte, bei denen es berechtigter gewesen wäre.

»Trotzdem«, pflichtete Bitten ihrem Freund bei. »Das ist echt ziemlich dumm.« Sie schaute Linda vorwurfsvoll an.

»Es ist doch nicht sicher, dass das die Ursache ist. Raubüberfälle haben in der gesamten Menschheitsgeschichte stattgefunden«, beschwichtigte Andreas. Er griff immer diplomatisch ein, wenn ein Streit im Anzug war.

»Ach ja, bei *deinen* Wikingern ging es wild zu«, neckte Bjørn. Sie forderten sich oft gegenseitig auf freundschaftlicher Ebene heraus – Geschichte gegen Biologie und umgekehrt. »Die haben geplündert, vergewaltigt und ihren Göttern geopfert.«

»*Dein* Tierreich ist da nicht besser. Die begnügen sich auch nicht immer damit, Fressen voneinander zu stehlen, die fressen sich, wenn sie hungrig genug sind.«

»Vergiss nicht, dass wir auch zum Tierreich gehören«, lächelte Bjørn und schnappte mit den Zähnen.

Linda lachte und schüttelte den Kopf. »Das weiß Andreas nur zu gut. Er faselt die ganze Zeit davon, dass er die Urzeit zurückhaben will, damals waren wir wohl eher Affen.«

Andreas sah sie ernst an. »Ja, und das meine ich auch so. Unsere Gehirne verkraften es überhaupt nicht, so zu leben, wie wir es tun.

Teile des Gehirns haben sich seit damals nicht weiterentwickelt. Guckt euch jetzt mal Bjørn an.«

Sie starrten alle Bjørn an, der sich auf dem Sofa zurückgelehnt hatte, sodass sein Bauch über dem Gürtel hing. Er gähnte laut. Er hatte auch die meisten Kekse gegessen.

»Jetzt sagt sein Gehirn, dass er schlafen soll. Das ist ein Urzeitinstinkt. Die Urzeitmenschen sollten zwischen den Mahlzeiten ruhen, damit sie für die nächste Jagd mit Pfeil und Bogen bereit waren.«

Anita lachte bei dem Gedanken an Bjørn mit einem Tierfell um den Leib und einem Bogen in der Hand, um ein Kaninchen zum Abendessen zu fangen.

Er hatte nicht mal die Kondition, drei Meter zu rennen, massig und träge wie er war – wie sie selbst.

»Und dass wir nicht multitaskingfähig sind, stammt auch aus der Urzeit. Unsere Gehirne sind nur dafür gemacht, dass wir Nahrung beschaffen, schlafen und uns vermehren – nicht dafür, gleichzeitig ins Handy zu quatschen, ein Auto durch den Verkehr zu steuern, französische Hotdogs zu essen und Musik zu hören«, fuhr Andreas fort.

»Aaach, nur ihr Männer seid nicht multitaskingfähig«, stichelte Linda, »Frauen mussten auch in der Urzeit schon mehr bewältigen – sie mussten gebären, sich um ihre vielen Kinder kümmern, Essen machen und die Wohnung beschützen, alles zur selben Zeit, während die Männer auf der Jagd waren. Dafür sind eure Gehirne gebaut. Der Urinstinkt ist auch eines der Dinge, die erwachen, wenn du Lauftraining machst.«

Linda war die einzige sportlich Aktive, was man auch an den langen, schlanken Gliedern sehen konnte, die Anita ab und zu neidisch beäugte.

»Das Gehirn genießt es, auf eine natürliche Weise gestresst zu werden, wie wenn der Urzeitmensch vor wilden Tieren weglief oder auf der Jagd war und so Endorphine produziert wurden. Dieser Stoff, der im Gehirn freigesetzt wird, ist der gleiche wie ...«

»So ein Unsinn«, unterbracht ihn Brian schroff, stand vom Sofa auf und zog Bitten mit hoch. Sie verschüttete fast ihren Kaffee. »Komm, wir haben echt keinen Bock, uns ihr Urzeitgeschwätz anzuhören, wir können ja reingehen und uns *vermehren.*« Das Letzte höhnte er in Andreas' Gesicht. »Nimm den Kaffee mit«, kommandierte er, als Bitten so aussah, als ob sie protestieren wollte. Sie verschwanden in ihrem Zimmer.

Am Tisch wurde es still.

»An dem, was du sagst, ist schon was dran«, räumte Bjørn, verlegen über den Zwischenfall, ein. »Wir leben völlig verkehrt. Ich merke, dass mein Gehirn manchmal nicht richtig hinterherkommt. Und wir wohnen ja sogar draußen auf dem Land, weg von dem Lärm, dem Stress und dem Dreck der Stadt. Man muss sich mal vorstellen, welchen Dingen diese beiden in der Großstadt ausgesetzt waren.« Er nickte in Richtung der geschlossenen Tür. Man konnte hören, dass er es nicht so meinte, um den ungehobelten Aufbruch der Kopenhagener zu entschuldigen. Anita ergriff die Chance. Jetzt war die Möglichkeit, ihre Skepsis gegenüber den beiden Neuen zu äußeren.

»Ich finde auch, die gehören wirklich nicht hierher. Sie passen einfach nicht rein«, erklärte sie gedämpft. »Wir sind bei den Nachbarn nicht beliebt und unsere Adresse ist polizeibekannt. Das ist nicht gerade günstig, wenn solche Sachen wie letzte Nacht passieren.«

Sie schaute in die Runde, bekam aber keinen Augenkontakt.

Andreas zupfte nachdenklich an dem spärlichen Flaum, der sein Kinn bedeckte. Endlich sah er sie an. »Die sind schon okay, Anita. Sie sind doch noch so jung. Ich bin mir sicher, das kommt schon noch, wenn sie in unseren Rhythmus finden.«

»In unseren Rhythmus finden. Das werden die echt nie!« Sie rief ein bisschen zu laut und schaute nervös zu der geschlossenen Tür.

»Ich gebe Anita ein wenig Recht«, kam es zögernd von Linda. »Wisst ihr, dass Brian nachts draußen unterwegs ist? Was er wohl macht?«

Andreas schaute sie sowohl besorgt als auch vorwurfsvoll an. »Bist du dir sicher? Woher weißt du das?«

»Weil ich in den letzten Nächten auf gewesen bin und gelesen habe. Mein Gehirn arbeitet nachts am besten. Vielleicht stammt das ja auch aus der Urzeit«, entgegnete sie sarkastisch.

»Ich hab gar nicht gehört, dass du aufgestanden bist. Hast du Brian in der Nacht herumlaufen sehen? Warum hast du vorher nichts gesagt?«

»Mehrere Nächte ist er nach Mitternacht gegangen und erst Stunden später zurückgekommen.«

»Hat er dich dann nicht auch gesehen?«, fragte Anita verwundert.

Linda schüttelte den Kopf. »Ich habe im Wintergarten gesessen und hatte nur eine kleine Lampe an, aber die konnte er von draußen nicht sehen.«

»Hat er das Auto genommen?«, flüsterte Bjørn.

»Nein, er geht zu Fuß in seinen großen Moonboots. Raus zur Straße. Auch letzte Nacht.«

9

Es war windig geworden, über den Feldern kündigte ein Schneesturm sein Kommen an. Bedrohlich näherten sich dunkle Wolken.

Roland trat auf der Treppenstufe von einem Bein aufs andere, während er wartete. Das konnte wie Ungeduld aussehen, aber es war die Kälte, die ihn zwang, sich zu bewegen. Sie drang durch seinen dicken Lammfellmantel, die Strickjacke, das Hemd und das Unterhemd, trotz der vielversprechenden Argumente der jungen Verkäuferin für extra warme Baumwollqualität.

Von der Treppe aus konnte er den Feldweg sehen, über den Signe Hovgaard gestern Nacht gelaufen war, um Hilfe bei den Nachbarn zu suchen. Er wunderte sich darüber, dass die Einbrecher sie nicht entdeckt hatten, weil man aus dem Küchenfenster genau auf den Weg schaute. Natürlich war es dunkel gewesen, aber hätten sie nicht trotzdem leicht eine Gestalt im roten Nachthemd auf der Flucht durch den weißen Schnee bemerken können? Vielleicht waren sie zu dem Zeitpunkt überhaupt nicht in der Küche gewesen oder hatten genug damit zu tun, Albert Hovgaard zu Tode zu prügeln. Sie könnten auch in seinem Arbeitszimmer gewesen sein, wo sie ihn gezwungen hatten, aufzuschließen und die Waffen herauszugeben. Seine Gedanken wirbelten im Kreis, bis sie plötzlich unterbrochen wurden, als Ella Geisler die Tür einen Spaltbreit öffnete. Die Augen in dem Aborigine-Gesicht wurden groß vor Erstaunen. »Sie sind es, Kriminalkommissar? Ich dachte, ich wäre fertig verhört.«

»Ja, wir haben uns unterhalten, aber falls Ihr Mann zu Hause ist, würde ich gerne ein wenig mit ihm sprechen.«

»Ist er nicht.«

»Und die Zwillinge?«

»Dorthe und Sam? Die haben mit dem hier nichts zu tun, da sollen sie nicht reingezogen werden!«

Er verstand, dass sie die Kinder beschützen wollte, aber sie waren wohl schon auf die eine oder andere Weise darin verwickelt, wenn sie in der Mordnacht mit ihrem Vater draußen gewesen waren, um Spuren im Schnee zu finden.

»Außerdem sind sie nicht zu Hause, sie ...« Sie brach plötzlich ab, als zwei Teenager heftig diskutierend um die Hecke auf den Hof einbogen. Mit den breiten Nasen sahen sie beide ihrer Mutter ähnlich. Sie hatten Strickmützen tief in die Stirn gezogen und moderne Schulranzen auf. Das Mädchen legte ihren ab, was wegen der Fausthandschuhe mühsam war. Ihre Gesichter waren von der Kälte gerötet, sie sahen durchgefroren aus. Er vermutete, sie waren den ganzen Weg von der Bushaltestelle an der Straße gelaufen. Als sie das Auto auf dem Hof entdeckten, blieben sie stehen und schauten zu ihnen auf der Treppe herüber.

»Na, aber jetzt sind sie ja hier!«, stellte Ella Geisler spöttisch fest. »Das ist ein Polizist, Kinder. Er würde gerne mit euch sprechen.« Sie ging hinein und ließ die Tür offen stehen. Roland ließ Dorthe und Sam zuerst reingehen, er folgte ihnen und zog im Windfang die Stiefel aus. Im Flur roch es weder nach Kuh noch nach Schwein wie bei den Nachbarn, aber stattdessen herrschte ein süßlicher Zwiebelgeruch.

Dorthe und Sam schienen nicht so ganz zu wissen, wie sie sich dem unerwarteten Polizeibesuch gegenüber verhalten sollten. Sie wirkten, als hätten sie etwas Verbotenes getan. Aber hatten nicht alle irgendetwas auf dem Gewissen, wenn sie dem langen Arm des Gesetzes gegenüberstanden?

»Lasst uns in eines eurer Zimmer gehen und keine Sorge, ich will euch nur ein paar Fragen stellen«, beruhigte sie Roland und folgte ihnen in ein Zimmer, das Dorthes sein musste.

»Hier ist es am ordentlichsten«, meinte sie und warf ihrem Bruder einen hämischen Blick zu, während sie die Mütze vom Kopf zog. Blonde Locken kamen zum Vorschein und legten sich um die runden Wangen. Trotzig schaute sie ihn an. »Was wollen Sie uns denn fragen?«

Flüchtig schaute er zu Ella Geisler, die sichtlich etwas gegen dieses Gespräch hatte, aber nichts tun konnte, um es zu verhindern. Resigniert sah sie ihn an, als er mit einem entschuldigenden Lächeln die Tür hinter sich schloss. Er setzte sich auf eine schwarze Schlafcouch und betrachtete den Raum. Er sah aus wie in *Schöner Wohnen*. Ganz anders als das Zimmer seiner Tochter, als sie in diesem Alter gewesen war. So musste man sich heutzutage wohl einrichten, um mithalten zu können, selbst wenn man auf dem Land wohnte oder vielleicht *gerade dann*. Die eine Wand war mit den bekannten knalligen Blumen von Marimekko beklebt, in Pink und Orange. Die Kissen auf der Schlafcouch passten dazu – von ein paar knallroten abgesehen. In der einen Ecke stand ein schwarzer Bürostuhl vor einem Tisch mit einem Notebook, das obendrein rosa war. An der Wand hing ein Flachbildfernseher. Keine Puppen, keine Teddys. Diese Zeit war längst vorbei. Die sogenannten Teens, die das Leben der Familien beherrschten. Arme Herr und Frau Geisler, die zwei von der Sorte hatten. Roland wandte sich dem Mädchen zu, das einen mürrischen Gesichtsausdruck aufgesetzt hatte, der auch zum Teenageralter gehörte.

»Womit arbeitet ihr hier auf dem Hof? Ich habe bemerkt, dass es keine Tiere gibt«, begann er.

Das überrumpelte Dorthe, sie sah schnell zu Sam. Er antwortete. »Nur 'ne Menge Langweiliges, Weizen, Roggen, Gerste, zwischendurch Zwiebeln und Mais. Aber wir haben eine Katze.«

Roland lächelte. »Ich würde natürlich auch gerne wissen, ob ihr letzte Nacht, als bei euren Nachbarn eingebrochen wurde, etwas gesehen oder gehört habt.«

»Nee, ich hab nichts gehört.« Sam schielte zu Dorthe.

»Nein, nicht bis da unten der Krach losging, als Signe gekommen ist und das ganze Haus geweckt hat«, übernahm Dorthe. Sie berichteten gleichzeitig von den Ereignissen in der Nacht, aber die Erklärung war die gleiche wie die ihrer Mutter, und so ließ nichts darauf schließen, dass einer von ihnen in irgendeinem Punkt log.

»Ihr wart mit eurem Vater draußen und habt nach Spuren gesucht – wo habt ihr gesucht?«

»Bis zur Straße runter, aber es war nichts zu sehen. Es hatte ja viel geschneit.«

Roland nickte. »Ihr wart nicht im Wald?«

»Im Zauberwald?« Sam riss erschrocken die Augen auf.

»Ach, heißt der so? Warum das?« Roland versuchte, keine Miene zu verziehen, und schaute den Jungen ernst an.

Dorthe setzte sich auf die Schreibtischkante und verschränkte die Arme. »Sie meinen das Wäldchen, stimmt's? Nicht den Trige-Wald, oder?«

»Nein, ich meine das Wäldchen, das Olga und Vagn Mortensen gehört. Es ist doch ganz in der Nähe, ihr habt doch bestimmt früher dort gespielt?«

Dorthe starrte ihn an, als wäre er verrückt.

»Ist es vielleicht gefährlich, da reinzugehen – in den Zauberwald?«, hakte er nach und es fiel ihm schwer, einen neckenden Tonfall zu verbergen.

»Wir dürfen da nicht reingehen. Das ist wirklich gefährlich, das hat man uns immer gesagt. Da gibt's einen See, und einmal ist ein Junge da drin ertrunken. Der ist unheimlich. Deswegen nennen wir ihn den Zauberwald, ich hab mal gesehen ...«

»Halt die Klappe, Sam!«, unterbrach ihn Dorthe hart, und ihr Blick ließ ihn sofort gehorchen.

»Was hast du gesehen, Sam?«

»Gar nichts.«

»Dann wart ihr letzte Nacht also nicht dort?«

»Nein, warum wollen Sie das wissen?«

Roland stand auf und ging näher an ein paar Fotos von einer Gruppe Teenagermädchen heran, in deren Mitte Dorthe stand. Sie spielte offenbar Handball. »Ich wollte nur wissen, wo ihr gewesen seid, dann müssen wir ja da nicht suchen. Aber in den Wald müssen wir also noch gucken. In welcher Mannschaft spielst du?« Er schaute wieder Dorthe an. Ihr grobes Gesicht wurde durch ein stolzes Lächeln milder.

»Skovbakken. Ich hoffe, ich komme mal in die Nationalmannschaft.«

Roland ließ unauffällig den Blick über die fülligen Formen des jungen Mädchens gleiten, aber nun gehörten Handballspieler ja natürlich auch nicht zu den ganz Schmächtigen.

Sam murrte ein bisschen über die viele Aufmerksamkeit, die seine Schwester bekam, und ergriff das Wort.

»Wenn ihr in diesem Wald suchen wollt, müsst ihr Vagn erwischen, weil man nur da reinkommen kann, wenn er dabei ist«, erklärte er bestimmt.

»Wieso das?«

»Er hat den Schlüssel.«

»Schlüssel? Schlüssel für einen Wald?«

»Das stimmt«, bestätigte Dorthe. »Um den Großteil des Waldes und den See herum ist ein Zaun. Das ist nach der Sache mit dem Jungen passiert, damit nicht noch jemand reinfällt. Am Zaun ist ein Vorhängeschloss und nur Vagn hat dafür Schlüssel.«

»Warum ist der Wald umzäunt und nicht nur der See? Damit die Trolle nicht rauslaufen?«

Jetzt lächelte Dorthe trotz allem tatsächlich ein wenig. Sie war offensichtlich diejenige von den beiden, die man nicht so leicht reinlegen konnte. Aber Sam antwortete.

»Nein, das ist wegen dem Wild. Da drin sind Rothirsche, und Vagn will nicht, dass die auf die Straße laufen und überfahren werden. Manchmal wird gejagt und dann ist es auch gefährlich, in den Wald zu gehen. Ich glaub auch nicht, dass die sich da verstecken. Man kann nichts sehen, wenn es dunkel ist«, fügte er hinzu.

Roland nickte. Er glaubte es auch nicht, schon gar nicht nach dem, was er gehört hatte. Wenn da kein Auto reinfahren konnte, dann war dieses Versteck ausgeschlossen. Er wollte gerade noch mehr fragen, als die Tür aufgerissen wurde. Ein Mann trat bedrohlich in das Mädchenzimmer. Er passte nicht in die knallige Blumenumgebung.

»Ich will wissen, worüber Sie meine Kinder ausfragen«, sagte Finn Geisler leicht drohend. »Müssen nicht Erwachsene dabei sein, wenn Kinder verhört werden?«

Er trug einen dicken Mantel und einen Deerhunter-Hut mit Ohrenklappen, der tief in die Stirn gezogen war. Das Gesicht war rot und der Schnurrbart zitterte ein bisschen, weil er schwer atmete, als wäre er gerannt. Es war Raureif in seinem Bart und seine Augen tränten. Entweder war er gerade nach Hause gekommen oder seine Frau hatte ihn heimbeordert. Sie stand hinter ihm und reckte den Hals.

»Also Papa!«, rief Dorthe und sah wieder mürrisch aus, bestimmt weil sie als Kind bezeichnet wurde.

»Ich bin mit dem Gespräch fertig. Aber gut, dass Sie zu Hause sind. Wenn Sie einen Augenblick Zeit haben, würde ich mit Ihnen auch gerne ein wenig reden.« Roland lächelte die Kinder an. Er hätte sie gerne noch mehr gefragt, aber das drohende Gesicht des Mannes fast einen halben Meter über seinem eigenen bewirkte, dass das warten musste.

»Wenn ich das richtig verstanden habe, haben Sie bei Ihrer Suche letzte Nacht keine Spuren gefunden«, sagte er, als sie in das Wohnzimmer mit dunklen Möbeln gegangen waren. Sie baten ihn nicht, sich zu setzen, und taten es selbst auch nicht.

»Leider nicht. Es gab keine Fußspuren. Zu dem Zeitpunkt hat es ja viel geschneit. Oder die Psychopathen sind den Reifenspuren auf der Straße gefolgt. Vielleicht hatten sie das Auto in der Nähe stehen.«

Roland entschied, ihnen keine Vorwürfe zu machen, dass sie am Tatort herumgelaufen waren. Fand es jetzt zwecklos. Hier auf dem Land war es wohl nur natürlich, dass sich die Nachbarn halfen, und Finn Geisler würde seinen Standpunkt ohnehin nicht verstehen.

»Sie waren also die Ersten am Tatort?«

Der Mann setzte sich schwer aufs Sofa und zog die dicken Lammfellhandschuhe aus. »Es war schrecklich, ihn so zu finden. Wären wir nur ein bisschen eher dagewesen ... aber ich habe sofort die Polizei gerufen.«

Roland nickte anerkennend.

»Sie haben sie also noch nicht gefunden?«

»Leider nicht. Sie haben auch kein an der Straße geparktes Auto bemerkt?«

»Nein, wir können die Straße ja nicht sehen.«

Ellen setzte sich neben ihren Mann. »Ich glaube, ich habe alles gesagt, was wir von letzter Nacht wissen, daher ...«

Roland legte seine Visitenkarte auf den Tisch. »Sollte Ihnen noch etwas einfallen«, schloss er und deutete auf die Karte.

Ella Geisler begleitete ihn in den Flur und verabschiedete sich höflich, bevor sie ihn hinaus in die Kälte wies und schnell die Tür hinter ihm schloss. Er rieb die Handschuhe gegeneinander, klappte den Kragen hoch und schaute nach oben in den Schnee, der so herumwirbelte, sodass ihm ganz schwindelig wurde. Das Auto war fast zugefroren, sodass er den Eiskratzer benutzen musste, bevor er weiterfahren konnte. Über dem Dachfirst von

Vagn und Olga Mortensens Hof konnte er flüchtig die Baumwipfel des Waldes sehen.

»Der Zauberwald«, murmelte er mit einem kleinen Lächeln. Wer war der Junge, der einst ertrunken war, falls es ihn überhaupt gab? Oder war das nur eine Erfindung verzweifelter Eltern, um ihre Zwillinge nicht in einem Waldsee zu verlieren?

10

Obwohl draußen hinter den dunklen Gardinen der Schneesturm wütete, war es hier drinnen unter den Lampen warm. Ihre Füße hatten angefangen zu pochen, nachdem sie den ganzen Tag in zu enge Stiefel gezwängt gewesen waren, und als sie nun allein im Studio war, setzte sie sich auf einen kleinen Schemel, den sie benutzten, wenn die Fotoaufnahmen eine sitzende Position erforderten. Sie zog die Reißverschlüsse der Stiefel auf, während sie die Aufstellung von Schmuck und Uhren betrachtete, mit der sie gerade beschäftigt war, und wackelte in den Wollsocken mit den Zehen, sobald sie von dem engen schwarzen Leder befreit worden waren.

Die Rolex links musste einen Hauch nach rechts verschoben werden, schätzte sie mit ihrem geübten Auge und ihrem Sinn für grafische Komposition. Die Kälte des Steinfußbodens drang durch die Socken, aber sie wirkte auf die gequälten, heißen Füße sehr lindernd. Sie richtete ihre Konzentration wieder auf die Kamera und die Aufstellung. Sie fotografierte eine Serie aus verschiedenen Blickwinkeln. Jetzt waren nur noch zwei Aufnahmen zu machen, dann waren sie fertig mit dem Uhren- und Schmuckkatalog. Aus der kleinen, bescheidenen Küche holte sie sich einen Kaffee, bevor sie mit der nächsten Aufnahme weitermachte. Der Duft von Kaffee und die Fotoausrüstung, die Dunkelheit um sie herum, in der nur die Lampen ihr helles Licht auf die Objekte auf dem Fototisch warfen, und das Sausen des Sturms draußen vor dem Fenster versetzten sie in eine wohlige Stimmung. Es gab nichts Besseres, als hier allein zu sein und sich so zu fühlen, als wäre es ihr eigenes Studio, in das sie ging und arbeitete. Das Zimmer in dem alten Haus im Mejlbyweg, damals ihr Studio, das sie als freiberufliche Fotografin benutzt hatte, war schon längst zur Abstellkammer für all das geworden, wofür sie sonst keinen Platz hatte, und sie konnte nicht verstehen, wie sie früher ohne es ausgekommen war. Die Furcht, dass sie bereuen könnte, im Herbst in der Redaktion gekündigt zu haben, war völlig unbegründet gewesen. Es war ein weitaus besserer Entschluss gewesen, als sie geglaubt hatte. Hier war nichts mit Fotos von unheimlichen Fundstellen, von Tatorten und Toten, die einem schlaflose Nächte bereiten konnten. Pressefotografin würde sie nie wieder werden, jedenfalls nicht zusammen mit einer Kriminalreporterin. Sie hatte gelesen, dass die Redaktion geschlossen worden war, und das hatte ihre Gedanken zurückwandern lassen zu Anne, Thygesen, Britt, Mads Dam und Nicolaj, der nicht mal mit seinem Praktikum fertig geworden war. Sie hatte mehrmals Lust gehabt, Anne anzurufen, um zu hören, was eigentlich passiert war, aber sie hatte mit dem neuen Job so viel zu tun, und es hatte bestimmt auch einen Grund, dass Anne sie nicht kontaktiert hatte ...

Nach der letzten Aufnahme räumte sie auf, legte die teuren Uhren und den Schmuck in den Safe und setzte sich anschließend auf eine schwarze Lederchaiselongue, die oft von den superdünnen Dessous-Models benutzt wurde, um darauf zu posieren. Pierre-Louis war Experte darin, sich um sie zu kümmern, er war Modefotograf. Er war auch der Boss. Sie war besser mit leblosen Objekten – wenn es nicht gerade Leichensäcke waren –, daher waren sie und Oliver die Produktfotografen.

Sie zog ihre Haarspange heraus und schüttelte den Kopf. Blondes Haar umgab sie wie eine Seidenwolke und fiel auf ihre Schultern. Ihre Augen fühlten sich trocken davon an, den ganzen Tag in dem grellen Licht zu stehen und sich auf etwas zu fokussieren. Ein Kopfschmerz hämmerte in den Schläfen. Sie massierte sie und legte sich wieder mit geschlossenen Augen auf die Chaiselongue. Es war weit nach Feierabend. Was das betraf, war die Arbeit hier nicht besser als die in der Redaktion, wo es auch oft spät geworden war, aber das machte ihr nichts aus. Sie hatte ohnehin niemanden, zu dem sie nach Hause kam – nur Tarzan, der ihr weiterhin treu blieb, obwohl er eine Katzenklappe in der Tür zur Waschküche hatte und gehen konnte, wohin er wollte. Sie streckte sich und hörte die Tür im Erdgeschoss ins Schloss fallen. Sofort danach hörte sie Schritte, die die Treppe hochkamen. Pierre-Louis sah gar nicht, dass sie da war und auf der Chaiselongue ausgestreckt lag. Er fluchte leise mit französischem Akzent. Sein Vater war Franzose, die Mutter Dänin, aber er hatte jetzt viele Jahre in Dänemark gewohnt und sein Fotoatelier in der Nørrestraße vor sechs Jahren eingeweiht. Es lief gut, die Kunden waren treu gewesen. Trotz der Krise musste Werbung geschaltet werden – oder für manche sogar *wegen* der Krise.

»Mensch, Kamilla!«, rief er laut und ließ beinahe die Fototasche fallen. »Hast du mich erschreckt, ich hab dich überhaupt nicht gesehen. Warum liegst du hier im Dunkeln?« Er stellte die Tasche auf dem Boden ab und schaltete das Deckenlicht an, das nicht grell war, sie aber trotzdem die Augen zusammenkneifen ließ. Sie setzte sich auf, plötzlich peinlich berührt darüber, in Socken vor dem Boss dazuliegen, obwohl es spät war und obwohl sie alle ihre Aufträge erledigt hatte.

»Hallo, Pierre. Entschuldigung. Nur ein bisschen Kopfschmerzen.«

»Nein, bleib jetzt liegen.« Er verschwand in der Küche und kam mit einem großen Glas Wasser zurück. »Wie ich dich kenne, hast du eimerweise Kaffee getrunken. Hier, trink das.«

Wenn Pierre befahl, gab es keine Widerrede, daher trank sie das Wasser, während er sie mit seinen dunklen Augen betrachtete, als wäre sie ein Kind, dem sein Lebertran verabreicht werden müsste. Sie reichte ihm das leere Glas, er lächelte zufrieden und stellte das Glas auf den Boden, dann drückte er sie zurück auf die Chaiselongue und setzte sich auf die Kante.

»Manchmal mache ich mir ein wenig Sorgen um dich. Du mutest dir viel zu viel zu. Gibt es denn niemanden, zu dem du nach Hause musst?«

Sie hatte ihm nicht mehr als das Nötigste über sich erzählt, und darüber war sie froh. Es gab niemanden, der sie mitleidig ansah oder sie wie zerbrechliches Glas behandelte, weil sie nicht wussten, was sie durchlitten hatte. Und Pierre und Oliver sollten nichts wissen, das machte den Alltag viel leichter und ließ sie auch selbst mehr Abstand zu dem Ganzen bekommen.

»Doch, ich hab eine Katze«, antwortete sie mit einem kleinen Lächeln und zog sich unbewusst ein Stückchen zurück, als er ihr vorsichtig eine Locke aus der Stirn strich.

»Ich versteh nicht, dass du alleine bist! Warst du verheiratet? Hat dich jemand verlassen ... oder gibt es vielleicht jemanden, der ...«

»Worüber hast du geflucht?«

Pierre zuckte mit den Schultern und gab wieder mal auf, mehr über sie herauskriegen zu wollen. »Ach, das war diese Besprechung, bei der ich wegen des neuen Auftrags war, du weißt schon. Die wollen die Fische am Hafen fotografiert haben. Es passt perfekt, dass es gerade Schnee und Eis gibt, wie sie es in dieser Werbung haben wollen, aber die wollen *echte* Fische haben, um diese Scheiß-Plattfische auf ihrem Kutter zu präsentieren.« Müde fuhr er sich mit einer Hand übers Gesicht. »Ich habe sämtliche Fischer im Hafen von Aarhus angerufen und endlich einen gefunden, der bei dem Auftrag dabei wäre, aber jetzt will der Kunde das nicht im Hafen von Aarhus aufgenommen haben, sondern es soll einen großen Strand im Hintergrund haben. Herrgott!« Er stand auf und begann, die Fototasche auszupacken.

»Strand? Ja, aber wie willst du das machen?«

»Ich hab ein paar Fischer in Bønnerup Strand angerufen, das wäre optimal«, meinte er, während er mit schnellen Bewegungen ein Kabel aufrollte. »Aber es gab niemanden, der bei diesem Unterfangen mit von der Partie sein wollte. Die Fischer dort wirken noch scheuer und zurückhaltender. Als sie hörten, dass sie selbst mittun sollten, machten sie alle einen Rückzieher.«

»Wie soll das dann gehen?« Kamilla konnte es nicht lassen, ein bisschen über diese Episode zu schmunzeln. Das Ganze drehte sich um ein paar lumpige Schollen für eine Anzeigenkampagne. Das war ganz sicher eine spezielle Branche. Aber die Fischer und Bønnerup Strand erweckten auch andere Gedanken in ihr. Sie hatte es aufgegeben, ihren biologischen Vater zu kontaktieren, als sie die Stimme seiner Frau und Kinderlachen gehört hatte, damals im Herbst, als sie versucht hatte, ihn anzurufen. Sie wollte sein Leben nicht zerstören. Er war Fischer am Bønnerup Strand und hätte sie ihn gekannt, hätte er Pierre vielleicht helfen können, aber sie hatte nicht den Mut gehabt, noch mal anzurufen. In ihrem Leben gab es keinen Platz für weitere Rückschläge.

Pierre legte das eng zusammengerollte Kabel zurück in die Fototasche und zog den Reißverschluss zu. Er richtete sich auf, fuhr mit der Hand durch die dunklen, modisch geschnittenen Haare, die im Nacken ein wenig zu lang waren, und lächelte siegessicher. »Es ist mir tatsächlich gelungen, ein williges Opfer zu finden. Morgen fahre ich dahin und weißt du was, Kamilla, da es sich nun um Produktaufnahmen handelt – weil die Schollen ja tot sind und keine lebenden Modelle, nehme ich an –, finde ich, du solltest mitkommen, hast du Lust?«

Der Kopfschmerz nahm zu. Wollte sie das? Wollte sie sich dem Gebiet nähern, wo ihr Vater mit einer anderen Familie wohnte, vielleicht nicht ahnend, dass er eine Tochter von einem tragischen Unglück in seiner Jugend hatte? Sie schaute Pierre an, der gespannt auf eine Antwort wartete.

»Klar.«

Wenn Pierre befahl, gab es keine Widerrede.

11

Die Waschküche quoll über von schlammigen Stiefeln und Schuhen mit vom Streusalz weißen Rändern. Die Matte lag in einem See aus schmutzigem Schmelzwasser, und das junge Mädchen, das die Tür öffnete, sah ihn entschuldigend an, als er sich vorstellte.

Sie trug eine locker sitzende Tunika in Orange, Rot und Gelb, die trotz ihres Schnittes nicht verbarg, dass sie ein paar Kilo zu viel auf den Rippen hatte. Ihr brauner, weiter Veloursrock verbarg auch nicht das große Hinterteil, als sie sich umdrehte und ihn ins Wohnzimmer führte, wo etwas mehr Ordnung herrschte. Sie hatte ein nettes Gesicht. Nett war das richtige Wort – runde Wangen, füllige Lippen, die keinen Lippenstift brauchten, um betont zu werden, eine süße, kleine Stupsnase und grüne Augen, die vor Leben sprühten, das Ganze umrahmt von dunkelblonden, langen Haaren, die wie eine Gardine um ihr Gesicht fielen, geteilt von einem deutlichen Mittelscheitel. »Anita Andersen«, hatte sie sich vorgestellt. Sie stand ein bisschen verlegen da und zog die Ärmel der Tunika herunter.

»Wollen Sie Tee haben? Oder vielleicht lieber einen Kaffee? Es ist bestimmt noch welcher in der Kanne.«

Roland nahm den Kaffee dankend an, um sich aufzuwärmen. Tee war nie seins gewesen. Mantel, Schal und Handschuhe legte er auf die Rückenlehne des Sessels, auf den er sich setzte, während sie in der Küche war. Hinter einer geschlossenen Tür erklang der Bass einer Rocknummer. Sicher eine dieser vielen neuen Bands, die am Firmament aufgetaucht waren. Ein bisschen zu heavy. Nicht sein Geschmack.

Anita war schnell zurück, den Kaffee auf einem Tablett zusammen mit großen Bechern und zwei Packungen Schokoladenkeksen. Offenbar benutzte heutzutage keiner mehr Kaffeetassen. Als der Becher halbvoll war, bat er sie, mit dem Einschenken aufzuhören. Sie setzte sich und füllte ihren bis fast zum Rand.

»Ich hab den anderen gesagt, dass Sie vorbeikommen und gerne mit uns reden würden«, demonstrativ schaute sie auf ihre Armbanduhr, »aber Sie sagten in zwanzig Minuten, es ist ja erst zehn Minuten her, seit sie angerufen haben.«

»Ich war gerade in der Nähe, aber dann können wir beide ja anfangen. Es geht um den Raubüberfall bei Ihren Nachbarn. Haben Sie letzte Nacht etwas Ungewöhnliches beobachtet?«

Sie trank, bevor sie antwortete. »Wir wohnen weit weg davon, daher glaube ich nicht, dass hier jemand etwas gesehen oder gehört hat.« Sie zögerte und nahm ihren Becher, obwohl sie ihn gerade erst abgestellt hatte. Sie saß da, den Becher zwischen den Händen, der Daumen fuhr an dem Porzellan auf und ab.

»Zu wievielt wohnt ihr hier?«

»Wir sind sechs Studenten. Linda und Andreas haben die WG zusammen gestartet. Andreas studiert an der Uni Geschichte und Linda geht auf die Sporthochschule. Bjørn studiert Biologie. Brian und Bitten sind zuletzt eingezogen, die kommen beide aus Kopenhagen. Brian geht auf die Technische Schule und Bitten ist Auszubildende in einem Friseursalon. Ich selbst besuche die Pädagogische Hochschule in Aarhus oder VIA, wie man sie jetzt nennt.« Sie trank wieder aus ihrem Becher. Gleichzeitig kam ein junger Mann die Treppe herunter. Er war fast genauso kräftig wie das Mädchen und erinnerte wegen seiner Kleidung an eine überdimensionale grüne Olive. Er gab ihm mit einem unbefangenen »Thorbjørn Møller« die Hand. Roland erwiderte den festen Händedruck und Anita erklärte, dass Thorbjørn der Biologiestudent war und sie ihn deswegen Bjørn, also Bär, nannten. Bjørn setzte sich neben sie, und dann wimmelten sie plötzlich aus ihren Zimmern wie Ameisen aus einem Ameisenhaufen. Roland sah flüchtig auf seine Armbanduhr. Es war exakt zwanzig Minuten her, dass er angerufen und sein Kommen angekündigt hatte. Er räusperte sich und war bereit, anzufangen, aber Anita stand auf und ging zu der geschlossenen Tür, aus der immer noch die Rockmusik durch die Wand dröhnte. »Wir sind noch nicht vollzählig«, sagte sie und klopfte an die Tür. Erst vorsichtig, dann ein bisschen aggressiver. Ein knurrendes »ja, ja, ja, zum Teufel« ertönte und die Musik stoppte.

Anita setzte sich wieder aufs Sofa und schaute resigniert in ihren Becher. Nach ein paar Minuten kam zuerst das Mädchen heraus. Sie hatte etwas Punkiges, aber nicht auf die extreme Art. Es waren die sehr markanten, schwarz umrandeten Augen, die diesen Eindruck vermittelten, und die abstehenden Haare, die von feuerwehrrot bis schwarz und lila schimmerten, die kurze, schwarze Lederjacke und nicht weniger das Nietenhalsband, das an den schwarz gescheckten Kampfhund von Olga und Vagn erinnerte. Der Mann – oder der Junge, war man versucht zu sagen –, der ihr gleichgültig folgte, war auch nicht gerade einer der netten Kerle. Als er die zu langen Haare zurückstrich, kam eine pickelige Stirn zum Vorschein. Lässig fläzte er sich in einen Sessel, den Blick abwesend auf die Kekspackung gerichtet. Die Augen waren kohlrabenschwarz, und wieder musste Roland an die amerikanische Bulldogge denken.

Er räusperte sich noch mal. »Na, sind dann jetzt alle hier?« Anita nickte und stellte die beiden Neuankömmlinge vor, die den Gast nicht einmal begrüßt hatten. Die Stimmung war gedrückt. Er überlegte, ob es sinnvoller gewesen wäre, mit jedem einzeln zu sprechen. Das musste er später in Angriff nehmen, falls er zu dem Schluss kam, dass es hier etwas gab, dem man nachgehen sollte. Er hatte nicht viel Zweifel, wer in der Kommune schuld an den vielen Besuchen der Polizei war. Brian Kjeldsens Augen schwammen in einem Haschrauch und der unverkennbare Geruch hing in seinem schwarzen T-Shirt mit Metallica-Logo und der Aufschrift *Metal Up Your Ass*. Aber darum konnte er sich jetzt gerade nicht kümmern.

»Betreibt ihr den Bauernhof, oder ist der stillgelegt?«, fragte er, um die angespannte Atmosphäre ein wenig aufzulockern.

»Das ist der Hof meiner Eltern, den ich geerbt habe. Ursprünglich war er ein Pferdehof, aber jetzt sind die Ställe leer. Wir benutzen sie im Augenblick als Lager. Aber ich habe überlegt, die Boxen an Pferdebesitzer zu vermieten.« Andreas schaute die anderen angespannt an, wie wenn er das noch nicht mit ihnen abgesprochen hätte. Er schien der Älteste der Bewohner zu sein, deren Alter, wie Roland schätzte, zwischen Anfang und Mitte zwanzig liegen musste.

Nur Linda Carlsen nickte bestätigend. »Das könnte ein zusätzliches Einkommen bringen, deswegen arbeiten wir ganz sicher darauf hin«, unterstützte sie ihren Freund. Sie war schlank und durchtrainiert. Die blonden Haare waren zu einer kurzen, sportlichen Frisur geschnitten. Sie war ein schönes und natürliches Mädchen, das sich in Farben kleidete, die zu der hellen Haut und den Haaren passten und das direkte Gegenteil von Bitten Mørk, die ihn mit diesen schwarz umrandeten Augen anstarrte und provozierend Kaugummi kaute. Keiner der anderen sagte etwas. Roland trank von dem Kaffee, während er sie betrachtete. Es war ein bunter Haufen, der um den niedrigen Eichenholzcouchtisch herum saß. Er fragte sich, was sie gemeinsam haben konnten, dass sie es aushielten, unter einem Dach zu wohnen.

»Wenn der Hof Ihren Eltern gehört, dann sind Sie doch bestimmt auch hier aufgewachsen und kennen die Nachbarn gut, oder?«

Anita stand plötzlich auf und unterbrach ihn. »Oh, Entschuldigung, Bjørn. Ich hab den Zucker vergessen.« Schnell schlüpfte sie in die Küche. Roland sah ihr nach. Bestimmt war sie diejenige, die sich hier um den Haushalt kümmerte. Andreas nickte und schüttelte gleichzeitig den Kopf.

»Ja und nein. Als ich vor fünf Jahren Linda getroffen habe, bin ich bei ihr eingezogen ...«

»Ich habe damals in Herning gewohnt«, warf Linda mit einem vorsichtigen Lächeln ein.

Andreas sah sie an und nickte. »Meine Eltern sind beide bei einem Autounfall gestorben, und dann war die Frage, was aus dem Hof werden sollte. Was die Nachbarn betrifft, die ich als Kind kennengelernt habe, das sind nur Olga und Vagn Mortensen und die, die damals auf dem Nachbarhof gewohnt haben.«

Roland nickte. »Ich habe mit Dorthe und Sam Geisler gesprochen, den Zwillingen. Sie haben etwas von einem Jungen erzählt, der im See in dem privaten Wald ertrunken ist. Kennen Sie die Geschichte?«

Andreas runzelte die Stirn und nickte langsam. »Ja, ich erinnere mich dunkel. Aber das ist passiert, als ich in Herning gewohnt habe, erinnerst du dich?« Er wandte sich an Linda, die ernst nickte.

»Meine Eltern waren schockiert, Marcus war oft bei ihnen, ein netter Junge, und ... sie setzten zusammen mit den anderen Nachbarn durch, dass ein Zaun um den See gezogen wurde.« Er kratzte sich den fast unsichtbaren Kinnbart, der an Schweineborsten erinnerte. »Soweit ich mich erinnere, war das vor vier Jahren im Frühling.«

»Wer war der Junge?« Roland glaubte eigentlich nicht, dass das etwas mit dem Fall zu tun hatte, aber er war neugierig, mehr von dem Unglück zu erfahren, das die Besitzer dazu gebracht hatte, einen ganzen Wald zu umzäunen.

»Er war tatsächlich der Sohn von denen, die auf dem Hof gewohnt haben, wo Signe und Albert jetzt wohnen«, antwortete Andreas und schaute plötzlich erschrocken. »Daran habe ich vorher noch gar nicht gedacht.«

Er starrte vor sich hin.

Anita kam zurück und stellte eine geblümte Zuckerdose auf den Tisch. »Ich glaube, wir können festhalten, dass wir letzte Nacht nichts gesehen oder gehört haben, oder?«, fasste sie zusammen und schaute Brian auf eine Weise an, als forderte sie ihn auf, etwas zu sagen. Roland versuchte ebenfalls, seinen finsteren Blick aufzufangen, aber er war plötzlich damit beschäftigt, Zucker in seinen Kaffee zu rühren.

»Wer am ehesten etwas gesehen haben kann, ist Bjørn«, meinte Bitten, den Blick auf die grüne Olive gerichtet, die sich in einer Sofaecke zusammengekauert hatte.

Er richtete sich auf. »Das stimmt, ich kann tatsächlich einen Teil des Hofes sehen, auf dem es passiert ist, aber ich schlafe nun mal um diese Zeit der Nacht!« Das Letzte sagte er direkt an Bitten gewandt.

»Natürlich«, sagte Roland, »aber für uns ist es auch wichtig zu wissen, ob ihr an den Tagen davor etwas beobachtet habt. Geparkte Autos oder etwas anderes Verdächtiges?«

»Das sind doch diese Scheißosteuropäer.« Brians teilnahmsloser Blick wandte sich von dem Kaffee im Becher zu Roland.

»Das können wir noch nicht wissen, deshalb ist es auch wichtig, Informationen von euch zu bekommen, wenn ihr etwas wisst.«

»Wir wissen einen Scheiß!«

»Und das gilt für euch alle?« Roland betrachtete sie nacheinander. Bjørn nahm einen Keks aus der Packung, als sie ihn erreichte, und vermied es dadurch, ihm in die Augen zu sehen.

»Dann habt ihr die Waffen also nicht gefunden?« Brian lehnte sich im Sessel zurück und verschränkte die Arme, sodass nur die Aufschrift *Metal Up Your Ass* zu sehen war. In die schwarzen Augen trat ein höhnischer Ausdruck.

»Nein, wir haben die Waffen nicht gefunden. Was weißt du darüber?«

»Nichts. Ich hab bloß in der Zeitung gesehen, dass er damit geprotzt hat.«

»Wann war das?«

»Vor ein paar Tagen. So ein Hirni! Er kann sich doch echt denken, dass dann welche kommen und die holen.«

»Habt ihr diese Zeitung aufgehoben?« Roland schaute direkt Anita an, die am meisten Kontrolle über das Ganze zu haben schien.

»Das weiß ich gar nicht, kann schon sein, dass sie nicht weggeschmissen wurde, wenn es noch nicht lange her ist.« Sie ging in die Küche. Kurz darauf kehrte sie mit der Zeitung zurück und reichte sie ihm. Er blätterte zu dem Artikel mit dem Foto eines breit lächelnden Albert Hovgaard, die Goldmedaille um den Hals, fotografiert vor dem offenen Waffenschrank, wo die Waffen Seite an Seite hingen.

»Darf ich die Zeitung mitnehmen?«

»Klar, die wird sonst eh weggeschmissen.«

»Ja, die gibt euch doch einen Überblick darüber, was in dem Schrank an Waffen war. Hier serviert er die ja irgendwie auf dem Silbertablett«, grinste Brian.

»Doch nur, wenn irgendwelche Kriminellen auf gute Ideen kommen«, knurrte Linda. »Eigentlich sollte es nichts ausmachen, dass andere einen Einblick darin bekommen, was man besitzt, oder?!«

Roland faltete die Zeitung zusammen. Aber es waren ja immer die Kriminellen, die gute Ideen hatten. Er war geneigt, Brian hier Recht zu geben. Es war kein cleverer Zug gewesen, seine Waffensammlung so auszustellen, obendrein mit vollem Namen und Adresse. Natürlich nicht so viel schlimmer als die Homepages von Immobilienmaklern, auf denen sie interessante Flachbildschirme und andere technische Ausstattung vorführten. Aber waren die Waffen allein der Grund für den Einbruch und den Mord? Er stand auf, zog seinen Mantel an und bedankte sich für die Hilfe. Hier war leider nicht mehr zu holen, spürte er. Die meiste Zeit des Tages war mit Gesprächen vorübergegangen, nun musste er zurück ins Präsidium und das Ganze ins System eingeben. Es wurde dunkel und er war gespannt, ob weitere Spuren aufgetaucht waren. Er fürchtete, dass das nicht der Fall war, sonst hätten sie ihn wohl kontaktiert.

Anita brachte ihn zur Tür. »Gibt es überhaupt eine Chance, dass ihr die findet?«, wollte sie wissen.

»Es ist nicht viel herausgekommen, aber wir hoffen doch, das Auto zu finden, das an der Straße gesehen wurde.« Er öffnete die Tür. Ein eisiger Wind fuhr durch die Waschküche und ließ die Mäntel am Kleiderhaken flattern. Bei jedem Windstoß bauten sich auf dem Hof immer neue Schneewehen auf. Anita schlang die Arme um sich, um sich gegen die Kälte zu schützen. Roland zog die Handschuhe an und dankte ihr für den Kaffee. Er hatte das Gefühl, dass sie noch etwas sagen wollte, aber das Wort, zu dem sie ansetzte, formte sich zu einem Lächeln. Dann schloss sie die Tür.

12

Der einzige Laut, der schwach zu ihm herein drang, war wie ein leises Zischen. Der Wind, der kleine Schneekristalle über eine gefrorene Oberfläche wirbelte. Er hatte das Zeitgefühl verloren und glitt zwischen der erschreckenden Wirklichkeit und einem tranceähnlichen Traumzustand hin und her. Falls er nicht immer noch ohnmächtig war. Oder war er tot? Er versuchte die Augen zu öffnen, aber die Augenlider waren schwer wie Blei und gehorchten nicht sofort. Als sie sich endlich langsam zu schmalen Schlitzen öffneten, sah er nur Dunkelheit. Jetzt spürte er die Kälte. Sie hatte begonnen, dort einzudringen, wo auch immer er sich befand. Er war also nicht tot. Er konnte hören und fühlen. Aber er konnte sich nicht bewegen. Wenn er versuchte, sich zu drehen, stieß er gegen ein Hindernis, und wenn er den Kopf hob, rammte auch der irgendetwas. Es klang wie Holz. Eine Holzkiste. Lag er in einer Holzkiste? Die Hand zitterte nicht nur vor Kälte, als sie die Tasche durchsuchte. Sie war leer. Die Flasche war weg. Der Schnaps! Das erschreckte ihn mehr, als in einer engen Holzkiste zu liegen. Er drehte den Kopf. Etwas straffte sich und schnitt tief in den Hals. Seine durchgefrorenen Finger tasteten sich hoch und spürten das Raue darum. Er erinnerte sich nur an Bruchstücke von dem, was passiert war. Von dem, was er glaubte, dass es passiert war. War das ein Traum? Ein Albtraum im Rausch? Die Fingerspitzen, die dreckig und gelb vom Nikotin waren und aus den gestrickten Handschuhen guckten, kontrollierten noch mal. Es war kein Albtraum gewesen. Das Seil war immer noch da. Das war es, was so gezogen hatte und ihn beinahe ersticken ließ. Vorsichtig lockerte er es, als wäre es ein teurer Schlips. Ein Kleidungsstück, das er seit Ewigkeiten nicht mehr benutzt hatte, nicht seit der großen Zeit, als alles anders gewesen war.

Er lag auf dem Rücken, und als die Augen sich an die Dunkelheit gewöhnten, begann er, Konturen zu sehen. Der Deckel war nur wenige Zentimeter über seiner Nase. Die anderen zogen ihn damit auf, weil sie immer rot war. Rot vom Alkohol. Er zitterte noch mehr. So begannen die Entzugserscheinungen. Wie lange war es her, dass er etwas zu trinken bekommen hatte? Einen Tag? Zwei? Länger? Vielleicht war es wegen des ganzen Alkohols im Blut, dass er noch nicht vor Kälte gestorben war. Aber warum hatten sie es nicht zu Ende gebracht? Glaubten die, sie hätten es? Lag er deswegen in einer Holzkiste – einem Sarg? Er starrte in die Dunkelheit, und sein Leben zog wie ein Film, der auf der Innenseite des Deckels abgespielt wurde, an ihm vorbei. Er begann mit der Kindheit, die ganz okay gewesen war, in einem Mittelschicht-Zuhause in einem ruhigen Wohngebiet. Der Erfolg mit der Firma, von der niemand glaubte, dass er damit Erfolg haben würde. Die ersten Angestellten. Das hereinströmende Geld. Das Auto. Ein Mercedes. Weiß. Natürlich nicht ganz neu. Bodil. Ihre Hochzeit. Das Glück. Er wollte die Augen wischen, konnte aber kein Leben in seine Arme bekommen, daher ließ er die Tränen laufen, schmeckte Salz. Johann, Simon und Trille. Wo sie jetzt wohl waren? An dem gleichen Ort, wo er selbst bald enden würde? Sie waren in dieser Sommernacht verschwunden. Da war wieder dieser Mercedes. Hätte er ihn doch nie gekauft. Er schluchzte laut. Ein jämmerlicher Laut in einer Holzkiste. Verdammte Nüchternheit. Die Frage sollte ertränkt werden. Die Frage, die immer wieder auftauchte und ihn in den Wahnsinn trieb. Warum hatte er nicht auf Bodil gehört? Warum hatte er sie nicht fahren lassen? Aber er war doch ein Mann von Welt, der nicht einer Frau das Steuer überließ. Und sie hatte nachgegeben, wie sie es immer getan hatte. Hatte Simon und Johan mit den Gurten hinten auf dem Rücksitz geholfen und Trilles Gurt im Kindersitz geprüft. Ihren eigenen angelegt. Als ob der helfen würde. Als ob der Leben retten könnte. Jetzt war alles weg. Bodil, die Kinder, die Firma, der Mercedes – sein Leben, das in Matsch in einem Rinnstein verwandelt worden war. Aber seine Freunde waren noch irgendwo da draußen. Die wahren Freunde, die nicht verurteilten. Sie waren selbst verurteilt. Man brauchte sie nicht, wenn sie nichts leisten konnten. Ohne die Freunde hätte er nicht so lange gelebt. Von ihnen, Alkohol und Zigaretten am Leben gehalten und dem, was er im Mülleimer finden konnte, und das war zum Glück nicht so wenig. In der Regel taten die Leute an den Stoppschildern in den späten Nachtstunden so, als würden sie ihn nicht herumwühlen sehen. Sie schämten sich für ihn. Oder für sich selbst – wer weiß?

Als die Gedanken aufhörten, war das Geräusch des Windes kräftiger geworden. Es klang wie ein Sturm, der den Schnee dort draußen herumwirbelte. Eiskristalle gegen ein Fenster schlagen ließ, sodass sie wie Sand und Kieselsteine klangen. Wenn er liegen blieb, würde er erfrieren. Erneut versuchte er, sich aufzurichten, und schlug sich den Kopf am Deckel an. Er stemmte die Knie dagegen und drückte nach oben. Der Deckel gab nach, fiel polternd zu Boden. Endlich konnte er sich aufsetzten. Alles drehte sich und er musste sich übergeben. Er blieb ein bisschen in der Kiste sitzen. Allmählich kehrten die Kräfte in Arme und Beine zurück. Der Raum, in dem er sich befand, war dunkel wie die Nacht jenseits des Fensters, aber der Schnee erhellte ihn ein wenig, sodass er die Dinge um sich herum schemenhaft erkennen konnte. Es war ein Schuppen mit Massen von Kisten in verschiedenen Größen. Die meisten aus Holz. Sie sahen wie Obstkisten aus. Wo war er, und warum befand er sich hier? Das war der schlimmste Kater, den er jemals gehabt hatte. Unsicher stellte er sich auf die Beine, stützte sich an den Seiten der Kiste ab und kletterte wie ein Kind aus einem Laufstall. Die nackten Füße trafen auf einen eiskalten Zementboden. Wo waren seine alten abgenutzten Schuhe? Die Kiste sah selbstgemacht aus, unprofessionell aus Brettern zusammengenagelt. Nicht weit weg von ihm stand eine andere, die fast genauso aussah. Was war da drin? Etwas zu essen? Sein Gedärm schrie und wand sich in seinem Bauch wie eine zischende Schlange. Auf den gefühllosen Füßen wackelte er hinüber und schob den Deckel auf, konnte in der Dunkelheit aber nichts sehen. Er fasste hinein und tastete sich vor. Es war kalt und erinnerte an Wäsche auf der Wäscheleine an einem Frosttag. Stoff? Seine Hände glitten weiter nach oben und trafen auf etwas Raues. Die Finger zitterten, als sie an dem Rauen entlang fuhren und einen Hals spürten, ein Kinn mit piksenden Bartstoppeln, einen Mund. Kalt und steif. Mit einem Ruck zog er die Hand weg. Ein Mensch! Ein toter Mann mit einem Seil um den Hals wie um seinen eigenen. Er versuchte, seins loszuwerden, aber je mehr er daran zerrte, desto strammer wurde es. Er ließ es hängen. Die Angst und die Kälte hatten seine Muskeln festfrieren lassen. Die Beine waren steif, sie trugen ihn wie Stelzen, als er sich in Richtung Tür bewegte, wo sich der Schnee durch die Bretter drückte und über den Zementboden mit den beiden Holzkisten fegte. Er zog die Tür auf. Auch die war nicht abgeschlossen. Was sollte das auch nützen, wenn der Mann ohnehin tot war? Fliehen konnte er ja nicht. Konnte er? War er auch tot? War er jetzt ein Geist, der aus dem toten Körper gestiegen war? Oder war er die Seele, die bald gen Himmel verschwinden und Bodil, Johan, Simon und Trille aufsuchen würde? Um sich zu entschuldigen. Um Vergebung zu bekommen. Er schaute auf seine eigene Holzkiste, aber die war leer. Da lag kein dünner, dreckiger, hohlwangiger Mann mit roter Nase, grauem Haar und Schnurrbart, in abgewetzten Klamotten, dessen Seele aufgestiegen war. Wie könnte sie auch, sie hatte ihn schon längst verlassen, und ohne Seele war man nur eine leere Hülse. Er ging hinaus in den Sturm. Kälte und Schnee schlugen ihm in der Dunkelheit entgegen. Er schnappte nach Luft. Bewegte sich mühsam vorwärts, indem seine Füße durch den Schnee rutschten, wie auf Skiern oder in Schneeschuhen. Was konnte einer Hülse schon passieren? Die konnte nicht einmal sterben.

13

Anne trampelte den Schnee auf der Fußmatte ab. Gerade, wenn man glaubte, jetzt könnte nicht noch mehr kommen, dann ...

Sie öffnete die Tür und trat in die Wärme ein. Es war sehr still und der Zigarettengeruch war verschwunden. Vorsichtig schob sie die Tür zum Wohnzimmer auf und wich erschrocken einen Schritt zurück. Es war schöner und sauberer, als sie es je gesehen hatte. Es war aufgeräumt, staubgesaugt und gewischt. Der Duft frostiger Frische deutete darauf hin, dass die Fenster lange geöffnet gewesen waren, um zu lüften. Es sah tatsächlich so aus, als wären sie geputzt worden. Der Abwasch in der Küche war erledigt, die Wohnung sah fast unbewohnt aus. Sie schluckte schwer. Das war eine Seite an ihrer Mutter, die sie nicht kannte. So wäre es gewesen, von der Schule heimzukommen in ein schönes und aufgeräumtes Zuhause, aber stattdessen waren da schreiende Stiefgeschwister gewesen, Chaos und Unordnung und eine mürrische Mutter, die mit zwischen die Lippen geklemmter Zigarette losschimpfte, sobald Anne mit ihrer Schultasche hereinkam. Diese Geste, die sie hier gezeigt hatte, musste ein Signal sein. Vielleicht ein *Entschuldigung*. Vielleicht ein Wink, dass sie sich nützlich machen konnte, wenn sie die Erlaubnis bekam zu bleiben. Sie warf ihren Rucksack in die Ecke neben dem Schreibtisch und setzte sich steif aufs Sofa, innen total leer. Es gab keinen Zettel mit einem Gruß oder eine Information, wohin sie gegangen war. Sie lehnte sich zurück und schloss die Augen. Die ganze Nacht über hatte sie dem Heulen des Schneesturms um den Dachfirst gelauscht. Sie war irgendwann auf der Toilette gewesen, hatte in der Türöffnung gestanden und ihre Mutter betrachtet, die mit halboffenem Mund auf dem Rücken auf dem Sofa gelegen hatte, die Arme zur Seite gestreckt in einer grotesken Stellung, als hätte man sie gekreuzigt. Ein warmes Gefühl hatte sie durchströmt, aber sie wusste nicht genau, was das war. Fürsorge, Mitleid – Liebe? Sie hatte es aufgegeben, es herausfinden zu wollen, hatte sich ein Glas Saft aus dem Kühlschrank genommen, vorsichtig, damit sie keinen Lärm verursachte, und es mit ins Bett genommen. Hier lag sie lange und lauschte den Geräuschen draußen und den ruhigen Atemzügen ihrer Mutter aus dem Wohnzimmer, die ihr Sicherheit gaben. Ob das wohl so war, weil das Geräusch sie beruhigt hatte, als sie im Bauch ihrer Mutter gelegen hatte? Ungeachtet dessen, was einem im Leben passiert war, war das jenes untrennbare Band zum eigenen mütterlichen Ursprung, von dem Kamilla gesprochen hatte, nachdem sie ihre Mutter verloren hatte? War es trotzdem verkehrt, sie zu bitten, weg zu sein, wenn sie von der Arbeit kam – oder

der Jobsuche, wie sie stattdessen hätte sagen müssen? Zurück nach Nørrebro zu fahren, von wo viele Bewohner wegen des Bandenkriegs flohen. Niemand konnte sich dort sicher fühlen. Aber als sie heute aufgestanden war und ein Wohnzimmer betreten hatte, das nach Zigaretten stank, mit einer hässlichen Frau im Nachthemd und einer halbvollen Bierflasche in der Hand, hatte sie ihren Beschluss nicht geändert.

Sie öffnete die Augen. Hier war es so still. Viel zu still. Sie vermisste ihre Arbeit, Kamilla, Britt, Nicolaj – ja selbst Thygesen. Wenn sie nicht bald eine Arbeit fände, würde sie wahnsinnig werden, aber jetzt war glücklicherweise wenigstens Schluss damit, jeden Tag raus in die Kälte zu müssen, um sich nicht zu verraten. Sie streckte unter dem Couchtisch die Beine aus. Eine leere Bierflasche rollte über den Holzboden, das Geräusch war heftig in der Stille. Sie beugte sich herab und hob sie auf. Das war also etwas, das dem Blick der Putzfrau entgangen war. Sie lächelte bitter, während sie die Flasche betrachtete. Die gehörte zu ihrer Mutter wie ein Schnuller zu einem Baby. Wann hatte das angefangen? Als ihr Mann bei einem Autounfall starb? Als Torsten in ihr Leben getreten war und es verpestet hatte? Sie konnte sich nicht erinnern, ihre Mutter vor dieser Zeit betrunken gesehen zu haben. Aber wo war sie jetzt hingegangen, wie viele Orte konnte sie in Aarhus kennen? Sie ging in die Küche, stellte die Flasche auf den Tisch und goss Tee auf. Als sie mit dem warmen Becher auf dem Weg zurück zum Sofa war, klingelte es an der Tür. Sie zögerte lange, bevor sie aufmachte. Obwohl es leer war, nachdem ihre Mutter weg war, wünschte sie sie nicht zurück, wenn es also sie war ...«

»Entschuldigung, dass ich nochmal störe, iiii…ich«, stammelte der junge Mann vor der Tür in ausgezeichnetem Dänisch mit einem leichten Akzent. Sie erkannte ihn sofort. Adomas, ihr litauischer Cousin.

»Hast du gestern was vergessen?«

»Nein, nein. Ich will nur ... mit dir reden, wenn ...«

»Hat sie nicht gesagt, dass du hier nicht wohnen kannst? Das kannst du einfach nicht! Sie wohnt übrigens auch nicht mehr hier.«

»Darum geht's nicht. Aber weißt du eigentlich, wo deine Mutter jetzt ist?«

»Keine Ahnung. Ist mir auch egal.« Sie wollte die Tür schließen, aber Adomas hielt seine Hand dazwischen und schubste sie so heftig auf, dass sie zum Sofa geschleudert wurde. Er kam drohend auf sie zu. Sie richtete sich auf und schaute ihm trotzig und mit klopfendem Herzen in die Augen, wollte etwas sagen, aber er unterbrach sie.

»So behandelt ihr eure Familie hier in Dänemark? Mit totaler Gleichgültigkeit! Sie ist deine Mutter! Solltest du nicht wissen, wo du sie hingeschickt hast?«

»Ich? Wo *ich* sie hingeschickt habe?!« Anne schaute weg und kramte in der Tasche nach den Zigaretten, fand sie und versuchte, eine aus dem Päckchen und zwischen die Lippen zu bekommen. Ihre Hände zitterten.

Adomas holte ein Feuerzeug heraus und gab ihr Feuer. »Hast du wirklich geglaubt, ich würde dich schlagen?« Er löschte das Feuerzeug und steckte es zurück in die Tasche. »Ich weiß, wo deine Mutter ist. Sie sitzt in einer Wärmestube für Obdachlose. Willst du ihr das antun?«

Anne setzte sich aufs Sofa und schaute zu ihm hoch. »Ja, du hast Recht, wir behandeln unsere Familie seltsam. Vierzehn Jahre lang hat sie nicht gewusst, wo ich war. Ich war ihr so egal, wie sie es mir jetzt ist.«

»Das kann nicht stimmen, Ann ...«

»Ich heiße verdammt noch mal Anne!«

»Okay, Entschuldigung, aber das kann nicht stimmen – Anne. Ich kenne deine Mutter schon sehr lange. Sie wollte dich wirklich gerne finden, hat sich aber nicht getraut, weil ...«

»Und er hat die ganzen letzten Jahre im Gefängnis gesessen, diese Entschuldigung zieht also nicht!«, unterbrach sie ihn.

»...weil sie Angst hatte, dich zu treffen ... wollte ich sagen.«

»Angst? *Mich* zu treffen?!«

»Sie weiß genau, dass sie dich schlecht behandelt hat. Natürlich hatte sie Angst, wie du auf sie reagieren würdest. Das war eine große ... wie heißt das ... Überwindung, dich aufzusuchen.«

Anne musterte ihn eingehend. Er sah dem Mann auf dem Foto im Regal tatsächlich ein bisschen ähnlich. So hatte ihr Vater wohl ausgesehen, als sich ihre Mutter in ihn verliebt hatte. Gleiches Alter bestimmt.

»Wo hast du so gut Dänisch gelernt?«

Adomas lächelte verlegen. »Ich habe mich viele Jahre in Dänemark aufgehalten. Deine Mutter hat mir viel mit der Sprache geholfen. Man kann hier gute Jobs bekommen, daher bin ich auch zum Dänisch-Unterricht gegangen, um bessere Möglichkeiten zu haben – und habe mich mit dänischen Mädchen getroffen.«

»Ah, okay. Hattet ihr es nötig zu reden?«

Er lachte, und es lag etwas in seinem Lachen, das sie zum Lächeln brachte.

»Nicht immer. Diese dänischen Mädchen sind etwas Besonderes.« Er wurde wieder ernst. »Ich meine es ernst, Ann...e, deine Mutter hat es richtig schwer. Ich bin ihr in die Wärmestube gefolgt, weil ich mir Sorgen um sie gemacht habe. Ich finde, du musst ihr helfen.«

»Willst du einen Tee haben?«

Adomas nickte und setzte sich. Er zog den Mantel aus.

»In welcher Wärmestube ist sie?«, fragte sie, als sie ihm einen Becher hingestellt hatte.

»Ich kenne den Namen nicht. Die Straße heißt ... Mejlstraße, glaube ich. In der Innenstadt.« Er trank und verbrannte sich.

»Dann weiß ich, wo das ist. Das ist von der Heilsarmee. Woher meine Mutter das kennen mag?«

»Ich hab gesehen, dass sie mit welchen bei der Kirche geredet hat, sie haben ihr wohl erzählt, wo sie hingehen muss. Aber das ist kein Ort für Rose. Sie ist ja nicht obdachlos. Sie hat Familie!« Er sah sie eindringlich an, sie schaute auf den Tisch.

»Du verstehst das hier nicht, Adomas. Das liegt weit zurück und hat tiefe Wurzeln. Ich habe meinen Vater nie kennengelernt, mein Stiefvater sitzt wegen Mordes im Gefängnis und meine Mutter hat ihn immer unterstützt, sie hat mir nie mit irgendwas geholfen, daher ...«

»Ich hab deinen Stiefvater getroffen.«

Anne schaute ihn schnell an.

»Nur einmal, aber das hat auch gereicht.«

»Was ist passiert?«

»Ich hab ein paar gewischt gekriegt.« Er lächelte schief.

Anne lächelte zurück und trank aus ihrem Becher, während sie Adomas betrachtete. Man stelle sich vor, dass sie verwandt waren. Er war ihr Cousin, das war ein Gedanke, an den sie sich gewöhnen musste. Auch daran, dass sie selbst eine halbe Litauerin war.

»Du bist vielleicht gewohnt, Dresche zu bekommen oder was?«, fragte sie.

»Nein, überhaupt nicht, zu Hause jedenfalls nicht. In der Stadt ist es ein paar Mal passiert, dass wir uns in etwas eingemischt haben, das in einer Prügelei geendet hat, aber nur weil wir dazu provoziert wurden und vielleicht ein bisschen zu viel getrunken hatten.«

Anne stellte den Becher auf den Tisch. »Meine Mutter hat davon gesprochen, dass ein paar deiner Freunde draußen in schlimmere Dinge verwickelt sind. Worauf läuft das hinaus?«

»Darüber soll ich bestimmt mit keinem reden ...«

»Ich sage niemandem etwas, aber vielleicht kann ich helfen. Wenn ich das richtig verstanden habe, wurden sie zu Unrecht beschuldigt.« Anne spürte, wie etwas in ihr erwachte. Das hier war das, was sie vermisste. In der Tiefe zu graben – herauszufinden, was in Wirklichkeit passiert war. Es ans Licht zu bringen.

»Ich weiß nicht, Anne. Das, was sie getan haben, ist zwar kriminell, aber es ist überhaupt nicht das, weswegen sie gesucht werden. Das ist viel schlimmer.«

»Sie werden gesucht? Was haben sie gemacht?«

Adomas sah sie lange nachdenklich an, bevor er antwortete. »Sie konnten keinen Job bekommen und haben verzweifelt Geld gebraucht, um zurück nach Litauen fahren zu können. Die Osteuropäer bekommen ohnehin immer die Schuld für Raubüberfälle in Häusern, deswegen haben sie beschlossen, in einen Hof einzubrechen, von dem sie wussten, dass es dort Geld gab. Das ist alles. Aber jetzt werden sie wegen Mordes gesucht.«

»Mord?!« Anne richtete sich auf und ärgerte sich darüber, dass sie wieder keine Zeitung gekauft hatte, aber sie war so beschäftigt damit gewesen heimzukommen, um zu sehen, ob ihre Mutter verduftet war, dass sie es völlig vergessen hatte.

»Ja, die Polizei hat den Mann totgeprügelt gefunden, aber sie haben es nicht getan, das weiß ich einfach. Sie geben zu, dass sie der Frau ein paar Ohrfeigen verpassen mussten, um sie zum Schweigen zu bringen, aber das andere, das haben sie einfach nicht gemacht.«

»Bist du dir ganz sicher? Vielleicht ist etwas schiefgegangen?«

»Ich kenne sie, seit wir Kinder waren. Die sind nicht gewalttätig. Nicht *so* gewalttätig«, verbesserte er sich, als sie sich räusperte.

»Hier und da mal ein bisschen geklaut, aber jemanden so brutal totzuschlagen – das können die einfach nicht.«

»Wo sind sie jetzt, deine Freunde?«

»Also, das sag ich dir nicht.«

»Okay. Aber sie müssen zur Polizei gehen. Sie müssen erzählen, was passiert ist.«

»Dazu krieg ich die nie. Es würde ihnen doch auch niemand glauben. Das wäre ja der reine Selbstmord.«

»Ach, hier in Dänemark haben wir ja keine Todesstrafe, und dass sie sich selbst melden, kann die Sache für sie nur verbessern. Wenn sie wirklich unschuldig sind, werden Spuren es beweisen. Versuch mal, mit ihnen zu reden, ja?«

Er nickte. »Aber dann musst du mir auch versprechen, dass du in die Wärmestube gehst und mit deiner Mutter sprichst. Machst du das?«

Anne nickte widerstrebend. »Okay, okay, mach ich.«

14

Roland hatte die Heizung hochgedreht, als er zurückgekommen war, und es roch nach warmer Farbe.

»Die Spurensicherung hat also nur einen Zigarettenstummel im Schnee gefunden, der von allen möglichen anderen als den Verdächtigen weggeworfen worden sein kann.« Er biss von einer der Rumkugeln ab, die ihn im Schaufenster des Bäckers angelacht hatten. Isabella und Mikkel hatten dankend abgelehnt, auch den Kaffee. »Und es gibt noch keine Rückmeldung von der KTU des Tatorts?«, kaute er und wischte die Finger an einer Serviette ab.

»Bisher noch nichts, aber sie arbeiten dran. Und wir müssen immer noch das Auto finden.« Er hatte den Arm ein gutes Stück über die Armlehne seines Stuhls geschoben, sodass er auf Isabellas Ellbogen ruhte. Es war ihnen ansonsten gut gelungen, vor dem Vizepolizeidirektor zu verbergen, dass sie zusammen waren. Kurt Olsen tolerierte es nicht, das lenkte zu sehr ab, meinte er. Aber Roland hatte ihr Liebes-Geheimnis entdeckt. Er durfte so etwas dem obersten Chef nicht vorenthalten, aber er mochte die beiden jungen Menschen, sie waren kompetent in ihren Jobs. Und Herrgott, was kann schon ein bisschen Liebe am Arbeitsplatz anrichten?

»Hörst du zu?« Mikkel wedelte mit einer Hand vor seinem starren Blick und schnippte schließlich mit dem Finger. Isabella lächelte. Roland liebte dieses Lächeln immer noch, aber er hatte der Tatsache ins Auge gesehen, dass es Mikkel war, der den ganzen Gewinn davontrug. Vielleicht auch die Beförderung, die anzustreben Roland nach Irenes vielen Ermahnungen aufgegeben hatte. Sie behauptete fortwährend, sie hätten genug Geld.

»Natürlich höre ich zu. Nach dem Auto wird sicher gesucht?«

»Ja, aber mit der spärlichen Beschreibung bekommen wir entweder keine oder eine Menge Hinweise, die wir zu nichts gebrauchen können.«

»Kam überhaupt nichts bei den Gesprächen mit den Nachbarn raus?«, erkundigte sich Isabella.

»Nee, niemand hat etwas Ungewöhnliches gesehen. Nur Thorkild Hansen, der ja das Auto beobachtet hatte. Aber das musste seine Frau aus ihm rauszwingen. Die ganze Bande wirkt recht scheu.«

»Ich habe gestern Abend eine von ihnen bei TV 2 Ostjütland gesehen. Es ist unglaublich, dass sie sich vor die Kamera stellt und von dem Vorfall berichtet, wenn die Verdächtigen noch auf freiem Fuß sind.«

Mikkel nahm ihre Hand und drückte sie. »Sensationsgier, mein Schatz. Die meisten lieben es, der Wissende zu sein. Der, der mit den grausamen Neuigkeiten kommt und andere schaudern lässt.«

»Wer von ihnen war im Fernsehen?«, fragte Roland.

»Ich glaube, sie hieß Ella. Ella Geisler.«

Roland lächelte schief. »Das würde passen. Sie sieht wie ein heller Aborigine aus, stimmt's?«

»Ein was?«

»Australischer Ureinwohner«, trug Mikkel bei.

Isabella lachte. »Ja, das tut sie wirklich.«

Roland nahm die Zeitung, die er in der WG bekommen hatte. »Albert Hovgaard war selbst vor Kurzem in der Presse.« Er schlug den Artikel auf und reichte Mikkel die Zeitung.

»Meine Fresse, was für ein Waffenarsenal. Ist das wirklich das, was die Mörder jetzt in ihrem Besitz haben?« Mikkel schüttelte still den Kopf. Isabella lehnte sich über seinen Arm und legte die Wange gegen seine Schulter, während sie mitlas. Wenn jetzt Kurt Olsen auftauchte ... Roland schaute nervös zur Tür.

»Davon müssen wir ausgehen. Ungefährlich sind sie jedenfalls nicht, der Tatsache müssen wir ins Auge sehen.«

»Ist das jetzt klug, die zu zeigen?« Isabella schaute zweifelnd über den Rand der Zeitung zu ihm herüber.

»Ein bisschen unvorsichtig, milde ausgedrückt.«

»Aber traurig, dass es so weit gekommen ist.« Isabella las weiter und Roland verhielt sich still, während er die beiden beobachtete. Mikkels glatt rasierter Kopf lehnte sich gegen Isabellas, das blonde

Haar fiel weich über ihre Schultern. Die Pupillen bewegten sich vor und zurück, während sie den Artikel lasen. Er sah sie so vor sich am Frühstückstisch sitzen, mit dem Duft von Kaffee und Brötchen, sie nur in einem leichten, offen stehenden Morgenmantel, der gerade etwas ahnen ließ, er – am liebsten vollständig bekleidet. Er spürte ein drückendes Gefühl in der Brust. Ein Vermissen. Aber er vermisste eher die Zeit als die Situation. Es war lange her, dass Irene und er so zusammen Zeitung gelesen hatten. Er schaute weg, als Isabella fertig gelesen hatte und ihn wieder ansah.

»Kann Albert Hovgaard wegen des Artikels als Opfer ausgewählt worden sein?«

»Das kann nicht ausgeschlossen werden. Haben wir die Überwachungskameras an den Tankstellen und so weiter in dem Gebiet überprüft?«

Mikkel legte die Zeitung auf den Tisch und nickte. »Kein Auto, auf das die Beschreibung zutrifft. Aber wir haben Wagen draußen, die nur danach suchen, wenn sie also den einen Ort verlassen haben, gibt es Hoffnung, dass wir sie finden.«

»Wenn sie mit der Beute nicht schon nach Osteuropa zurückgerollt sind«, seufzte Roland.

»Wir viel haben sie eigentlich erbeutet – also außer den Waffen?«, wollte Isabella wissen.

»Kurt Olsen will heute noch mal zum Krankenhaus fahren und versuchen, mit Signe Hovgaard zu sprechen. Gestern war das nicht möglich, daher wissen wir das nicht mit Sicherheit.«

Das Telefon klingelte. Roland war froh, Gert Schmidts viel zu laute Stimme zu hören. Mikkel und Isabella konnten leicht mithören. Ein Anruf vom Chef der Kriminaltechnischen Abteilung wurde immer sehnsüchtig erwartet.

»Und, Schmidt? Hast du gute Neuigkeiten für uns?«

»Sowohl als auch. Ich habe das Ergebnis der Analyse der Zähne, die auf dem Küchenboden gefunden wurden. Nicht alle stammen aus demselben Kiefer. Ich glaube, wir haben zwei der Zähne des Mörders. Das heißt, wir haben DNA.«

»Ja, das ist doch eine gute Nachricht, aber ...«

»Genau, solange wir keinen Täter haben, ist das Wissen nutzlos. Es ist jedenfalls keine Person, die in unseren Datenbanken steht.«

»Ärgerlich, aber das gibt uns doch die Möglichkeit, den Betreffenden zu überführen, wenn wir ihn finden. Sonst noch was?«

»Du hast bestimmt gehört, dass die Fingerabrücke mit denen von drei anderen Raubüberfällen in Ostjütland identisch sind, oder?«

»Ja, das hab ich gehört. Wir müssen nur noch die Eigentümer finden. Danke für deine Hilfe, Schmidt.« Er legte auf, und Isabella und Mikkel nickten, um zu bestätigen, dass sie mitgehört hatten.

»Wir haben also sowohl DNA als auch Fingerabdrücke, jetzt müssen wir *nur* drei oder vier Osteuropäer finden«, kommentierte Mikkel trocken und tätschelte Isabella auf den Oberschenkel als Zeichen, dass sie weiter mussten. Wie wenn man seinen Hund tätschelt, dachte Roland und schnitt eine Grimasse. Sie erhoben sich beide wie in einer einzigen Bewegung.

»Wenn zu viel Zeit vergeht, wird die Chance, sie zu finden, ja geringer. Interpol ist informiert und sie behalten die Grenze im Auge. Die sollten nicht aus dem Land entwischen können, will ich meinen«, fuhr Mikkel fort.

»Falls sie nicht schon über alle Berge sind. Ja, lasst uns die Sache hier zu Ende bringen. Wir müssen, ganz richtig, nur noch die Täter finden.« Er sah ihnen nach, als sie zur Tür gingen. Mikkel, groß und muskulös, mehr als einen Kopf größer als sie.

»Ach, Isabella ...« Sie drehte sich sofort in der Türöffnung um. »Es gibt einen Fall, auf den ich dich auch gerne gerade mal gucken lassen würde, willst du das?«

»Welcher Fall ist das?« Sie kam wieder in sein Büro und schubste die Tür ein bisschen zu.

»Im Frühling vor vier Jahren – plus minus – ist ein Junge im See in dem Wald ertrunken, der zu Olga und Vagn Mortensens Anwesen gehört. Ich weiß nur, dass er wohl Marcus hieß. Willst du versuchen herauszufinden, was wir zu diesem Fall haben?«

Isabella runzelte die Brauen. »Hat das denn etwas mit dem Raubüberfall und dem Mord zu tun?«

»Nein, das kann ich mir nicht vorstellen. Das Seltsame ist nur, dass der Junge zusammen mit seiner Familie auf dem Anwesen wohnte, das jetzt Signe und Albert Hovgaard gehört.«

»Also der gleiche Hof, auf dem Albert jetzt ermordet wurde ...«

»Genau der.«

»Das klingt doch wie ein Zufall. Du erinnerst dich an nichts davon?«

»Ich erinnere mich schwach an etwas mit einem Jungen, der ertrunken ist, aber es passiert ja so viel Schreckliches, dass das Gehirn glücklicherweise nicht alles speichert. Außerdem ging die Sache nicht mal zur Kriminalpolizei.«

Isabella nickte. »Okay.«

»Das ist sicher zufällig, ja, aber falls du herausfinden kannst, wo Marcus' Familie heute wohnt, könnte es spannend sein zu hören, was sie uns zu erzählen haben – sieh es einfach wie einen ganz anderen Fall, in dem wir aufgrund der Umstände gerade noch mal nachforschen.«

15

Kamilla genoss den Anblick, als sie zum Neuen Hafenweg fuhren. Sie hatte eine Vorliebe für Jachthäfen. Die roten Gebäude mit den gezackten schwarzen Dächern und den Panoramafenstern erinnerten sie an die bei Egå Marina. Die Boote waren immer ein hübscher Anblick, selbst jetzt im Winter. Unruhig und mit Schnee auf den Decks lagen sie im Eis. Alles war wie eingefroren, bis der Frühling dem Hafen wieder Leben einhauchen würde. Der Horizont verschwamm im blaugrauen Winterdunst, sodass man nicht sehr weit aufs Meer schauen konnte. Die Windräder auf der Landzunge mit der langen Mole drehten sich lustig, alle sieben waren in vollem Gange. Es war nett, zur Abwechslung mal

Beifahrer zu sein und sich nicht auf die glatten Straßen konzentrieren zu müssen, obwohl Pierre so fuhr, wie er es aus Frankreich gewohnt war. Sie hatte ihre Füße mitbewegt, als ob sie selbst am Steuer säße. Oft war es der Fuß für die Bremse, den sie auf dem weichen Teppich des Autos bis zum Anschlag durchgetreten hatte. Aber nun waren sie angekommen, Pierre bog bei der Ostmole ein und parkte. Hier sollten sie den Fischer treffen, mit dem er sich verabredet hatte.

Der Wind war stark und beißend und ein deutlicher Kontrast zur Autoheizung. Sie schloss die Tür und sah Pierre an, der eine schwarze Unisex-Skimütze aufzog. Sie ärgerte sich darüber, ihre eigene vergessen zu haben. Ihre Ohren schmerzten schon heftig. Sie half ihm damit, die Fototaschen aus dem Auto zu heben und nahm eine von ihnen. Der Riemen schnitt in die Schulter, die Tasche war verdammt schwer. So war das bei Außenaufnahmen, wo sie die ganze Ausrüstung dabeihaben mussten.

»Wo hast du dich mit dem Fischer verabredet?«, fragte sie und rutschte dabei fast auf dem breiigen Eismatsch aus, den das Streusalz erzeugt hatte. Pierre nahm ihren Arm. »Wir treffen uns bei Bønnerup Fisch. Kannst du das sehen?«

»Ich glaube, das ist dort drüben.«

Er hielt ihren Arm weiterhin fest, als sie zu dem Gebäude gingen. Dort stand ein Fischer und wartete. Er trug eine Strickmütze mit Lammfellrand auf dem Kopf und einen orangefarbenen Overall mit Reflektoren über wohl mehreren Schichten Kleidung, von denen man nur einen grauen Pullover mit Reißverschluss im Halsausschnitt sehen konnte. Pierre stellte sich und Kamilla vor, und das wettergegerbte Gesicht des Fischers erhellte sich zu einem Lächeln, das man auch in den blauen Augen sehen konnte.

»Kjeld Åge Hansen. Ich gebe euch mal nicht die Hand«, er zeigte ihnen seine Hände mit blauen Gummihandschuhen voller Fischschuppen.

»Aber herzlich willkommen. Ich bin sehr gespannt auf das hier. Fotos von Plattfischen zu machen. Ich hab immer gedacht, in eurer Branche ginge es um *flotte Käfer.*« Er zwinkerte Kamilla zu. Sie versuchte zu lächeln, auch wenn die Kälte ihr Gesicht lähmte.

»Wir brauchen ein bisschen Strand im Hintergrund, den haben wir hier aber kaum«, meinte Pierre. Kamilla schaute sich um. Die Fischkutter lagen an der Ost- und der Westmole aufgereiht, aber es war nicht viel Strand zu sehen.

»Ich dachte, wir beginnen damit, hier drin ein paar geeignete große Schollen als Fotomodelle zu finden«, er zeigte hinter sich, »dann segeln wir raus und finden eine Stelle zum *Parken*, sodass ein bisschen Strand im Hintergrund ist.« Der Fischer schüttelte den Kopf und drückte damit aus, wie bescheuert er die Idee fand.

Es gelang ihnen, im Fischhaus ein paar schöne Schollenexemplare zu finden. Sie segelten aufs Meer, wo die Kälte noch beißender war, wenn das überhaupt möglich war. Ihre Ohren taten so weh, dass sie hätte schreien können, und als Pierre seine Mütze abnahm und sie ihr über den Kopf und über die kalten, roten Ohren zog, protestierte sie nicht.

Sie nahm eine Bilderserie von den Fischen auf, hübsch auf durchsichtigen Eisklumpen präsentiert, flankiert von halben Zitronen und etwas Strand mit Schnee im Hintergrund. So hatte die Werbeagentur des Kunden den Entwurf zu einer ganzseitigen Annonce gemacht. Pierre kontrollierte die Aufnahmen auf einem LCD-Bildschirm und nickte zufrieden. Kjeld Åge sah mit vor der Brust verschränkten Armen und anhaltendem Kopfschütteln zu. So viel Aufhebens um Fische war er nicht gewohnt, aber er machte gerne mit, als er darum gebeten wurde. Er hielt den größten Fisch am Schwanz und lächelte stolz in die Kamera, als wäre es sein eigener Fang. Die Werbewelt basiert auf Illusionen.

Als die Aufnahmen fertig waren, segelten sie zurück zum Hafen. Kamilla reichte Pierre seine Mütze und dankte ihm für die Fürsorge.

»Wollt ihr nicht mit in den ›Blauen Kutter‹ und eine Kleinigkeit essen, bevor ihr zurückfahrt? Es ist ja schon spät«, lockte Kjeld Åge. »Es ist gleich hier drüben.«

Kamilla fing Pierres Blick auf und versuchte zu signalisieren, dass sie lieber nach Hause wollte, aber er lächelte den hilfsbereiten Fischer entgegenkommend an. »Gerne. Ich bin auch ziemlich hungrig, du nicht auch, Kamilla?«

Sie nickte.

Das Restaurant war gemütlich eingerichtet in einem maritimen, aber dennoch modernen Stil. Der Fischer erzählte, dass das Gebäude früher die alte Schmiede des Hafens gewesen sei, aber Mitte der Neunziger zu der maritimen Speisegaststätte umgebaut worden war, die natürlich vor allem lokalen, frischen Fisch servierte. Kjeld Åge war mächtig stolz auf sein Dorf, das konnte er nicht verbergen, und sie bekamen die ganze Geschichte von Bønnerup Strand mit allen Details erzählt, während sie auf das Essen warteten. Die Fischerei war seit mehr als hundert Jahren hier die Hauptbeschäftigung gewesen, erzählte er. Es gab gut und gerne achthundert Einwohner, und wenn die Touristensaison begann, noch mehr. Er wurde von einem Paar, das an ihrem Tisch anhielt, in seiner detaillierten Schilderung unterbrochen.

»Sie dürfen nicht alles glauben, was ein Fischer erzählt, schon gar nicht, wenn er es mit Händen und Armeslängen zeigt«, warnte der Mann scherzhaft.

Kjeld Åge lächelte über die Stichelei und stellte seine Gäste als zwei Fotografen aus Aarhus vor, die den ganzen Weg hierher durch Schneewehen gefahren waren, um Fotos von ein paar Schollen – und einem Strand mit Schnee – aufzunehmen. Der Mann und die Frau starrten sie an, ohne etwas zu sagen, aber man konnte sehen, was sie dachten.

»Wollt ihr euch nicht setzen?« Kjeld Åge zog einen Stuhl für die Frau zurück, aber der Mann antwortete, dass sie gerade gegessen hätten und auf dem Heimweg seien.

»Mathias ist allein zu Hause, daher ...«

»Ja, dann sehen wir uns ja bei Idas und Oles Hochzeit am Samstag«, verabschiedete sich Kjeld Åge und nahm seinen Teller mit duftendem Fisch entgegen, den der Kellner gerade brachte.

»Genau«, erwiderte der Mann und schaute seine Begleitung an, als hätte er plötzlich eine Idee. »Hat Ida nicht gesagt, dass ihnen noch ein Fotograf fehlt?«

In seinem Haar mischten sich weiße und dunkle Strähnen, die vielleicht der Kunst eines Friseurs zu verdanken waren, hätte man meinen können, aber dafür war er nicht der Typ. Die blauen Augen blickten intensiv wie bei jemandem, der neugierig ist und sich sehr für andere interessiert. Seine Begleitung war jünger als er, hatte schulterlange Haare, auch mit altersgrauen Strähnen, die in ihren blonden Haaren allerdings nicht so deutlich zu sehen waren. Sie trug kein Make-up, ihre Haut war sehr blass. Beide waren elegant in Schwarz gekleidet und schienen gerade von einer Feier zu kommen.

»Wäre das was für Sie?«

Es ging ihr auf, dass er mit ihr gesprochen hatte und sie beeilte sich, Pierre anzusehen, um Unterstützung zu bekommen. Aber er hatte wieder diesen neckenden Ausdruck in den Augen, und daher war von ihm keine Hilfe zu erwarten.

»Kamilla ist eine sehr fähige Fotografin, ich bin mir sicher, sie macht es sehr gerne«, lächelte er und sie hätte ihn fest mit der Faust auf den Arm geschlagen, wenn nicht noch andere dabei gewesen wären.

»Haben Sie eine Visitenkarte, die ich Ida geben kann?«, war die nächste Frage.

»Nein, ich habe meine Visitenkarten noch nicht bekommen, ich habe gerade erst angefangen, bei Pierre zu arbeiten. Außerdem bin ich Produktfotografin, ich mache nicht so gerne Fotos von Personen, normalerweise ist eigentlich er es, der ...«

Pierre reichte der Frau seine Visitenkarte, die sie mit einem strahlenden Lächeln entgegennahm. »Danke, da wird sich Ida sehr freuen«, sagte sie und steckte die Karte in eine kleine schwarze Handtasche.

Kamilla atmete erleichtert auf. Zum Glück hatte Pierre den Auftrag übernommen. Privataufnahmen machten sie sonst so gut wie gar nicht. Nur für Freunde, wenn es sein musste.

»Nette Menschen«, meinte Kjeld Åge und legte die Serviette in seinen Schoß, als sie gegangen waren.

»Ist er ein Einheimischer? Ich finde, sein Akzent klang anders als der, den man sonst in dieser Gegend hört«, wollte Pierre wissen, der es immer genoss, auf andere *Einwanderer* zu treffen.

Kjeld Åge erkannte seine Beobachtung mit einem Nicken an. »Sie haben Recht mit dem Akzent. Nicht so schön wie Ihr eigener«, erwiderte er und blinzelte Kamilla wieder zu. »Er ist vor ungefähr fünfzehn Jahren hierhergekommen.« Er spießte ein Stück Fisch auf die Gabel und steckte es in den Mund.

»Wo kommt er her?«

»Mmmm, aus Horsens, soviel ich weiß, wo er auch Fischer war. Warum er hierher gezogen ist, weiß ich eigentlich nicht. Vielleicht wollte er einfach weg aus der Stadt. Aber dann hat er die Tochter unseres Kaufmanns getroffen, Alice, und sie haben den Sohn Mathias bekommen. Ein Unglück, habe ich gehört«, fügte er mit einem theatralischen Flüstern hinzu, »aber er hat sich hier sehr schnell eingelebt. Ida und Ole sind gemeinsame Freunde. Ein junges Paar, das nun beschlossen hat, am Samstag zu heiraten – bei dieser Kälte –, weiß Gott, warum sie nicht bis zum Frühjahr warten.«

»Eine Winterhochzeit ist doch auch schön. Wird sie in Weiß heiraten?« Pierre schaute Kjeld Åge fragend an, der nickte. »Das kann ein paar fantastische Bilder geben.« Er schaute sie auffordernd an.

Kamilla kaute zu Ende und hielt seinem Blick stand. »Dafür bist doch du als Modefotograf zuständig«, betonte sie, aber Pierre lächelte hinterlistig und prostete ihr zu. »Normalerweise kümmern sich Chefs nicht um private Aufnahmen, das weißt du doch«, gab er zurück. Sie tranken, Kamilla beobachtete ihn über den Rand des Glases. Er hatte etwas Hinterhältiges vor, das konnte sie sehen. Er stellte sie weiterhin auf die Probe, wurde ihr klar. Es war fast wieder wie in der Ausbildung, aber sie würde daran festhalten, dass ihr Gebiet die toten Dinge waren, daher käme er damit nicht weit.

»Ich bin selbst in Horsens geboren und aufgewachsen. Wie heißt Ihr Freund?«, fragte sie Kjeld Åge, als sie eine Weile schweigend gegessen hatten.

»Mogens. Aber er hat nicht sein ganzes Leben in Horsens gewohnt. Man sagt, dass er sehr erfahren ist und viel mitgemacht hat. Er hat mit den gefährlichen Unterströmungen in der Nordsee gekämpft.«

»Westjüte? Ich dachte doch, dass an dem Akzent etwas komisch war«, murmelte Pierre zwischen zwei Bissen.

Kamilla hatte aufgegessen und starrte in ihr Weinglas. Vor ihrem inneren Auge verwandelte sich der Rotwein in das dunkle Wasser der Nordsee, wo ein Junge über die Reling für immer verschwunden war. Ihr Herz klopfte so heftig, dass ihr unwohl wurde. »Wie heißt Mogens weiter?«, hörte sie sich selbst fragen, obwohl sie die Antwort schon kannte.

16

Das warme, gelbe Licht von den Fenstern, das seine tränenden Augen plötzlich wie eine Fata Morgana am bläulichen Horizont erfassten, erinnerte an ein Disney-Weihnachtsmärchen, das in der Nacht erschien. Es fehlte nur noch, dass die Fee kam und mit ihren kleinen, schwirrenden und silbern schimmernden Flügeln Feenstaub über ihn streute, sodass der Hunger und die Erschöpfung verschwanden und er Kraft genug bekam, sich bis dorthin zu schleppen.

Es war das erste Haus, das er nach der Zeit sah, die ihm wie eine Ewigkeit vorgekommen war, seit er aus der Holzkiste und dem Schuppen entkommen war. Sonst waren da nur die Dunkelheit und ein undurchdringlicher Wald gewesen. Baum an Baum und Schneewehe an Schneewehe in einer Unendlichkeit. Er war hingefallen, liegen geblieben, wieder aufgestanden und weiter gewankt, nur von dem Gedanken angetrieben, dass er sonst sterben würde. Und was würde das eigentlich ausmachen? Wen würde es berühren? Keinen. Es war keiner mehr da. Und das hatte in seinem schwindeligen Kopf rotiert. Und die Sehnsucht nach der Familie, der Liebe und dem Leben. Die Gedanken waren zu einem verschwommenen Bild einer unwirklichen Welt geworden, die überhaupt nicht existierte – die nie existiert hatte.

Seine Augen brannten und tränten. Sein Atem war wie stechende Nadeln im Schnurrbart festgefroren. Er hatte befürchtet, sich verlaufen zu haben und nie mehr zurückzufinden. Zurück zu den Zeitungen an der Kirchmauer, der warmen Decke und der Tüte mit Alkohol. Dem Leben um sich herum. Besoffene Jugendliche, die auf dem Heimweg von den Diskos waren und in der Regel einen Spruch über ihn abließen. Leute, die zu den Bussen an der Haltestelle hasteten. Sie waren kalt wie der Frost, schenkten ihm kein Lächeln, schauten ihn nicht einmal an. Aber trotzdem bewirkten sie, dass er sich nicht völlig allein fühlte. Das war jetzt sicher alles weg. Die Tüte mit Alkohol auf jeden Fall. Alkohol! Wie durstig er doch war! Die anderen hatten ihn aufgebraucht. Oder vielleicht hatten sie Zuflucht in der Wärmestube gesucht. Er würde sein Leben geben, dort zu sitzen, von freundlichen Menschen umringt. Der einzige Ort auf der Welt, von dem er spürte, dass es noch jemanden gab, der wollte, dass er am Leben blieb.

Das Haus vor ihm machte den Eindruck, als hätte man es für ein Vermögen modernisiert. Es lag direkt am Waldrand, aber durch welchen Wald hatte er sich gekämpft? Den in Marselisborg? Das war der größte, den er kannte, und groß musste der sein. Auf dem Hof stand ein riesiger beleuchteter Weihnachtsbaum. Wie in der Stadt. Der große neben dem Rathaus und die kleineren drumherum. Den ganzen Januar standen sie da und leuchteten mit den kleinen Glühbirnen auf den Balkonen. Machten Mut, durch die dunkle Zeit zu kommen. Auch ihm.

Die Beine konnten ihn nicht die letzten Stufen der Steintreppe hochtragen, die zu einer unüberwindbaren Pyramide wurde. Auf den ersten Stufen fiel er hin und konnte nur den unteren Teil der

Tür erreichen, hatte aber keine Kraft mehr zu klopfen. Es wurde zu einem jämmerlichen Kratzen, wie das eines Hundes, der hinein in die Wärme wollte. Er versuchte, näher heranzukommen. Robbte sich durch Schnee und Eis die Treppe hoch. Ballte die Hand und klopfte immer wieder, bis er die Knochen nicht mehr spürte. Schräg über sich sah er eine Gardine, die angehoben wurde. Augen starrten suchend in die Dunkelheit hinaus. Ein weiteres Paar kam hinzu. Er stellte sich vor, was sie zueinander sagten: »Das ist nur ein Vagabund, der will bestimmt nur betteln oder stehlen. Lass ihn liegen.« Vielleicht konnten sie ihn hier auf der Treppe wirklich nicht sehen und glaubten, es wäre der Wind. Er versuchte sich hinzuknien, um die Klingel zu erreichen, aber er rutschte, fiel hinunter in eine Schneewehe und stieß dabei eine Mülltonne um. Der Inhalt ergoss sich in den Schnee und der bekannte Duft von Mülleimeressen verstärkte den Hunger. Er wühlte im Abfall und fand ein Stück Fleisch, das nur zur Hälfte gegessen worden war. Kartoffelschalen und Roggenbrotkrusten. Er stopfte alles in sich hinein, bis nichts mehr in den Mund passte. Erst als er das Geräusch einer Tür vernahm, die vorsichtig geschlossen wurde, ging ihm auf, dass die Bewohner sie geöffnet und herausgeguckt hatten. Sie hatten ihn so gesehen. Ein wildes Tier mit einem Strick um den Hals, das ihren Abfall zerfleischte. Er starrte auf die geschlossene Tür und versuchte, etwas zu sagen. Zu rufen, aber aus seiner Kehle kam kein Laut. Das Licht in den Fenstern wurde gelöscht und kurz darauf auch die Lämpchen am Weihnachtsbaum im Hof. Die Dunkelheit schloss sich um ihn, nur der Schnee gab genug Licht, um sich zu orientieren. Bei dem Giebel konnte er undeutlich einen Geräteschuppen oder eine Garage erkennen. Er krabbelte dorthin, die Füße konnten ihn nicht länger tragen, und bald würden die Arme ihn nicht mehr stützen können. Er hoffte inständig, dieser Schuppen wäre nicht abgeschlossen, dass es dort trocken, windgeschützt und ein bisschen warm war. Mehrfach erwischte er mit einer Hand oder einem Knie das Seilende, sodass es sich um den Hals straffte. Ein heftiger Schmerz im Magen ließ ihn sich zusammenkrümmen.

Er erbrach sich im Schnee und legte sich erschöpft auf den Rücken, spürte, wie die Schneeflocken sein Gesicht kalt und sanft trafen, wie kleine, weiche Daunen. Sie schmolzen und liefen wie Tränen seine Wangen hinunter. Was war in den letzten vierundzwanzig Stunden passiert? Wie war er hier geendet? Seine Augen fielen zu, und dieses Mal wusste er, dass er sie nie mehr öffnen würde.

17

Die Stimme des Rechtsmediziners war ganz sachlich, als er am Telefon den Zustand der Leiche beschrieb.

»Es war zweifelsohne Selbstmord. Der Strick hängt noch um seinen Hals, und der Suizid scheint ihm auf Anhieb gelungen zu sein. Mit den gesundheitlichen Schäden, die er hatte, ist es unglaublich, dass er vorher so lange überlebt hat. Er hat sich lange in der Kälte aufgehalten. Die Erfrierungen können nicht nur von letzter Nacht stammen. Die Füße sind schwarz-blau wegen eines *trockenen Gangräns* – abgestorbenes Gewebe. Das ist ja nicht verwunderlich, wenn er sich draußen in Schnee und Frost ohne Schuhe aufgehalten hat und ...«

»Ohne Schuhe?«, unterbrach ihn Roland überrascht und schüttete ein neues Stück Nikotinkaugummi aus der Packung. Er hatte aufgehört zu rauchen, aber nun konnte er sich das Kaugummi nicht abgewöhnen, das eine Laster hatte das andere bloß ersetzt.

»Ja, er wurde ohne Schuhe gefunden. Vieles deutet darauf hin, dass der Verstorbene obdachlos war. Er hat seit vielen Jahren keine Zahnpflege betrieben, die Kleidung ist schmutzig und der Körper wurde ebenfalls lange nicht gewaschen, Dreckkrusten, du weißt schon – die Haare auch nicht. Es sieht so aus, als hätte er sie sich selber geschnitten. Kläglicher Anblick insgesamt. Trauriges Leben. Man versteht ja gut, dass er diese Lösung gewählt hat, obwohl man so was nicht sagen darf. Ich archiviere den Fall als Selbstmord. Gibt es was Neues in eurem Mordfall?«

»Leider noch nicht. Wir haben DNA und Fingerabdrücke, aber uns fehlen die dazugehörigen Besitzer. Aber selbst wenn der Mann obdachlos war, ist das doch normalerweise kein Grund, in dem schlimmsten Winter, den wir seit Langem hatten, ohne Schuhe herumzulaufen. Und wie kann er bei der Adresse im Trige-Waldweg gelandet sein? Wurde er dort nicht gefunden?«

»Ja, das ist natürlich verdächtig. Die meisten Obdachlosen halten sich ja in der Stadt auf, er hat sicher den Bus genommen – gratis. Willst du vielleicht in dieser Sache ein bisschen nachforschen?«

Der Rechtsmediziner war einer der jungen Neuangestellten. Roland vermisste Henry Leander, der den Rest der Woche über bei einer Konferenz war. Es schien zu deutlich durch, dass sein Stellvertreter nicht viel für die Obdachlosen übrig hatte. Er hatte einfach noch nicht genug gesehen.

»Konntest du ihn identifizieren?«

»Er hatte keine Papiere bei sich, aber ich kann natürlich versuchen, Fingerabdrücke zu nehmen, wenn ...?«

»Ich finde, das solltest du tun. Vielleicht gibt es Angehörige, die unterrichtet werden sollen. Obdachlose müssen nicht zwangsläufig familienlos sein.« Roland legte irritiert auf. Ein Selbstmord war nichts Ungewöhnliches. Ein Selbstmord unter Obdachlosen erst recht nicht. Fast die Hälfte aller Obdachlosen, Armen, Süchtigen und andere von der Gesellschaft Ausgestoßenen versuchten, sich das Leben zu nehmen. Einigen von ihnen gelang es. Aber es war nicht normal, dass sie so weit weg von der Stadt gefunden wurden, vor der Tür eines hübschen Zuhauses. Das Ehepaar hatte früh am Morgen angerufen, als sie ihn tot unter dem Schnee liegend gefunden hatten, zwischen den Abfällen aus der Mülltonne, von der sie meinten, dass er sie bestimmt im Fallen umgeworfen hatte. Sie hatten in der Nacht keinen Tumult gehört und wussten daher nicht, wie lange er dort gelegen hatte, wann er gekommen war und warum er beschlossen hatte, sich ausgerechnet vor ihrem Haus zum Sterben niederzulegen. Sie kannten ihn nicht, und weil er vom Schnee bedeckt war, der fast die ganze Nacht über dem Land gefallen war, war es reiner Zufall, dass sie ihn entdeckt hatten, als sie zum Briefkasten wollten. Wenn es Angehörige gab, die die Sache aufgreifen wollten, mussten sie es tun, aber ansonsten blieb nur – wie der geschäftige Rechtsmediziner gesagt hatte –, ihn als einen weiteren, tragischen Selbstmord zu archivieren.

Er schaute erleichtert auf, als Kurt Olsen ins Büro kam, nach einem kurzen Klopfen an der Tür, das mehr andeutete, dass er auf dem Weg war, als dass es eine Antwort erforderte. Er blieb in der Tür stehen.

»Das Auto wurde offenbar gefunden. Man meint, es ist es. Leider ist es ausgebrannt, sodass es nicht mehr viel zu verfolgen gibt.«

»Verdammt!« Roland schlug verärgert mit der geballten Faust auf den Tisch. »Wo haben sie es gefunden?«

»Auf einem abgelegenen Feldweg in der Nähe, dafür hat ein Nachbar sein Auto jetzt als gestohlen gemeldet, hier haben wir also eine bessere Beschreibung, der wir nachgehen können. Ein silbergrauer Mitsubishi. Wir haben das Kennzeichen und alles – also falls es die Mörder waren, die ihn gestohlen haben.«

»Vielleicht zu spät. Das Auto kann jetzt schon über die Grenze sein.«

»Alle Streifen halten danach Ausschau und Interpol ist informiert, falls sie nicht schon das Land verlassen haben, dann ... Ich habe auch endlich die Erlaubnis für ein sehr kurzes Gespräch mit Signe Hovgaard bekommen.«

»Hast du etwas Brauchbares herausgefunden?«

Der Vizepolizeidirektor kam herein und schloss die Tür. Er setzte sich auf den Stuhl vor dem Schreibtisch, griff nach der Thermoskanne und goss sich etwas in seinen Plastikbecher. »Sie ist natürlich sehr schockiert«, antwortete er, während er einschenkte. »Der Sohn kümmert sich um die Schweine. Ich habe sie gefragt, ob etwas gestohlen wurde, aber sie antwortete, dass das nicht von Bedeutung wäre. Nur ihr Mann wäre es gewesen und der sei nicht mehr da.« Er trank aus dem Becher und schaute Roland trist an.

»Zum Teufel damit! Sie hat ja Recht. Was bedeuten gestohlene Dinge, wenn der, den man liebt, für immer weg ist?«

»Die gestohlenen Waffen sind nun nicht ganz ohne Bedeutung«, erinnerte Roland, und Kurt Olsen schüttelte düster den Kopf.

»Heute Nachmittag ist Pressekonferenz, nimmst du teil?«

»Am liebsten nicht, aber wenn du darauf bestehst, dann ...«

»Die Anzahl der Journalisten ebbt echt ab. Du hast bestimmt gehört, dass dein kleiner Plagegeist dich dieses Mal nicht belästigen kann, oder?« Sein Grinsen war ohne Vergnügen.

»Ja, ich hab's gehört.« Die gemischten Gefühle rumorten wieder in der Bauchregion. Was sie jetzt wohl machte? War sie zurück nach Kopenhagen gegangen, um dort die Polizei zu nerven? War sie zu ihren alten Wurzeln zurückgekehrt und eine Autonome geworden? Er konnte sich das nicht so recht vorstellen; sie hatte sich in den Jahren, die sie als Journalistin beim *Tageblatt* gearbeitet hatte, verändert. Er erinnerte sich daran, wie er sie auf dem Boden in ihrer Wohnung gefunden hatte, als ihr Stiefvater kurz davor war, sie zu ermorden. Roland hatte ihr das Leben gerettet. Vielleicht war es dieser Vorfall, der die Sorge verursachte, dass er sich gerade noch nicht völlig von ihr lossagen konnte. Wer hatte gesagt, dass man, wenn man jemandem das Leben rettet, auf ewig mit ihm verbunden bleibt?

»Du siehst nicht wirklich glücklich aus, Benito. Erzähl mir jetzt nicht, dass du sie irgendwie doch vermisst!«

»Tja, aber du musst doch zugegeben, dass sie uns bei gewissen Fällen auf die Sprünge geholfen hat. Was würde sie wohl über die Raubüberfälle und den Mord sagen? Es würde mich nicht wundern, wenn sie bereits das Auto gefunden hätte, bevor es abgefackelt wurde, wenn sie ...«

»Nein, jetzt hörst du echt mal auf! Komm nicht auf die Idee anzudeuten, dass eine Journalistin bessere Polizeiarbeit leistet als wir.«

»Das meinte ich auch nicht, aber sie konnte etwas, das ihre Nachforschungen effektiver machte als unsere. Sie unterlag mit ihren Methoden nicht den scharfen Kontrollen wie wir, wo alle jede einzelne unserer Bewegungen verfolgen.«

»Nein, und wer verfolgt die am meisten, hmm? Von allen, die das wohl tun, ist es doch hauptsächlich die Presse, die sofort bemerkt, falls wir mal auch nur ein kleines bisschen daneben treten.«

Roland nickte versöhnlich. Kurt Olsen hatte Recht.

»Was ist das für eine Sache, die heute Morgen reinkam? Ein Selbstmord?«

»Das vermutet der Rechtsmediziner jedenfalls, dann müssen wir das wohl für bare Münze nehmen. Etwas deutet auch darauf hin, obwohl die Umstände sonderbar sind.«

»Dass er vor diesem Haus gefunden wurde, meinst du? Er ist wohl einfach rumgeirrt nach dem missglückten Selbstmord. Vielleicht hat er versucht, sich an einem Baum in der Nähe zu erhängen. Er kann doch einer von denen sein, die sich auf dem Gemeinschaftshof aufhalten, der ist nicht so weit davon weg.«

Roland nickte wieder. An diese Möglichkeit hatte er überhaupt nicht gedacht. Der Gemeinschaftshof in Trige, der von der Heilsarmee betrieben wurde und die Mission hatte, die schwächsten Gruppen in der Gesellschaft zu aktivieren und ihnen durch praktische Arbeit und soziale Arrangements ein sinnvolles Leben in sicherer Umgebung zu bieten.

»Das klingt sehr wahrscheinlich. Aber warum läuft er ohne Schuhe rum? Das ist mir unbegreiflich.«

»Stockbesoffen, wie er war, hat er die Kälte wohl nicht gespürt. Vielleicht stecken die Schuhe irgendwo in einer Schneewehe. Weiß man, wer er ist?«

»Der Rechtsmediziner wollte, soviel ich weiß, die Sache untersuchen, so klang es.«

»Das wird er echt auch müssen. Wann ist Henry Leander wieder da?«

»Wohl nicht vor Montag«, antwortete Roland zögernd. Er wusste, dass Julie Hermansen von der Reichspolizei auch bei der Konferenz war und im gleichen Hotel wohnte, daher würde es ihn nicht wundern, wenn sie daraus ein verlängertes Wochenende in Kopenhagen machten. Aber auch das konnte er dem Vizepolizeidirektor nicht verraten, da Roland selbst nichts von ihrer Beziehung wusste – jedenfalls nicht offiziell –, obwohl sie seit mehreren Jahren bestand.

Kurt Olsen nickte, schaute auf seine Uhr und leerte den Becher. Er stand auf und richtete seinen Schlips. »Na, ich mach mich mal für die Pressekonferenz fertig. Wenn du dich um das gesuchte und ausgebrannte Auto kümmerst, bist du davon befreit, es gibt ja leider ohnehin nicht viel Neues, was man den Geiern erzählen könnte.« Roland sah ihm müde nach, als er ihm den Rücken zuwandte und ging. Er warf den leeren Becher in den Papierkorb und vertiefte sich in den Bericht. Es lag noch kein Ergebnis von der Untersuchung des Zigarettenstummels vor, der im Schnee gefunden wurde, wo das Auto anscheinend geparkt gewesen war. Wenn jetzt die DNA zu der von den Zähnen am Tatort passte, konnte der Mörder auch mit dem Auto oder jedenfalls der Umgebung davon in Verbindung gebracht werden. Er rief die Kriminaltechnik an und bekam nach einer kurzen Wartezeit Gert Schmidt zu sprechen, wie er gebeten hatte. Noch einen unwissenden Stellvertreter verkraftete er nicht.

»Doch, Benito, das Ergebnis liegt tatsächlich vor, aber es wurde an eine andere Abteilung gegeben, gerade als es ziemlich interessant wurde, daher ...«

»Wie, interessant? Habt ihr DNA gefunden?«

»Leider nicht, Wasser und Frost haben sie zerstört, aber die Analyse zeigte, dass es kein Stummel einer *echten* Marlboro-Zigarette war.«

»Gefälschte Zigaretten?« Er konnte hören, dass Gert nickte, das Telefon zwischen Schulter und Ohr geklemmt, wie er es immer tat, damit er seine Arbeit nicht unterbrechen musste. Das Kinn rieb bei der Bewegung gegen den Stoff seines Kittels.

»Ja, es sind doch früher gefälschte Zigaretten aus Osteuropa beschlagnahmt worden, die dort fabriziert und in Europa verkauft werden wie die echte Ware.«

»In Deutschland sind jetzt auch illegale Zigarettenfabriken aufgeflogen, und eine gefälschte Zigarette liefert uns keinen eindeutigen Beweis dafür, dass es Osteuropäer waren, die den Mord begangen haben«, erwiderte Roland mit einem gewissen Vorbehalt in der Stimme, denn er musste auch einräumen, dass es sehr wahrscheinlich war, dass der Mann, der die Zigarette in den Schnee neben dem geparkten Auto geworfen oder dort verloren hatte, nur einer von denen sein konnte, die Signe Hovgaard hatte russisch sprechen hören.

»Soll ich den Bericht schicken?«

»Das eilt nicht, Schmidt. Ich war an der DNA interessiert, damit wir sie vergleichen und die Dinge miteinander verbinden können.«

»Okay, tut mir leid. Dann bekommst du den mal bei Gelegenheit.«

Roland bedankte sich und legte auf. Im gleichen Moment steckte Mikkel Jensen eifrig den Kopf durch die Tür. »Der gesuchte Mitsubishi ist aufgetaucht, zurückgelassen auf einem Rastplatz bei Vejle. Er wird zur KTU gefahren und auf Spuren untersucht.«

»Sehr gut, Mikkel. Und die Waffen?«

»Die haben sie natürlich mitgenommen.«

18

Anne schälte sich aus dem Mantel und ließ ihn auf den Boden fallen. Es war nicht länger zu sehen, dass in der Wohnung am Tag zuvor ein Großreinemachen veranstaltet worden war. Wenn in ihr Chaos herrschte, spiegelte sich das auch ihrer Umgebung wider. Leere Becher und Tassen standen auf dem Couchtisch, dem Küchentisch und der Spüle herum, der Aschenbecher war nicht geleert und es roch nach alter Kneipe – wie in der Zeit, als ihre Mutter hier gewohnt hatte.

Sie war noch einmal bei der Wärmestube in der Mejlstraße gewesen, aber wie am Tag zuvor fand sie ihre Mutter nicht zwischen den anderen Armen, die dort in all ihrem Elend saßen und versuchten, einen Sinn im Leben zu finden. Ihre neue Adresse in Nørrebro kannte sie nicht und niemand konnte sie ihr sagen. Sie konnten nicht einmal den Namen finden, als sie es bei der Auskunft versucht hatte. Adomas sagte, dass sie noch in Aarhus wäre, aber wusste auch nicht, wo sie sich aufhielt. Das schlechte Gewissen wand sich in ihr, sie wusste ja selbst, wie es war, zurückgelassen zu werden in dem Glauben, dass keiner einen mochte. Wie man immer tiefer sank und einem zuletzt alles egal wurde, was man unternahm und was mit einem passierte. Als der schrille Nokia-Klingelton die Stille zerriss, begann sie in ihrer Manteltasche nach ihrem Handy zu wühlen. Auf dem Display erkannte sie, dass er es war.

»Ja, Adomas?«

»Sie ist gerade in die Wärmestube gegangen. Sie sieht nicht wirklich gesund aus, Anne.«

»Verdammt noch mal, ich komme gerade von dort. Wo bist du jetzt?«

»Ich habe das Gebäude beobachtet, ich sagte doch, sie würde wiederkommen. Du musst wirklich mit ihr sprechen.«

»Warum machst du das nicht selbst?«

»Sie ist *deine* Mutter!«

Sie nickte nur, obwohl Adomas das natürlich nicht sehen konnte. »Bleibst du?«

»Ich kann nicht, ich bin verabredet mit ...« Er zögerte.

»Mit deinen – Kumpels? Denk dran, was ich gesagt habe! Sie müssen sich melden, wenn sie nicht das gemacht haben, was die Polizei glaubt.«

»Beeil dich jetzt, Anne, bevor sie wieder geht. Wir sprechen uns.« Er legte auf, und sie fühlte sich plötzlich ganz allein. Was sollte sie mit ihrer Mutter anstellen? Sie hierher ziehen zu lassen war wirklich ausgeschlossen. Vielleicht ging es ihr in der Wärmestube am besten, vielleicht sollte es ihr einfach egal sein und sie sich um sich selbst kümmern lassen, wie ihre Mutter beschlossen hatte, es mit ihr zu tun, als sie selbst in der Kopenhagener

Unterwelt verschwunden war. Sie zog Mantel, Mütze und Schal an und fand in der Manteltasche ihren Autoschlüssel. »Zur Hölle«, murmelte sie und ging wieder hinaus in die Kälte, auf den Bürgersteig voller Schneematsch, der vor der Haustür nicht geräumt war. Konnte man dafür nicht ein Bußgeld bekommen? Musste man nicht eine Entschädigung zahlen, wenn jemand hinfiel und zu Schaden kam?

In der Mejlstraße war kein Parkplatz frei, daher parkte sie im Halteverbot und ging zum Gebäude der Wärmestube. Sie hatte die Häuser hier immer hübsch gefunden, mit den pastellfarbenen Mauern, den gemütlichen Sprossenfenstern und Mansarden.

Als sie die Tür öffnete, schlug ihr die Wärme entgegen. Wärmestube war eine treffende Bezeichnung, der Kontrast zu den Minusgraden draußen war hart. Es duftete nach Kaffee. Ein Fernseher lief auf einem Kanal mit einem alten Dirch-Passer-Film, den ein Mann mit weißem Bart zu übertönen versuchte; er sprach mit sich selbst. Oder telefonierte er mit einem drahtlosen Headset? Kaum, er war ein echtes Original. Das wusste man heutzutage nicht, es war nicht länger ungewöhnlich, Leute zu treffen, die draußen im Freien herumliefen und redeten. Eine Frau mit Tränensäcken las Zeitung, ohne die lautstarke Rede des Mannes zu beachten. An einem der Tische spielten zwei Männer »Mensch ärgere dich nicht«. *Rausgeworfen* zu werden war auch nicht das Schlimmste, was einem Obdachlosen passieren konnte, dachte sie und sah sich um, konnte ihre Mutter aber nirgendwo entdecken.

Dafür bemerkte einer der Mitarbeiter Anne und kam mit einem freundlichen Lächeln zu ihr herüber.

»Suchen Sie jemanden?«

»Rose Teresa Larsen müsste hier sein, kennen Sie sie? Wissen Sie, wo sie ist?«

Die Mensch-ärgere-dich-nicht-Spieler und der Zeitungsleser schauten gleichgültig hoch und konzentrierten sich dann wieder auf ihre Figuren.

Die Frau deutete auf einen Tisch, an dem drei Frauen saßen. Die mit dem Rücken zu ihr könnte es sein. Widerwillig ging sie dorthin, während sie überlegte, was sie sagen sollte und was Adomas von ihr erwartete. Sie schienen mitten in einer ernsten Unterhaltung zu sein, beugten sich über den Tisch zueinander, um so gedämpft wie möglich zu sprechen. Sie sahen fast so aus wie eine Sportmannschaft, die sich vor dem Spiel motiviert, wenn sie nicht alle drei alles andere als sportlich ausgesehen hätten.

»Ann!« Ihre Mutter schaute zu ihr hoch. Sie trug kein Make-up. Ihr Gesicht war blass und runzelig, die Haare zerzaust und strähnig, die Augen rot gerändert. Sie stank nach einer Mischung aus Alkohol und Kaffee, aber es kam plötzlich Leben in ihre Augen.

»Das ist meine Tochter«, verkündete sie den beiden Frauen stolz, die sie neugierig anstarrten. »Und das hier sind Tove und Marie«, stellte sie vor, als wären sie alte Freunde aus einer fernen Vergangenheit. Anne grüßte und setzte sich auf eine Stuhlkante.

»Mama ...«, fing sie an.

»Willst du einen Kaffee haben, Schätzchen?« Sie war ohnehin schon aufgestanden, um ihn wie zu Hause zu holen, und Anne vermochte es nicht zu protestieren. Unsicher lächelte sie den neuen Freundinnen ihrer Mutter zu. Marie hatte ein blaues Auge, das aussah, als ob es von einem harten Schlag gegen den Kiefer stammte. Das ließ das Auge gerade so sehr hängen wie Annes wegen der Narbe in der Augenbraue. Liebe Grüße von Stiefvater Torsten. Von wem wohl Maries Gruß war? Vielleicht hatte sie mit den Frauen in dieser Stube gar nicht so wenig gemeinsam. Arbeitslos und mit einer ewigen Furcht im Körper, auf einen Mann zu treffen, der nicht vor Gewalt zurückschreckte.

Sie nahm die Tasse entgegen, die ihr mit leicht zitternder Hand gereicht wurde. Ihre Mutter setzte sich mit einem kleinen Lächeln. »Was für eine Überraschung, woher wusstest du, dass ich hier bin?«

»Ich hab dich gesucht.«

»Hast du?«

»Wo wirst du heute Nacht schlafen?«

»Ich habe einen Schlafplatz mit meinen Freundinnen.« Sie lächelte den beiden Frauen zu.

»Wo wohnt ihr?«, fragte Anne, da es nicht so klang, als wollte ihre Mutter das Thema vertiefen.

»Ein bisschen hier und da. In der Regel können wir ein Treppenhaus finden, zu dem die Haustür nicht abgeschlossen ist«, antwortet Tove. Sie war krankhaft mager und die Finger waren gelb vom Nikotin. Sie hatte sicher auch Einstiche von Spritzen in ihrem Körper.

»Jetzt, wenn es so kalt ist, übernachten wir meistens in der Nørre Allee«, meinte Marie mit rostiger Stimme und hustete hohl.

»Das ist der Nachtdienst«, erklärte Tove. »Der einzige Ort in der Innenstadt von Aarhus, wo wir nachts in die Wärme kommen können.«

Anne schaute ihre Mutter verzweifelt an, aber hatte keine richtigen Alternativen anzubieten, schon gar nicht jetzt, wo sie auch den anderen beiden Obdach anbieten müsste. Vier Menschen in der kleinen Wohnung waren in jedem Fall hart an der Grenze.

»Das ist nun gar nicht so schlimm, Ann. Das ist nichts, wovor man Angst haben muss, abgesehen von ...« Sie zupfte an einem Knopf ihres Pullovers und schaute die anderen beiden verzweifelt an, als suchte sie nach einer Erlaubnis, ein gemeinsames Geheimnis verraten zu dürfen.

»Abgesehen von was?«

Tove lehnte sich vertraulich über den Tisch zu ihr herüber. Der Geruch von Schweiß und Mundgeruch kam näher. »Weil Leute verschwinden«, flüsterte sie.

»Wie, verschwinden?«

»Es fällt offenbar keinem auf, wenn einer auf der Straße plötzlich nicht mehr da ist.«

»Nein, wer sieht uns schon?«, warf Marie trocken ein.

»Darüber haben wir gerade gesprochen, als du gekommen bist. Tove und Marie sagen, dass Rudolf verschwunden ist.«

»Und – Rudolf ist obdachlos?«

Marie nickte. »Er hält sich normalerweise an der Kirchenmauer auf, aber jetzt ist er weg.«

»Kann er nicht einfach eine andere Stelle gefunden haben oder in ein Obdachlosenasyl oder sowas gegangen sein?«

»Nicht Rudolf. Nicht, ohne das zu sagen. Die anderen wussten immer, wo er hinging, wenn er die Mauer verließ.«

»Und es gibt keine Verwandten, bei denen er sein kann?«

»Das glaube ich nicht. Niemanden, den er sehen wollte, jedenfalls. Und das Merkwürdige ist, dass sein Wagen noch an der Mauer steht. Er ist mit all seinen Dingen in einem Einkaufswagen vom Supermarkt herumgefahren. Alles ist zurückgelassen. Das würde Rudolf nie tun.«

»Besonders seinen Alkohol nicht«, trug Tove mit einem schiefen Lächeln bei, das langsam erstarb.

»Gibt es niemanden, der die Vermissten auch als vermisst gemeldet hat?«

»Obdachlose?« Tove rollte mit den Augen.

»Ja, aber das ist egal, dass ihr obdachlos seid. Die Polizei muss euch doch wie alle anderen behandeln!«, protestierte Anne.

Tove schüttelte resigniert den Kopf. »Die sind echt freundlich, aber ...«

»Aber Ann ist Journalistin, vielleicht kann sie helfen?« Der bittende Blick ihrer Mutter traf Anne und ließ sie schuldbewusst auf den Tisch schauen.

»Sie arbeitet in Mordfällen mit der Polizei zusammen und hat geholfen, viele von ihnen aufzuklären.« Ihre Mutter sprach ganz lebhaft.

»Du kannst helfen, Ann. Du *musst*!«

Anne spürte das Adrenalin pumpen, wie es das immer getan hatte, wenn ein neuer, spannender Fall in der Redaktion aufgetaucht war.

»Marie und Rose haben selbst begonnen, in der Sache nachzuforschen«, sagte Tove mit einem bedeutungsvollen Ausdruck in den Augen und rieb sich nervös den Hals, der mit kleinen roten Flecken übersät war, die wie eine Allergie aussahen.

»Und diese Verschwundenen können nicht tot oder beseitigt worden sein, ohne dass jemand es bemerkt hat?«

»Das weiß man natürlich nicht. Aber nun ist es so, dass eine, die Ruth heiß, sich in Klatte, wie wir ihn nannten, verliebt hat. Als er verschwand, versuchte sie, ihn zu finden, aber keine Behörde wusste etwas davon, dass er tot sein sollte.«

19

Der Schnee lag hoch im Vogelhäuschen. Alles im Garten um die Villa in Højbjerg trug schwer an dem Schnee, so wie alles andere an der Finanzkrise. Aber in dieser Beziehung sah es schwarz aus, sagten die Experten, der Schnee war trotz allem weiß und leuchtete, und der Frühling kehrte immer zurück. In zwei Monaten würden die Amseln wieder singen. Das gehört dazu, die Hoffnungsschimmer im Leben zu sehen, pflegte Irene zu sagen.

Angolo und Salvatore hatten im Schnee gespielt. Im Licht des Küchenfensters stand ein halbfertiger Schneemann. Roland freute sich darüber, dieses Verhalten bei dem Jungen zu entdecken. Normale Dinge. Etwas, wofür ein Teenager seine Zeit verwenden sollte. Nicht, seine Mutter damit zu versorgen, indem er für die Abfall-Mafia in einem lebensgefährlichen Umfeld arbeitete, in einem Job, den alle anderen ablehnten, weil er den sicheren Tod bedeutete. Aber wie konnte er mit Salvatore darüber sprechen? Wie könnte er verhindern, dass er zu dem hoch bezahlten Job zurückkehrte, wenn er wieder nach Neapel kam?

Irene saß allein am gedeckten Tisch. Sie war dabei, sich mehr Rotwein einzugießen.

»Sitzt du hier ganz allein? Habt ihr gegessen?«

Irene schaute auf und lächelte müde. »Nur Salvatore.«

Beim Klang seiner Stimme sprang Angolo von seiner Decke auf und wedelte mit dem Schwanz, bis Irene ihm sagte, er solle sich hinlegen. Sie hatte genauso viel Kontrolle über den Hund wie über ihn. Er schaffte es nur, ihn hinter den Ohren zu kraulen, bis er pflichtschuldig zu seiner Decke ging und sich wieder hinlegte. Aber die dunklen, ergebenen Augen folgten ihm.

»Wo ist Salvatore?«

»In seinem Zimmer. Er telefoniert.«

»Mit wem? Seiner Mutter?«

»Nein, soviel ich weiß, hat er einen Freund angerufen.«

»Einen Freund! Ich habe doch gesagt, er darf nicht ... wo hat er das Telefon her?« Roland wollte die Treppe hoch zum Gästezimmer, in dem Salvatore wohnte, während er bei ihnen war, aber Irene erhob sich vom Stuhl und packte ihn am Arm.

»Lass ihn in Ruhe, Rolando.«

»Aber verdammt, Irene! Du weißt, was das bedeutet, wenn er seine Freunde kontaktiert! Viele von ihnen arbeiten ebenfalls für die Mafia, das Gespräch kann verfolgt werden und vielleicht plaudern seine Freunde aus, wo er sich aufhält.« Seine Stimme wurde knurrender und tadelnder als beabsichtigt.

»Setz dich ein bisschen hin.« Sie schenkte ihm ein. Er bemerkte flüchtig, dass es der teure Bartolo Mascarello war, Barolo 1989, den er liebte, und den er nur zu ganz besonderen Anlässen öffnete. Er wollte gerade wieder schimpfen, setzte sich aber stattdessen auf den Stuhl und starrte zur Treppe. Dort oben war Salvatore gerade drauf und dran, sein Versteck preiszugeben. Aber das war Rolands eigene Schuld, musste er erkennen. Er sollte ihn schon längst eingeweiht haben, worauf das Ganze hinauslief. Warum er sich in Dänemark befand. Warum seine Mutter gebeten hatte, ihn eine Zeit lang aufzunehmen – weg von den Straßen Neapels und der Kriminalität. Ihm in seiner Eigenschaft als männliches Vorbild und Kriminalkommissar erklären, welch unglückliche Wahl er dabei war zu treffen. Die Camorra war dichter an sein Leben gerückt, an seine Familie. Hatten sie bewusst Salvatore ausgewählt, der zur Familie von Adriano Benito gehörte, dem unerschrockenen Carabiniere, der sich getraut und sein Leben dafür geopfert hatte, das hässliche Wesen der Mafia zu bekämpfen, gegen das der Rest der Familie weiter kämpfte – außer *i traditori*, die Italien den Rücken gekehrt hatten, um ihre eigene Haut zu retten. Das war die Wahl seiner Mutter gewesen, Roland hatte als Vierjähriger nichts zu sagen gehabt, aber er hatte seitdem auch nichts unternommen, um es zu ändern. Natürlich war er in die Fußstapfen seines Vaters getreten, aber nicht im richtigen Land. Er war ein Verräter. Vielleicht wusste die Camorra gar nicht, wer Salvatore war? Aber was würde passieren, falls sie es rausfänden? Er musste verhindern, dass Salvatore wieder in ihre Klauen geriet. Er griff nach dem Glas und trank einen Schluck von dem fantastischen Wein. Italien bot auch gute Erlebnisse.

»Wir müssen einsehen, dass Salvatore seine Freunde vermisst«, gab Irene mit gedämpfter Stimme zu bedenken, »er ist jetzt bald drei Monate bei uns. In seinem Alter feiert man zusammen mit Gleichaltrigen. Und ich merke, dass wir ... dass ... ich anfange, ihm auf die Nerven zu gehen.«

»Wie? Ist was passiert?«

»Irgendetwas ist da. Ich weiß nicht genau, was. Er war nur die meiste Zeit des Tages in seinem Zimmer. Ich habe ihn rausgeschickt, damit er ein bisschen frische Luft schnappt. Für einen Jungen seines Alters ist es nicht gesund, die ganze Zeit drinnen abzuhängen. Dazu kommt noch das mit der Sprache und der Verständigung, aber ich bin mir sicher, er hat nur so getan, als hätte er nicht verstanden, was ich meinte.« Sie schaute ihn eindringlich an. »Er sollte zur Schule gehen, er bleibt hoffnungslos zurück und ... ich weiß, dass er nicht in die Schule will und das auch in Neapel nicht wollte, aber das ist wirklich verkehrt, Rolando.«

Er konnte ihr da nicht widersprechen. »Aber ich sehe, dass jemand im Schnee getobt und einen halben Schneemann gebaut hat. Das hat doch Angolo wohl nicht allein geschafft?« Er versuchte, wieder etwas Humor in ihre Unterhaltung zu bringen, sie waren in letzter Zeit so ernst gewesen, aber Irene lächelte nicht. Sie starrte in ihr großes Glas, während sie nachdenklich mit einer apathischen Bewegung den Wein darin herumschwenkte.

»Nein, er ist ja rausgegangen, aber es war Angolo, der ihn überzeugt hat. Ich habe ihn mit seiner Leine im Maul zu Salvatore geschickt. Der Hund kommuniziert besser mit ihm als ich. Kurz darauf kam er vollständig angezogen herunter und ging raus. Er ist erst wieder reingekommen, als es dunkel wurde. Angolo auch.«

»Wie hat er sein Handy in die Finger gekriegt? Wir waren uns doch einig, dass er es nicht benutzen sollte. Ich dachte, er weiß, dass es sehr teuer wäre, zu Hause anzurufen.«

»Wir haben uns gestritten – oder wie man das nun nennen mag. Wohl eher ein Geplänkel. Er wollte essen, aber ich sagte, wir sollten auf dich warten. *Aspettare Rolando*, hab ich gesagt, wird das so ausgesprochen?«

Er nickte.

»Aber das wollte er nicht, denn er war hungrig, daher musste ich für den Herrn servieren. Danach habe ich durch Zeichen und Gesten verstanden, dass er sein Handy haben wollte. *Costa troppo*, hab ich gesagt, aber ihm war es offenbar egal, was das kostet, er wurde drohend, daher habe ich ihm sein Handy gegeben. Der Akku war leer, aber er muss ein Ladekabel in seinem Koffer gehabt haben.«

»Wie, gedroht? Wurde er gewalttätig?« Roland schaute Irene unruhig an, plötzlich waren das Telefongespräch und der Missbrauch seines teuren Weins bedeutungslos.

»Glücklicherweise nur verbal. Ich hasse es, wenn er mich *puttana* nennt, das ist ein hässliches Wort, oder?«

»Puttana! Er hat dich Nutte genannt?« Er sprang vom Stuhl auf und die Treppe hoch mit großen Schritten und überhörte Irenes verzweifelte Ermahnungen.

Ein doppelter Espresso bildete den Schlusspunkt sowohl für die Mahlzeit als auch für den Tag. Der Streit mit Salvatore hatte sich hingezogen. Irene hatte in der Zwischenzeit die Wäsche gewaschen. Das Essen war kalt geworden und musste noch einmal in die Mikrowelle. Aber nun hatte er es gesagt. Das erleichterte. Jetzt merkte er, dass es das war – das Versprechen an Tante Giovanna –, das den Druck auf dem Brustkorb verursacht hatte. Da saß sein schlechtes Gewissen immer, daher hätte er es sich denken können. Hatte er erwartet, dass der Kerl es anders aufnehmen würde, als er es getan hatte? Vielleicht sollte es nicht in einem Streit gesagt werden, aber offensichtlich hatte er das gebraucht, um sich zusammenzureißen und das Wort *Camorra* auszusprechen. Als könnte das ausgesprochene Wort die Sache, für die es stand, aus seinem Leben halten. Salvatore hatte ihm nicht versprochen, sich fernzuhalten von der Arbeit als junger Fahrer – viel zu junger Fahrer – für die lebensgefährlichen Transporte mit chemischem Abfall, der ihn eines Tages das Leben kosten würde. Salvatore hatte damit argumentiert, dass das Leben an sich gefährlich sei, dass die Arbeit gutes Geld brächte und dass er *fucking* nichts dafür könne, dass seine Mutter nicht sein *denaro sporco* – Blutgeld - annehmen wollte. Nicht einmal der Hinweis darauf, dass derselbe Clan seinen Onkel ermordet hatte, konnte ihn von dem Gedanken abbringen, obwohl ihn die Bemerkung, während er seinen Koffer packte, mitten in einer hitzigen Bewegung gebremst hatte. Roland konnte Irene später mitteilen, dass Salvatore am nächsten Tag zurück nach Neapel reisen würde. Er würde ihn zum Flughafen fahren, wenn er das Ticket gebucht hätte. Es freute und befremdete ihn gleichermaßen, dass sie über die Nachricht froh und erleichtert wirkte.

»Wir sollten uns nicht im Streit trennen, das gefällt mir überhaupt nicht«, erklärte sie bestimmt.

Roland schüttelte den Kopf. »Er ist gerade nur ein bisschen sauer, aber das hat sich morgen sicher wieder verflüchtigt. Er ist ja trotz allem froh, hier zu sein.« Er schaute Angolo an, der auf seiner Decke lag und angesichts der Aufmerksamkeit sofort mit dem Schwanz zu wedeln begann. »Und er liebt diesen Hund, etwas, das er ganz sicher vermissen wird. Ich muss morgen erst später bei der Arbeit sein, wir können also alle drei zusammen frühstücken.«

Irene nickte dankbar und begann, den Tisch abzuräumen.

Er verteilte den restlichen Wein auf ihre Gläser und half ihr damit, die Teller in die Spülmaschine zu stellen. Danach reichte er ihr das Glas und stieß mit ihr an.

»Entschuldige den chaotischen Abend, *wir* müssen uns nicht auch noch streiten. Das ist eine Verschwendung meines guten Rotweins.« Er blinzelte ihr zu, um zu zeigen, dass er ihr die Wahl nicht vorwarf.

»Ich glaube, Angolo muss mal ein bisschen raus. Willst du?«

Lust hatte er zwar keine, aber das gehörte ja nun mal dazu, und nun, da es so spät geworden war, konnte er den Hund einfach eine Runde Gassi ohne Leine in den Garten schicken.

»Zieh eine Jacke an, Rolando«, rief sie ihm nach.

Auf der Treppe war es kalt, nur in einem Strickpullover, aber er brauchte es, ein wenig abzukühlen. Es war lange her, dass er Streit mit einem Teenager gehabt hatte – und dann sogar auf Italienisch. Angolo raste im Schnee vor ihm herum und verschwand ab und zu in den vielen dunklen Schatten weiter unten in dem zugewachsenen Garten. Irene hatte Sinn für so etwas. Jeder Busch, jeder Baum und jede Blume war genau nach der Jahreszeit ausgewählt. Einige blühten im Frühling und wurden von anderen abgelöst, die im Frühsommer blühten, die wiederum von neuen abgelöst wurden, sodass das ganze Jahr über Blumen im Garten waren. Unter der dicken weißen Schneeschicht versteckte sich eine Stelle mit blühenden Christrosen, ein hübsches Zeichen dafür, dass es noch Leben gab. Er nahm einen tiefen, eiskalten Atemzug und hielt nach Angolo Ausschau. Der Hund schnüffelte an etwas unter einem Baum, das sicher von ihm selbst stammte. Das Handy klingelte und vibrierte an seinem Oberschenkel in der Hosentasche und störte die Idylle in diesem botanischen Weihnachtsmärchen. Er ging dran und war sehr überrascht, als er die Stimme hörte. Er hätte nicht damit gerechnet, sie jemals wieder zu hören.

»Es klingt, als würden Sie frieren – sind Sie draußen in der Kälte?«, wollte sie wissen.

Sie musste sich nicht vorstellen. Der Nørrebro-Dialekt würde sie immer verraten. Er klang überrascht. Er hatte natürlich mitbekommen, dass das *Tageblatt* sein Erscheinen eingestellt hatte.

»Ich geh mit dem Hund, das ist eine kalte Angelegenheit.« Der Unterton *Was willst du?* lag in seinen Worten.

Es fiel ihr schwer, ihn in seiner Rolle als Privatmann zu sehen, der seinen Hund ausführte und ein Familienleben hatte. Auf die gleiche Weise, wie es auch schwer gewesen war, Redakteur Thygesen so zu sehen. Deswegen war er jetzt auch völlig vor ihrem inneren Auge verschwunden, denn wie sah der Mensch Ivan Thygesen eigentlich aus?

»Was für einen Hund haben Sie?« Es befremdete sie, dass sie nicht so recht wusste, was sie sagen sollte, jetzt, da sie sich endlich dazu durchgerungen hatte, ihn anzurufen.

»Einen Schäferhund.«

»Natürlich.«

Lange Pause.

»Wie geht's, Anne? Ich habe ja gehört, dass Sie ihre Arbeit verloren haben.« Jetzt war aus *Was willst du?* ein *Was willst du denn?* geworden.

»Ganz okay. Ich versuche natürlich, etwas anderes zu finden, aber das ist gerade nicht so leicht. Zum Glück ist meine Mutter in die Stadt gekommen, daher kann ich mich um sie kümmern ...«

»Und Ihr Stiefvater?«

Sie hörte Eis, das unter Stiefelsohlen barst, Kläffen und Keuchen, und konnte sich denken, dass der Hund in der Nähe war und dass Roland sich bewegte. Das Geräusch einer Tür, die geöffnet wurde, und die Krallen des Hundes auf den Fliesen, dann auf einem Holzboden.

»Der ist glücklicherweise nicht mitgekommen.«

»Wollen Sie etwas Bestimmtes oder nur mal hören, ob ich friere?«

Sie mochte seinen Sarkasmus.

»Es gibt da tatsächlich eine Sache, von der ich gerne hätte, dass Sie sie für mich untersuchen, wenn Sie Zeit haben.«

»Hmmm?«

»Ich habe mit einigen Obdachlosen gesprochen, die sagen, dass ihre Freunde spurlos verschwinden. Wisst ihr bei der Polizei etwas davon?«

»Sie wissen doch, dass ich mich nicht dazu äußern dürfte, wenn wir etwas wüssten.«

»Roland, ich bin keine Journalistin mehr. Das hier ist rein persönlich. Wissen Sie etwas?«

»Was wissen Sie?«

»Nicht viel, nur dass ein paar verschwunden sind, die eines natürlichen Todes gestorben sein sollen. Die Behörden wissen aber nichts darüber.«

»Warum werden sie nicht als vermisst gemeldet, sodass wir nach ihnen suchen können?«

»Ich habe gehört, dass einer versucht hat, zur Polizei zu gehen. Aber wer will schon einem nach Alkohol stinkenden Vagabunden zuhören?«

Es war lange still.

»Was wollen Sie also – das melden?«

»Sie jedenfalls darauf aufmerksam machen, dass etwas Merkwürdiges unter der Randgruppe auf der Straße passiert. Der Letzte, der verschwunden ist, wurde Rudolf genannt. Wissen Sie, ob er bei euch gelandet ist? Wenn er tot gefunden wird, ist das wohl das normale Prozedere – oder ist man vielleicht einfach gleichgültig, wenn es *nur* ein Obdachloser ist? Gleichgültig sowohl den Toten als auch den Lebenden gegenüber.«

»Jetzt übertreiben Sie mal nicht, Anne! Und apropos Prozedere, ich finde, dem sollten alle folgen. Zuerst sollen die Vermissten gemeldet werden.«

»Sie wollen mir also nicht helfen?«

»Will nicht – oder kann nicht. Womit soll ich helfen, ich weiß ja nichts. Es passiert, dass ein Obdachloser in die Rechtsmedizin kommt. In der Regel erweist es sich als natürlicher Tod oder Selbstmord.«

»Aber die anderen auf der Straße sind der Meinung, dass das nicht sein kann.«

»Natürlich nicht.«

Jetzt hörte Anne eine Frauenstimme, die fragte, ob es dienstlich sei – seine Frau?

»Okay, Roland. Wenn Sie mir nicht helfen wollen, muss ich halt selbst etwas herausfinden. Aber da können Sie inzwischen nichts dagegen haben!« Sie konnte auch sarkastisch sein und freute sich ein bisschen darüber, dass sie es sein konnte, ohne befürchten zu müssen, einen guten Polizeikontakt zu verlieren.

»Das machen Sie doch normalerweise auch immer ziemlich gut, Anne.«

Er brach ab. Sie spürte, dass er etwas zurückhielt, als er fortfuhr. »Versprechen Sie mir, mich zu informieren, wenn sie irgendetwas Verdächtiges finden?«

»Es gibt etwas, das Sie mir nicht sagen. Habt ihr euch in einem Fall festgefahren?«

»Keiner, der Obdachlose betrifft. Ich vermute, Sie haben von den Raubüberfällen in Privathäusern gehört?«

»Mit Todesfolge – ja, das hab ich gehört. Habt ihr noch keinen Verdächtigen?«

»Anne, Sie wissen, dass ich Ihnen das nicht sagen kann.«

»Ich bin eine Privatperson.«

»Erst recht keiner Privatperson.«

Anne seufzte. »Ja, aber dann ist ja alles wie früher.«

Er lachte. »Machen Sie's gut, Anne.« Es wurde aufgelegt, und sie blieb wieder mit einem leeren Gefühl zurück.

»Scheiße!« Sie googelte da weiter, wo sie aufgehört hatte, als sie sich selbst überwunden und ihn angerufen hatte. Sie hatte überhaupt nicht gesehen, wie spät es war, als ihr die Suchbegriffe ausgingen, nachdem sie fast alles versucht hatte. Sie stand auf und spähte hinaus in die Dunkelheit. Die Straßenlaternen leuchteten mit einem schwachen, gelblichen Schein, weil sich der Schnee wie kleine weiße, wollige Mützen auf sie gelegt hatte. Die Autos, die am Bordsteinrand geparkt waren, waren auch völlig zugedeckt. Viele von ihnen würden sicher morgen früh nicht anspringen. Dann würde sie geweckt werden von den vielen Versuchen, rechtzeitig zur Arbeit zu kommen, von dem Hämmern und Schnarren der Motoren und von den Autotüren, die erhitzt zugeknallt wurden. Sie lächelte, weil sie sich einfach auf die andere Seite drehen und die Decke über den Kopf ziehen konnte. Vielleicht konnte man sich daran gewöhnen, arbeitslos zu sein. Sie setzte sich wieder und überlegte sich ein neues Suchwort, einer Eingebung folgend schrieb sie ›Obdachloser gefunden‹ ins Suchfeld und drückte *Enter.* Der Link zu dem Zeitungsartikel erschien an oberster Stelle. Obwohl der Begriff Onlinezeitung dazu beigetragen hatte, dass der Verkauf der gedruckten Zeitungen rückläufig war, hatte es was, dass man Artikel einfach so im Internet finden konnte. Sie klickte auf den Link und las den Artikel, der von einer Journalistin der Zeitung *Aarhus Stiftstidene* geschrieben worden war. Sie beneidete sie, hatte versucht, ihnen eine Initiativbewerbung zu schicken, aber eine freundliche Absage erhalten. Sie hatten derzeit keinen Personalmangel. Auch *denen* fehlten gerade keine Leute. Während sie las, schoss ihr das Blut ins Gesicht und ließ ihre Wangen glühen. Vor einem Nebenerwerbsbauernhof im Trige-Waldweg war ein toter Obdachloser gefunden worden. Der Artikel war kurz und nicht sonderlich aufsehenerregend. Es gab keinen Zweifel daran, dass es Selbstmord gewesen war, stand da, und der Mann war noch nicht identifiziert. War es das, was Roland versucht hatte, vor ihr zu verbergen? Er hatte etwas von Selbstmord erwähnt. Hatte er vielleicht selbst einen Verdacht? Sie hatte Lust ihn noch mal anzurufen, aber sie wusste, dass es nichts nützen würde. Sie war jetzt auf sich allein gestellt. Nicht mal Thygesen konnte sich einmischen. Eigentlich ein ziemlich angenehmer Gedanke, der den Eifer in ihr weckte.

Aber jetzt war es spät, sie konnte heute nichts mehr unternehmen und fuhr den Computer herunter. Sie ging ins Bad, um ihre Zähne zu putzen und den warmen, blau gestreiften Flanell-Pyjama anzuziehen, wohl wissend, dass sie heute Nacht kein Auge zutun würde.

21

Die Dienstbesprechung war nicht erhebend. In dem zurückgelassenen Auto war nicht viel zu finden gewesen. Natürlich hatten die Täter Handschuhe benutzt, vielleicht nicht so sehr deswegen, um keine Spuren zu hinterlassen, sondern weil sich draußen keiner ohne sie aufhalten konnte. Der wichtigste Fund war eine Spur von Waffenöl auf dem Rücksitz, die darauf schließen ließ, dass dort die gestohlenen Waffen gelegen hatten. Der Eigentümer des Wagens besaß keine Waffen, er war, wie er es selbst ausdrückte, nur ein armseliger Postbote. Aber wo waren die Autodiebe jetzt? Im Ausland? Bestimmt waren sie auf der Autobahn von einem anderen Auto eingesammelt worden.

Die Besetzung im Polizeipräsidium war geschwächt, da mehrere mit Grippe flachlagen, der sogenannten Schweinegrippe, die vor Weihnachten ihren Höhepunkt erreicht hatte. Aber zum Glück war niemand davon ernsthaft betroffen, sodass sie wie eine ganz gewöhnliche Grippe behandelt wurde, obwohl sich die Schweinegrippe, als sie das erste Mal in der Presse erwähnt wurde, so anhörte, als wäre sie der sichere Tod, und eine hohe Warnstufe ausgerufen wurde. Was wohl in der Zwischenzeit geschehen sein mochte? Roland war bisher davon verschont geblieben, nur eine Erkältung begann in seiner Nase zu kribbeln.

Niels Nyborg war nach der Besprechung dageblieben. Er trommelte mit einem Kugelschreiber gegen seinen Oberschenkel, während er im Stuhl zurückgelehnt und mit langen, übergeschlagenen Beinen einen Artikel über Albert Hovgaards Leistung mit dem Revolver las, die ihm eine Goldmedaille eingebracht hatte.

»Mann, so einen guten Schützen könnten wir hier in der Abteilung echt gut gebrauchen«, meinte er. »Aber andererseits waren die Waffen ganz sicher der Grund für den Einbruch und den Mord. Auf die hatten sie es abgesehen, und Albert hat sich gewehrt.«

»Wer weiß, was da passiert ist? Aber heutzutage sollte man damit vorsichtig sein, sein Privatleben öffentlich zur Schau zu stellen.«

»Sag das mal meiner Tochter. Sie stellt alles auf Facebook, damit ihre Freundinnen sehen können, was sie macht. Heute bist du nichts, wenn du kein Facebook-Profil hast, sodass andere deinem Tun und Treiben folgen können. Neuer Lebensstil.«

»Gefährlicher Lebensstil. Erinnere dich an das *Puppenkind*.«

»Gerade der Gitte-Mord hat mich gelehrt, ein bisschen darauf zu achten, worüber sie schreibt und mit wem, aber ich kann ja nicht die ganze Zeit um sie herum sein. Soviel ich weiß, kann man es so einstellen, dass nur die Freunde mitlesen können, aber ob man sich darauf verlassen kann?«

»Wie alt ist Lotte jetzt eigentlich?«

»Siebzehn, schon eine richtige junge Frau.« Niels vertiefte sich wieder in die Zeitung, dieses Mal in den Sportteil.

»Tja, das sind sie ja heutzutage schon mit zehn.« Roland erinnerte sich deutlich an die Zeit mit einem Teenager im Haus, als Rikke das erste Mal abends mit Freundinnen wegging, wie sie gekleidet gewesen war und wie viel sie darüber gestritten hatten. Ihr erster Rausch und Kater, der erste Freund, die Unruhe und die Sorge, aber es war gut gegangen, sie hatte schließlich einen guten Mann gefunden und Roland konnte sich stolzer Großvater von Marianna nennen. Aber Rikke würde auch mal diese Sorgen zu spüren bekommen, wenn Marianna in dieses Alter kam; er hoffte, sie würde sich dann erinnern und verstehen, warum er so gehandelt hatte, wie er es damals getan hatte, als er oft gespürt hatte, dass sie ihn hasste. Aber im Augenblick galt die Sorge nicht so sehr seiner eigenen Tochter und seiner Enkelin. Salvatore hatte sich am Flughafen ein wenig distanziert von ihm verabschiedet. Er hatte eine dunkle Sonnenbrille getragen, sodass Roland seine Augen nicht sehen konnte. Die

Sonne blendete in dem strahlend weißen Schnee, und er redete sich ein, dass dies auch der Grund für seine feuchten Augen war. Die Stimmung beim Frühstück war gedrückt gewesen, es gab keinen Zweifel daran, dass Irene Recht hatte, es war an der Zeit, dass er zu seinem eigenen Leben zurückkehrte – was auch immer das sein würde. Tante Giovanna hatte nicht ganz zufrieden über seinen Bericht der Unterhaltung mit ihrem Sohn geklungen, als Roland frühmorgens von seinem Arbeitszimmer aus angerufen hatte, um ihr Bescheid zu geben, dass Salvatore im Laufe des Tages nach Neapel zurückkommen würde. Und dabei hatte er ihr sogar nicht einmal die ganze Wahrheit erzählt, er hatte nicht gesagt, wie lange das Gespräch aufgeschoben worden war und hatte nicht gesagt, dass es durch einen Streit gestern spätabends erzwungen war. Aber jetzt lag es nicht mehr in seiner Hand, was könnte er noch tun? Jetzt war es ihre Sache – und die Salvatores.

»Ach, nicht mal in den Sportergebnissen kann man was Positives finden«, murmelte Niels und warf die Zeitung auf den Tisch. »Wie kommen wir weiter? Was ist mit der gefälschten Zigarette, glaubst du, das ist eine Spur oder einfach ein Zufall?«

»Das wird sich zeigen, vielleicht ist eine Ladung ins Land gekommen, die nicht entdeckt wurde.« Er sandte einen mitleidigen Gedanken an die Armen, die noch nicht entwöhnten Raucher, die dann den Wucherpreis für unechte Kippen zahlen würden.

»Ich gehe noch mal alle Zeugenaussagen durch, vielleicht haben wir etwas übersehen.« Seine langen Beine entknoteten sich, er erinnerte an eine Giraffe, die sich aus einer liegenden Position erhob.

»Gute Idee, aber ich glaube leider, das bringt nichts, Niels.«

»Unfassbar, wir haben DNA, Fingerabdrücke, beide Fluchtautos, aber nichts, was uns weiterbringt.«

Roland schaute zu ihm hoch und konnte ihm einfach nur Recht darin geben, dass es hoffnungslos aussah.

»Was ist mit der Mordwaffe?«

Er schüttelte den Kopf. »Auch nichts.«

»Glaubst du, uns fehlt diese Journalistin?« Niels lächelte verschmitzt.

»Ich habe gestern Abend mit ihr gesprochen. Spätabends.«

»Hast du sie kontaktiert?«

»Nein, nein! Sie hat mich angerufen.«

Niels Nyborg verschränkte die Arme vor der Brust. »Was zum Henker wollte sie?«

»Keine Ahnung, das war irgendwas mit ein paar verschwundenen Obdachlosen.« Roland fuhr den Stuhl in die Position vor dem Computerbildschirm und schob die Ärmel ein Stückchen hoch.

»Obdachlose, als ob wir nichts anderes zu tun hätten«, Niels schnaubte leicht, »aber das hat sie natürlich nicht.«

»Ich weiß nicht, wie ernst ich das nehmen soll. Der Fund gestern könnte natürlich mysteriös aussehen, aber ...«

»Der Obdachlose? Das war doch Selbstmord, oder?«

»Der Meinung ist die Rechtsmedizin, jedenfalls wird es nicht wie ein Mordfall behandelt. Ich erwarte aber, von ihnen zu hören, wenn sie ihn identifiziert haben, es wäre echt gut zu wissen, wer er war.«

»Du glaubst doch wohl nicht, dass du ihn kennst?«

Roland schaute vom Bildschirm auf. »Man weiß nie. Wer sind die Obdachlosen in Wirklichkeit, wer denkt darüber nach? Ihre tragischen Leben können viele verschiedene Ursachen haben. Es endet wohl keiner aus freien Stücken als Obdachloser.«

»Das kann auf keinen Fall ein gesundes Leben sein. Erst recht nicht zu dieser Zeit. Zum Teufel, muss das kalt sein. Ein Wunder, wenn sie überleben. Heute Nacht zeigte das Thermometer mancherorts minus fünfzehn Grad an, und dann noch der Wind ... Die Obdachlosenunterkünfte müssen überfüllt sein. Echter Nährboden für Schweinegrippe. Hast du noch was von Mikkel gehört?«

»Er hat heute Morgen angerufen, der Arzt hat ihn dazu verdonnert, drinnen zu bleiben, bis das Fieber und die Symptome abgeklungen sind.«

»Gott sei Dank, ich will ungern angesteckt werden. Offen gestanden überrascht es mich, dass es einen so großen und starken Mann wie Mikkel umhauen kann.«

»Es kann jeden von uns treffen, Niels.«

»Sieht so aus. Isabella hat es doch auch erwischt, ob sie ein bisschen zu dicht beieinander gewesen sind ...?«

»Was meinst du?«

»Hast du nicht gesehen, dass Mikkel scharf auf sie ist? Das sieht man denen doch an. Die sind verliebt. Ich hoffe, Kurt hat kein Auge für so was.«

Roland spürte wieder den Stich in der Brust. Die Erinnerung daran, dass er vor nicht allzu langer Zeit selbst ziemlich von dieser jungen, blonden Beamtin hingerissen gewesen war und geglaubt hatte, dass sie auch etwas für ihn empfand. Dass er so tief sinken, so naiv sein konnte. War das das Panikalter, das anklopfte? Und Panik weswegen? Er hatte doch Irene, er hatte all die Liebe, die er brauchte.

»Naja, verliebt, glaubst du wirklich?« Er konzentrierte sich auf die Tastatur.

»Todsicher, aber sie sieht echt auch nicht schlecht aus, diese *bella*, heißt das nicht *hübsch* auf Italienisch?«

Roland nickte und seufzte tief, als Niels ging und die Tür hinter sich schloss. Es gab eine Menge Computerarbeit, die er hinter sich bringen musste. Er hasste das, er wollte viel lieber draußen vor Ort arbeiten und Verbrecher fangen, obwohl die Kälte beißend war. Er wusste nicht, wie viel Zeit vergangen war, in der er getippt, gelöscht, gedruckt und die Augen zusammengekniffen hatte, um die Buchstaben auf dem Schirm zu erkennen, als ein Anruf auf seinem Telefon einging, der ihm neuen Mut machte. In der Jütländischen Bank in Kolding war ein bewaffneter Raubüberfall versucht worden, die südostjütländische Polizei hatte Kurt Olsen kontaktiert, weil die Verhafteten drei Litauer waren und die Waffen den gesuchten in dem Mordfall von Trige entsprachen. Yes! Endlich unterlief ihnen der Fehler, auf den er gewartet hatte. Jetzt hatten sie sie, abgesehen von dem Fahrer, der entkommen war.

22

»Da liegst du falsch, Linda. Alle können Mörder werden, man muss nicht böse sein, das steckt in uns allen. Ein Gen. In der Urzeit war das ein lebenswichtiger Instinkt für uns. Würden wir nicht töten können, hätten wir nicht überleben können.«

Sie waren wieder im Gange. Anita saß zurückgelehnt im Schneidersitz auf dem Sofa und versuchte, sich aufs Lesen zu konzentrieren. Vielleicht war das nur eine Entschuldigung, um nicht an der üblichen Freitagsdiskussion teilzunehmen, die oft lautstark endete, wenn ihnen das Bier zu Kopf stieg. Sie selbst hatte erst die Hälfte ihres Tuborg Weihnachtsbiers getrunken. Die Werbung mit dem Tuborg-Auto und dem Rentier vor dem blauen Hintergrund mit großen, weißen Schneeflocken, die sie von klein auf kannte, war fast den ganzen November und Dezember über im Fernsehen gezeigt worden und hatte Andreas' Urzeithirn einer Gehirnwäsche unterzogen, mehrere Kisten davon zu kaufen. Sie würden von diesem Winterbier sicher bis weit in den Sommer trinken. Sie mochte es nicht – viel zu bitter und stark für ihren Geschmack, aber sie wollte sich auch nicht ausschließen.

»Du hast Recht, Andreas, so ist das ja auch bei den Tieren. Sie töten ebenfalls, um zu überleben. Werden sie in eine Ecke gedrängt, löst das sofort den Tötungsinstinkt aus.« Bjørn trank aus dem Glas und hatte danach Schaum an der Oberlippe. Er war der Einzige, der ein Glas benutzte.

»Ihr seid echt elende Klugscheißer«, fand Brian, der glücklicherweise an diesem Abend kein Hasch mit an den Tisch gebracht hatte. In letzter Zeit hatten sie genug Polizei zu Besuch gehabt. Er saß mit dem Rücken zu ihnen und starrte auf den Fernseher, wo

»X-Faktor« über den Bildschirm flimmerte. Die anderen wollten die Sendung nicht sehen, in der hoffnungsvolle oder auch absolut ungeeignete Gesangstalente erleben mussten, wie ihre Träume brutal zerstört wurden.

Brian fand diesen Teil am unterhaltsamsten, und mehrfach schallte ein Lachen aus seinem Sessel. Bitten war wegen eines großen Streits mit Brian im Zimmer geblieben, so hatte das jedenfalls geklungen.

»Das hat doch damit nichts zu tun, Brian, das sind Fakten. Du könntest auch morden, wenn du weit genug getrieben würdest«, gab Andreas zurück.

Anita schaute schnell von ihrem Buch auf, zuerst zu Andreas, dann zu Brian, der träge den Ledersessel mit dem Drehfuß bewegte, sodass er Andreas von vorne sah. »Und du denkst, man müsste mich dafür sehr stark provozieren?« Das Funkeln in seinen Augen ließ sie schaudern, dann lachte er und zeigte die blendend weißen Zähne und die Seite, in die sie sich verliebt hatte, als er eingezogen war. Das Launische und Gefährliche zur gleichen Zeit. Brian war bestimmt nicht langweilig. Aber war er auch gefährlich?

Andreas lachte auch. »Man weiß ja nie bei euch Kopenhagenern. Ihr seid eine andere Rasse.«

»Bei Gott, das sind wir«, antwortete Brian und stieß mit Andreas, Linda und Bjørn an, der sich hochwuchtete, um mit seinem Glas Brians Flasche zu erreichen. Das sah sehr anstrengend aus, und danach sank er schwer zurück in die Polster.

»Was ihn – oder die – wohl getrieben haben mag, die Albert ermordet haben?«, fragte sich Linda. Anita hatte es aufgegeben, lesen zu wollen. Sie schaffte es nicht, sich dazu zu äußern, weil Bitten ihre Ankunft ankündigte, indem sie die Tür zum Zimmer fest zuknallte, bestimmt, um Brian zu zeigen, dass sie noch nicht über ihre Unstimmigkeit hinweg war, worin auch immer die bestand. Sie kam zum Sofa und stellte sich vor Anita, die Hände in die Seiten gestemmt.

»Beweg dich, Fette, du brauchst ja Platz für drei.«

Anita rückte in die Ecke, um für Bittens mageres Hinterteil Platz zu schaffen, obwohl der natürlich vorher auch schon dagewesen war.

Brian schielte zu Bitten, als sie sich setzte, und die Blicke, die sie sich zuwarfen, waren alles andere als liebevoll.

»Ihr seid ganz schön leise geworden. Worüber habt ihr geredet – *mich*?«

»Es geht nicht immer nur um dich, Schatz«, entgegnete Brian ohne die warmen Gefühle im Wort Schatz.

»Worum dann?«

»Den Albert-Mord natürlich.«

»Ach, na dann! Ich hab gerade im Radio gehört, dass sie die Täter gefasst haben.«

Alle schauten Bitten neugierig an. Sie zündete eine Zigarette an und brauchte gerade so lange dafür, dass es geplant wirkte, um die Spannung zu erhöhen. Der schwarze Lippenstift klebte an dem Filter, als sie einen tiefen Zug genommen hatte. Langsam blies sie den Rauch zwischen den Lippen aus und lenkte ihn gegen die Decke, indem sie die Unterlippe ein wenig vorschob.

Linda sah sie wütend an, sagte aber nichts. Mit Bitten im Haus war es unmöglich, das Rauchverbot durchzusetzen.

»Die haben versucht, eine Bank in Kolding zu überfallen, und wurden geschnappt. Sie haben die gestohlenen Waffen benutzt.«

»Amateure!«, rief Brian und schlug sich gegen die Stirn.

»Waren sie denn Osteuropäer?«, wollte Anita wissen.

»Litauer, ja. Der im Fluchtauto ist entkommen.«

»Gott sei Dank haben sie die jetzt! Dann können wir jetzt nachts vielleicht wieder ruhig schlafen«, seufzte Linda und legte die Beine erleichtert hoch in Andreas' Schoß.

Er tätschelte ihr den einen Fuß, der in dicken, isländischen Wollsocken steckte, und lächelte sie an. »Wovor hattest du denn Angst? Du hast doch mich!«

Brian schnaubte höhnisch.

»Kann doch sein, dass der, der abgehauen ist, der Mörder ist, das kann noch keiner sicher wissen«, warf Bitten freundlicherweise ein und puhlte an ihrem schwarzen Nagellack, der am Daumen abblätterte.

»Na, sollen wir nicht noch ein paar Bier auf den Tisch holen und das Ereignis feiern?« Andreas schob Lindas Bein von seinem Schoß, stand auf und verschwand in der Küche. Man hörte Flaschen klirren. Kurz darauf kehrte er mit Nachschub im Arm zurück und stellte die Flaschen mitten auf den Tisch neben die leeren.

Der Rest des Abends und der Großteil der Nacht vergingen mit Gesprächen am Couchtisch. Sie sprachen über Gott und die Welt, und wie immer waren sich ein paar uneinig und wurden laut. Bjørn schlief kurz nach Mitternacht ein und schnarchte – ja, wie ein Bär. Er wachte nicht einmal auf, als die Musik aufgedreht wurde, weil Bitten plötzlich tanzen wollte. Es wurde die Versöhnung des Liebespaars. Nach einem engen Klammerblues und Zungenkuss verschwanden sie in ihrem Zimmer. Linda und Andreas halfen Bjørn hoch in sein Bett, und Anita räumte ein bisschen auf, bevor auch sie schlafen ging. Es war ein fast gewöhnlicher Freitagabend.

Sie hatte Kopfschmerzen und konnte nicht einschlafen. Den Nachgeschmack des starken Bieres hatte das Zähneputzen nicht vertreiben können. Er schien tief im Hals festzusitzen. Sie stand wieder auf und nahm ein paar Paracetamol, legte sich zurück ins warme Bett und starrte an die weiß getünchte Decke, auf die das Mondlicht Schatten warf. Die kahlen Zweige vor dem Fenster sahen aus wie gekrümmte Finger. Sie wusste nicht, wie spät es war, als sie etwas hörte. Es war ein sehr leises Geräusch, das sie nicht gehört hätte, wenn sie geschlafen hätte. Sie stand auf und ging zum Fenster, dann sah sie ihn unten auf der Straße. Da lief das Michelin-Männchen in seinen großen Moonboots. Sie starrte der Gestalt nach, bis sie hinter den Bäumen verschwand. Was hatte er um diese Zeit draußen vor?

23

Kamilla hielt das Steuer mit weichen, schwarzen Lammfellhandschuhen umklammert und versuchte, ihre Aufmerksamkeit auf die glatte Straße zu richten. Besonders Nebenstraßen waren die reinsten Eisbahnen. Glücklicherweise war an einem Samstagvormittag nicht viel Verkehr. Sie hätte das hier ablehnen sollen. Sich ihm widersetzen sollen. Es sagen, wie es war, dass sie nicht wollte, dass sie überhaupt nicht wusste, zu was er sie geschickt hatte. Ihr schwacher Protest beschränkte sich darauf, dass sie keine Modefotografin war und angenommen hatte, Pierre würde den Auftrag selbst übernehmen, da er seine Visitenkarte weitergegeben hatte. Aber er hatte geantwortet, dass Mogens Arnskov ausdrücklich darum gebeten habe, dass sie komme. Und – es gab keine Widerrede, wenn Pierre befahl.

Sie fuhr durch Nimtofte und genoss den Anblick der weißen Felder, die sich um sie erstreckten, bis sie bei Ramten auf die Hauptstraße kam. Kurz darauf bog sie links in Richtung Glesborg ab. Ihrem Navi zufolge waren es nur noch ungefähr acht Kilometer. Ihr Herz begann so heftig zu pochen, dass sie tief durchatmen musste, um es zu beruhigen. Er hatte sie an diesem Abend aufmerksam angesehen. Sie hatte Fotos von ihrer Mutter gesehen, von damals, als sie im selben Alter war wie sie, und sie könnten wirklich aneinander erinnern. Widerwillig musste sie sich eingestehen, dass sie sich sogar ziemlich ähnlich sahen. Sie warf einen Blick in den Rückspiegel und lächelte vorsichtig, um zu sehen, wie das aussah. Die feinen Linien an den Augen wurden deutlicher. Lachfalten, hatte jemand sie mal genannt. Als hätte sie in den siebenunddreißig Jahren ihres Lebens viel gelächelt. Sie hatte am Make-up gespart. Normalerweise tat sie das nicht, wenn sie zu einer Hochzeit ging, was leider nicht so häufig vorkam. Sie war bei mehr Beerdigungen als Hochzeiten gewesen. Die Augen waren betont mit schwarzer Mascara, die die Wimpern verlängerte, Eyeliner und einem hellen Lidschatten, der zu dem Grün in ihrer Iris passte. Kein Lippenstift, nur ein wenig Lipgloss, der die Lippen ein bisschen schimmern ließ. Zu viel Schminke mochte ein Vater vielleicht nicht an seiner Tochter, hatte sie vor dem Spiegel gedacht. Alice, seine Frau, war jedenfalls völlig ungeschminkt gewesen, obwohl sie an diesem Abend offenbar an einer Feier teilgenommen hatten. Wenn sie ihrer Mutter jetzt als junge Frau ähnelte, würde sie dann auch so aussehen, wenn sie alt war? Sie schüttelte sich bei dem Gedanken daran und tröstete sich damit, dass der mürrische Ausdruck ihrer Mutter und die vielen, tiefen Falten von dem ganzen Hass kamen, den sie immer mit sich herumgetragen hatte, bis sie im Herbst an einer Hirnblutung gestorben war. Das war die Todesursache, die sie bevorzugte. Sie hatte es so oft durchgespielt, dass sie nun selbst daran glaubte. So war es passiert. Sie hätte nichts tun können, um das zu verhindern. Hass machte Menschen hässlich, und sie hasste ja niemanden. Oder doch? Danny. Was war mit Danny? War das Hass, was sie fühlte, wenn sie an ihn dachte? War das Hass, der ihren Atem außer Kontrolle geraten ließ? Vielleicht wusste sie nicht mehr, was sie für ihn empfand. Ob er und Majken wohl schon ein Datum gefunden hatten? Sie biss sich fest auf die Lippe. Das, was sie jetzt fühlte, kannte sie nur zu gut; das war Eifersucht. Es beunruhigte sie, dass dieses Gefühl aufkam, wenn sie an Dannys und Majkens Verlobung dachte. Jemand hatte gesagt, dass Liebe und Hass nur eine Handbreit voneinander entfernt seien, aber ob man das ganz wörtlich verstehen sollte?

Ein Räumfahrzeug war vor ihr aufgetaucht, daher musste sie auf die Bremse treten und hinter ihm herschleichen, aber sie war gut in der Zeit, deswegen gab es keinen Grund zur Panik. Der Wind sollte gegen Nachmittag abflauen, daher hoffte sie, dass die Straßen nicht dicht wären und dass sie zurückfahren könnte, sobald die Fotos im Kasten waren.

»Bønnerupweg«, murmelte sie und schaute auf die Hausnummern. Als sie sie gefunden hatte und die monotone Navi-Stimme verkündete, dass sie ihr Ziel erreicht hätte, schaltete sie es aus und parkte hinter einem großen Schneehaufen, den der Schneepflug in der Kurve angehäuft hatte. Sie stieg aus. Das Eis knirschte unter ihren Stiefelabsätzen, als sie auf dem Bürgersteig zur Villa ging. Das Haus hatte eine gelb verputzte Fassade, weiß gestrichene Fensterrahmen und ein rotes Ziegeldach. Richtig klassischer Bønnerup-Stil. Der Garten war von einer immergrünen hohen Hecke umgeben, die gerade von Schnee bedeckt war. Hinter ihr entdeckte sie einen Jungen. Er rollte gerade einen Schneeball, aber das funktionierte nicht so gut, weil es kein Pappschnee war. Als er aufsah und die Strickmütze mit einem großen Fausthandschuh aus dem Gesicht schob, stand sie wie im Eis festgefroren auf dem Bürgersteig. Er ähnelte Rasmus. Die gleichen Sommersprossen, die gleichen grünen Augen, die wie ihre eigenen aussahen. Das musste Mathias sein. Das war ihr Halbbruder, der vor ihr im Schnee stand – und Rasmus ähnelte. Ihre Augen wurden feucht. Beinah hätte sie nach ihm gerufen. Rasmus! Plötzlich schaute er sie an. Ihr Blick war skeptisch, sie hatte auch nur dagestanden und gegafft, und dann liefen die Tränen. Sie wischte sie schnell weg und ging zur Einfahrt.

»Bist du die Fotografin?«, fragte er und lächelte. Das gleiche Lächeln wie Rasmus.

»Ja, wie hast du das erraten?«

»Die Tasche.« Er deutete darauf.

Die gleiche Logik wie Rasmus. »Ja, natürlich«, sie lachte. Er lachte mit. Das gleiche Lachen wie Rasmus. Ihr war schwindelig.

»Mama und Papa machen sich gerade für die Feier fertig. Mama braucht immer so lange und dann wird Papa ungeduldig.«

Ein offener und redseliger Junge, der Fremden gegenüber keine Vorbehalte hatte. Genau wie ... Sie nickte ihm dankend zu, ging vorsichtig die glatte Steintreppe hoch und drückte die Klingel. Es dauerte nicht lange, bis geöffnet wurde. Mogens Arnskov trug einen Smoking, aber sie achtete vor allem auf seine Augen.

»Kamilla Holm. Willkommen.« Er gab ihr die Hand und half ihr gleichzeitig galant über eine kleine Schneewehe hinweg, die sich vor der Tür aufgebaut hatte. Er roch nach einem teuren Herrenparfüm. Hier war der Mann, in den sich ihre Mutter als junge Frau verliebt hatte. Als sehr junge, viel zu junge Frau. Hier war der Mann, der mit schuld am Tod ihres Onkels gewesen war. Einem allzu frühen Tod. Hier war der Mann, der ihr Vater war. So nah, dass sie sein Herz klopfen hören konnte. Oder war das ihr eigenes?

»Kommen Sie rein ins Warme. Heute ist es verflixt kalt. Ich hoffe, das Brautpaar kommt damit zurecht.« Schnell richtete er seine Fliege, als er an einem Spiegel im Eingangsbereich vorbeikam.

»Heute Nachmittag soll es weniger windig sein, daher ...«, antwortete sie und stellte die Kameratasche auf den Boden. Sie stand in einem großen, rechtwinkligen Wohnzimmer mit Holzofen, der eine andere Wärme spendete, als sie gewohnt war. Alle Stühle waren mit schwarzem Leder bezogen, auch die um einen großen Eichenholz-Esstisch, der am Ende des Wohnzimmers im kalten, weißen Licht eines Fensters stand. Auf einem schwarzen Stoffsofa lagen leimfarbene Kissen und eine passende Decke. Auf dem Couchtisch mit Glasplatte befanden sich ein paar Illustrierte und eine *Computerworld*. Natürlich gab es einen großen Flachbildfernseher. Bald war sie bestimmt die Einzige in ganz Dänemark, die noch einen kleinen Zwanzig-Zoll-Röhrenfernseher besaß.

»Darf ich Ihren Mantel nehmen?«

Einen Augenblick stand sie da, als hätte sie gar nicht vor, ihn auszuziehen. Mussten sie nicht los? Dann reichte sie ihn ihm. Er nahm ihn mit in den Eingangsbereich und war schnell zurück.

»Sie haben Mathias begrüßt?«, fragte er.

Sie nickte.

»Setzen Sie sich ruhig. Alice braucht immer so lange, um sich fertig zu machen. Ihre Freundin heiratet heute.« Er richtete seine Manschettenknöpfe und setzte sich aufs Sofa.

Kamilla fragte sich, wofür sie so lange brauchte, wenn sie sich nicht schminkte.

»Wo soll ich die Bilder aufnehmen?«, erkundigte sie sich, weil sie nicht wusste, was sie sonst sagen sollte. Jetzt war sie also allein mit ihm. Hätte sie doch nur abgesagt, als Pierre sie zu diesem Auftrag abkommandiert hatte. Ihren Vater zu treffen war ein ganz anderes Erlebnis, als sie sich vorgestellt hatte. Sie hatte sich sogar die ganze lange, schlaflose Nacht über darauf vorbereitet. Wort für Wort hatte sie sich zurechtgelegt, was sie sagen würde. Ihm erzählen, dass sie seine Tochter war, ohne ihm vorzuwerfen, nie von ihm gehört zu haben. Dass ihr erst bei der Beerdigung ihrer Mutter im Herbst eine unbekannte Tante mütterlicherseits anvertraut hatte, was in der Jugend ihrer Schwester passiert war, und dass der verstorbene Henning Holm überhaupt nicht ihr richtiger Vater war. Dass sie Zeit darauf verwendet hatte, ihn zu finden, dass es gar nicht so schwer war und er das Gleiche hätte tun können, um sie zu finden. Also falls er wusste, dass sie existierte. Aber jetzt hatte das Schicksal – wie immer – eingegriffen und für sie entschieden. Jetzt war sie hier und hatte keine Ahnung, was sie sagen sollte. Sie setzte sich in den Sessel an der anderen Seite des Glastisches, der so blank geputzt war, dass sie sich nicht traute, ihn zu berühren aus Angst, Fingerabdrücke darauf zu hinterlassen. Wie konnte es mit einem Kind im Haus derart sauber sein?

»Sie heiraten in der Kirche in Rimsø. Eine sehr hübsche und alte romanische Quadersteinkirche von ungefähr 1150 und mit Dänemarks ältestem Pfarrhof. Das Brautpaar weiß bestimmt *genau*, wo es gerne in der Nähe fotografiert werden will.« Mogens schielte auf seine Armbanduhr. »Möchten Sie etwas trinken?«

Kamilla schüttelte den Kopf. »Nein, danke.«

Nervös trommelte er mit den Fingern auf die Oberschenkel. Er traute sich wohl auch nicht, den Tisch zu berühren.

»Ich bin froh, dass Sie kommen wollten. Es ist schwer, hier draußen Fotografen zu finden.«

»Mit wem sprichst du, Mogens? Mit mir?«, ertönte es hinter einer geschlossenen Tür im Eingangsbereich. Kamilla nahm an, das Badezimmer.

»Nein, Schatz. Das ist nur die Fotografin.«

Kamilla ballte die Hände, sodass sich die Nägel in die Handfläche bohrten. Konnte man noch unpersönlicher von seinem Vater bezeichnet werden als mit *nur die Fotografin*?

»Okay, ich bin jetzt auch fertig.« Irgendwo hinter ihr ging die Tür auf. Sie roch das starke Parfüm, bevor sie bemerkte, dass Alice neben ihr stand und ihr die Hand entgegenstreckte. Verlegen stand sie auf, sah die Frau an und musste sich wundern. Alice Arnskov sah überhaupt nicht wie die aus, die sie Anfang der Woche im ›Blauen Kutter‹ gesehen hatte. Die Haare waren hochgesteckt und das Make-up so perfekt, dass man kaum glauben konnte, dass sie es selbst aufgetragen hatte. Jetzt weiß ich auch, warum das so lange gedauert hat, dachte Kamilla und lächelte. Alice trug ein langes, blaues Seidenkleid mit einem leichten Umhängetuch über den nackten Schultern. Mogens erhob sich vom Sofa und ging in den Eingangsbereich. Bald ging das Ganze los, und sie würde ihn wohl nicht mehr sehen, wenn sie nach der Hochzeit zur Feier verschwanden. Dann konnte sie ihm nicht erzählen, wer sie war.

»Es ist wirklich nett von Ihnen, dass Sie kommen und uns mit den Fotos helfen wollen«, sagte Alice und wandte sich an ihren Mann. »Aber wir müssen wohl auch los, oder?«

Mogens hatte bereits seinen Mantel an und zwei andere über dem Arm. Zuerst reichte er Kamilla ihren, danach half er seiner Frau in einen Pelz.

»Sie können uns hinterherfahren«, sagte Mogens. »Es ist nicht weit, nur etwa zehn Kilometer.«

Als sie am Garten vorbeigingen, winkte Mathias ihnen zu. Es war ihm gelungen, einen leidlichen Schneemann aus dem Pulverschnee zu bauen. Seine Wangen und die Nase waren tomatenrot. »Viel Spaß!«, rief er.

»Kommt er nicht mit?«, fragte Kamilla verwundert.

Alice hatte Mühe, mit den hochhackigen Schuhen auf den vereisten Platten zu laufen. Sie griff nach Mogens' Arm und stützte sich darauf.

»Es sind keine anderen Kinder dabei, Mathias will lieber hier bleiben und den Schnee genießen. Gleich kommt eine Babysitterin. Aber er kann schon gut allein sein. Das war er letzten Samstag auch, als wir bei einer Beerdigung waren.«

Kamilla nickte und warf Mathias ein aufmunterndes Lächeln über die Hecke zu. Aber noch mehr hatte sie Lust, zu ihm zu gehen und ihn in ihre Arme zu nehmen, ihn fest an sich zu drücken und zu sagen, dass er gut auf sich aufpassen und nicht auf die Straße gehen solle. Sie setzte sich in den Suzuki und stellte die Kameratasche neben sich auf den Beifahrersitz. Mogens fuhr einen bordeauxfarbenen Fiat Punto aus der Garage, er diskutierte mit Alice und keiner von beiden bemerkte, dass ihr Sohn winkte. Kamilla winkte zurück und warf noch einen Blick in den Garten, als sie vom Bürgersteig fuhr. Er sah hinter der Hecke klein und verloren aus. Widerwillig folgte sie dem Auto vor ihr. Man dachte zu selten daran, es könnte das letzte Mal sein, dass man sich sah ...

24

Er begann den Samstag damit, in das eiskalte Wasser bei Ballehage zu springen. Es hatte was, Winterbader zu sein, wenn man ein Loch ins Eis hacken musste und das Wasser nur um die Null Grad hatte. Er hatte sich beim *Winterbadeklub anno 1929* angemeldet, einem der ältesten Klubs des Landes, und hatte die Schlüssel zum Klubhaus bekommen, einem grünen Schuppen unten am Strand, der nicht nach viel aussah, aber trotz allem besser als die Löcher war, die die ersten Winterbader in den Abhang gegraben hatten, damit sie sich umziehen und Windschatten suchen konnten, wie die alten schriftlichen Berichte erzählten. Im Klubhaus gab es einen Holzofen und eine Küchenzeile, aber er benutzte diese Einrichtungen kaum. Er nahm auch nicht an den Veranstaltungen für die mehr als hundert Mitglieder teil. Am meisten genoss er an diesen Morgenspaziergängen, das Meer ganz für sich allein zu haben, sodass er in der Regel als Erster da war. Dann fühlte er sich wie ein echter Wikinger. Frischer denn je war er zum Polizeipräsidium gefahren.

Die drei Litauer waren nach Aarhus gebracht und verhört geworden. Sie bekannten sich des Einbruchs und des Raubüberfalles schuldig, bestritten aber lautstark, Albert Hovgaard getötet zu haben. Der Dolmetscher hatte es schwer gehabt, mit der Übersetzung hinterherzukommen. Roland glaubte ihnen nicht. Man traf selten Mörder, die beim ersten Verhör gestanden. Nun mussten sie darauf warten, dass die DNA-Analyse sie entlarvte. Beweise, bei denen sich nie jemand herausreden konnte und es auch nur selten versuchte.

Als er zurück in sein Büro kam, entdeckte er das Fax, das auf seinem Tisch lag. Er nahm es und schaute verständnislos auf die Informationen, verstand erst nicht ganz, worum es ging. Da war ein Foto eines Mannes oder eines Herrn, konnte man wohl sagen. Anzug und Krawatte. Sah aus wie ein Geschäftsmann. Verner Thybo Hansen. 1955 in Aarhus geboren und ausgebildeter Maschinenbauingenieur. Erfinder eines Spritzgusswerkzeugs zur Herstellung dünner Plastikgegenstände, eröffnete 2008 die Thybo Werkzeugfabrik in Viby, die schließlich fünfzehn Angestellte hatte. Zwei Jahre später fährt er in einem neu gekauften Mercedes mit zu hohem Tempo über eine Böschung, wobei er nur leicht verletzt wird, aber seine Frau, zwei Söhne im Alter von sieben und acht Jahren und eine Tochter von fünf Monaten kommen ums Leben. Die Fabrik schließt kurz darauf und Verner Thybo Hansen taucht unter. Seitdem hat ihn niemand mehr gesehen.

Es dämmerte Roland, dass der Rechtsmediziner den Obdachlosen, der sich erhängt hatte, identifiziert hatte. Nicht so verwunderlich bei dem schrecklichen Schicksal. Er setzte sich auf den Bürostuhl. Wäre es Leander gewesen, hätte er angerufen, statt einfach ein verdammtes Fax zu schicken. Er schmiss es auf den Tisch. Rudolf, hatte Anne den Obdachlosen genannt, der verschwunden sein sollte. Dann war es glücklicherweise nicht er, den sie gefunden hatten, und es gab wohl keinen Grund, Ressourcen dafür zu verwenden, einen so offensichtlichen Selbstmord aufzuklären. Im Übrigen hatte er großes Vertrauen, dass Anne diesen Fall selbst aufklären würde, und so lange sie damit beschäftigt war, würde sie sich wohl nicht in seinen einmischen.

Niels Nyborg schob vorsichtig die Tür auf.

»Ich weiß gar nicht, warum wir auf die DNA-Analyse warten sollten. Die Fingerabdrücke sind mit denen identisch, die im Haus gefunden wurden, und der eine Litauer hat einen Zigarettenstummel im Aschenbecher hinterlassen. Der gleiche Typ wie der, der dort gefunden wurde, wo das Auto geparkt war.« Niels lächelte zufrieden.

»Er ist also im Besitz unerlaubter Zigaretten, aber das kann ja Zufall sein und macht ihn nicht zwangsläufig zum Mörder.«

»Natürlich nicht, aber das ist doch auffällig.«

»Wir wissen doch, dass sie am Tatort gewesen sind. Sie haben den Einbruch gestanden. Es gibt keinen Zweifel daran, dass wir sie dafür bestrafen können. Die Kriminaltechnik hat ja auch herausgefunden, dass die Fingerabdrücke mit welchen von anderen Einbrüchen in Ostjütland identisch sind, vielleicht haben wir hier eine regelrecht organisierte Bande erwischt.«

»Und Zigarettenschmuggler.«

»Das wissen wir noch nicht. Was ist mit dem Fluchtauto und dem Fahrer?«

»Nichts Neues. Wir kommen ja nicht weiter, wenn er derjenige ist, der Albert Hovgaard getötet hat.« Niels lehnte sich gegen den Türrahmen. »Ich habe übrigens mit Isabella gesprochen. Sie will am Montag zurückkommen, sagte sie.«

»Schon? Was ist mit Mikkel?«

»Der hat noch Fieber, daher bleibt er noch ein bisschen im Bett.«

»Okay.« Jetzt war der Fall ohnehin bald aufgeklärt, da war es besser, wenn die Kranken zu Hause blieben, um niemanden anzustecken.

»Bist du geimpft, Roland?«

»Nein, ganz bestimmt nicht. Und du?« Neugierig schaute er den großen Mann vor sich an.

»Ja, wir beide, und die Mädchen auch. Wir wollen nichts riskieren. Meine Frau ist völlig durch den Wind. Die Presse bläst die Grippe jeden Abend in den Nachrichten auf.«

Roland nickte. »Genau – zu etwas, was sie gar nicht ist. Während der Klimakonferenz in Kopenhagen, als die Presse etwas anderes zu berichten bekam, hatte sie sich seltsamerweise verflüchtigt.« Aber es war nun trotzdem gut zu wissen, dass es immer einen Geimpften geben würde, der die Stellung hielt, falls sie alle zusammenbrachen. Dennoch hatte er gehört, dass sie manchmal trotz Impfung ausbrach, also was half es, sich der Gefahr auszusetzen, die die Impfung vielleicht war? Wenn die Pharmaindustrie jegliche Verantwortung für Nebenwirkungen ablehnte, würde er nichts davon einnehmen. Außerdem war es nach seiner Auffassung besser, die Krankheit zu bekommen und eine körpereigene Immunabwehr dagegen zu entwickeln, damit er das nächste Mal, wenn eine Schweinegrippe nach Dänemark kam, widerstandsfähig wäre. Nun gehörte er natürlich auch nicht zur Risikogruppe, aber das taten Niels, seine Frau und seine Kinder auch nicht.

»Lass uns hoffen, dass diese Pandemie bald überstanden ist. Die Natur versucht ja hin und wieder, uns auszurotten, da müssen wir halt durch.« Das sollte beruhigend klingen, tat es aber sicher nicht. »Na, Niels, dann können wir nur darauf warten, dass die Analysen auftauchen, weiter kommen wir heute wohl nicht. Es ist ja Samstag, daher ...« Er klopfte mit den Fingerspitzen gegen die Tischkante und stand auf. »Danke, dass du gekommen bist, wir können zusammen runtergehen.«

Die Treppe von der Rittergasse zur Friedensstraße war mit Schnee bedeckt. Er kratzte Eis von den Fensterscheiben und freute sich darauf, nach Hause ins Warme und zu Irene zu kommen. Sie war viel fröhlicher und entspannter geworden, nachdem Salvatore zurück nach Neapel gereist war. Roland dagegen vermisste ihn.

Vermisste es, Italienisch zu sprechen. Seine Muttersprache, die sonst nur bei den jährlichen Sommerreisen nach Hause zur Familie aufgefrischt wurde. Zia Giovanna hatte verlauten lassen, dass ihr Sohn gut nach Hause gekommen sei, und war der Meinung, er wäre auf bessere Gedanken gekommen. Was Jungen in diesem Alter betraf, wusste Roland es leider besser. Die Furcht nagte noch.

25

Auf dem Friedhof von Rimsø gab es einen großen Grabhügel und einen besonderen Runenstein, der aus der Wikingerzeit stammte. Während Kamilla nach der Trauung, auf der sie ein paar Fotos am Altar aufgenommen hatte, auf das Brautpaar wartete, stand sie da und bewunderte ihn.

»Denkmäler. Ungefähr hundert dänische Kirchen haben heidnische Grabhügel bei der Kirche, aber nicht viele haben einen Runenstein wie diesen.« Der Totengräber stand plötzlich neben ihr in grüner Thermokleidung und gefütterter Schirmmütze mit Ohrenklappen. Er hing über der Schneeschaufel und klammerte sich an den Griff.

»Weiß man, was da drauf steht?«, wollte sie wissen und studierte die Runenzeichen.

»Das ist das Futhark-Alphabet, es besteht aus sechzehn Zeichen. Das datiert den Stein auf die Mitte der Wikingerzeit, ungefähr um 900. Ein paar Wörter sind rückwärts geschrieben, und das ist der einzige dänische Runenstein, auf dem das vorkommt. Kryptographie heißt das. Man konnte nur einen Teil des Textes übersetzen: *Thori, Bruder des Enrathi, errichtete diesen Stein zum Andenken an seine Mutter und* ... ja, mehr gibt's da, soviel ich weiß, nicht. Man vermutet daher, dass die Mutter in diesem Grabhügel begraben wurde.«

»Wurde er nicht von Archäologen untersucht?«

»Nein, man weiß noch nicht, was sich darin verbirgt.«

Kamilla wusste nicht viel über die Wikingerzeit. Rasmus war einmal zu Fasching als Wikinger verkleidet gewesen mit einem Hörnerhelm und einem spektakulären Schwert. Sie hatten in der Schule Wikinger behandelt, und er hatte aufgeregt erzählt, dass sie sehr grimmig gewesen waren und gemordet und geplündert hatten. Sie betrachtete den Mann und lächelte. »Es klingt so, als wüssten Sie viel über diese Zeit.«

»Es gibt viele, die mich fragen, wenn ich hier bin und mich um die Gräber kümmere, deswegen habe ich es im Lexikon nachgelesen. Und dann ist mein Bruder ein Asengläubiger geworden, das macht einen ja auch ein bisschen nachdenklich. Er glaubt an die nordischen Götter.« Er warf einen entschuldigenden Blick auf die Kirche und schüttelte verständnislos den Kopf. »Das sollte verboten werden!«

Sie schaffte es nicht, das zu kommentieren. Das Brautpaar war so weit und rief nach ihr. Der Totengräber nickte ihr kurz zum Abschied zu und setzte seine Arbeit, Schnee zu schaufeln, fort. Sie ging zu ihnen zur Kirche. Ihr Plan war, die Fotos vor dem hübschen, alten Dorfpfarrhaus mit Fachwerk aufzunehmen, und als Kamilla es sah, war sie mit ihnen bei dieser Wahl völlig einig. Ida war eine schöne Braut. Das weiße Kleid war eins mit dem Schnee und ein Bolero, der wie ein Pelz aussah, hielt sie warm. Sie hatte rötliche Haare, die zu den Farben des Brautstraußes passten, und wieder dachte Kamilla an ihre alte Freundin Majken. So hübsch würde sie sein, wenn sie bald Danny heiratete.

Es dauerte lange, bis alle Bilder aufgenommen waren. Ida sah allmählich blaugefroren aus. Kamilla schoss ein letztes Foto vom Brautstrauß, den sie in den Schnee legte. Die warmen roten Farben wirkten in den glitzernden Eiskristallen wie Feuer. Danach verabschiedete sie sich von dem Brautpaar und wünschte ihnen eine schöne Feier. Die anderen hatten sich ins Wirtshaus begeben, wo das Ereignis gefeiert werden sollte. Da ging die Chance, mit ihrem Vater reden zu können, dahin.

Es war ein Umweg, aber da war etwas, das sie den gleichen Weg zurück nehmen ließ. Jemand, von dem sie nicht wusste, ob sie jemals wieder die Chance bekommen würde, ihn zu sehen.

Er war immer noch draußen im Garten und war mit seinem Schneemann ein Stück vorangekommen. Ein eigensinniger kleiner Kerl, der nicht so leicht aufgab; auch in diesem Punkt ähnelte er ihrem Sohn. Er schaute auf und bemerkte das Auto. Sie ließ das Seitenfenster runter. »Jetzt, wo die Fotos gemacht sind, wollte ich mich noch ordentlich von dir verabschieden. Bist du noch allein?«

»Tanja kommt nicht. Sie hat angerufen. Ist eingeschneit. Sie wohnen weit draußen auf dem Land«, ergänzte er.

Kamilla stieg aus und ging zu ihm in den Garten. »Warum hat sie deinen Papa und deine Mama nicht angerufen?«

»Hat sie versucht, aber es ist keiner drangegangen. Ich hab versprochen, sie selbst anzurufen, wenn sie aus der Kirche gekommen sind.«

»Hast du das auch getan?«

»Nein. Ich kann gut alleine sein.« Er trug weiter Schnee zusammen. Es wurde langsam dunkel.

»Frierst du nicht? Du warst ja die meiste Zeit des Tages draußen. Deine Nase sieht aus, als ob sie bald abfällt.«

Er zuckte mit den Schultern. »Frierst *du*?«

Sie nickte.

»Magst du Kakao?« Verlegen schob er die Mütze aus der Stirn und schaute auf seine Stiefel, die nass vom Schnee waren.

Kamilla atmete tief ein, die Kälte schmerzte so sehr in der Brust wie die Erinnerung. Kakao war auch Rasmus' Lieblingsgetränk gewesen. Matilde Kakao.

»Ich liebe Kakao!«

Mathias schaute zu ihr hoch und lächelte breit. »Bleibst du dann?«

»Okay, aber nur, wenn du eine Tasse Kakao spendierst!« Sie blinzelte ihm zu.

Er nahm sie bei der Hand und zog sie mit sich. Sie drückte seine kalte Hand in dem nassen Fausthandschuh, als wollte sie sie nie wieder loslassen.

Sie waren dabei, ein Computerspiel auf Mathias' Laptop zu spielen, vor sich zwei dampfende Becher Matilde Kakao, als draußen im Eingangsbereich die Tür aufging. Kurz darauf stand Mogens Arnskov im Wohnzimmer.

»Papa!«, rief Mathias überrascht. »Ist die Feier schon vorbei?«

»Nein, deine Mutter hat natürlich die Liedtexte vergessen. Aber wo ist Tanja?« Er schaute Kamilla beinahe vorwurfsvoll an, wie wenn sie hätte die Babysitterin verjagt hätte.

»Tanja ist eingeschneit. Aber Kamilla ist ja hier, daher ...« Mathias schaute auf den Tisch. Er hätte seine Eltern anrufen sollen und wusste das genau. *Sie* hätte es tun sollen, aber Mathias hatte sie alles um sich herum vergessen lassen.

»Ich kann bleiben, bis Sie heimkommen«, bot sie an.

Mogens warf ihr ein zweideutiges Lächeln zu. »Ich muss schon sagen, Sie sind eine Fotografin mit vielen Talenten. Aber ist das nicht fast zu viel? Sie haben bestimmt Ihre eigene Familie, die auf Sie wartet.«

Sie schüttelte den Kopf und beeilte sich, aus ihrem Becher zu trinken.

Mathias lief seinem Vater hinterher, als der in ein Zimmer ging, das Alices Arbeitszimmer sein musste. Kamilla sah flüchtig eine Nähmaschine und einen Computerbildschirm darin, bevor sie wieder herauskamen und Mogens die Tür schloss. Er hatte eine selbst gebastelte Box mit einer Menge zusammengerollter Liedtexte in der Hand.

»Hat Mama die echt vergessen? Sie hat doch Monate gebraucht, um dieses Lied zu schreiben«, lachte Mathias.

»Ja, du weißt, wie vergesslich Mama sein kann.« Er schaute auf seine Uhr und stellte die Box auf den Tisch. »Schlafenszeit, Mathias. Putz die Zähne und zieh deinen Schlafanzug an.«

Er wuschelte durch die blonden Haare des Jungen. Sie waren nicht so rot wie die von Rasmus, aber das hatte er ja auch von Jan.

»Ach, Papa. Darf ich heute nicht ein bisschen länger aufbleiben?«, bettelte er.

»Du kennst die Antwort, mein Lieber.«

Mathias zuckte resigniert mit den Schultern und zog einen Schmollmund, dann schlurfte er ins Bad und schloss die Tür. Mogens setzte sich neben sie.

»Ich würde gerne bleiben. Ich mein's ernst«, wiederholte sie.

»Das ist sehr nett von Ihnen, aber ich glaube, ich kann nicht ...«

Plötzlich verstand sie, was er meinte. Sie hätte Rasmus auch niemals einem Wildfremden überlassen, der am gleichen Tag aufgetaucht war, um auf einer Feier zu fotografieren. Aber sie war ja keine Fremde, sie war ... »Ich verstehe, wenn Sie sich dabei unwohl fühlen, mich bei ihm zu lassen. Aber ich werde gut auf ihn aufpassen, ich ...«

»Als ob er Ihr eigener Sohn wäre?«

Sie sah ihm in die Augen und nickte.

»Haben Sie Kinder, Kamilla?«

Sie wandte den Blick ab. »Nein, leider nicht ...«

»Sind Sie nicht verheiratet?« Er schaute auf ihre rechte Hand.

»Nicht mehr.«

»Also geschieden.«

Jetzt war die Gelegenheit, zu beichten, wer sie war. Sie atmete tief durch und wollte gerade etwas sagen, als die Tür zum Bad aufging und Mathias im Schlafanzug herauskam. Er roch nach Zahnpasta.

»Du bist noch nicht gefahren, Papa?«

Mogens Arnskov stand auf.

»Nein, ich habe mich ein wenig mit Kamilla unterhalten. Sie bleibt bei dir, bis wir heimkommen. Es dauert nicht lange.« Er drückte die Schulter seines Sohnes und sah sie an. »Sie können hier übernachten, wenn Sie wollen.« Dann war er aus der Tür.

Mathias setzte sich aufs Sofa. »Darf ich ein bisschen länger aufbleiben? Morgen ist ja Sonntag.« Die grünen Augen schauten sie bittend an. Rasmus' bittende Augen. Sie nickte.

»Okay, aber nur eine Stunde länger. Wir machen lieber, was dein Papa sagt.«

Mathias' Vater. Ihr Vater. Das Ganze war so unwirklich.

26

Anne war gerade am Einschlafen, als sich die Klingel und ein energisches Klopfen an der Tür mit dem mischten, von dem sie glaubte, dass es der Anfang eines erotischen Traumes war. Sie machte die Lampe an und sah blinzelnd auf die Uhr. Es war erst zwei. Wer zur Hölle weckte sie mitten in der Nacht? Die verrückte Nachbarin unter ihr?

Benommen stand sie auf und zog einen Morgenmantel über. Jemand klopfte wieder sehr fest gegen die Tür. Wenn das nicht Frau Jansen war, dann würde sie ganz sicher bald aufkreuzen.

Erschrocken schaute sie Adomas an, als er schnell eintrat, als ob jemand auf der Treppe hinter ihm her wäre. Sie beeilte sich, hinter ihm die Tür zu schließen.

»Was willst du hier um diese Zeit?« Sie versuchte, seinen Blick aufzufangen. Er sah entsetzt aus. »Ist irgendwas mit meiner Mutter?«

»Nein, nein! Aber darf ich hier übernachten? Das ist lebenswichtig!«

»Hier? Lebenswichtig? Nein, jetzt hörst du verdammt noch mal auf!«

»Du musst mir helfen, Anne! Ich kann nirgendwo anders hin und, ich ... ich stecke in der Klemme!«

»Was ist passiert?«

»Ich hab versucht, meine Freunde davon zu überzeugen, zur Polizei zu gehen, wie du gesagt hast, aber jetzt sind sie hinter mir her.« Er schaute sie mit Verzweiflung im Blick an.

»Hinter dir? Wie das?«

»Sie denken, ich will sie anzeigen, deswegen wollen sie mich zum Schweigen bringen.«

»Schweigen! Wollen sie dich totschlagen?!«

»Davor habe ich Angst.« Er setzte sich aufs Sofa und verbarg das Gesicht in den Händen. Die dunklen Haare guckten zwischen den Fingern hervor. Er trug einen Goldring mit einem schwarzen Onyx am Finger.

Sie setzte sich neben ihn. »Das sind deine Freunde, es kann doch nicht sein, dass sie dich töten wollen.« Sie lächelte beruhigend, obwohl er sie nicht ansah, und legte die Hand auf seinen Arm. Spürte die Muskeln und ein anderes Gefühl, das zu Pochen begann. In den letzten Jahren hatte sie weder Zeit noch Lust gehabt, an Männer und Beziehungen zu denken und erst recht nicht an Sex. Sie gab ihrem Stiefvater Torsten auch dafür die Schuld. Aber nun geschah etwas, dass sie lange nicht gespürt hatte. Etwas Verbotenes. Er war ihr Cousin. Konnte man seinen Cousin begehren? Er nahm die Hände vom Gesicht und sah sie an. Die Augen waren grau wie ihre, mit kleinen dunklen Sprenkeln. Die Haut war blass mit Sommersprossen. Sie lehnte sich dichter an ihn. Er rückte nicht weg, und das unvermeidliche Aufeinandertreffen von Lippen auf Lippen wurde erst zu zaghaften Küssen, dann zu fordernden, tieferen. Sie zerrte an seinem T-Shirt, er zog es aus, und zum Vorschein kam eine durchtrainierte Brust mit dunklen Haaren. Sie küsste seinen Bauch und fummelte an seiner Gürtelschnalle. Er zog ihr den Morgenmantel und den Schlafanzug aus. Sie hörten nur das Geräusch ihres schnellen Atems, der fast eins war. Draußen schlief die Stadt eingehüllt in dämpfende Watte. Sie zog ihn mit sich ins Schlafzimmer, stöhnte dabei vor Erwartung zu spüren, wie seine Hände ihren nackten Körper berührten, und klammerte sich an ihn. Erregt und warm. Er war nicht ihr Cousin. Er war ein Wildfremder, der plötzlich in der Nacht aufgetaucht war. Ein Fantasieliebhaber. Ihn hatte sie sich ihr ganzes Leben lang vorgestellt, zuletzt, als sie am Einschlafen war. Sie schloss die Augen und ließ willig ihre Begierde die Kontrolle übernehmen.

Sie wurde von dem Geräusch geweckt, als unten auf der Straße hektisch Eiskratzer auf gefrorenen Autoscheiben schabten. Adomas' Arm lag schwer und verschwitzt über ihrem Bauch. Ihre Oberschenkel klebten von seinem Sperma. Was hatten sie getan? War das Inzest? Jetzt, wo die Begierde nicht länger übermächtig war, kamen die Schuldgefühle. Die kannte sie besser als die Begierde. Sie wand sich aus seinem Arm und rollte vorsichtig aus dem Bett, bis die Beine den Boden berührten. Er wachte nicht auf, regte sich nur ein wenig und grunzte ein bisschen, als der Arm aufs Bett glitt. Ihre Beine waren wie Pudding, sie wankte ins Bad und schloss die Tür ab. Wie konnte das so schnell passieren? Wer von beiden hatte angefangen? War das einfach eine Masche gewesen, die er vielleicht gewohnt war zu verwenden, um eine Übernachtungsmöglichkeit zu bekommen? Aber dann dachte sie an seine Küsse, seinen Mund und seine Hände überall auf ihrem Körper. Er war nicht der schlechteste Liebhaber, den sie erlebt hatte. Sie war sechsundzwanzig. Die meisten in ihrem Alter waren verheiratet und hatten Kinder. Sie hinkte hoffnungslos hinterher. Aber das war verdammt noch mal ihr Cousin. Aber war das nicht in Dänemark legal? Es war ohnehin verwandtschaftlich weit genug entfernt, dass es nicht von Bedeutung war. Er hatte ihr zugeflüstert, dass sie hübsch, dass sie wunderbar sei. Worte, die sie nicht besonders oft zu hören bekam. War sie wirklich hübsch? Jetzt, da sie in den Spiegel schaute, konnte sie die osteuropäischen Züge gut sehen. Sie stammten von ihrem Vater. Adomas' Onkel. War es wirklich so weit entfernt in der Familie, dass es nichts bedeutete? Sie ging unter die Dusche, wusch die Schuldgefühle weg und sagte sich, dass alles okay war. Es fühlte sich okay an. Mehr als okay.

Als sie aus dem Bad kam, war Adomas aufgestanden. Er schloss gerade den Gürtel seiner Jeans und zog anschließend das T-Shirt drüber. Sie schaffte es gerade noch, die dunklen Haare auf seiner Brust zu sehen, auf denen sie letzte Nacht geschlafen und die sie gerochen hatte. Er lächelte und zog sie an sich. »Danke für eine wunderbare Nacht«, flüsterte er an ihrem Hals, und zu ihrem Ärger spürte sie die Lust wieder pochen. »Was machst du heute?«, fragte sie beiläufig und suchte auf dem Boden nach ihren Klamotten.

»Weiß nicht. Ich sollte lieber ein Versteck finden.«

Sie setzte sich aufs Bett und zog eine Strumpfhose an, während sie ihn ansah. »Das kann einfach nicht sein, dass sie dir ans Leben wollen, Adomas, du hast ihnen doch nur geraten, das zu tun, was am besten für sie ist – sich zu stellen. Vor wem hast du in Wahrheit Angst?«

»Das sind echt die! Du weißt überhaupt nicht, wie die sind.«

»Okay, okay. Ich dachte nur, du sagtest, sie wären nicht kriminell.« Sie stand auf und zog einen Pullover über den Kopf. »Du kannst hier bleiben, wenn du willst. Hast du Geld?«

Er nickte.

»Dann darfst du gerne was zu essen kaufen, während ich weg bin.«

»Weg? Was machst du?«

Sie bemerkte seinen misstrauischen Blick, lächelte und tätschelte ihm die Wange, auf der kleine Bartstoppeln piksten, was sie sexy und maskulin fand, weshalb sie auch auf ihren eigenen Wangen, auf Kinn und Hals ein Kribbeln spürte. »Ich verrate deinen *Freunden* jedenfalls nicht, wo du bist.« Sie ging in die Küche, um ein bisschen Brot herauszusuchen und Kaffee zu kochen. Er kam raus, umfasste sie und drückte sie fest an sich, während sie die Löffel in den Kaffeefilter abzählte. Sie krümelte auf den Tisch.

»Danke. Versprich mir das. Ich kaufe ein. Aber was machst du heute? Mit deiner Mutter zusammen sein?«

»Ja. Außerdem muss ich zu ein paar Vorstellungsgesprächen.«

Adomas holte Becher raus und schnitt Brot. Daran könnte sie sich bestimmt problemlos gewöhnen.

Die Innenstadt von Aarhus war ein Chaos von Autos, hektischen Radfahrern und Fußgängern, die über die Straße gingen, als wären sie Schlafwandler. Sie fand einen freien Parkplatz bei der

Klostergasse hinter der Liebfrauenkirche. Das war die Mauer, in deren Windschatten Rudolf gewohnt hatte. Sie ging zu zwei jüngeren Männern und einer grönländisch aussehenden Frau, die mit einer Bierflasche in der Hand unter den Bäumen standen und bereits Gleichgewichtsprobleme hatten. Sie schauten ihr skeptisch entgegen.

»Kennt ihr den Rudolf?«, fragte sie und steckte die Hände in die Manteltasche. Sie hatte die Handschuhe vergessen in der Verwirrung darüber, dass Adomas bei ihr war und sie begierig geküsst hatte, bevor sie ging. Sie dachte heute nicht ganz klar.

Einer der Männer, der in dem Trainingsanzug, den er über einem Pullover trug, frieren musste, sah sie träge an. Seine Augen waren matt und ohne Leben. »Rudolf ist nicht mehr hier«, sagte er tonlos. Die anderen beiden starrten sie einfach an.

»Was willst du von Rudolf?«, fragte die Grönländerfrau heiser.

»Ach, nur ein bisschen mit ihm quatschen. Wisst ihr, wo er ist?«

»Bist du ein Bulle?«, wollte der andere Mann wissen. Die Stimme klang wie die eines kleinen Jungen und passte nicht zu seinem großen Körper.

»Nein, ich bin kein Bulle. Ich bin eine alte Freundin seiner Familie.«

Die skeptischen Gesichtsausdrücke wurden nicht weniger skeptisch. Die Grönländerfrau nickte über die Mauer bei der Kirche. »Normalerweise saß er da drüben mit seinem Einkaufswagen, seinem Fusel und Decken.«

»Wo ist der Wagen jetzt?«

»Jemand hat ihn genommen. Der Alkohol war wohl verlockend.« Die Grönländerin lachte, aber es war kein echtes Lachen.

»Wer hat zuletzt mit ihm geredet? Gab es jemanden, der ihm nahestand?

Der Dicke sah sich suchend um. »Viggo, aber der ist noch nicht aufgekreuzt. Wir haben ihn auch nicht besonders oft gesehen, seit Rudolf verschwunden ist.«

Anne nickte verständnisvoll.

»Er sitzt bestimmt auf einer Bank oben an der Busspur und redet mit sich selbst. Das hat er jedenfalls gemacht, als ich vor einer Viertelstunde da lang bin«, meinte der Mann im Trainingsanzug und zündete sich mit zitternden, nikotingelben Fingern eine Kippe an.

Anne bedankte sich und ging zur Busspur. Ihr wurde übel von dem Dieselgeruch, als sie durch den schmalen Tunnel ging, wo man Gefahr lief, von Bussen umgefahren zu werden. Aber das war der schnellste Weg, und sie quetschte sich dicht an der Mauer entlang. Sie entdeckte ihn zwischen den wartenden Pendlern. Er saß allein auf einer Bank. Es gab niemanden, der sich neben einen sonderbaren Mann setzen wollte, der dasaß mit einer umgedrehten Schirmmütze auf dem Kopf, wild wuchernden Augenbrauen, halblangem Haar und einem ungepflegten Bart, mit mehreren bunten Decken und einem karierten Mantel über den Schultern und der mit sich selbst sprach, während er um zehn Uhr morgens in eine leere Bierflasche starrte. Die Passanten warfen einen Seitenblick auf ihn, er tat ihnen wohl ein bisschen leid, aber was konnte man machen? Anne erntete verwunderte Blicke, als sie sich neben ihn setzte. Er sah sie nicht an und wirkte ziemlich betrunken. Vielleicht war es sinnlos, eine vernünftige Antwort von ihm zu erwarten.

»Vermisst du Rudolf?«

Er hörte auf zu murmeln und schielte zu ihr, ohne den Kopf zu drehen. »Wen?«

»Rudolf.«

»Rudolf.« Er testete das Wort. »Ach, du meinst Rudolf mit der roten Nase?« Es gab einen Laut von sich, der sicher ein spöttisches Lachen sein sollte, aber zu einem lauten Räuspern wurde. Er hustete.

»Nein. Dein Freund, Rudolf. Der mit dem Einkaufswagen mit Alkohol.«

Er nickte, immer noch, ohne sie anzusehen. »Verner? Der ist weg.«

»Verner, sagst du. Hieß dein Freund denn nicht Rudolf?«

Er schloss die Augen und schien in einen tiefen Schlaf gefallen zu sein. Sie gab auf und wollte aufstehen, aber er hielt sie am Mantel fest und zog sie wieder auf die Bank zurück. Er beugte sich bis ganz an ihr Ohr herüber, sodass sein Bart an ihrer Wange kitzelte und sie roch, dass es lange her war, dass er gebadet hatte.

»Rudolf. Ich hab gesehen, dass die ihn mitgenommen haben«, flüsterte er und hob langsam einen Zeigefinger in ihre Richtung, um zu deuten. »*Die* haben ihn geholt!«

»Wer?«

Er schloss wieder die Augen und legte den Kopf auf ihre Schulter. Sie sah ein paar Leute in den 9er Richtung Lystrup steigen und vermied, daran zu denken, was sie von ihr hielten. Sie richtete ihn wieder auf und sprach eindringlicher. »Ist das Rudolf, den du Verner nennst? Heißt er Verner?«

Er nickte mit geschlossenen Augen.

»Wie heißt er weiter?«

Keine Antwort.

»Wer hat ihn mitgenommen?«

»DIE haben ihn!« Er brüllte das so laut und plötzlich, dass sie zusammenzuckte und sich einige an der Haltestelle umdrehten und sie irritiert ansahen. Der Rest tat, als wäre er taub und blind. Eine Frau im Pelz lächelte nachsichtig und wandte ihnen wieder den Rücken zu.

»Wer war das, Viggo?«, flüsterte sie. »Wie sahen die aus?«

Er wandte ihr ein Paar apathische Augen zu und versuchte, sie zu fokussieren.

»Woher weißt du, wie ich heiße?«

»Deine Freunde haben's mir gesagt.«

Er schüttelte heftig den Kopf. »Ich hab gar keine Freunde!«, brüllte er wieder laut. Anne fand es langsam peinlich, aber er wusste ganz sicher irgendetwas. »Wann hast du gesehen, dass die Rudolf geholt haben?«

Er zuckte mit den Schultern.

»Du musst mir etwas mehr erzählen, Viggo, damit wir Rudolf finden können. Willst du nicht irgendwohin mit hinkommen auf einen warmen Kaffee? Ein bisschen zu essen, und ...«

Er sprang mit einer Kraft von der Bank auf, als ob eine andere Person von ihm Besitz ergriffen hätte. »Du bist eine von denen! Das haben die auch zu Rudolf gesagt!« Er schlug wild um sich, wie um einen Schwarm wilder Bienen abzuwehren, und stieß die Bierflasche um, die zwischen seinen Füßen stand, als er losrannte – oder eher, als er sich in einem schnellen, trottenden Gang aufmachte in Richtung Telefontorvet, die Decken zog er hinter sich her wie eine Schleppe.

Anne lehnte sich resigniert gegen die kalte Mauer und hatte Lust, all denen, sie sie anglotzten, den Mittelfinger zu zeigen.

Die Obdachlosen sollten weg von der Straße, war in den letzten Jahren vonseiten der Politik angekündigt worden. Die Regierung hatte viel Geld in das Projekt gesteckt, von dem die Stadt Aarhus einen zweistelligen Millionenbetrag bekommen hatte. Es stand einer Touristenstadt nicht gut zu Gesicht, Obdachlose zu haben, schon gar nicht mehr als dreihundert von ihnen, von denen mindestens dreißig auf der Straße schliefen. Aber weg bekam man die ja auch nicht so leicht, wenn keine Hilfe geleistet wurde. Sie zündete eine Zigarette an und redete sich ein, dass die sie wärmen würde. Hasch, Alkohol und Drogen dominierten bei denen, die auf der Straße schliefen. Mehrere von ihnen waren psychisch krank, anderen litten an körperlichen Symptomen. Aber wie konnte es einem Menschen so übel gehen? Konnten die sich nicht einfach zusammenreißen und etwas aus ihrem Leben machen? Das war ganz sicher das, was die in dem Kaninchenpelz dachte, die mit rotem Lippenstiftmund gelächelt hatte. Aber Anne wusste, wie es war, auf der Straße zu leben und leere Häuser zu besetzen, um nicht zu erfrieren. Sie hatte im Internet gelesen, dass das Alter der Obdachlosen zwischen dreißig und neunundvierzig lag, dass sie typischerweise Schulden hatten und vom niedrigsten Satz der Stütze lebten. Die Ausgaben für Drogen oder Alkohol fraßen das

Ganze auf. Das war keine Nuss, die einfach zu knacken war, weder für die Stadt noch die Regierung auf Landesebene. In Kopenhagen war die Anzahl von Obdachlosen noch höher. Vielleicht war es die Stadt, die sie klammheimlich von der Straße entfernte, sodass sie das Geld für etwas anderes verwenden konnten? Wer wusste, was sich da abspielte? Die Dame mit dem Pelz stieg in den 6er nach Højbjerg. Da draußen hatten sie sicher nicht viele Obdachlose auf der Straße. Roland Benito wohnte dort, soviel sie wusste. Sie drückte die Zigarette an der Bank aus und warf den Filter in den Mülleimer. Ein Mann in einem orangefarbenen Overall schippte Schnee. Er erinnerte an einen Guantanamo-Häftling. Sie lächelte ihn an, als er vorbeilief, aber bekam nichts zurück. Stadt des Lächelns, dachte sie ironisch.

Wo war Rudolf?

27

Die Dienstbesprechung am Montagmorgen mit Plunderstückchen zum Kaffee war für gewöhnlich eine lebhafte Angelegenheit, bei der über die Ereignisse des Wochenendes geredet wurde, bis die Besprechung anfing. An diesem Morgen zeugten die leeren Stühle wieder von der Pandemie, die viele Arbeitsplätze leer stehen ließ – Schulen und Kindergärten ebenfalls. Isabella war wieder da, obwohl sie blasser war als sonst. Aber die niedrige Anzahl an Anwesenden reduzierte die Privatgespräche, sodass die Besprechung schnell überstanden war. Roland informierte kurz über das Verhör der drei verhafteten Litauer am Samstag, die sich weigerten, sich des Mordes schuldig zu bekennen, aber nun in Untersuchungshaft saßen, bis die DNA-Analysen kommen würden. Dann teilte er den Mitarbeitern die Aufgaben zu und ging zurück in sein Büro. Jetzt sollte dieser Fall bald abgeschlossen werden können.

Er rief Leander in der Rechtsmedizin an und freute sich zu hören, dass sein alter Freund wieder zurück auf seinem Posten war.

»Ja, danke, Roland. Es war ein tolles Seminar. Jetzt sind wir ein bisschen klüger. Die ganze Zeit kommt neue Technologie, das endet noch damit, dass wir die Verbrecher finden können, bevor sie selbst wissen, dass sie etwas Kriminelles tun werden«, antwortete er auf Rolands höfliche Einleitungsfrage.

»Ich hoffe nicht, dann muss ich mich bald auch bei den Arbeitslosen anstellen«, entgegnete Roland theatralisch.

»Das war jetzt natürlich auch nur hypothetisch gemeint. Aber wir können viel heutzutage.«

»Wenn ihr mittlerweile so viel könnt, kannst du mir dann sagen, wann die Ergebnisse der DNA-Analyse vorliegen? Die drei Litauer.«

»Leider nicht, das könnte sich schon hinziehen. Gibt es denn Zweifel daran, dass sie es *sind*?«

»Zweifel gibt es ja immer, obwohl ihr so tüchtig seid«, meinte er spöttisch, »aber der Fall ist nicht erledigt, bis wir diese Rückmeldung bekommen und die DNA vergleichen können.«

»Ich habe im Radio gehört, dass das Fluchtauto von dem Raubüberfall in Kolding und einer aus der Bande zur Fahndung ausgeschrieben sind. Euch fehlt also einer?«

»Ja, der ist leider entkommen. Er hat bestimmt wieder die Nummer mit dem Autotausch abgezogen.«

Sie plauderten ein bisschen über dieses und jenes. Roland hatte Lust, nach Julie zu fragen, wollte aber dennoch nicht schnüffeln. Er hoffte, dass Leander bald von selbst mit seiner Romanze herausrücken würde. Vielleicht wagte er es nicht, weil sowohl Roland als auch Irene Mary gern gehabt hatten, aber es war viele Jahre her, dass sie an Lungenkrebs gestorben war, und natürlich sollte Henry Leander sein Leben weiter leben, ein Mann Anfang sechzig sollte nicht allein sein. *Er* schon gar nicht. Er würde ein komischer alter Kauz werden, dessen einziges Interesse dann die Toten und seine Insektensammlung im Keller wären. Ein Gedanke, der Gänsehaut verursachte.

Als er aufgelegt hatte, klingelte das Telefon. Es war Isabella. Die Stimme war noch einen Hauch heiser, auf die gleiche Weise sexy wie die Bonnie Tylers. Sie war Rikkes Lieblingssängerin gewesen. Die Musik ihres Idols hatte damals das Haus erfüllt. Strophen der Lieder *Total Eclipse Of The Heart* und *It's A Heartache* hallten in seinem Kopf wider. Beide passten perfekt zu Isabella, schien es ihm.

»Die Eltern des Jungen sind nach Schweden gezogen«, sagte sie insidermäßig. »Der Ertrunkene«, erläuterte sie, da Rolands Schweigen auch als Vergesslichkeit interpretiert werden konnte.

»Du bist schon so weit gekommen?«

»Ich habe von zu Hause aus ein bisschen rumtelefoniert. Trotz allem lag ich ja nicht im Sterben.« Sie sagte das mit einem Lächeln in der Stimme.

Roland mochte einen solchen Kommentar von einer so jungen Frau dennoch nicht. Wenn man erst in den Zwanzigern war, sollte man nicht an den Tod denken, was in ihrem Job natürlich unmöglich war. Er fand es auch nicht gut, dass sie in ihrer Freizeit arbeitete und erst recht nicht, wenn sie krankgemeldet war.

»Ich habe auch ein paar alte Zeitungsartikel über den Fall gefunden, das Ganze ist alles in allem sehr mysteriös.«

»Was findest du daran mysteriös?«

»Wie das Ganze ablief. Der Junge wird ertrunken im See gefunden. Er wird schnell als der Sohn des Nachbarn identifiziert und hatte so viele Stunden im See gelegen, dass er nicht mehr zu retten war. Die Eltern haben auch eine Tochter. Sie war nicht zusammen mit ihrem kleinen Bruder unterwegs, wie sie angenommen hatten. Sie hatte ihn sich selbst überlassen. Es war nicht leicht für sie, als er tot gefunden wurde. Die Eltern sind sehr religiös. Die Journalistin hat eine große Nummer daraus gemacht und von einem nach Osten gerichteten Kreuz zwischen den Bäumen im Garten berichtet, bei dem sie anscheinend beteten, um in näheren Kontakt zu Gott zu kommen.«

»Klingt ein bisschen extrem«, wandte Roland ein, hauptsächlich um zu zeigen, dass er noch zuhörte, weil sein Interesse an dieser Sache gesunken war, seitdem die mörderischen Räuber in der

Obhut der Polizei waren, und während er gleichzeitig noch einmal die Übersetzung des Dolmetschers von dem Verhör durchging. Für einen vier Jahre alten Fall des tragischen Unfalltods eines ertrunkenen Jungen hatten sie momentan keine Zeit, aber er selbst hatte Isabella ja darum gebeten, die Umstände zu untersuchen, daher ...

»Das finde ich auch, und vielleicht waren die nicht ganz normal, jedenfalls kamen sie mit einer Menge grausamer Anschuldigungen dem Nachbarn gegenüber, die nicht bewiesen werden konnten und völlig absurd waren, sie haben behauptet, dass ...«

»Das ist wohl nur natürlich, wenn ein Kind auf diese Weise stirbt«, unterbrach Roland, »die Eltern wollen eine Ursache und einen Sündenbock finden – wir kümmern uns später darum, es kommt gerade ein Fax rein.«

»Okay, das ist wohl auch wichtiger. Das sieht eher wie einer der gewöhnlichen Nachbarschaftsstreitigkeiten aus, obwohl es bei diesem Streit nicht bloß um einen Baum geht, der die Aussicht versperrt oder ein glasiertes Ziegeldach, das blendet.«

28

Durch die Sonne blendete der Schnee, sodass es in den Augen wehtat. Anne setzte die Sonnenbrille auf, obwohl sich das merkwürdig anfühlte, wenn es nicht Sommer war. Sie bog links ab in Richtung Nørrebrostraße, dann in den Randersweg in Richtung Trige. Etwas sagte ihr, dass der Obdachlose, der tot gefunden worden war, etwas mit dem verschwundenen Rudolf zu tun hatte. Natürlich nur Intuition, aber die hatte sie selten im Stich gelassen. Sie hatte versucht, Benito anzurufen, aber er war nicht zu sprechen, wurde gesagt. Es war nicht mal sicher, dass sie etwas getan hatten, um ihn zu identifizieren. Er war ja bereits identifiziert – als Obdachloser.

Ein gelber Stadtbus vor ihr mit Werbung für Jensen's Steakhaus auf dem Heck versperrte ihr die Sicht. Sie hielt sich genervt hinter ihm, bis sie nach rechts abbiegen und weiter in den Wald fahren konnte. Sie hatte keine Adresse, hoffte aber, das Haus anhand des Fotos in der Zeitung zu finden, obwohl der Trige-Waldweg lang war. Es dauerte lange, bis sie anhielt, ein Stückchen zurückfuhr und auf einen Hof mit einem riesigen Weihnachtsbaum einbog. Danach hatte sie gesucht. Nach dem Baum. Die Mülltonne stand ebenfalls da. Das musste das Haus sein. Der Pulverschnee knirschte unter den Sohlen, als sie ausstieg. Sie ging eine pyramidenförmige Treppe hoch und klingelte. *Laura & Reiner Gertsen*, stand auf dem Schild über der Klingel. Es dauerte eine Weile, bis sie hörte, dass die Tür aufgeschlossen wurde. Laura Gertsen sah aus, als wäre sie gerade beim Backen; auf einer viel zu großen, schwarzen Weber-Grillschürze, die ihrem Mann gehören konnte, war Mehl. In der Regel waren es Männer, die sich um den Grill kümmerten. Ihr Territorium. Anne stellte sich Adomas vor dem Grill in dem Garten vor, von dem sie immer geträumt hatte, und bekam warme Wangen. Verdammt, Anne, du wirst ja echt zur Spießerin. Sie merkte, dass die Frau sie seltsam ansah.

»Entschuldigen Sie die Störung. Es geht um den Mann, der hier gestern gefunden wurde.«

»Sie sind aber nicht von der Polizei«, stellte die Frau skeptisch fest.

»Nein, ich ... ich bin Journalistin. Ich schreibe einen Artikel über Obdachlose in Aarhus und brauche ein paar Informationen.«

Die Frau öffnete die Tür ganz, aber lustlos, das konnte sie nicht verbergen. Anne trat ein und roch die frischgebackenen Kuchen. Sie zog den Reißverschluss ihres Mantels auf, legte ihn aber nicht ab, um zu signalisieren, dass sie nicht sehr lange stören würde.

»Ist es in Ordnung, dass ich das hier gerade fertig mache? Der Teig ist fertig aufgegangen, deswegen darf nicht zu viel Zeit vergehen, bis ...« Sie begann, etwas Milchbrötchenteig zu einer langen Wurst zu rollen.

»Ja, kein Problem.« Anne setzte sich auf einen Stuhl am Küchentisch. Die *Aarhus Stiftstidende* lag vor ihr. Sie schielte hinein. Die

Titelseite behandelte nur den Raubüberfall und den Mord, weiter unten sah sie einen Artikel darüber, dass drei Litauer verhaftet worden waren, aber immer noch einer auf der Flucht war, der landesweit und von Interpol gesucht wurde. Sie schluckte ein paar Mal und versuchte ihre Gedanken darauf zu konzentrieren, warum sie gekommen war. Laura Gertsen war nicht sonderlich groß. Auf einer Höhe mit ihr selbst. Anne schätzte sie auf Mitte oder Ende dreißig. Das Haar war grau und zu einer adretten, modernen Kurzhaarfrisur geschnitten. Die Augen waren nussbraun, aber sie sahen bekümmert aus. Es war natürlich auch ein traumatisches Erlebnis gewesen, einen fremden Mann tot auf seinem Hof zu finden. Sie formte die Teigstücke zu Brötchen und platzierte sie behutsam nebeneinander auf einem Blech mit Backpapier. Vielleicht war Backen eine Art Therapie. Oder ob es einfach wieder *in* geworden war zu backen? Sie selbst war nicht so der häusliche Typ. Woher hätte sie das auch haben sollen?

»Sie kannten den Obdachlosen nicht? Hat er einfach zufällig zu ausgerechnet Ihrem Hof gefunden?«

Laura drehte den Kopf und betrachtete sie, als hätte sie ganz vergessen, dass sie sie hereingelassen hatte.

»Anscheinend. Wir kannten ihn jedenfalls nicht. Vielleicht hat ihn der beleuchtete Weihnachtsbaum auf dem Hof angezogen.«

»Von wo?«

Sie zuckte mit den Schultern. »Vielleicht ist das einer vom Gemeinschaftshof.«

»Dem Gemeinschaftshof?«

Laura warf ihr einen prüfenden Blick zu. »Die Arbeitsgemeinschaft, die die Heilsarmee denjenigen anbietet, die keinen richtigen Beruf ausüben können.« Sie sagte das Letzte mit einem leicht höhnischen Unterton. Alle hatten wohl ihre Vorurteile, obwohl sie etwas anderes behaupteten. Konnte sie selbst sich davon freisprechen?

»Wo liegt dieser Gemeinschaftshof?«

»Nicht weit von hier. Lehmgrubenweg. Ein bisschen mehr als drei Kilometer.«

»Trotzdem. Sollte er drei Kilometer ohne Schuhe von allen möglichen Höfen ausgerechnet zu Ihrem Hof gelaufen sein?« Sie klang wohl ein bisschen zu skeptisch, denn Laura sah sie wütend an und öffnete den Ofen. Eine angenehme Wärme schlug Anne ins Gesicht.

»Die Polizei ist ja der Meinung, dass er sich irgendwo im Wald an einem Baum aufhängen wollte und das schiefgegangen ist – jedenfalls aus seiner Perspektive – und er dann bis zu uns gewankt kam, wo er tot umfiel.« Sie stellte das Backblech in den Ofen und stellte eine Eieruhr, die wie ein limettengrünes Hühnerei aussah.

»Aber warum sich an einem Baum im Wald aufhängen, er hätte sich doch auch in der Wärme aufhängen können, wenn er schon im Besitz des Stricks war«, murmelte Anne hauptsächlich zu sich selbst.

»Er war bestimmt voll und hatte vielleicht auch Drogen genommen. Dann wissen die ja nicht ganz, was sie tun.« Sie lehnte sich mit dem Rücken gegen den Küchentisch, verschränkte die Arme und starrte Anne mit einem Blick an, der besagte *War's das?*

»Wo ist Ihr Mann?«

»Bei der Arbeit. Er ist Busfahrer. Ich muss in ein paar Stunden auch zur Arbeit, daher ...« Sie schaute demonstrativ auf ihre Armbanduhr.

»Okay. Ich muss auch los.« Sie hätte sonst gerne Reiner Gertsens Version gehört. Sie stand auf und schloss ihren Mantel. »Aber danke für Ihre Hilfe.«

Laura folgte ihr in den Eingangsbereich und musterte sie, während sie die Stiefel anzog und zuschnürte.

»Es wundert mich, dass Sie den Gemeinschaftshof nicht kennen, wenn sie über die Obdachlosen schreiben«, sagte sie, die Arme immer noch verschränkt. »Für welche Zeitung arbeiten Sie?«

Anne erhob sich aus ihrer knienden Position und nahm die Handschuhe aus der Manteltasche, während sie in ein Paar misstrauische Augen schaute.

»Ich arbeite für das *Tageblatt*«, antwortete sie und öffnete die Tür. Sie ging davon aus, dass Laura Gertsen genauso wenig über die Schließung der lokalen Zeitungen wusste wie sie selbst über die Aufenthaltsorte der Obdachlosen.

Sie fuhr vom Hof mit dem hübschen Weihnachtsbaum weg und weiter auf dem Trige-Waldweg. Die Straße, auf der sie gekommen war, hieß Pannerupweg. War hier nicht der Raubüberfall passiert? Sie fuhr auf die gegenüberliegende Straße, um zurück zum Randersweg zu kommen. Kurz darauf sah sie die vier Höfe, die in einer kleinen Gruppe in der Landschaft lagen, umgeben von Wald. Ein fünfter lag ein bisschen abseits, das war wohl der, in dem eine Kommune hauste. Sie fuhr leise vorbei, aber man konnte den Hof, auf dem der Mord geschehen war, nicht sehen. Warum hatten sie nicht einfach den gewählt, der am nächsten an der Straße lag?

Sie bemerkte ein Punkermädchen, das an der Haltestelle auf der anderen Straßenseite stand und ziemlich atemlos aussah. Sie stampfte wütend im Schnee auf, und als Anne das Heck des Busses sah, konnte sie sich denken, was passiert war. Sie drehte einen schnellen U-Turn, hielt an der Seite und ließ das Fenster runter.

»Musst du in die Stadt?«

Das Mädchen nickte überrascht. Da passte sie auch besser hin, war Annes erster Gedanke. Hier in der ländlichen Umgebung wirkte sie völlig fehl am Platz. Sie sah aus wie die Hackerin von Stieg Larsson, Lisbeth Salander, aus dem Film ›Verblendung‹, den sie im Kino gesehen hatte.

»Ich auch. Hüpf einfach rein.«

»Scheiß Bus. Der fährt um diese Zeit echt nie«, zischte sie, als sie sich reinsetzte und die langen Beine mit den schwarzen, kniehohen Stiefeln mit sich zog. Sie knallte die Tür fest zu.

»Kenn ich«, versicherte Anne mit einem kleinen Lächeln, warf einen Blick in den Rückspiegel und über die Schulter und fuhr von der Haltestelle weg.

»Kopenhagenerin?«, erkundigte sich das Mädchen mit einem Blick, als gehörte sie selbst einer fremden Spezies an und träfe einen Artgenossen.

»Nørrebro, hörst du bestimmt?«

»Ich komm aus Kopenhagen. Vermisst du die nicht? Die Stadt?«

»Überhaupt nicht«, entgegnete Anne und meinte es wirklich so.

»Hast du dich denn nicht in Jütland eingelebt?«

»Langweilige Gegend. Hier passiert nie was. Darf man rauchen?« Sie hatte die Zigarette angezündet, bevor sie fragte.

»Klar. Ich finde übrigens nicht, dass es sich hier langweilig anhört, wo du wohnst.«

»Du meinst den Mord? Ach ja, das ist natürlich spannend, aber der ist ja aufgeklärt. Das waren die Osteuropäer. Das wussten wir vorher schon.«

»Ach ja, wie das?«

»So sind die halt einfach.«

»Die Osteuropäer?«

»Ja. Eigentlich alle.«

Anne schielte zu ihr, um zu sehen, ob sie das wirklich so meinte, aber sie starrte nur mit mürrischem, ausdruckslosem Gesicht aus dem Seitenfenster.

»Wie heißt du?«

»Bitten Mørk. Und du?«

»Anne Larsen. Wo musst du raus?«

»Friseur Ulla auf dem Åboulevard.«

»Okay, du bist Friseuse?«

»Nur Azubi. Was machst du?«

»Ich bin Journalistin.«

»Welche Zeitung?«

»Tageblatt.«

Bitten nickte nur. Es hatte offenbar niemand eine Ahnung, dass ihre kleine Lokalzeitung aus dem Leben geschieden war. Bitten war vielleicht entschuldigt.

»Wohnst du in der Kommune?«

»Woher weißt du das?«

»Hab geraten. Ich habe über euch in der Zeitung gelesen.«

»Ach ja, wir sind natürlich bekannt.« Ein schiefes Lächeln verschönerte das angemalte Gesicht und versetzte die Nasenringe in Bewegung. Sie sahen aus wie die, mit denen sie selbst herumgelaufen war. Sie hatte immer noch kleine Narben.

»Ich wusste ehrlich gesagt nicht, dass es so am Arsch der Welt ist, als Brian, mein Freund, mich mit hier drüben haben wollte. Das sind ein paar komische Käuze, die da draußen wohnen«, seufzte sie nach einigen Minuten des Schweigens, Inhalierens und Ausblasens, was beide in dichten Rauch hüllte. Anne kurbelte das Seitenfenster ein Stückchen runter. Obwohl sie selbst Raucherin war, war das hier trotzdem zu viel in dem kleinen Lada.

»Inwiefern komisch?«

»Nimm nur mal den einen Nachbarn, der neben dem Hof wohnt, wo dieser Bauer abgeschlachtet wurde, die haben einen bissigen Killerhund und einen Privatwald, der eingezäunt ist, damit niemand reinkommen kann. Strengstens verboten!«

»Warum in aller Welt ist der eingezäunt?«

Bitten streifte die Asche in den Aschenbecher des Autos, der bald geleert werden musste.

»Vor ein paar Jahren ist ein Junge in dem Waldsee ertrunken, das gab bestimmt eine Menge Krach, hat Brian von Andreas gehört, von dem, der die Idee zu der Kommune hatte. Er hat da gewohnt, seit er ein Kind war. Die Eltern des Jungen sind völlig durchgedreht und haben die mit dem Killerhund beschuldigt, dahinter zu stecken. Voll krank. Die waren nicht mehr normal. Da steht ein Kreuz zwischen den Bäumen, bei dem die beten. Sehr religiös, sagt man. Da kriegt man doch echt Gänsehaut.«

Die bekam Anne auch. Sie schloss das Fenster, als Bitten die Zigarette endlich ausdrückte.

»Das klingt doch nach einer spannenden Nachbarschaft«, lächelte sie und hielt beim Nørreport an der roten Ampel.

Einige Fußgänger rasten los über den Zebrastreifen, eine Frau schob einen Kinderwagen. Es war selten, dass man auf die andere Seite kam, bevor der Verkehr wieder losging.

»Das ist schon ein bisschen creepy. Der Junge, der Ertrunkene, wohnte nämlich auf dem Hof, wo dieser Albert jetzt ermordet wurde. Mein Freund und ich nennen ihn den ›Mörderhof‹. Die Eltern sagten nämlich, dass der Junge auch ermordet wurde. Aber die waren ja wie gesagt nicht ganz normal. Und es wurde nie aufgeklärt.«

29

So genannte soziale Verlierer – haben sie immer existiert? Oder ist das ein neuer Begriff, der entstand, als der Mensch ein soziales Wesen wurde und es nicht länger Platz für jemanden gab, der anders war – obwohl *sozial* im Unterricht *gesellschaftliche Verhältnisse, die auf andere Rücksicht nehmen*, geheißen hatte. Das dachte er, als er im Auto vor *Tidens Møbler* am Klostermarkt stand und auf Irene wartete. Roland hatte versprochen, sie von der Arbeit abzuholen, weil ihr Auto in der Werkstatt war und sie mit dem Mordfall ohnehin nicht wirklich weiterkommen konnten, bevor die DNA-Analyse auftauchte und sich der Gesuchte in ihrer Obhut befand. Irene war drinnen, um einen Zeitschriftenständer zu kaufen, den Rikke sich zum Geburtstag wünschte.

Ein paar Obdachlose und Drogensüchtige standen unter den kahlen Bäumen im Licht der Straßenlaternen. Aber nicht so viele wie im Sommer. Einige von ihnen hatten ein Pils in der Hand. Dicht zusammen, um die Wärme zu halten. Als ob sie auch einfach auf den Bus warteten. Aber sie waren anders. Nicht nur außerhalb der Gruppe an der Bushaltestelle, sondern auch außerhalb der Gesellschaft. Oder sind wir anderen das?, dachte er weiter. Haben wir einfach den Sinn des Lebens nicht verstanden? Hatten sie einfach schon längst eingesehen, dass sie bei dem Plan, der heutzutage eingefordert wurde, nicht mitmachen konnten?

Der tote Obdachlose hatte angefangen, ihn zu beschäftigen, nun da die Sache mit dem Raubüberfall in dem Bauernhof eigentlich aufgeklärt war. Verner Thybos Schicksal hatte ihn nicht kalt gelassen. Viele waren wohl der Meinung, dass die Armen hier bei der Kirche und an all den anderen Orten in der Stadt, wo sie sich aufhielten, selbst an ihrem Unglück schuld waren, dass sie einfach einen Job finden und ›normal‹ werden könnten. Aber jeder von ihnen hatte sein eigenes trauriges Schicksal, das ihr Leben verändert hatte. Eine schlimme Kindheit, Krankheit, tragische Todesfälle Nahestehender oder ein Konkurs, wie es bei Verner der Fall war. Aber hatten nicht alle anderen versagt, weil sie ihnen keine Unterstützung gegeben hatten, um ihnen durch die Krise zu helfen? Sie hatten sicher nicht um Hilfe gebeten und wurden daher von der modernen Gesellschaft ignoriert, in der sich niemand unnötig einmischen durfte. Und was war mit denen passiert, über die Anne Larsen gesprochen hatte? Die konnten ja nicht einfach von der Erdoberfläche verschwinden. Ihre Worte über die Gleichgültigkeit der Polizei schmerzten noch. Das war eine ungerechtfertigte Anschuldigung, sie behandelten alle gleich und hatten ein gutes Verhältnis zu den meisten. Er war auch nicht davon begeistert, dass sie nun selbst damit beschäftigt war, dem Rätsel nachzugehen, denn er wusste, dass sie das tat. Und das war nicht das beste Milieu, um nachzubohren. Hier, auf dem Klostermarkt, war 1996 eines Nachts ein junger Student bestialisch und bis zur Unkenntlichkeit verprügelt und totgetreten worden. Ein obdachloser und geistesgestörter Drogenabhängiger wurde dieses Mordes beschuldigt.

»Mensch, war das teuer!«, stöhnte Irene, als sie plötzlich die Tür aufriss und sich beeilte, mit einer Tüte, die sie auf den Rücksitz warf, ins Auto zu steigen. »Ein paar von diesen Zeitschriftenhaltern kosten fast dreitausend Kronen, die hab ich also nicht gekauft. Stattdessen habe ich ein paar Kissen besorgt, die sie sich auch wünscht.«

Roland nickte gleichgültig und warf einen schnellen Blick auf den gegenüberliegenden Bürgersteig. Ein starker Kontrast zum Luxus von *Tidens Møbler.* Wie viele von denen dort drüben wohl verträumt vor einem Bett zu ungefähr zwanzigtausend Kronen gestanden hatten, das im Schaufenster ausgestellt war?

Irene folgte seinem Blick. »Gäbe es doch mehr, was wir für sie tun könnten«, seufzte sie und schnallte sich an.

»Es ist unmenschlich, sich bei diesen Minusgraden draußen aufzuhalten.«

»Das müssen sie, nach fünfzehn Uhr schließen die meisten Aufenthaltsorte«, wusste sie als Sozialarbeiterin. »Der Nachtdienst öffnet ja erst gegen Mitternacht die Türen. Aber das sollte sich bald ändern. Der Sozialdezernent hat ihnen einen Aufenthaltsort versprochen, der rund um die Uhr geöffnet ist.«

Roland nickte zweifelnd, schaute nach hinten und fuhr vom Parkplatz.

»Was ist mit dem Aufenthaltsort in der Jägerhofstraße, ist der nicht renoviert?«

»Center Basen? Doch, das ist übrigens toll geworden mit helleren Farben an den Wänden und bunten Wachsdecken auf den Tischen. Jetzt sieht es nicht mehr wie eine traurige Bodega aus. Allerdings schließen sie schon um dreizehn Uhr, und das Budget wurde drastisch gekürzt, sodass sie sich nicht besonders viele Aktivitäten leisten können.

In sich versunken achtete Roland auf die Autos vor ihm. Die Geschäfte machten zu und es herrschte dichter Verkehr. Für viele war ein langer Arbeitstag vorbei und sie eilten nach Hause, um ein bisschen Zeit mit ihren Kindern zu verbringen, zu kochen, zu essen, fernzusehen und ein paar Stunden zu schlafen, bevor ein neuer Arbeitstag begann und das Ganze wieder von vorn anfing. Die Qualen des modernen Menschen, denen die sozialen Verlierer entgingen.

»Ihr kennt nicht zufällig einen Obdachlosen, der Verner Thybo hieß?«, fragte er beiläufig.

»Hieß? Nee, der Name sagt mir nichts. Wieso fragst du?«

»Hast du nicht von dem gehört, den sie in Trige tot mit einem Strick um den Hals gefunden haben?«

»Doch, im Büro wird viel darüber geredet. Ist der denn identifiziert?« Sie schien nicht damit zu rechnen, dass sie auf so etwas Zeit verwendet hätten. »Aber er hat wohl Selbstmord begangen, oder?«

Roland zuckte mit den Schultern. »Wer weiß? Es verschwinden Obdachlose von der Straße, keiner weiß, wo sie stecken.«

»Ist das ein Fall, in dem ihr ermittelt?« Wieder dieser erstaunte Tonfall.

»Nee, *wir* nicht, sondern Anne Larsen.«

»Diese Journalistin? Aber du hast doch gesagt, dass sie gefeuert wurde. Was hat sie dann damit zu tun?«

»Keine Ahnung, aber deswegen hatte sie am Donnerstag spätabends angerufen.«

»Ist das was, dem du nachgehen willst? Ich meine, das ist doch nicht ungewöhnlich, dass sich sozial Ausgesetzte das Leben nehmen.«

Das war ein neues Wort. *Sozial Ausgesetzte.* »Nein, ich bezweifle, dass Kurt Olsen einwilligen würde. Seiner Meinung nach gibt es wichtigere Dinge zu erledigen. Aber so wie ich Anne Larsen kenne, findet sie etwas raus. Ich hoffe nur, sie passt auf. Das Milieu, in das sie sich begibt, ist ja nicht ungefährlich.«

Er schaltete das Radio ein, das auf DR Klassik eingestellt war. All die Popmusik hielt er nicht aus. Das war immer wieder das Gleiche. Er landete mitten in der *Sonata di Viole* von Alessandro Stradella, und ein vergnügtes Lächeln breitete sich auf seinem Gesicht aus. Er schielte zu Irene, die nicht so ein Fan von Barockmusik war, aber sie starrte gleichgültig aus dem Seitenfenster, in eigene Gedanken versunken. Der Verkehr kroch im Schritttempo voran. Er lauschte der Violine und sah vor seinem inneren Auge den großen Saal eines Palastes mit hohen, verzierten Decken, vergoldeten Statuen, weißen und braunen Marmorsäulen und die bunten, rauschenden Seidenkleider der Damen.

Auf jeden Fall gehörte der Klingelton des Handys nicht zu dieser Zeit, in der er sich befand, als er sie durchbrach und ihn zwang, die Musik leiser zu stellen.

»Wir haben ihn!«, übertönte Niels' eifrige Stimme die Violinen. »Mann, er war hier in Aarhus.«

»Der Litauer? Wie haben wir ihn gefunden?«

»Ein anonymer Tipp, aber wir sind trotzdem ausgerückt – zum Glück. Bist du schon zu Hause?«

»Gleich. Habt ihr ihn jetzt da?«

»Dauert nicht lange, aber du musst nicht noch mal herkommen. Kurt ist hier, daher sollten wir das hinkriegen.«

Roland bedankte sich und schalte das Handy in seiner Halterung aus. Er nahm Irenes Hand und drückte sie fest. »Jetzt ist das Ganze bald vorbei, wir haben ihn, und Familie und Nachbarn können Frieden bekommen. Lass uns das mit einer Flasche des Guten feiern.«

Sie erwiderte den Druck, bevor er sie losließ und erleichtert lächelte.

Er bog in den Hof ein und parkte unter der Blutbuche. Die einzige Stelle, an der er Schnee geschippt hatte.

30

Die Kälte biss wie kleine Insekten, die an der Haut nagten. Schnee stob über Schnee, sodass es vor seinen Augen flimmerte. Das Licht der Taschenlampe flackerte in der Dunkelheit im Takt seiner Schritte vor und zurück, aber als er ankam, schaltete er sie aus und ließ den Schnee die einzige Lichtquelle sein. Er kannte den Weg. Die Fußspuren wurden jedes Mal zugedeckt. Sein Glück. Er stapfte durch hohe Schneewehen und rutschte mehrmals fast aus. Die Hände wurden steif vor Kälte trotz der dicken Fäustlinge.

Sein Herz setzte einen Schlag aus, als er weiter vorne den Feuerschein sah. Er wurde langsamer und bewegte sich so lautlos wie möglich, bis er die übliche Stelle fand und sich auf die Knie niederließ mit Sicht auf das, dessen er nun endlich wieder Zeuge sein sollte. Er zog eine Plastiktüte aus der Tasche und legte sie in den Schnee unter die Knie, sodass sie nicht zu nass und kalt wurden. Etwas hatte er gelernt.

Sie standen im Schein des Feuers, das mitten auf dem offenen Platz brannte. Man hörte das Murmeln wie ein Zittern in der kalten Luft. Worte, die zu Eiskristallen wurden, fielen auf ihn herab und ließen ihn schaudern. Deswegen kam er immer wieder. Darum konnte er sich nicht fernhalten, obwohl er oft umsonst gekommen war. Hoffte jedes Mal, das hier zu erleben. Das Schaudern. Die Spannung. Die Mystik.

Endlich geschah es. Sie zündeten Fackeln an. Unwillkürlich duckte er sich, obwohl er wusste, dass sie ihn hier unmöglich sehen konnten. Die dunklen Silhouetten verteilten sich einvernehmlich und ohne Durcheinander, wer wo stehen sollte, dann bildeten sie einen Zirkel. Sie begannen, im Kreis herumzugehen, sodass er schließlich ihre Fackeln wie einen Feuerkreis sah, der zwischen den Baumstämmen schwebte. Sie blieben stehen und standen still um das Feuer herum. Wieder begann das unheimliche Murmeln. Sie wechselten sich damit ab, Worte zu sagen, die er nicht hören konnte. Einige sagten mehr als andere, und es waren verschiedene Stimmen. Das Horn, das er auch letztes Mal gesehen hatte, war plötzlich in den Händen des einen und wurde gen Himmel erhoben. Es schimmerte im Feuerschein. Sie tranken daraus, sagten ein paar Worte und reichten es weiter. So fuhren sie fort, bis jeder im Zirkel aus dem Horn getrunken und die gleichen Worte gesprochen hatte. Die Stille der Nacht legte sich wieder über den Wald.

Wenn man es nicht wusste, würde man nicht ahnen, dass auf der Lichtung etwas vor sich ging. Er wartete lange, den Rücken gegen einen Baumstamm gelehnt. Seine Augenlider begannen, schwer zu werden. Bewegungen im Dunkeln verursachten Unruhe in der Schar und ließen ihn helllwach werden. Irgendetwas würde gleich passieren. Etwas trat aus der Dunkelheit in den Kreis. Er zog sich ein wenig zurück, als er es sah im Schein des Lagerfeuers und der Fackeln, die in den Schnee gesteckt worden waren, um den Zirkel zu bilden. Die Augen waren voller Angst. Es hob den Kopf und versuchte, weg von dem Feuer zu kommen, das es verschreckte. Es trug kein Zaumzeug, sondern hatte einen Strick um den Hals, mit dem es nach vorn gezogen wurde. Es versuchte zu steigen, wurde aber mit dem Strick, der sich um den glänzenden Hals straffte, unten gehalten. Pferdegeruch erreichte ihn. Er richtete sich auf den Knien auf, um besser sehen zu können, und stützte sich an den Baumstamm, aber ein Schatten versperrte ihm die Aussicht. Er sah nicht, was passierte, hörte jedoch den unmenschlichen Schrei. Ein Laut, der durch Hirn, Mark und Bein ging, sodass er selbst kurz davor war, laut zu schreien und sich zu verraten.

Es wurde wieder still, dann übertönten laute Jubelrufe den Schrei, der noch in seinem Kopf nachhallte. Die Formation wurde aufgelöst. Nur die Fackeln blieben zurück und bildeten den Zirkel, einen leuchtenden Feuerkranz, der den Schnee um sie herum schmolz. Innen beim Feuer war Aktivität, aber er konnte nicht sehen, was da vor sich ging. Es schien, als hätten sie sich übereinander geworfen und boxten. Er wollte gern dichter herangehen. Es reizte seine Neugier. Und die Angst. Wie ein Junge, der die anderen anflehte, ob er nicht bei ihren verbotenen Spielen mitmachen dürfte. Der Geruch von Blut zog durch die Frostluft wie ein warmer, süßer Strom, der seine Nasenlöcher erreichte und sich weiter in den Rachen und den Magen schlängelte, von wo aus die Galle langsam nach oben stieg und im Hals zu brennen begann. Im Schein des Feuers sah er zwei blutbeschmierte Arme und Hände, die sich über die Schar in Richtung des schwarzen Sternenhimmels hoben mit einem Brocken blutigen Fleisches, als wollten sie es jemandem dort oben reichen. Danach wurde es ins Feuer geworfen und der Geruch nach verbranntem Fleisch vermischte sich mit dem Geruch des frischen Blutes. Er beugte sich vor und erbrach sich in einen Busch, wischte sich den Mund mit dem Handrücken ab und lehnte sich mit geschlossenen Augen gegen den Baumstamm. Versuchte nicht zu atmen, bis er nach Luft schnappen müsste. Aber dann gewöhnte er sich nach und nach an den Gestank. Nun wurde er appetitlicher – gebratenes Fleisch, das aber immer noch süßlich roch. Sie saßen in einem Zirkel ums Feuer und aßen. Wie am Sankt-Hans-Abend mit Stockbrot. Aber er wusste, was sie auf den Spießen hatten. Zum dritten Mal wurde er Zeuge dieser Szene. Beim ersten Mal waren es Hühner gewesen, die ihr Leben gelassen hatten. Beim nächsten ein Schwein. Das hatte ihn nicht so stark mitgenommen wie jetzt. Andere Male war der Platz leer gewesen. Er hatte lange gewartet, war dann aber enttäuscht wieder nach Hause gegangen. Wer waren die? Es sah nach Ritualen aus. Teufelsanbetung? Er schauderte und versteifte sich, als er hörte, dass sich in der Nähe etwas bewegte, und drehte langsam den Kopf. Ein Fuchs war von dem Blutgeruch angezogen worden. Vorsichtig näherte er sich. Der Hunger in der nahrungsverlassenen Frostlandschaft hatte ihn näher als sonst zu den Menschen getrieben.

31

Die flüssige Handseife duftete schwach nach grünem Tee und trug ein französisches Etikett auf einer wenig charmanten Flasche, die nach allem andern als französischem Design aussah. Sie sah eher wie eine braune Hustensaftflasche aus. *Savon d'Usages* stand auf dem Etikett. Ganz sicher eine, die Pierre von seinem letzten Heimaturlaub bei der Familie mitgebracht hatte. In dieser Beziehung war er praktisch veranlagt, hier war nichts mit romantischen französischen Blumendüften und zarten Pastellfarben. Nur wenn seine Frau für ihn eingekauft hatte. Kamilla lächelte, während sie die Hände wusch und ihr Spiegelbild in dem ovalen Spiegel mit dem Goldrahmen betrachtete, der über dem Waschbecken hing. Sie sollte mehr lächeln, wurde ihr bewusst. Vielleicht kam jetzt alles in Ordnung. Sie hatte ihren Vater und ihren Halbbruder getroffen. Letzte Nacht hatte sie im Traum Rasmus gesehen. Er weinte nicht darüber, allein an einem unbekannten Ort zu sein, wie in all den vielen anderen Träumen, er lächelte, und langsam wurde sein Gesicht zu dem von Mathias. Es war nur ein kleiner, gleitender Übergang, da ihre Züge nahezu identisch waren. Die Nase hatte sich einen Hauch verändert, weil Mathias ein bisschen stupsnasiger war als Rasmus, und seine Augen standen ein bisschen dichter zusammen. Was bedeutete so ein Traum? Was würde ein Traumdeuter oder ein Psychologe daraus schließen? Sie trocknete die Hände ab und die Augen starrten erschrocken aus dem Spiegel zu ihr zurück. War sie dabei, die Erinnerung an ihren Sohn zu verlieren? Konnte sie sich nicht länger an ihn erinnern und vermischte ihn daher mit Mathias? Das war doch krank! Nein, Mathias sah Rasmus zweifelsohne wirklich ähnlich. Sie beugte sich näher zum Spiegel und entfernte ein bisschen Wimperntusche, die unter dem einen Auge abgefärbt hatte. Gleich kam einer von Pierres Stammkunden zu einer Besprechung für einen neuen Auftrag, und da es sowohl Modelaufnahmen als auch Standfotos geben würde, wollte Pierre gerne, dass sie auch dabei war. Sie hatte geglaubt, schon alle Kunden kennengelernt zu haben, schließlich war bis Weihnachten viel zu tun gewesen. Es war wichtig, sie zu treffen, sie anzusehen, sie einzuschätzen. Welchen Stil bevorzugten sie – den klassischen, den modernen, den minimalistischen? Dann war es einfacher, für sie zu arbeiten und beim ersten Mal das Richtige zu treffen. Nichts war nerviger als ein Schuss nach dem anderen, nur weil man nicht verstanden hatte, wofür der Kunde stand.

Als sie in den Flur kam, der die Toilette vom Besprechungsraum trennte, hörte sie Stimmen von drinnen. Der Kunde war schon da. Aber irgendetwas an der Stimme ließ sie aufhorchen. Sie stand still und lauschte. Sie kannte sie. Wo hatte sie die zuletzt gehört? Im Herbst in dem schlimmen Orkan, als sie ihn gebeten hatte, ins Restaurant Egå Marina zu kommen, weil sie eigentlich im Sinn gehabt hatte, ihren ganzen Hass hinter sich zu lassen. Die

Erkenntnis, selbst das Unverzeihliche verzeihen zu müssen. Etwas am Schicksal und Tod ihrer Mutter hatte sie das einsehen lassen. Aber dann hatte sie den Verlobungsring an seinem Finger gesehen und alles war anders. Er war weitergekommen. Er brauchte ihre Vergebung überhaupt nicht, sein Leben war nicht wie ihres stehen geblieben, weil er Rasmus getötet hatte. Unachtsam oder nicht. Er hatte ihrer Freundin einen Antrag gemacht. Ausgerechnet Majken. Sie wollte am liebsten zur Garderobe gehen, ihren Mantel nehmen und heimfahren. Aber dann entschied sie sich um, richtete sich auf und zupfte den Pullover zurecht. Sie würde ihm zeigen, dass er nicht als Einziger weitergekommen war.

Sie saßen schon am Tisch mit zwei Thermoskannen, Türmen weißer Plastikbecher und Kuchen auf einem Pappteller. Außerdem stand kaltes Mineralwasser da, aber es war eher der heiße Kaffee gefragt. Pierre goss gerade Danny Cramer etwas ein. Er saß mit dem Rücken zur Tür, aber sie erkannte seine dunklen Nackenhaare, die kleine Locken bekamen, wenn sie nass wurden.

»Ach, da bist du! Ich hab mich schon gefragt, wo du steckst«, rief Pierre. »Du hast unsere neue Fotografin noch nicht begrüßt. Das ist Kamilla, mit der du zusammen an den Standfotos arbeitest«, fuhr er an Danny gewandt fort.

Sie reichte ihm die Hand. Seine braunen Augen leuchteten einen Augenblick auf, als er sie sah. Es war fast so wie vor drei Jahren, als sie sich zum ersten Mal getroffen hatten. Er öffnete den Mund, um etwas zu sagen, aber sie unterbrach ihn. »Kamilla Holm«, stellte sie sich kühl vor und bemerkte, dass er immer noch den Ring trug.

Der Ausdruck in seinen Augen veränderte sich. Etwas Neckendes blitzte auf. Ja, er war wirklich weitergekommen.

»Danny Cramer von Bureau-Step2«, lächelte er.

Kamilla setzte sich neben Pierre und legte den Kugelschreiber auf ihrem Block bereit. Pierre schenkte ihr Kaffee ein. Sie spürte Dannys verwunderten Blick auf sich ruhen, aber wenn sie verriet, dass sie ihn kannte, würde Pierre nachbohren, bis er herausfand, woher sie sich kannten, und das wollte sie nicht. Sie hatte überhaupt nicht daran gedacht, dass Dannys Werbeagentur ja Kunde im Studio Pierres sein konnte, das nicht weit von seiner Werbeagentur in der Badstuestraße entfernt war. Danny schien mitzuspielen – glücklicherweise. Er zog einige Entwürfe aus seiner schwarzen Ledermappe und legte sie auf den Tisch.

»Mein Kunde will diese Alarmanlagen in einem Katalog präsentieren. Wie ihr auf den Entwürfen sehen könnt, sollen wir drei Modelaufnahmen machen, der Rest sind Standfotos.«

»Wie habt ihr euch den Hintergrund vorgestellt?«, fragte sie und trank aus ihrem Becher, während sie den Augenkontakt hielt, ohne zu blinzeln. Es ging darum, professionell zu wirken, vor allem wegen Pierre.

»Das will ich dir überlassen. Einfach etwas, das sich verkauft.«

»Ist es überhaupt notwendig, in diesen Zeiten Werbung für Alarmanlagen zu machen? Man hört doch, dass die Leute sie wie verzweifelt kaufen nach all den Raubüberfällen und nun noch einem, der auch noch mit einem Mord endete«, meinte Pierre, der entspannt zurückgelehnt auf dem Stuhl saß und auf seinem Block herumkritzelte. Er schien Danny gut zu kennen. In Besprechungen mit Kunden war er selten so entspannt.

»Ja, ich habe davon in der Presse gehört, das ging schlimm aus und natürlich verkauft man mehr Alarmanlagen, wenn so etwas geschieht. Journalisten blasen das doch immer groß auf.«

Glücklicherweise erwähnte er Anne nicht, obwohl sie wusste, dass er dabei an sie dachte, das sagte sein Blick.

In der restlichen Zeit besprachen sie Locations für Modelaufnahmen, Hintergründe und Requisiten für die Standfotos. Danny reichte Pierre die Skizzen, damit sie sie als Vorlage für Formate und Positionierungen hatten. Pierre nahm sie mit ins Fotoatelier, wo die Alarmanlagen aufgereiht waren. Sie blieben allein zurück.

»Schön dich zu sehen, Kamilla«, sagte er, während er den Mantel anzog. Der roch nach seinem Aftershave, und Erinnerungen, die Düfte oft mit sich bringen, legten sich schwer ums Herz.

»Aber warum kennen wir uns nicht?«, flüsterte er.

Kamilla warf einen schnellen Blick ins Atelier. Pierre war nicht zu sehen. »Das ist besser so. Pierre weiß nichts über meine Vergangenheit, und ich hätte gern, dass das so bleibt.«

Er nickte und knöpfte den Mantel zu. »Wie lange bist du schon hier? Ich wusste gar nicht, dass du ...«

»Erst ein paar Monate.«

»Ich habe an dich gedacht – als ich hörte, dass das *Tageblatt* schließt. Was macht Anne?«

»Sie sucht Arbeit.«

Danny schlang sich seinen Schal um den Hals. »Du kannst ihr ausrichten, dass uns eine Texterin fehlt. Denkst du nicht, das könnte was für sie sein?«

»Texterin! Anne?« Kamilla konnte sich ein Lächeln nicht verkneifen. »Wenn sie nicht in makaberen Mordfällen herumschnüffeln kann, dann glaube ich nicht, dass das der rechte Platz für sie ist.«

»Da hast du wohl Recht.« Danny lächelte ebenfalls. »Aber das könnte sie ja einfach in ihrer Freizeit machen.«

Sie war erstaunt, dass es ihr so leicht fiel, wieder mit ihm zu sprechen. Jedenfalls wenn es nicht auf der Tagesordnung stand, die Tragödien der Vergangenheit aufzuarbeiten.

»Na, dann sehen wir uns bei den ersten Aufnahmen. Pierre hat versprochen, mich zu kontaktieren, wenn ihr soweit seid.« Er zog Handschuhe an und brauchte dafür länger als nötig.

»Das werde ich«, versicherte Pierre und kam aus dem Fotostudio. Danny gab beiden die Hand und verschwand draußen in der Dunkelheit. Sie musste ein paar Mal tief einatmen.

»*Muss* er bei den Aufnahmen dabei sein? Ich meine, das sind doch nur Alarmanlagen«, fragte sie nach. Sie bekam Atemnot, wenn sie daran dachte, dass sie eng zusammenarbeiten sollten bei einem so zeitaufwendigen Auftrag, der er ganz sicher werden würde.

»Danny hat das ausdrücklich gewünscht. Der Alarmanlagenhersteller ist ein neuer Kunde seiner Agentur, und er will wohl einfach sichergehen, dass es exakt so wird, wie sie es besprochen haben.«

Kamilla nickte und sammelte die benutzten Becher im Besprechungsraum ein. Es war nur noch ein einziges Kuchenstück da. Das obligatorische, das immer übrig blieb.

»Danny ist ein charmanter Typ, findest du nicht?« Pierre begann zu erzählen, wie Danny aus einer großen Werbeagentur in Klampenborg nach Aarhus gekommen war. Kamilla hörte nur mit halbem Ohr zu. Sie kannte die Geschichte besser als er und war versucht, ihn ein paar Mal zu korrigieren, wenn er übertrieb, aber stattdessen studierte sie die ausführlichen Skizzen, die Dannys Art Directors kreiert hatten, und bemerkte, dass sie den Kuchen aß, obwohl sie nicht direkt hungrig war. Sie hatte den Mund voller Kuchen, als sie an ihr Handy ging, das plötzlich auf dem Tisch zu den Tönen von *I Want It That Way* von den Backstreet Boys vibrierte und Pierre brutal unterbrach. Sie schaffte es gerade, zu Ende zu kauen, bevor sie antwortete, und schluckte ein paar Mal, als sie hörte, wer es war.

»Hier ist Mogens Arnskov. Ich soll vielmals vom Brautpaar grüßen und tausend Dank für die Bilder sagen. Sie waren wirklich schön, und ...«, er zögerte, »außerdem wollte ich hören, ob wir uns nicht treffen könnten? Ich bin morgen in Aarhus. Könnten wir einen Kaffee trinken gehen?«

Kamilla legte den Rest des Kuchens auf den Pappteller zurück und trocknete sich die Hände an der Jeans ab, während sie Pierre beobachtete, der drinnen im Studio mit einer Fotolampe kämpfte.

»Ja, ich denke, das lässt sich morgen einrichten. Wann und wo wollen wir uns treffen?«

32

Es war eine unruhige Nacht gewesen. Er hatte sich hin und her gewälzt, schweißgebadet wegen eines Traums von Obdachlosen mit Stricken um den Hals, die in aufgelöste Leichen verwandelt wurden, bis Irene ihn geweckt und zu seiner Verwirrung erzählt hatte, dass es erst drei Uhr sei und er versuchen sollte, ein bisschen zur Ruhe zu kommen. Sie hatten dicht beieinander gelegen. Er hatte den Duft ihrer Haare gerochen und war wieder eingeschlafen. Aber dann träumte er von Salvatore, der durch eine Maschinenpistolensalve tot umfiel und in einem See aus giftigen, dampfenden Chemikalien aufgelöst wurde. Wieder hatte Irene ihn geweckt, aber dieses Mal, weil er aufstehen musste und den Wecker überhört hatte. Er hatte am Abend zuvor mit Giovanna geredet und war sich sicher, dass dieses Gespräch den Traum über Salvatore ausgelöst hatte. Er hatte begonnen, zur Schule zu gehen, kam aber oft spät nach Hause und behauptete, er wäre mit seinen Freunden unterwegs gewesen. Giovanna glaubte ihrem Sohn, aber Rolands bange Vorahnungen wuchsen. Es war selten, dass die Camorra einfach so eine willige Arbeitskraft gehen ließ, die sie ausnutzen konnten.

Jetzt war er mental erschöpft und hing auf seinem Stuhl über der Zeitung mit einer Tasse starkem Kaffee, als Kurt Olsen unerträglich munter und mit einem Duft von Tabak in der Kleidung hereinkam und sich ihm gegenüber setzte. Natürlich mit einer schlechten Nachricht.

»Wir haben heute Morgen das Ergebnis der DNA-Analyse bekommen. Keiner von den Litauern passt – auch der Fahrer ist nicht der Mörder.«

Plötzlich war Roland hellwach. »Das kann doch echt nicht sein. Haben die das nochmal überprüft?«

»Mehrfach. Sie *waren* es nicht, Roland. Aber der Fahrer sagt, er kann die Zigarettenschmuggler auffliegen lassen, daher haben wir mit ihm einen Deal gemacht. Wenn er erzählt, was er weiß, lassen wir ihn gehen.«

Roland schaute seinen Chef anklagend an, vermochte es aber nicht, mit Worten zu protestieren.

»Trotz allem war er nur der Fahrer bei einem Banküberfall in Kolding, und es ist wichtig, diese Schmugglerbande zu erwischen«, verteidigte sich Kurt mit schwacher Stimme.

Roland nickte müde. Müde wegen des Schlafmangels und müde ob des Gedankens, dass sie nun mit der Aufklärung des Mordes von vorn anfangen konnten. »Wer zum Teufel hat Albert Hovgaard ermordet?!«, murmelte er in seine Kaffeetasse.

»Einfach alles wieder von vorne. Alle Spuren müssen noch mal durchgegangen werden. Es muss etwas geben, das ihr übersehen habt. Die Mordwaffe muss auch gefunden werden.«

Roland knurrte innerlich über sein ›was *ihr* übersehen habt‹. So drückte er sich immer aus, wenn etwas negativ war. Sonst hieß es *wir*.

»Bleibt uns ja nichts anderes übrig. Wir haben eine Menge Spuren, aber was hilft das?«

»Die ganze Familie von Signe und Albert Hovgaard ist bis zum letzten Mann untersucht, oder?«

»Natürlich. Bis hin zu einem kleinen, frischen Enkelkind von drei Monaten. Von denen war es keiner, die haben alle ein wasserdichtes Alibi. Die meisten wohnen weit weg und sie haben nicht so viel Kontakt miteinander. Heutzutage kümmern sich die Familien um ihre eigenen Angelegenheiten.« Roland blätterte in den Papieren und suchte eins davon raus. »Nur einer der Söhne hatte etwas von irgendwelchen Nachbarschaftsstreitigkeiten gehört, die Albert bei einem Familiengeburtstag erwähnt hatte.«

Kurt Olsen riss ihm das Papier aus der Hand. »Ist das der Bericht?«

Roland nickte und hatte das dumme Gefühl, dass sie diese Sache wohl näher hätten untersuchen sollen. Er hatte selbst eine leise Ahnung gehabt, dass etwas zwischen diesen Nachbarn geschehen war, das nicht ans Licht kam, aber das mit diesen Osteuropäern schien so klar wie im Lehrbuch.

»Und das habt ihr natürlich weiterverfolgt und könnt die Behauptung zurückweisen?«, ritt Kurt Olsen darauf herum.

Rolands Schweigen war Antwort genug. Der Vizepolizeidirektor gab die Unterlagen zurück, nachdem er sie überflogen hatte. Er stand auf und ging zur Tür, wo er sich umdrehte und Roland bestimmt ansah. »Darum kümmerst du dich heute. Wenn der Nachbarschaftsstreit so ernst ist, dass er zu Mord führt, muss einer von denen große Lust haben, jemanden zu verpfeifen. Du weißt, wen du dir da draußen vorknöpfen musst?«

Roland nickte und schüttelte gleichzeitig den Kopf. Woher sollte er das wissen? Alle könnten in solche Reibereien verwickelt sein, und wer würde über wen klatschen? Er lehnte sich zurück und starrte verloren an die Decke, als Kurt Olsen gegangen war. Und wer sagte, dass diese Streitigkeiten überhaupt etwas mit dem Mord zu tun hatten? Würden sie einfach nur noch mehr kostbare Zeit verschwenden? Ella Geisler hatte in der Mordnacht erwähnt, dass Signe und Albert Hovgaards Wohnhaus mal gebrannt hätte. Verbarg sich etwas hinter diesem Zwischenfall? Konnte ein Nachbar Schuld an dem Brand sein? Sollte er da zu bohren beginnen? Die Zeitungen waren mit fetten Schlagzeilen darüber gefüllt, dass die Polizei immer noch im Dunkeln tappte, was dazu führte, dass sich die Leute noch unsicherer fühlten. Er sollte wohl lieber die Leute für ein Briefing und eine kleine, aufmunternde Ansprache zusammentrommeln, um die Stimmung hochzuhalten, obwohl er selbst eine Aufmunterung gebrauchen könnte.

33

Adomas war nicht da, als sie zurück in die Wohnung kam. Sie konnte ihn riechen und vermisste ihn. Hoffentlich war nichts passiert! Sie zündete eine Zigarette an und versuchte, aus dem Fenster zu schauen. Eis und Schnee hatten sich von außen an der Scheibe angehäuft. Sie öffnete und schloss das Fenster ein paar Mal fest, bis sich das Eis löste und auf die Straße fiel. Sie dachte an ihren Besuch bei Laura Gertsen und die Zeitung auf dem Tisch. Wenn das seine Freunde waren, die man verhaftet hatte, dann konnten sie ja nicht diejenigen sein, die ihn bedrohten. Nachdenklich nahm sie einen Zug von der Zigarette. Wenn es am Montag in der

Zeitung gestanden hatte, dann mussten sie zu einem Zeitpunkt verhaftet worden sein, zu dem es die Journalisten mitgekriegt haben konnten – also am Freitag oder am Wochenende. Die Tatsache schmerzte. Sie holte einen Aschenbecher und setzte sich damit an den Couchtisch. Die Polizei hatte nach einem weiteren Litauer von einem Banküberfall in Kolding gesucht. War das Adomas? Beinahe musste sie bei dem Gedanken lachen. Das soziale Erbe. Arbeitslos und dabei, sich in einen Verbrecher zu verlieben – genau wie ihre Mutter. Irritiert stand sie auf und ging rastlos auf und ab.

Von ihrer Mutter hatte sie heute nichts gesehen, obwohl sie in der Wärmestube gewesen war. Niemand hatte etwas Neues über Rudolf gehört. War er es, den sie mit einem Strick um den Hals auf dem Hof mit dem hübschen Weihnachtsbaum gefunden hatten? Hatte er wirklich versucht, sich im Wald zu erhängen? Ihr fehlten die Kollegen, um die Sache durchzukauen. Britt, die ansonsten nie etwas besonders Gescheites beizutragen hatte, aus deren Geschwafel sich aber trotzdem manchmal etwas Sinnvolles ergab. Kamilla mit dem gesunden Menschenverstand. Thygesen, der sie in die Schranken weisen konnte, sodass sie Dinge aus einer anderen Perspektive sah. Nikolaj, der pfiffige Auszubildende, dessen Mentorin sie gewesen war. Was wohl aus ihm geworden war?

Sie setzte sich wieder und schnippte die Asche von der Zigarette. Bitten Mørk aus der Kommune tauchte auch in ihren Gedanken auf. Sie hatte den Aschenbecher im Auto mit Kippen vollgestopft, sodass Anne ihn schließlich leeren musste. Was war das für eine Geschichte über einen ertrunkenen Jungen und einen Mord – vielleicht –, der nie aufgeklärt worden war? Obendrein auf dem gleichen Hof, wo nun ein weiterer geschehen war? Aber dass die beiden Dinge zusammenhängen könnten, war bestimmt zu weit hergeholt. Die Neugier, die sie dazu gebracht hatte, Journalistin zu werden, peitschte sie an, als wollte sie sie aus der Tür jagen – hinaus, um das Unaufgeklärte aufzuklären. Sie hatte den Mantel nicht ausgezogen und drückte die Zigarette im Aschenbecher aus, obwohl sie nur halb geraucht war, zog die Fäustlinge an und ging wieder aus der Tür. Es war an der Zeit, dass sie sich ein bisschen am Tatort umsah, der nicht weit vom Gemeinschaftshof, dem sie eventuell auch einen Besuch abstatten würde, entfernt war. Wenn es stimmte, dass der Obdachlose von dort kam, mussten sie ihn kennen.

Das Landhaus mit den roten Ziegelsteinen und den weiß gestrichenen Sprossenfenstern verursachte ihr Gänsehaut. Nicht wegen des rot-weiß-gestreiften Absperrbands der Polizei und des gelben und roten ›ZUTRITT VERBOTEN! Polizei‹-Schilds als Siegel an der Tür, sondern weil er fast identisch war mit dem Hof ihrer Großeltern auf Nordseeland. Eine Kindheitserinnerung, von der ihr übel wurde. Dort oben in der Mansarde hatte sie ihr Zimmer gehabt, wenn sie sich wochenlang bei ihnen aufhielt, während ihr Stiefvater im Gefängnis saß, und ihre Mutter mit den vielen Kindern, die er mitgebracht hatte, nicht klarkam.

Der Schnee hing über der Dachrinne, als wäre er auf dem Sprung gewesen und in der Bewegung festgefroren. Die Hälfte der Mauer und des Gartens war unter Schneewehen verborgen. Wenn sie dort hineinging und durch die Fenster schaute, würde man sehen können, dass sie hier gewesen war. Und was hatte sie dort verloren? Wo verdammt war der erwähnte Wald mit dem See? Als sie sich zu einem Haus weiter unten an der Straße auf der gegenüberliegenden Seite wandte, entdeckte sie die Baumwipfel dahinter. An dem über der Einfahrt prangenden Holzschild konnte sie erkennen, dass es ein ökologischer Landwirtschaftsbetrieb war. Alles war still, der Schnee schien alle Geräusche zu dämpfen. Als wäre das Leben hier auf der Straße stehen geblieben, als die Räuber in die kleine, geborgene Gemeinschaft eingebrochen waren, die sich sonst nur um ihre eigenen Angelegenheiten kümmerte. Sie ging auf der Straße in Richtung Wald und wandte sich um, um noch einmal den Tatort zu sehen. Von hier aus sah sie das Kreuz, das die Punkerin erwähnt hatte, zwischen den Bäumen an der

Grenze. Dahinter war undeutlich der Hof mit der Mansarde fast versteckt im Schnee zu sehen. Warum Signe und Albert Hovgaard das Kreuz wohl nicht entfernt hatten, als sie einzogen? Es war natürlich gut verborgen, und vielleicht kamen sie überhaupt nicht in den Teil des Gartens. Vielleicht waren sie auch Christen? Oder *waren* es *gewesen*, was Albert betraf.

Anne war im Wald noch nicht weit gekommen, als sie auf ein Schild stieß, das genau wie das der Polizei den Zutritt verbot. Sie zögerte, dann ging sie darum herum und setzte ihren Weg fort, bis sie auf ein neues Hindernis stieß – einen zwei Meter hohen Drahtzaun. Sie folgte ihm einige Meter, konnte aber sehen, dass er sich weiterzog. Tief in Gedanken versunken ging sie zurück. War das nicht ein bisschen übertrieben, wegen eines einzigen Unfalls? Aber man durfte in seinem eigenen Privatwald wohl tun, was man wollte. Sie hatte gerade das Schild umrundet, als sie den Mann bemerkte, der ihr raschen Schrittes mit einem gescheckten Kampfhund an der Leine entgegenkam – oder war er derjenige, der an der Leine hing? Jedenfalls führte der Hund, bis er ihn hart zurückzog. Er knurrte sie bissig an.

»Was tun Sie hier auf einem Privatgrundstück?« Er war ein ganzes Stück größer als sie und muskulös. Vielleicht war es einfach der weite Mantel, der ihn so gewalttätig aussehen ließ. Oder ihre Schuldgefühle, die sie selbst kleiner machten. Unwillkürlich trat sie einen Schritt zur Seite und starrte erschrocken auf den Hund.

»Ich wusste nicht, dass es ein Privatwald ist«, murmelte sie.

»Wusste nicht!«, wetterte er und deutete auf das Schild, »Mann, deshalb haben wir das aufgestellt.«

»Dann gehört der Wald also Ihnen?«

»Was Sie hier tun, hab ich gefragt!« Er sah sie prüfend an und grübelte nach, ob sie jemand war, den er kennen müsste.

»Ich bin Journalistin. Anne Larsen – vom Tageblatt.«

»Sie haben hier nichts verloren!« Er gab dem Hund ein bisschen mehr Leine und das Tier rückte hastig näher. Sie zog sich weiter zurück und fiel beinahe hin.

»Was versteckt ihr in diesem Wald?« Sie versuchte, ihn trotzig anzusehen und den Hund zu ignorieren. Geifer tropfte von dessen Lefzen in den Schnee.

Vagn Mortensens Augen wurden unter dem Rand der grauen Strickmütze schmal. »Verschwinden Sie sofort von hier, sonst rufe ich die Polizei! Noch mal – Sie befinden sich auf einem Privatgrundstück!« Der Hund bekam noch ein bisschen Leine und Anne hob abwehrend die Hände.

»Okay, aber dann lassen Sie mich verdammt noch mal um dieses Raubtier herum«, knurrte sie.

Er zog den Hund zurück, sodass seine Klauen Schleifspuren im Schnee hinterließen. Zögernd ging sie um ihn herum auf den Weg. Er blieb vor dem Schild stehen und folgte ihr mit den Augen. Wie auf Kommando begann der Hund zu bellen, gemischt mit einem drohenden Knurren. Sie wandte ihnen den Rücken zu und ging den gleichen Weg zurück, den sie gekommen war. Ob Benito wohl etwas über diesen Wald und den Unfall durch Ertrinken wusste? Vielleicht hätte sie ihn einfach die Polizei rufen lassen sollen, hier ging etwas Seltsames vor sich, spürte sie. Als sie wusste, dass er sie nicht länger sehen konnte, schlug sie den entgegengesetzten Weg ein und ging weg von der Straße, wo der Lada geparkt war. Kurz darauf stand sie auf dem Hof vor der Kommune. Nur vor der Garage und zum Feldweg hin war Schnee geräumt. Auf dem Hof lagen ein paar Schneewehen, die so hoch waren, dass sie ihr bis über die Knie reichten. Entlang der Mauer fand sie einen Trampelpfad, entstanden durch viele Fußspuren an der gleichen Stelle. Ein Beweis, dass der Mensch ein Herdentier war. Sie klingelte. Ihre Fäustlinge waren nass geworden und der Frost hatte ihre Finger steif werden lassen. Ein kräftiges Mädchen öffnete und sah sie fragend an.

»Ist Bitten Mørk zu sprechen?«

»Bitten? Nein, grad nicht. Sie und Brian sind in die Stadt gefahren. Kann ich dir helfen?«

»Vielleicht. Ich bin Journalistin. Darf ich reinkommen?«

Die Wärme ließ ihr Gesicht und die Finger sofort prickeln.

»Ich heiße Anita. Kann ich dir was anbieten? Vielleicht was Warmes? Ich wollte gerade Tee machen.«

»Das wäre schön.«

»Wer ist da, Anita?«, wurde aus einem angrenzenden Zimmer gerufen.

»Eine Journalistin, die Bitten kennt!«, antwortete Anita. »Woher kennst du sie eigentlich?«, wollte sie wissen und ging in eine alte Landküche mit Balken an der Decke. »Kopenhagen?«

Anne folgte ihr und erzählte von dem Treffen mit der Punkerin an der Haltestelle. Anita lächelte.

»Typisch Bitten. Sie kommt immer zu spät zu diesem Bus. Setz dich ins Wohnzimmer. Die da drin sitzen, sind Andreas und Linda.«

Anne begrüßte das Paar, das auf einem hellen Sofa saß und las. Sie fühlte sich bereits heimisch hier, hatte selbst eine Kommune in Erwägung gezogen, als sie nach Aarhus gekommen war, aber keine gefunden, in der sie sich wohlgefühlt hatte. Es sollte sich richtig anfühlen, tief im Bauch – wie jetzt. Andreas legte sofort das Buch weg auf den Couchtisch. Der Titel war ›Das Nordische Testament‹ von Vagn Lundbye. ›Der Gang der Götter auf der Erde. Band 1.‹

»Ich störe wohl gerade beim Studieren?«, lächelte sie entschuldigend und erwiderte seinen Händedruck.

Linda schaute auf, sah sie an und grinste. »Nee, Andreas ist nur von einem verrückten Wikinger gebissen.«

»Quatsch, nur weil mich so was interessiert, musst du ja nicht immer ...«

»Da kannst du's selbst sehen«, lachte Linda, »immer auf dem Kriegspfad!«

Andreas erklärte, dass er Geschichte studierte, die Wikingerzeit sein Interesse geweckt hatte und ein Hobby geworden war. Linda schüttelte leicht den Kopf und legte ihr Buch ebenfalls weg. ›Sport, Theorie und Training.‹ Anita kam mit dem Tee und Bechern und schenkte ihnen allen ein.

»Was ist so spannend an Wikingern?«, fragte Anne und schnüffelte am Tee. Er duftete nach Holunderblüten und gab ein wunderbares Gefühl von Sonne und Sommer in ihrem Inneren.

»Nordische Mythologie und die Götter sind insgesamt spannend. Wir können viel von unseren Vorfahren lernen, besonders in der Welt, in der wir heutzutage leben. Die hätten sich gekreuzigt. Weil ...«

»Glaubst du wirklich, diese Heiden würden sich *kreuzigen*?«, neckte Linda. Andreas ignorierte sie.

»... für sie führten Gefräßigkeit und Gier sofort zu Ehrverlust, und Ehre bedeutete viel für einen Wikinger. Freigiebigkeit war ihre größte Tugend.«

»Was ist mit den Plünderungen – von Menschenopfern ganz zu schweigen, die kann man wohl mit Mord vergleichen, oder nicht?« Es war deutlich, dass Andreas' Freundin seine edle Ansicht von den alten Bewohnern des Nordens nicht teilte.

Anita stand auf und ging in die Küche, irgendwo knallte eine Tür. Anne ging davon aus, dass sie auf die Toilette musste, sie war so blass geworden.

»Mensch, die hatten doch Krieg! Wie führen wir uns denn im Irak und in Afghanistan auf?!«

»Na, hoffentlich etwas humaner.«

Andreas wirkte irritiert. »Die Opfer waren ja ein Teil ihrer Kultur und ihres Glaubens. Wenn sie opferten und danach das Fleisch aßen, waren sie der Meinung, dass es die Kraft der Götter enthielt, weil es ihnen geweiht war. Die Christen nehmen ja beim Abendmahl auch Brot zu sich, das den Leib Christi symbolisiert und Wein, der sein Blut sein soll. Die Wikinger lebten im Bund mit der Natur, und ...«

»Nach dem, was Bjørn sagt, wurde in der vorchristlichen Zeit der Wolf ausgerottet, weil sie Wölfe hassten.« Linda war wieder in der Opposition und erklärte Anne schnell, dass Bjørn einer der Mitbewohner war, der Biologie studierte.

»Dass sie Wölfe hassten, stimmt. Das Wort *vargr* bedeutet Wolf und wurde auch für Verbrecher benutzt. Wenn du so genannt wurdest, warst du ausgestoßen und geächtet – ein Feind. Der Riesenwolf Fenrir war in der nordischen Mythologie der Inbegriff des ultimativ Bösen.«

Anne lauschte gespannt, während sie am Tee nippte, der auch nach Sommer schmeckte. Sie hatte völlig vergessen, weswegen sie hergekommen war. »Ist das nicht nur eine Theorie, die man hat, dass Menschen geopfert wurden? Das weiß wohl keiner mit Sicherheit?«, fragte sie nach und spürte das Schaudern, als Andreas nickte.

»Doch, tatsächlich schon. Bei dem See Tissø auf Seeland wurde ein Magnatenhof ausgegraben, der einen guten Einblick in die heidnischen Opferriten gegeben hat. Die Opferstätte bei Slagelse, die dort gefunden wurde, wo man 1930 die Wikingerburg Trelleborg ausgegraben hat, die von circa 980 stammt, hat das auch bewiesen. Hier fand man sowohl menschliche als auch Tierskelette. Die Wikinger praktizierten sogenannte *blót*. Das Wort ist mit dem Verb *blóta* verbunden, was stärken bedeutet. Sie opferten den Göttern, um sich Fruchtbarkeit und Wachstum zu sichern. Menschenopfer waren für besonders große Bitten bestimmt, die bis nach Asgard, der Welt der Asen, also der Götter, reichen sollten.«

»Ja, stellt euch mal vor, wie das heute wäre – in der Finanzkrise – da wären ein paar Köpfe gerollt«, lächelte Linda und schielte zu Andreas, der zu beschäftigt war, um den neckenden Ton zu hören.

»Es gab vier wichtige Blóts. Im Frühjahr opferten sie für die Fruchtbarkeit auf den Feldern. Im Sommer als Huldigung an die Sonne. Im Herbst für einen milden Winter und im Winter dafür, dass die Sonne bald zurückkehren sollte. In Seen wurden Waffen und Kriegsausrüstung gefunden, und die Archäologen waren der Meinung, dass sie den Göttern als Dank für den Sieg geopfert wurden. Die toten Krieger wurden ebenfalls geopfert. Die Wikinger waren der Meinung, dass ein Mann, der im Kampf starb, als Krieger in Asgard bei den Göttern endete, während die, die an Altersschwäche oder Krankheit im Bett liegend starben, in Hel – also der Hölle – endeten.«

»Ich hab mal gehört, dass dänische asengläubige Soldaten aus genau diesem Grund verrückt danach sind, in den Krieg zu ziehen«, meinte Linda nachdenklich. »Und welchen Unterschied gibt's dann eigentlich zum christlichen Glauben? Himmel und Hölle? Oder der muslimische, wo ein Märtyrer zu zweiundsiebzig Jungfrauen kommt?«

Andreas lächelte. »Keinen sehr großen. Weihnachten, Ostereier, St. Hans und Fastnacht sind auch heidnischen Ursprungs, daran denken wir nur nicht.«

»Tja, auf jeden Fall gibt es mehr Essensorgien und Wichtelfiguren an Weihachten als Kirchengänge und Lieder«, gab Linda zu.

»Wie haben die das gemacht? Kopf ab oder was?« Anne wollte das Thema nicht loslassen, als die Kriminalreporterin, die sie war – oder gewesen war.

»Du kennst bestimmt den Grauballe- und den Tollund-Mann, oder? Dem Grauballe-Mann wurde die Kehle durchgeschnitten und der Tollund-Mann wurde mit einem Strick um den Hals gefunden. Sie waren beide im Moor versenkt.«

»Aber das haben ja wohl nicht die Wikinger gemacht?«, wandte Linda ein und zog die Beine zu sich aufs Sofa.

»Nee, die Wikingerzeit kam erst eine Weile danach, aber die Vorgehensweise war bestimmt die gleiche. Keiner kann das mit Sicherheit wissen, und die Deutung der alten Runen und Schriften – also der paar, die es gibt – hilft da auch nicht weiter. Sie wurden von Christen übersetzt, und da die aus gutem Grund kein positives Bild der Heiden übermitteln wollten, kann man nicht davon ausgehen, dass sie ganz korrekt übersetzt wurden. Es gibt ja auch viele Varianten des gegenwärtigen Asenglaubens; jeder hat seine eigene Art, den Götterglauben zu deuten.«

Die Worte kreisten in ihrem Kopf.

»Alles okay, Anne?«, hörte sie Lindas Stimme weit weg.

Sie trank einen Schluck Tee und nickte. »Ja, es war nur gerade eine Menge, die ... übrigens bin ich hergekommen, weil Bitten etwas von einem Jungen erzählt hat, der im See in dem Wald hier ertrunken ist. Ich, äh – recherchiere für einen Artikel über unaufgeklärte Unfälle. Wisst ihr etwas darüber, was passiert ist?«

Linda sah Andreas an, der antwortete. »Das ist ein paar Jahre her, aber ich erinnere mich gut an das mit Marcus, das war schrecklich für die Familie.«

»Bitten hat erwähnt, dass die Eltern des Jungen wohl nicht ganz normal waren. Fanatisch religiös oder so?«

»Was weiß Bitten darüber?«, schnaubte Linda.

»Vielleicht von Brian. Er hat mich neulich über diese Sache ausgefragt«, warf Andreas ein.

»Wieso das?« Linda schaute ihn über den Becher hinweg an.

»Keine Ahnung, aber ich habs ihm halt erzählt.«

»Was hast du ihm erzählt?«

»Was damals passiert ist, als der Wald eingezäunt wurde. Das war mit einer Menge schlimmer Geheimnisse verbunden.«

»Inwiefern?«, fragte Anne und stellte den Becher auf den Tisch. Ihre Hand zitterte ein bisschen.

»Die Eltern des Jungen behaupteten, dass im Wald etwas Unheimliches vor sich ginge, das ihren Jungen das Leben gekostet habe. Aber die Polizei konnte keine Beweise für diese Behauptung finden, für sie war es ein Unfall, und schloss die Sache ab. Die Familie ist weggezogen, wir haben nie wieder von ihnen gehört.«

34

Das Skejby Krankenhaus hieß im Volksmund immer noch so und das würde wohl auch so bleiben, selbst wenn es offiziell *Die Neue Universitätsklinik* oder, kurz: DNU hieß – nicht zu verwechseln mit der Dänischen Nudisten Union. Weil es während des Umbaus so durcheinander ging, ähnelte es allem anderen als einer modernen, gut geführten Universitätsklinik, die hinsichtlich der Patientenzufriedenheit ganz an der Spitze lag und zur besten Klinik des Landes gekürt worden war. Aber so musste er wohl zwangsläufig aussehen, der Übergang zum größten Superkrankenhaus Dänemarks auf hundertzweiunddreißigtausend Quadratmetern mit vorläufig um die zehn Milliarden, dachte Roland, als er parkte und die Handbremse anzog. Er war guter Dinge. Signe Hovgaard war endlich zu einem längeren Gespräch imstande, und sie musste die Antworten auf viele der Fragen haben, mit denen er sich herumschlug.

Er fand sie mit Unterstützung einer hilfsbereiten Krankenschwester, die keine Spur gestresst aussah. Sie war wegen des traumatischen Erlebnisses, das bei ihr eine Angst vor Fremden ausgelöst hatte, in einem Einzelzimmer untergebracht. Die Krankenschwester erzählte, dass ihr Kiefer gebrochen war, sodass Signe Hovgaard im Aarhuser Krankenhaus in die Zahn-, Mund- und Kieferchirurgische Abteilung NSA-O eingeliefert, nun aber nach Skejby verlegt worden war, wo sie auf ein MRT wartete.

Nervös schaute sie zu ihm auf, als die Krankenschwester die Tür öffnete und ihn hereinführte.

»Das ist Kriminalkommissar Roland Benito von der Ostjütländischen Polizei. Er würde Ihnen gerne ein paar Fragen stellen.« Sie wandte sich ihm zu. »Signe fällt es schwer, länger am Stück zu sprechen, daher hoffe ich, dass Sie Rücksicht nehmen.«

Roland nickte. Sie schloss die Tür hinter ihm. Er setzte sich neben das Bett. Signe Hovgaard war Ende fünfzig, es war schwer zu beurteilen, wie sie in Wirklichkeit aussehen musste. Das Haar war grau und stand ab. Das Gesicht war von gelbgrünen und schwarzvioletten Hämatomen übersät, das eine Auge war vollständig geschlossen, sie sah schlimmer aus als Montagnacht vor einer Woche.

»Zuerst mein herzlichstes Beileid«, fing er an. Es war schwer, die richtigen Worte zu finden, wenn einer jemanden verloren hatte, und man wusste, dass nichts, was man sagte, helfen könnte, während manches Gesagte das Ganze sogar noch verschlimmern könnte. »Ich habe ein paar Fragen, da wir plötzlich wieder mit nichts dastehen nach einem Verhör von vier Litauern, die ...«

»Ich habe ein bisschen davon gehört. Mein Sohn hält mich auf dem Laufenden. Ich weiß allerdings nicht, ob er mir alles erzählt«, sagte Signe mit zusammengebissenen Zähnen. Die Kieferoperation verhinderte, dass sie den Mund normal öffnen konnte.

»Es ist so, dass die DNA nicht passt. Sie werden natürlich für den Einbruch und den Diebstahl bestraft, aber den Mord können wir ihnen also nicht ...« Er schwieg, als er die Reaktion sah. Tränen liefen aus dem geschwollenen Auge. »Schaffen Sie es, mir zur erzählen, was in dieser Nacht passiert ist?« Er legte eine Hand auf ihren Arm, um sie zu beruhigen, spürte aber, wie der Schreck den ganzen Körper durchzuckte, als er sie berührte. Sie würde lange von diesem schrecklichen Erlebnis gezeichnet sein. Vielleicht für den Rest ihres Lebens.

»Was wollen Sie wissen? Ich finde, ich habe das schon so viele Male erzählt. Die jungen Männer sind eingebrochen und haben Albert totgeschlagen. Die dachten wohl, ich wäre auch tot.«

»Wir müssen noch mehr wissen, damit wir die Schuldigen finden können«, sagte er und fand selbst, dass es wie eine schlechte Entschuldigung für ein rücksichtsloses Benehmen klang. »Abgesehen von den Waffen haben wir eine Menge Diebesgut in deren Besitz gefunden, auch von anderen Diebstählen, sodass es gute Chancen gibt, die gestohlenen Wertsachen zurückzubekommen.« Auch diese beruhigenden Worte wirkten bedeutungslos.

»Die Waffen könnt ihr gern behalten!«, murmelte sie. »Und wir hatten ohnehin nichts von Wert, also wieso ausgerechnet wir ...« Die Stimme brach und sie schwieg.

»Können Sie mir erzählen, was in dieser Nacht passiert ist?«

»Albert lag auf dem Küchenboden. Ich habe nach ihm gerufen und ihn geschüttelt, aber er hat nicht geantwortet.«

»Waren die Diebe zu diesem Zeitpunkt weg?«

Sie dachte nach. »Ich glaub schon. Ich konnte sie nicht mehr hören. Als sie im ganzen Haus nach Geld gesucht haben, haben sie ziemlich Krach gemacht. Ich war eine Weile bewusstlos. Ich weiß nicht, wie lange.«

»Haben Sie die Schlägerei nicht gehört?«

»Es gab viel Lärm. Albert wollte die ja daran hindern, ins Arbeitszimmer zu kommen.«

»Warum? Wegen der Waffen?«

Sie nickte, und die Tränen liefen weiter, aber die Stimme war jetzt fest. »*Weapons*, riefen sie. Zuerst hatte einer *Ginklai* und noch ein paar andere Worte gerufen, das klang wie russisch. Sie wussten, dass er welche hatte, so viel habe ich verstanden. Ich hab diese Pistolen gehasst.« Das Letzte klang bitter.

»Wenn ich das richtig verstehe, mochten Sie es nicht, dass Albert Pistolenschütze war.«

Sie sah ihn mit dem gesunden Auge angsterfüllt an. »Ich mochte es nicht, Waffen im Haus zu haben. Und jetzt sehen Sie, wozu die geführt haben!«

»Sie glauben also, die sind deswegen gekommen?«

»Ja, oder wegen seiner Goldmedaille. Wir haben nichts anderes von Wert. Er hat jedem alles von seinen tollen Resultaten auf dem Schießstand erzählt.«

»Wie lange waren Sie bei den Nachbarn, können Sie sich daran erinnern?«

»Nein, mir schien es wie eine Ewigkeit. Hätte ich bei Albert bleiben sollen?«

»Sie haben das einzig Richtige getan. Daran dürfen Sie nicht zweifeln.« Oft bekamen die Angehörigen bei einem Todesfall Schuldgefühle, er hatte das viele Male zuvor erlebt.

»Wissen Sie, ob Albert Feinde hatte?«

»Albert hatte keine Feinde. Er war ein guter Mann.«

Roland hörte ein Zögern in der Stimme. Er war ein Tyrann und das kann Signe bestätigen, hatte Vagn Mortensen gesagt. Verschwieg sie etwas? Konnte sie ihn selbst getötet haben, bevor sie zu den Nachbarn gelaufen war? Eine gute Gelegenheit, einen gewalttätigen Ehemann loszuwerden?

»Ihr Sohn hat etwas von Nachbarschaftsstreitigkeiten erwähnt. Worum geht es da?«

»Nachbarschaftsstreit? Nee, ich finde nicht, dass wir so was haben. Bestimmt nicht mehr als andere. Warum er das wohl gesagt haben mag?«

»Kann es sein, dass Albert mit jemandem Unstimmigkeiten hatte?«

»Ob er mir das dann nicht erzählt hätte? Ich weiß es nicht. Ich finde, wir kommen gut mit den Nachbarn zurecht.« Sie schaute runter auf ihre Hände, die auf der Decke lagen.

»Ella Geisler erwähnte, dass Ihr Hof einmal gebrannt hat. Was ist da passiert?«

»Der Brand? Wir waren gerade erst eingezogen. Eure Brandtechniker haben nachgeforscht, sie waren der Meinung, er wäre gelegt worden, aber der Brandstifter wurde nie gefunden. Glücklicherweise wurden wir gerettet. Die Feuerwehr kam schnell, jemand muss sie angerufen haben.«

»Aber der Hof brannte trotzdem nieder?«

»Nicht ganz, das Feuer hat nur einen Teil des Wohnhauses erreicht.«

Sie wurde müde, aber es gab zu viel, auf das er noch keine Antwort bekommen hatte, und er hatte es im Gefühl, dass sie nicht die ganze Wahrheit erzählte.

»Wissen Sie etwas über die Familie, von der Sie den Hof gekauft haben?«

»Wir ... ich kenne sie nur vom Kauf. Soviel ich weiß, sind sie weit weggezogen, hab ich gehört. Es ist etwas Furchtbares mit ihrem kleinen Jungen passiert, er ...« Sie schwieg wieder und wrang einen Zipfel der Krankenhausdecke, als wäre sie ein Feind, dem sie den Hals umdrehen wollte.

Roland nickte. »Das weiß ich. Er ist im See ertrunken. Aber wissen Sie, was damals eigentlich passiert ist?«

»Nein, es wurde nicht viel darüber gesprochen. Es ist ja einige Jahre her. Nun gibt es zum Wald keinen Zutritt mehr, damit das nicht nochmal passiert. Aber Olga und Vagn wissen mehr darüber, es ist ihr Waldsee.«

Roland nickte wieder. »Ich habe das Kreuz in Ihrem Garten gesehen. Wenn ich das richtig verstehe, betete die Familie dort, um dem – Herrgott – näher zu sein. Es wundert mich ein bisschen, dass sie es nicht mitgenommen haben. Oder dass Sie es nicht entfernt haben.«

»Ich wollte es nicht wegmachen lassen. Albert schon, er ...«, sie presste die Lippen zusammen, »aber ich glaube auch an Gott, und das zu entfernen wäre eine Sünde. Sie haben es für den Jungen aufgestellt. Auf diesem Hof war er geboren und aufgewachsen. Ich habe auch geglaubt, dass es uns vielleicht vor all dem anderen, das passiert, beschützen könnte, aber ...« Sie begann lautlos zu weinen, und nahm den Deckenzipfel, um die Tränen abzuwischen.

»Wovor sollte es Sie beschützen?«

Die Tür ging auf und die Krankenschwester stand plötzlich neben ihm. »Ich glaube, wir sollten der Patientin jetzt ein wenig Ruhe gönnen. Sie kann noch nicht so viel sprechen. Wir können vielleicht arrangieren, dass sie an einem anderen Tag wiederkommen.« Sie schaute Signe Hovgaard besorgt an und nahm ihre Hand.

Roland stand auf und verabschiedete sich. »Ich kann nicht ausschließen, dass das nötig sein wird«, sagte er zu der Krankenschwester, bevor er ging.

Er fuhr direkt zum Pannerupweg. Konnte ein Nachbarschaftsstreit zu einem so brutalen Mord führen? Er rief Mikkel an, der endlich über seine Krankheit hinweg gekommen war, und bat ihn um Hilfe, alle Nachbarn ein weiteres Mal zu verhören. Es würde ihm guttun, wieder zu arbeiten.

»Wir müssen dafür sorgen, von sämtlichen Personen DNA zu bekommen«, schloss er und legte auf.

Sie hantierte im Motor des gelben Ladas unter der geöffneten Motorhaube. Er konnte sich nicht verkneifen anzuhalten und ging zu ihr, hinter sie. »Haben Sie Probleme?«

Sie drehte sich erschrocken um, dann lächelte sie.

»Hallo Benito! Ist nur das Mistauto, das bei der Kälte nicht anspringen will. Kennen Sie sich mit so was aus?«

»Kein bisschen. Ich ruf normalerweise Hilfe.«

»Das hab ich gemacht, aber die können frühestens in einer Stunde kommen wegen all der Autofahrer, die im Moment Probleme haben.«

»Was machen Sie hier draußen, wenn ich fragen darf?«

Sie knallte die Motorhaube fest zu, drehte sich zu ihm um und lächelte. »Einfach durch die schöne Winterlandschaft fahren, das ist ja wohl nicht verboten?«

»Und wieso ausgerechnet hier?« Er warf einen Blick in Richtung von Signe und Alberts Hof. Niemand war durch den Schnee im Garten gelaufen, daher konnte sie nicht beim Wohnhaus gewesen sein.

»Ich bin nicht hier um einzubrechen, falls Sie das glauben.«

»Ich glaub gar nichts. Aber was machen Sie dann hier?«

»Ich hab bloß meine Freundin in der Kommune besucht«, erwiderte sie keck. »Seid *ihr* nicht mit den Verhören hier draußen fertig? Habt ihr nicht irgendwelche Litauer verhaftet?«

Roland schäumte innerlich über die Gegenfrage. Sie hatte ein besonderes Journalisten-Gen, das nun, was eigentlich schade und eine Schande war, ungenutzt bleiben würde. »Sie erfahren es ja ohnehin aus der Presse. Sie waren es nicht. Das hat die DNA bewiesen.«

»Nicht? Keiner von ihnen?«

Sie klang erleichtert. Wie viel sie wohl mit der Sache zu tun haben mochte? Er überlegte, ob er sie zu etwas gebrauchen konnte oder ob die Konsequenzen zu groß werden würden. Er gab den Gedanken auf.

»Wissen Sie etwas, Anne?«

»Nee, ich interessiere mich nur für Rudolf. Ich bin auf dem Weg zum Gemeinschaftshof. Die müssten ihn ja kennen. Was hätte er sonst hier draußen auf dem Land gemacht?«

Noch eine Frage, die er nicht beantworten konnte. »Gibt es sonst irgendwas Neues über ihn?«, fragte er beiläufig und trampelte den Schnee von den Stiefeln.

»Nee, das Einzige, was ich herausgefunden habe, ist, dass er nicht Rudolf hieß. Er hieß Verner.«

35

Der Aarhuser Bach floss januargrau vor dem Fenster des Cafés. Nur wenige Passanten waren unterwegs, zusammengekauert in ihren Wintermänteln, und starrten unnahbar geradeaus. Die sommerliche Nyhavn-Stimmung war verschwunden. Die Tische und die Gaslampen waren weg, nur die Fenster von St. Clemensborg auf der anderen Straßenseite leuchteten.

Kamilla schaute auf die Uhr und fragte sich, ob er vielleicht den Weg nicht fand. Ein Fischer, der den Verkehr am Hafen gewohnt war, hatte vielleicht Probleme damit, sich in der Stadt zurechtzufinden, aber dann fiel ihr ein, dass er einige Jahre in Horsens gewohnt hatte. Sie wusste nicht viel mehr über ihn als das, was sie im Herbst im Kirchenbüro und dem Einwohnermeldeamt herausgefunden hatte. Ihr Herz schlug heftig, als hätte sie ein Date. Sie hatte keine Zeit für ein ausgiebiges Mittagessen gehabt, daher hoffte sie, dass er bald auftauchte. Es war zehn Minuten nach dem verabredeten Zeitpunkt.

Er kam fünf Minuten später und entschuldigte sich vielmals, hängte den Mantel über die Stuhllehne und fragte, was sie haben wolle. Er holte zwei Tassen Kaffee am Tresen.

»Meine Güte! Sechsundzwanzig Kronen für eine Tasse Kaffee – dafür kann man ja eine ganze Tüte Bohnen kaufen!« Er stellte die Tassen auf den Tisch und setzte sich.

»Ja, im Café ist das teuer, aber das sind Sie bestimmt von Bønnerup gewohnt. Die Touristen bezahlen ja auch da«, lächelte Kamilla. Die Nervosität war fast verschwunden, als sie ihn sah.

»Nochmals Entschuldigung, dass ich zu spät bin. Sie haben bestimmt nicht viel Zeit? Ich parke im Parkhaus vom *Magasin* und wurde davor von einem Obdachlosen aufgehalten, der einfach nicht loszuwerden war.«

»Was wollte er?«

»Er wollte mir die Straßenzeitung verkaufen, ich hab eine gekauft, aber dann wollte er mir seine ganze Lebensgeschichte erzählen. Dafür hatte ich ja gerade keine Zeit, konnte aber auch nicht einfach gehen. So ein armer Mann.«

Kamilla studierte ihn, während sie Zucker in ihren Kaffee rührte. Sie versuchte, Ähnlichkeiten mit sich selbst zu finden, das waren wohl die Augen.

Er trank und lächelte. »Aber gut ist er, der Kaffee.«

Er stellte die Tasse hin. »Wundert es Sie, dass ich mich mit Ihnen treffen wollte?«

»Ein bisschen«, gab sie zu und betete, dass der Grund der war, den sie sich erhoffte.

»Ich soll vielmals von Alice und Mathias grüßen. Und natürlich auch von Ida und Ole, aber das habe ich glaube ich schon gesagt. Die Fotos, die Sie bei der Hochzeit gemacht haben, sind wirklich fantastisch.«

»Danke, das war reines Glück, ich bin ja keine Modefotografin, aber mein Boss hat mich ausgetrickst.«

»Zum Glück, sonst hätte ich Sie ja nicht getroffen.«

Kamilla wollte am liebsten damit herausplatzen, wer sie war, aber so sollte es nicht gesagt werden. Sie hatte ja keine Ahnung, wie er auf eine solche Nachricht reagieren würde.

»Arbeiten Sie gerne da? Wenn ich das richtig verstanden habe, haben Sie vorher für eine Zeitung gearbeitet?«

»Das ist ja noch so neu, aber ich bin sehr froh darüber. Ich habe es jedenfalls nicht bereut, bei der Zeitung gekündigt zu haben. Pressefotos können hart sein – besonders die zu Kriminalthemen.«

»Das kann ich mir vorstellen.« Er zögerte. Jetzt kommt's, dachte sie. Er wird mir erzählen, dass er sich zusammengereimt hat, wer ich bin.

»Ich würde mit Ihnen gerne über Fotos reden. Die tollen Bilder, die Sie bei der Hochzeit gemacht haben, brachten mich auf den

Gedanken, ob Sie nicht vielleicht ein paar von Mathias machen könnten? Alice hat in ein paar Wochen Geburtstag, daher würde ich sie damit gerne überraschen. Wollen Sie?«

»Fotos?! Ja – ja klar«, sie schluckte die Enttäuschung zusammen mit dem Kaffee runter.

»Das dachte ich mir doch. Das andere, um das ich Sie bitten wollte, ist ein bisschen schwerer für mich. Mathias hat viel über Sie geredet. Ihr scheint richtig gut miteinander auszukommen. Daher ... können Sie ihn einen Tag nehmen? Alice und ich sind bei einem Ausflug, und wir wollen ihn nicht so lange allein lassen. Tanja vertrauen wir nicht mehr so richtig, sie hat uns zu oft im Stich gelassen. Sie könnten die Fotos an dem Tag machen, dann wird Alice nicht misstrauisch.«

Kamilla nickte ein wenig zu eifrig. Mathias hatte über sie gesprochen. »Das mache ich natürlich sehr gerne. Wann?«

»Am Freitag. Ich kann morgens mit ihm herkommen. Wäre es okay, wenn er mit Ihnen zur Arbeit geht? Das fände er sicher spannend.«

»Kein Problem.« Rasmus war auch immer sehr interessiert an ihrer Arbeit und der Kamera gewesen, und sie vermisste oft seine Gesellschaft und die vielen neugierigen Fragen.

»Es wird ihn freuen, das zu hören.« Mogens leerte die Tasse. »Dann fahre ich mal lieber nach Hause.« Er stand auf und zog den Mantel an. Kamilla tat es ihm gleich und überlegte, ob sie es ihm erzählen sollte, aber es schien nicht der richtige Augenblick zu sein, jetzt, da er wieder am Gehen war. Es würde hoffentlich eine bessere Gelegenheit geben.

36

Anne hatte lange darauf gewartet, dass der Pannendienst auftauchen würde, damit sie weiterkommen konnte, aber glücklicherweise hatte es dann nicht lange gedauert, das Auto wieder zum

Laufen zu bringen. Es war nur störend, dass ausgerechnet Benito in der Zwischenzeit auftauchte.

Sie fuhr zurück in die Stadt, während die Gedanken im Kopf wirbelten. Wieder hatte sie sich als Journalistin vom *Tageblatt* ausgegeben und eine Führung auf dem Gemeinschaftshof bekommen. Das war ein bewundernswertes Projekt mit vielen Möglichkeiten für Tätigkeiten drinnen und draußen, täglich zwischen neun und 14 Uhr, und sozialen Gemeinschaftsveranstaltungen das ganze Jahr über. Wunderbarer Garten mit Kräuterbeeten – bekam sie erzählt, da alles unter dem Schnee verborgen war – und ein Mini-See mit Moschusenten. Die Zielgruppe waren Arbeitslose, die Stütze bekamen und Wiedereingliederung brauchten. Sie konnte sich ihre Mutter nicht beim Arbeiten auf diesem Hof vorstellen. Überhaupt beim Arbeiten. Sie streifte die Asche in dem leeren Aschenbecher ab.

Die Angestellte, mit der sie gesprochen hatte, wusste nichts über den Obdachlosen, der tot aufgefunden worden war. Es passierte nur selten, dass die Obdachlosen aus den Wärmestuben mit dem täglichen Bus von der Nørre Allee und der Mejlstraße kamen, die meisten Benutzer waren von weiter her, hatten in der Regel eine eigene Unterkunft bekommen und schafften es, längere Zeit am Stück zu arbeiten. »Der Bus fährt nicht vor halb drei am Nachmittag in die Stadt, und wie sollen die, die keinen ganzen Arbeitstag schaffen, dann wieder zurückkommen?«, hatte sie gesagt. Das war einleuchtend gewesen. Was zum Teufel hatte Rudolf dann hier draußen gemacht? Als sie erzählte, worum es ging, hatte die hilfsbereite Angestellte im Büro der Heilsarmee angerufen und spärliche Informationen bekommen. Die meisten Obdachlosen benutzten Spitznamen. Rudolfs richtigen Namen fanden sie glücklicherweise, aber sie wussten nur wenig über Verner Thybo, der nichts über seine Vergangenheit erzählt hatte. Aber nun kannte sie seinen vollen Namen, und das erleichterte es, Informationen über ihn zu finden. Vor ein paar Jahren war er in einen Verkehrsunfall verwickelt gewesen, und darüber musste etwas zu finden sein. Die Frau hatte auch von der übrigen Arbeit der Heilsarmee berichtet und der Gefahr, der die Obdachlosen im Eiswinter ausgesetzt waren. Letztes Jahr im Dezember waren zwei erfroren. Einer in Skagen, den man in einem Kellerschacht fand, und einer in Horsens, der am Bahnhof gefunden worden war. War es einfach das, was gerade passierte? Starben sie an der Kälte? Aber wo steckten sie dann? Sie hielt automatisch an der roten Ampel, aber die Gedanken fuhren weiter. Die Gefahr für Alkoholiker oder Drogenabhängige auf der Straße war, nach dem Trinken oder Fixen in einer Schneewehe einzuschlafen.

Anne drückte ein paar Mal auf die Hupe, da die Frau im Peugeot vor ihr nicht bemerkt hatte, dass es grün geworden war. Zusätzlich zu den Problemen mit der Kälte waren die Wärmestuben und Obdachlosenunterkünfte überfüllt. Die Osteuropäer und Roma hatten auch angefangen, Obdach zu suchen, und nahmen ein Drittel der Plätze ein. Natürlich sollte es für alle eine Übernachtungsmöglichkeit geben, hatte die Frau gesagt, aber wenn die Plätze als Alternative zu einem Hotelzimmer benutzt wurden, musste eingegriffen werden. Wenn nur Adomas nicht diese Lösung gewählt hatte. Aber warum sollte er, wenn er bei ihr wohnen konnte?

Sie fand einen Parkplatz in der Nähe der Bibliothek.

Von dem Geruch der Bücher musste sie fast niesen. Es war viele Jahre her, dass sie in einer Bibliothek gewesen war, und die Veränderungen waren bemerkenswert. Auch hier hatte sich die digitale Welt mit Flach- und Großbildschirmen breitgemacht. Aber glücklicherweise gab es immer noch Regale – und den Duft der Bücher.

Die Zeit verging wie im Flug. Sie genoss die Stille und hörte nur, dass umgeblättert wurde, und einen Einzelnen, der diszipliniert nieste oder hustete.

Sie fand den Artikel über den Autounfall im Archiv vom Samstag, den zweiten August vor zwei Jahren. Ein Leben konnte durch einen einzigen Fehltritt völlig aus den Fugen geraten. Bloß einen Fuß zu fest aufs Gaspedal gedrückt, schon war das Leben ein ganz anderes, ein Leben als Obdachloser. Und dann eines Tages tot mit einem Strick um den Hals. Vielleicht war es wirklich Selbstmord. Rudolf konnte ein ganz anderer Fall sein als die anderen, die verschwunden waren. Er wollte seinem Leiden, das der Alkohol nicht lindern konnte, bestimmt selbst ein Ende setzen. Nun, da sie schon mal hier war, suchte sie auch nach dem Unfall mit dem ertrunkenen Jungen, Marcus. Es war schwieriger, aber eine halbe Stunde später saß sie mit einem vier Jahre alten Zeitungsartikel da. *Tragischer Unfalltod durch Ertrinken in Waldsee bei Trige* und unter der Schlagzeile *Nachbar des Mordes bezichtigt.* Sie las den Artikel und schüttelte ungläubig den Kopf. Bittens Vermutung, die Eltern des Jungen seien nicht ganz normal gewesen, schien sich zu bestätigen. Die Polizei hatte die Sache auch als einen unglücklichen Zufall betrachtet. Es gab keine Zeichen für Gewalt. Würden nicht alle Eltern einen leichten Anfall von Wahnsinn bekommen, wenn sie ihr Kind verloren? Kamilla war es auch schlecht gegangen, nachdem Rasmus getötet worden war. Sie hatte Danny als Sündenbock. Aber dann fielen ihr Andreas' Erzählungen über Götterglauben ein. Konnte man sich wirklich vorstellen, dass ...?

Sie fand einen freien Computer und öffnete das Internet und eine Suchmaschine. Die Suche nach ›Asenglaube‹ erzielte viele Treffer. Es gab Organisationen in Island, Schweden und Norwegen. Einige Gruppen entschieden sich, außerhalb einer Organisation zu stehen und ihre Götteranbetung auf eigene Faust oder in kleineren Gruppen auszuleben, in denen sie selbst bestimmen konnten, da es keine genauen Regeln dafür gab, wie der Glaube oder ein Blót ausgeführt werden sollte, stand dort. Die Ältere und die Jüngere Edda waren als Grundelemente des Glaubens die wichtigsten schriftlichen Quellen, aber man konnte die Verse deuten, wie man wollte. *Hávamál* – Die Sprüche des Hohen – die ein Teil der älteren Edda waren, von der man annahm, dass sie aus dem neunten Jahrhundert stammte, waren für die meisten Asengläubigen von großer Bedeutung. Sie suchte nach dem Namen und fand die Verse, die als Odins Rede an den jungen Loddfafnir beschrieben wurden und gute Ratschläge sein sollten, wie man sich in der Welt benahm. Die Sprache war kryptisch und konnte tatsächlich gedeutet werden, wie man wollte. Es gab hundertvierundsechzig Verse, daher überflog sie sie schnell, doch einer sprang ihr ins Auge:

Vieh stirbt, Verwandte sterben,
man selbst stirbt ebenso;
ich weiß eines, das niemals stirbt;
das Urteil über jeden Toten.

Wie sollte man so einen Vers interpretieren?

Doch es gab auch etwas, das ihr am Asenglauben gefiel; es war auch der Glaube an die Natur und die Wesen, die darin wohnten, und der Glaube an sich selbst; dass man für sein eigenes Glück verantwortlich war. Man wurde nicht dafür belohnt, gut zu sein, oder dafür bestraft, böse zu sein. Das war ja sonst die Botschaft der meisten Religionen – Himmel oder Hölle.

Aber im Grunde wusste letzten Endes keiner, wie die Wikinger gelebt hatten, und genau das, dass man seine eigene Auslegung des Götterglaubens und der Rituale vornehmen konnte, bereitete ihr Sorgen. Könnten Marcus' Eltern mit ihrer verrückten Behauptung dennoch Recht haben?

Sie scrollte ein wenig vor und zurück und hielt bei einem Artikel inne. Die religiöse Bewegung *Forn Siðr* war vor einigen Jahren vom Kirchenministerium als Glaubensgemeinschaft anerkannt worden. Sie klickte auf ihre Homepage und auf die Seite Rituale, danach auf Blótritual: *Punkt 4. Es soll ein Opfer der einen oder anderen Art gebracht werden.*

37

Es hatte begonnen zu tauen. Dunst legte sich über die Landschaft und verwischte die Konturen am Horizont.

Roland trommelte mit den Fingerspitzen gegen das Lenkrad, einerseits, um den Rhythmus einer Sonate im Radio zu halten, andererseits, um die Finger zu wärmen. Er bog in den Pannerupweg ein und stellte das Radio aus.

Hatte Anne wirklich eine Freundin in der Kommune? Sie passte eigentlich ganz gut in die Kategorie ausgefallener Persönlichkeiten, von denen die Kommune geprägt war, aber er konnte sich diesen Zufall trotzdem nicht vorstellen. Und Verner Thybo war der vermisste Rudolf, wenn er das richtig verstanden hatte. Er war neugierig zu wissen, was sie herausgefunden hatte, aber es stand ihm nicht richtig zu, sie zu kontaktieren. Es sei denn, sie würden den Fall mit den verschwundenen Obdachlosen aufnehmen. Das würde Kurt Olsen nur niemals mitmachen. Erst recht nicht, solange der Mordfall nicht aufgeklärt war.

Er parkte auf dem Hof von Olga und Vagn Mortensens Landhaus und nahm sich ein Stück Kaugummi, während er auf den Killerhund wartete. Er beobachtete das Scheunentor, aber es war grabesstill. Nach einigen Minuten öffnete er die Tür und trat hinaus in den Schnee.

Nur Olga Mortensen war zu Hause, und irgendwie empfand er das als pures Glück. Falls er jemanden dazu bringen konnte zu verraten, was an Nachbarschaftsstreitigkeiten vor sich ging, war das wohl sie – wenn nicht Vagns riesige Gestalt und stechend kalter Blick über sie wachten.

Sie öffnete die Tür sofort, als schien sie jemanden zu erwarten, und versteifte sich. »Vagn ist gerade mit Buster unterwegs, daher ...« Die Stimme war bereits in Verteidigungshaltung.

»Macht nichts, dann können wir zwei ein wenig plaudern«, lächelte er und war schon drinnen. Buster! Wie konnte man einem Monster einen so liebevollen Namen geben?

»Ich glaube nicht, dass ich noch mehr zu sagen habe. Sind die Schuldigen nicht auch verhaftet, ich hab doch in der Zeitung gelesen ...«

»Leider kann keiner der Litauer mit dem Mord an Albert Hovgaard in Verbindung gebracht werden. Ich habe übrigens gestern mit Signe gesprochen und soll schöne Grüße ausrichten«, log er.

Olga schaute ihn noch misstrauischer an. »Wie geht's ihr? Sie kommt wohl durch?«

»Sie hat sich den Kiefer gebrochen, aber im Krankenhaus sagen sie, dass sie bald wieder so fit ist, dass sie entlassen werden kann.« Er setzte sich aufs Sofa, sie setzte sich ihm gegenüber auf die andere Seite eines dunkel gebeizten Couchtischs mit Kacheln in der Mitte und einem Topf mit einem tapferen, roten Weihnachtsstern.

»Sie wohnen schon lange hier, stimmt's?«

Olga nickte.

»Und wohnen Sie gerne hier?«

Wieder nickte sie steif.

»Verstehen Sie sich gut mit den Nachbarn?«

Ein wachsamer Blick wurde auf ihn gerichtet. »Worauf wollen Sie hinaus?«

Roland zuckte gleichgültig mit den Schultern. »Nur eine freundliche Frage.«

»Ja, wir verstehen uns gut mit den Nachbarn, da ist nichts.«

»Auch mit Albert Hovgaard nicht? Mein Eindruck neulich war, dass Ihr Mann ihn nicht besonders mochte.«

»Er meint das, was er sagt, nicht immer so. Aber es ist doch klar, dass nicht alle die gleichen Interessen haben, daher ...«

»Und welche Interessen meinen Sie?«

»So ist das wohl einfach. Manche Nachbarn können besser miteinander als andere, nicht?«

Roland nickte und erinnerte sich an die Straßenfeste im Villenweg in Højbjerg. »Dass Albert nicht so beliebt war, hat nichts mit Konkurrenz zu tun?«

»Konkurrenz? Sie meinen die Schweine?« Olga lachte heiser. »Nee, die ist eigentlich nicht so hart. Unsere Schweine sind frei von Schwermetallen und Pestiziden, ihre ...«

»Also überhaupt keine Konkurrenz?«

»Bestimmt nicht. Wir sind in der Branche auch bekannter, wir waren zuerst hier.«

»Ja, richtig. Vor Albert und Signe Hovgaard wohnte eine Familie auf dem Hof, deren Sohn in Ihrem See im Wald ertrunken ist. Das muss ein hässliches Erlebnis gewesen sein.«

Olgas Lächeln erstarb jäh, sie wurde noch blasser und knetete die Hände im Schoß. »Das war schrecklich. Aber es ist auch unverantwortlich, einen Jungen auf eigene Faust durch einen Wald mit See streifen zu lassen. Seine Schwester hat nicht auf ihn aufgepasst. Sie war auch ein bisschen ...«

Roland wartete geduldig. »Ein bisschen was?«

Olga presste die Lippen fest zu einem schmalen Strich zusammen.

»Wo hält sich die Tochter mittlerweile auf, wissen Sie das?«

Olga zuckte mit den schmalen Schultern. »Sie ist wohl mit ihren Eltern weggezogen.«

»Nach Schweden?«

»Soviel ich weiß, ja.«

Olga hustete und ging in die Küche, wo sie die Nase putzte und mit einem Stück Küchenpapier zurückkam, das sie in der Hand zerknüllte.

»Erinnern Sie sich, wie alt sie damals war?«

»Die Tochter?«, fragte sie verständnislos nach, als hätte sie völlig vergessen, worüber sie sprachen. »Sie war wohl vierzehn oder fünfzehn. Aber warum ist das so interessant?«

»Weiß ich nicht«, gab er zu und verstand selbst nicht, warum seine Gedanken fortwährend um das Unglück kreisten.

Vielleicht, weil die kalten Baumwipfel im Wald gegen den stahlgrauen Himmel direkt vor dem Fenster im Wind schwankten. Ein Haufen hungriger, durchgefrorener Krähen hatte symbolisch einen der Bäume besetzt. Sie erinnerten an schwarze Geier, die warteten. Aasfresser, dachte er. Er schaute wieder zu Olga.

»Kann so ein Zwischenfall nicht zu Nachbarschaftskonflikten führen? Ich weiß, dass grobe Anschuldigungen gegen Sie vorgebracht wurden.«

»Wir haben keine Probleme mit den Nachbarn, hab ich doch gesagt. Es stimmt, dass sie mit sonderbaren Anschuldigungen kamen, an denen nichts dran war.«

Laute Rufe und Busters bissiges Gebell unterbrachen sie, nervös stand sie auf und ging ans Fenster. Roland folgte ihr automatisch. Der Anblick von Anna und Vagn auf dem Hof löste einen Augenblick nervösen Herzklopfens bei ihm aus. Anne brüllte, aber Vagn brüllte lauter. Roland konnte die Worte nicht hören, sie gingen in dem aggressiven Beitrag des Hundes zu der Debatte unter.

»Wer ist sie? Worüber streiten sie?«, fragte Olga hauptsächlich sich selbst. Die letzte Frage stellte Roland sich auch. Was in aller Welt hatte Anne mit Vagn Mortensen zu tun?

»Ich kümmer mich drum«, sagte er und zog schnell den Mantel an. »Aber ich erwarte, Sie beide morgen um neun für einen DNA-Test im Präsidium zu sehen.«

»Was soll das heißen? Da geht Vagn nie mit!«

Roland öffnete die Tür. »Das würde ich ihm raten«, erwiderte er und starrte Vagn und Anne an. Beide verstummten, als er hinaus auf die Treppe trat und die Tür schloss. Die Stufen schaffte er fast mit einem Sprung.

»Was machen Sie hier, Anne?«, fragte er, als er Vagn kurz begrüßt und böse zu dem Hund geschielt hatte.

»Kennen Sie dieses Weibsstück? Und was machen Sie hier?«, knurrte Vagn. Er bemerkte seine Frau am Fenster, was einen besorgten Gesichtsausdruck auslöste, dann wandte er sich wieder Roland zu. Zornig deutete er auf Anne. »Sie kommt her und beschuldigt mich der ungeheuerlichsten Sachen. Hier auf meinem eigenen Grundstück. Ist das nicht Hausfriedensbruch?«

Anne war rot im Gesicht vor Kälte und Wut und wollte etwas sagen, aber Roland packte sie fest am Arm.

»Ich glaube, wir sollten jetzt gehen, Anne.«

Sie riss sich heftig los und stapfte wortlos mit hitzigen Schritten vom Hof, unter dem *Aus der Erde – frisch auf den Tisch*-Holzschild hindurch und verschwand um die Ecke auf die Straße.

»Wir sehen uns morgen bei einem DNA-Test im Präsidium. Ich habe mit Ihrer Frau neun Uhr festgehalten.« Roland nickte Vagn Mortensen zum Abschied kurz zu und überhörte seine wütenden Kommentare zu der Vorladung. Wenn er sich weigerte zu erscheinen, war nicht viel zu machen, wenn es keine bessere Begründung für einen DNA-Test gab als im Augenblick, aber Roland vertraute weiter auf den Autoritätsglauben der Leute und den Respekt vor der Polizei, obwohl der in den letzten Jahren abgeflaut war. Er setzte sich ins Auto und fuhr mit wachsender innerer Unruhe. Mischte sich Anne dennoch in seine Ermittlungen ein? Er holte sie ein Stückchen weiter ein und ließ das Seitenfenster runter. Sie lief mit schnellen Schritten und tat, als würde sie ihn weder sehen noch hören. Die Strickmütze war ganz über die Augen und Augenbrauen gezogen, der Blick war wütend und auf den Schneematsch vor ihren Füßen gerichtet.

»Wieder zu Besuch bei den Freunden in der Kommune gewesen?«, erkundigte er sich mit unterschwelligem Sarkasmus, aber sie gab keine Antwort. »Anne, bleiben Sie stehen, verflixt noch mal! Was wollten Sie bei Vagn Mortensen?« Plötzlich musste er seine Aufmerksamkeit auf die Straße richten und auf eine Kurve bei Gunda und Thorkilds Hof. Es gelang ihm, das Auto in den Griff zu kriegen und es auf der glatten Straße zu halten. Wieder fuhr er neben ihr her.

Endlich drehte sie den Kopf und sah ihn an. »Sie haben keine Ahnung, was hier vor sich geht!«, rief sie.

»Und Sie? Haben Sie es, Anne? ... Verdammt!« Er musste scharf bremsen, als der Stichweg aufhörte und die Hauptstraße begann. Sie ging zu ihrem gelben Lada, der am Straßenrand geparkt war, blieb stehen und zündete eine Zigarette an. Das sah wie eine Einladung aus. Er parkte und ging mit langen Schritten zu ihr hinüber. »Sagen Sie mir schon, was zum Teufel hier vor sich geht! Was wissen Sie?«, forderte er zornig. Sie lehnte sich gegen ihr Auto, sah ihn an und inhalierte. Der Duft der Zigarette setzte seine Kaumuskeln in Gang, das Kaugummi schmeckte nicht länger nach Lakritz.

»Ich bin mir sicher, dass Olga und Vagn Mortensen Asengläubige sind. Nicht nur das. Sie sind asengläubige Extremisten.« In ihrer Stimme lag immer noch Jähzorn, aber sie versuchte, ihn zu beherrschen.

»Asengläubige Extremisten?! So was hab ich ja noch nie gehört!« Er griff sich an den Kopf. »Haben Sie ihn dessen beschuldigt?«

»In jedem Glauben gibt es Extremisten«, belehrte Anne ihn trotzig. »Warum ist es verboten, in diesen Wald zu gehen, häh? Er hat mich rausgeschmissen – wieder – als ich rein und mich umschauen wollte! Irgendwas geht darin vor sich, und darauf wollten auch die Eltern des ertrunkenen Jungen die Polizei vor vier Jahren aufmerksam machen. Sie erinnern sich bestimmt daran?«

Roland lächelte ein wenig nachsichtig. Sie war offenbar über die Sache gestolpert und glaubte dem Versuch unglücklicher Eltern, einen schrecklichen Unfall zu rechtfertigen. Nur eins beunruhigte ihn – wie oft hatte sie danebengelegen?

»Das ist ein Privatwald, Anne. Privat bedeutet – privat.«

»Ja, aber merken Sie nicht, dass da etwas nicht stimmt? Warum reagiert Vagn so heftig darauf, dass ich in seinen privaten Wald gucken will? Was verbirgt er darin?«

»Fangen Sie jetzt nicht so an, Anne.« Unruhig verlagerte er das Gewicht auf den anderen Fuß und spuckte das Kaugummi in eine Schneewehe. »Da drinnen ist ein Junge ertrunken. Ist doch klar, dass er aufpasst, dass sowas nicht noch mal passiert.«

»Irgendwas stimmt da nicht, das spüre ich. Das können die gleichen Asengläubigen sein, die die Obdachlosen entführen. Die werden weder vermisst noch gesucht.«

Es klang wie etwas, das sie zufällig von sich gab, ohne selbst richtig daran zu glauben oder als ob sie eine plötzliche Erkenntnis hätte.

»Verner Thybo hat sich selbst erhängt, daran ist nichts Geheimnisvolles, sein Schicksal ist ganz ...«

»Ach! Sie haben herausgefunden, wer Rudolf war!« Sie sah ihn böse an. »Ich kenne sein Schicksal, und ja – es ist ganz grauenvoll und einen Selbstmord wert. Aber haben Sie sich nicht gefragt, was er hier draußen machte, wenn er sich sonst immer an der Mauer in der Klosterstraße aufhielt? Er hatte einen Strick um den Hals. Genau wie der Tollund-Mann.«

Roland schüttelte besorgt den Kopf. Vielleicht konnte Müßiggang zu Wahnsinn führen, wie jemand angedeutet hatte. »Er wird sich wohl auf dem Gemeinschaftshof aufgehalten haben«, schlug er fast mitleidig vor.

»Nein, die kennen ihn nicht.«

Eine Weile standen sie schweigend da. Er nahm ein neues Nikotinkaugummi aus dem Päckchen in der Manteltasche, sie versuchte, einen halb aufgetauten Schneeklumpen in Stücke zu zertreten, es gelang ihr.

Sie schmiss den Zigarettenstummel obendrauf und trat auch den aus.

»Wir können diesen Fall nicht übernehmen, Anne!«

»Macht nichts, ich kläre ihn selbst auf.« Sie öffnete die Autotür und setzte sich hinters Steuer.

»Passen Sie auf sich auf«, schaffte er noch zu sagen, bevor sie die Tür fest zuknallte und rückwärts auf die Straße fuhr.

38

An der Kasse war nicht besonders viel los. Sie hatte eingekauft und stand in Gedanken versunken in der Schlange. Es gab immer etwas im Kopf zu planen für den nächsten Tag. So war es in der Redaktion nicht gewesen. Morde und Nachrichten entstanden spontan, die konnten nicht geplant werden – nicht von der Fotografin jedenfalls.

Sie hatte angefangen, die Waren aufs Band zu legen, als sie die Stimme erkannte, die ›mit Karte bitte‹ zu der jungen Frau an der Kasse sagte. Sie tat so, als ob sie sie nicht gesehen hätte, und wandte ihr unauffällig den Rücken zu, als sie die nächste Ware aus dem Korb hob, aber sie wurde entdeckt.

»Kamilla! Neiiiin – wie lange das her ist!«

Sie drehte sich um und versuchte, überrascht auszusehen. »Majken!«

Ihre Haare schimmerten rot, kräftiger als sie in Erinnerung hatte. Die Augen strahlten, der Diamant am Verlobungsring auch, und sie war der Meinung, dass Majken ihn sehr demonstrativ in ihre Richtung drehte, als sie ihre Kreditkarte zurück ins Portemonnaie steckte.

»Wie geht's dir so? Ich hab gehört, dass das *Tageblatt* zugemacht hat«, fuhr Majken fort und begann, die Einkäufe in einer Tüte zu verstauen, während sie sie neugierig beobachtete.

Kamilla bezahlte und fing ebenfalls an, ihre Tüte zu füllen. Danny hatte Majken offenbar nicht erzählt, was sie jetzt machte, dass er sie getroffen hatte und dass sie bald zusammen an einem Auftrag für seine Werbeagentur arbeiten würden. »Ich arbeite bei einem Werbefotografen in der Nørrestraße«, antwortete sie und nahm die Tüte auf.

Sie hatten sich mal so viel zu sagen gehabt, aber jetzt waren die Worte wie eingetrocknet und flossen nicht so leicht. Majken zog Handschuhe an und spreizte dabei wieder übertrieben den Ringfinger ab. Kamilla hatte nicht übel Lust, sie direkt zu fragen, warum sie noch nicht verheiratet waren oder wenigstens ein Datum festgelegt hatten.

»Das klingt spannend. Vielleicht solltest du etwas für Dannys Werbeagentur machen«, die Stimme zitterte einen Hauch, aber Kamilla hörte die eigentliche Frage dahinter.

»Wir haben viele Kunden, besonders Werbeagenturen. Man weiß nie.« Sie gingen in Richtung Ausgang. Kamilla bemerkte die Züge in Majkens Mundwinkel. Sie kannte sie gut, die traten auf, wenn ihr irgendetwas nicht passte. War das Vertrauen in Danny wirklich nicht größer? Sie wusste, dass Majken nie darüber hinweggekommen war, dass ihre Schwester ihren langjährigen Freund geheiratet hatte und ihr nie vergeben konnte, dass sie nun ein Kind zusammen hatten. Kamilla schätzte, dass Majken ihre Nichte nie gesehen hatte. Dieser Vorfall hatte viele ihrer Beziehungen zerstört, weil ihre Eifersucht völlig krankhaft geworden war. Die war aufgelodert, als Kamilla damals selbst eine Beziehung mit Danny hatte und Majken der Meinung war, er gehöre ihr. Damals, als Kamilla noch nicht wusste, wer er war. Ihr wurde übel und sie wollte nur schnell raus an die kalte Luft kommen und tief durchatmen. Rasmus hatte Majken geliebt, er hatte sie Tante genannt. Sie hatten zusammen getobt, gespielt, gequatscht und gelacht. Wie konnte Majken jetzt einfach seinen Mörder heiraten? Die Tüte fühlte sich fürchterlich schwer an, obwohl nicht viel drin war.

»Du weißt bestimmt, dass wir uns verlobt haben?«, fragte Majken, als sie aus dem Kaufhaus kamen.

Kamilla blieb stehen und drehte sich zu ihr um. »Ja, Danny hat es mir erzählt«, gab sie zurück wie eine Ohrfeige.

»Danny?! Ihr habt euch unterhalten? Wann?«

»Das ist lange her. Letztes Jahr«, antwortete sie diplomatisch. Damals hatte sie erfahren, dass er Majken einen Antrag gemacht hatte. Sie wollte sie jetzt nicht damit verletzen, dass sie später auch miteinander geredet hatten. Sie waren mal Freundinnen gewesen. Sogar sehr gute. Majken hatte ihr durch die Scheidung von Jan geholfen, als er mit der deutlich jüngeren Nina zusammengefunden und sie und Rasmus verlassen hatte. Und die Krise und die Trauer nach Rasmus' Tod hätte sie ohne Majkens Unterstützung auch nicht bewältigt.

Majken blieb still stehen wie eine festgefrorene Steinsäule, eine Einkaufstüte in jeder Hand. Sie umklammerte die Griffe so fest, dass die Lederhandschuhe ganz gespannt waren.

»Du lässt deine Finger von ihm, ja, Kamilla? Denk dran, dass er jetzt mir gehört!« Die Stimme war klein und völlig ohne

Selbstvertrauen. Sie klammerte sich an die letzte Hoffnung einer Beziehung und Ehe, die sie zu haben glaubte. Eine Hoffnung, die Kamilla längst aufgegeben hatte. Vermutlich schon, nachdem Jan sie verlassen hatte. Und definitiv nach der Sache mit Danny.

»Du vergisst bestimmt, was Danny gemacht hat? Oder hast du Rasmus vergessen?« Die Worte konnten nicht länger zurückgehalten werden.

»Ich habe Rasmus nicht vergessen. Ich habe auch viel von deinem Sohn gehalten, Kamilla. Aber Danny hat seine Strafe bekommen und er ist kein böser Mensch. Das war ein schrecklicher Unfall.«

»Er ist nach einem Empfang betrunken Auto gefahren!«

»Ja, aber nicht so betrunken, dass es seine Fahrweise beeinträchtigt hätte. Der Unfall hätte jedem passieren können!« Die Unsicherheit in der Stimme war einem zornigen Vorwurf gewichen.

»Vielleicht, vielleicht auch nicht. Das ist einfach etwas, was eine Mutter nie vergeben kann. Darüber weißt du natürlich nichts. Aber – ja, du kannst ganz beruhigt sein. Ich werde meine Finger von ihm lassen.« Sie wandte ihr den Rücken zu und marschierte erhitzt zu ihrem Suzuki auf dem Parkplatz.

39

Eine abendliche Dienstbesprechung hatte einen völlig anderen Charakter als eine morgendliche. Es duftete nach Oregano von den gelieferten Pizzen, und mehrere Zwei-Liter-Flaschen Cola standen auf dem Tisch wie Raketen in Startrampen. Die Mitarbeiter waren sowohl müde als auch belebt wegen des baldigen Abschlusses des Tages, und Rolands unerwartete Einberufung zu einer Besprechung konnte ja bedeuten, dass etwas Neues passiert war, sodass der Fall abgeschlossen werden konnte.

Roland hatte den aufmerksamen Gesichtern, die sich ihm zuwandten, doch auch etwas Gutes mitzuteilen, als er sich an den

Tisch setzte und eine Flasche Cola öffnete, die ein lautes Zischen von sich gab.

»Der litauische Fahrer hat so gute Informationen geliefert, dass es möglich war, zwei litauische Männer und zwei Dänen wegen Zigarettenschmuggels zu verhaften. Das Nationale Ermittlungscenter der Reichspolizei, NEC, und die Steuerbehörde SKAT hatten die Organisation bereits im Auge«, begann er und goss die sprudelnde braune Flüssigkeit, die ihn bald aufstoßen lassen würde, in sein Glas. »Die gefälschten Zigaretten wurden in Schiffscontainern mit doppelten Wänden von Litauen in den Hafen von Aarhus geschmuggelt. Der eine der beiden Dänen war lange unter Verdacht und sein Handy wurde abgehört, aber ohne großen Erfolg. Gestern Abend wurden sie nach den Informationen, die der Fahrer geben konnte, auf frischer Tat ertappt. Die zwei Litauer sind identisch mit denen in dem Mordfall.« Er trank von der Cola.

Niels nickte zufrieden. »Dann bekommen sie trotzdem ihre Strafe.«

»Ja, aber nicht wegen Mordes. Was den Mord an Albert Hovgaard angeht, tappen wir völlig im Dunkeln«, seufzte Roland.

Dan Vang hatte die Pizzaschachteln geöffnet, sodass der Duft noch stärker und fast nicht auszuhalten war. Rolands Magen begann zu rumoren, vor Hunger und wegen der Kohlensäure. Zum Mittagessen hatte er nur schnell in der Kantine ein Stück Smørrebrød und Mineralwasser zu sich genommen.

Isabella nahm das Pizzastück entgegen, das Dan ihr auf einer Serviette reichte. »Mikkel und ich haben mit den Nachbarn gesprochen, aber niemand weiß etwas von Streitigkeiten. Oder will es zugeben. Hast du etwas aus Olga und Vagn Mortensen herausbekommen?«, erkundigte sie sich, schaute Roland an und gähnte über dem Pizzastück.

»Nicht viel. Habt ihr sie alle dazu bekommen, zum DNA-Test zu erscheinen?«

Isabella nickte mit vollem Mund. Mikkel antwortete. Nach der Krankheit lag immer noch ein matter Schimmer in seinen Augen.

»Damit gab es keine Probleme. Sie sagte, sie kämen, und das hoffe ich auch, wenn sie nun in der Kriminaltechnischen bereitstehen. Warum nicht einfach schauen, wem ein paar Zähne fehlen?«, fügte er leicht spöttisch hinzu.

»Es geht um zwei Backenzähne, ein Lächeln kann den Täter also nicht verraten. Es sei denn, es wäre ein sehr breites Lächeln. Jetzt versuchen wir erst mal die freiwillige Methode, solange es keine Grundlage gibt, jemanden zu beschuldigen.«

»Wenn sie angeklagt sind, können sie sich einem DNA-Test nicht entziehen«, kommentierte Dan Vang und vermied es, die Frage zu stellen, obwohl Roland sich sicher war, dass dahinter ein großes Fragezeichen gestanden hätte, wenn die Worte geschrieben gewesen wären. Dan war nicht die hellste Kerze im Leuchter, wie man sagte. Jedenfalls hatte er viel von dem, was er auf der Polizeischule gelernt haben musste, vergessen.

»Nein, aber wir können sie nicht anklagen, wenn es keine ausreichende Begründung dafür gibt«, erklärte Roland. Endlich war die Pizza-Verteilung bis zu ihm gekommen. »Wir können nur auf den Test und das DNA-Ergebnis warten. In der Zwischenzeit können wir uns etwas anderem widmen. Isabella hat sich vorher schon damit befasst, aber ein Zwischenfall heute hat mich glauben lassen, dass wir es uns vielleicht noch näher ansehen sollten.

»Der ertrunkene Junge?«, vermutete Isabella.

Er nickte. »Du bist schon in der Sache drin, willst du damit weitermachen? Falls du Kontakt zu den Eltern in Schweden bekämst, könnten sie uns bestimmt ein paar Infos geben.«

Isabella nickte und machte sich Notizen.

Roland kaute Pizza, während er überlegte, ob er von dem Treffen mit Anne und ihrem Verdacht über extremistische Wikinger berichten sollte, aber da er selbst die Behauptung in einer modernen Gesellschaft für sehr unwahrscheinlich hielt, ließ er es sein.

»Was kann der alte Fall mit dem Mord zu tun haben?«, wollte Kim wissen.

»Man weiß nie. Erinnerst du dich daran?« Roland kam der Gedanke, dass Kim damals Polizeibeamter gewesen war und sich vielleicht an irgendetwas erinnern konnte.

»Nur vage. Natürlich wurde darüber geredet, weil es um einen kleinen, unschuldigen Jungen ging, aber es war ein Unfall. Die Obduktion zeigte keinerlei Anzeichen für ein Verbrechen, sodass, soviel ich weiß, in der Sache nicht weiter ermittelt wurde.«

»Du hast also nichts über irgendwelche – Anschuldigungen gehört?«

»Nee, es gab nur Gerede, dass die Familie bestimmt durchgedreht sei, aber dazu kann man ja nichts sagen. Ich wusste nicht, dass er in Vagn Mortensens privatem Waldsee ertrunken ist. Aber das kann Zufall sein.«

»Denk ich auch«, stimmte Roland zu, »aber es schadet ja nichts, die Sache noch mal in Augenschein zu nehmen.« Er war froh darüber, dass der Vizepolizeidirektor nicht an der Besprechung teilnehmen konnte. Roland hatte ihn in den Plan, die Verhältnisse um den Unfall durch Ertrinken zu untersuchen, nicht eingeweiht. Wenn die verschwundenen Obdachlosen in Kurt Olsens Augen nicht von Interesse waren, wäre es ein Junge in einem vier Jahre alten Unglücksfall erst recht nicht. Vielleicht war es Zeitverschwendung, aber verschwendeten sie Zeit, wenn sie ohnehin gerade nicht weiterkamen?

»Sollten wir uns nicht besser auf den Mord an Albert Hovgaard konzentrieren?«, fragte Niels vorsichtig. »Hat Leander überhaupt keine Vermutung, was die Mordwaffe sein könnte?« Er hatte lange die Fotos von Alberts übel zugerichtetem Körper an der Tafel studiert. Roland saß glücklicherweise mit dem Rücken dazu. Der Anblick passte nicht so gut zu Pizza mit Tomatensoße, Schinken und geschmolzenem Käse.

»Seine Vermutung war, dass sie mit bloßen Fäusten zugeschlagen hatten, aber das kann bei den Abdrücken, die die Schläge hinterlassen haben, nicht sein. Außerdem waren Alberts Hände und Knie ebenfalls gebrochen. Leander erwähnte, dass es durch Tritte mit harten Schuhen oder Stiefeln passiert sein könnte. Jedenfalls war im Haus oder davor nichts zu finden, die Spuren im Schnee hätten ein Versteck schnell verraten. Die Spurensicherung war überall. Eine Mordwaffe zu beseitigen ist ja recht einfach«, antwortete er.

Irene war nicht zu Hause, als er ein paar Stunden später die Villa in Højbjerg betrat. Heute Abend war ein Essen mit den Kolleginnen aus dem Sozialamt geplant, sie wollten in die Stadt, daher wusste er nicht, wann sie zu Hause sein würde. Angolo begrüßte ihn mit wedelndem Schwanz und fröhlichem Kläffen. Er sollte lieber eine kurze Runde mit ihm gehen, bevor er den Mantel auszog, warm wurde und nicht mehr in die Kälte hinauszubringen war, wenn Irene nicht da war, um ihn rauszujagen.

Die Straßenbeleuchtung auf dem Villenweg war gedämpft. Die Schneewehen am Straßenrand waren durch das Tauwetter ein wenig geschmolzen und liefen auf den Bürgersteig, wo neue Minusgrade das Wasser zu einer dünnen Schicht durchsichtigen Eises hatten werden lassen, die man nicht gleich bemerkte, bevor es einem die Füße wegzog. Viele waren deswegen auf der Unfallstation gelandet. Angolo hob das Bein an einem Laternenpfahl und zeichnete einen gelben Strich in die Schneewehe dahinter, die vorher schon nicht mehr weiß gewesen war. Streusand und Abgase hatten den Schnee am Straßenrand braun und schwarz gefärbt. Der Winter hatte nicht länger die einnehmende helle Schönheit. Von Mensch und Tier viel benutzt verschwand die Romantik. Dafür war es leicht, Angolos Hinterlassenschaften in der Dunkelheit zu sehen, wenn sie in dem noch weißen Schnee lagen. Er bückte sich und sammelte den warmen Haufen mit einer Plastiktüte ein, stülpte sie um und knotete sie zu. Ein schneller Handgriff, den Irene ihm beigebracht hatte. Angolo zog ihn weiter über den Bürgersteig. Rolands Beine gingen automatisch mit, obwohl er fühlte, dass der Rest seines Körpers gar nicht anwesend war. Die Kälte biss in Nase, Ohren und Wangen. Wie lange war

Verner Thybo barfuß und mit dünnen, zerfetzten Klamotten herumgelaufen? Und hatte Anne nicht damit Recht, dass es seltsam war, dass er so weit von den Obdachlosenunterkünften und Wärmestuben der Innenstadt entfernt war? Nicht gerade die richtige Wetterlage für einen Waldspaziergang – nicht mal, um sich zu erhängen. Er wurde auf einen Entgegenkommenden mit einem o-beinigen Köter an der Leine aufmerksam und zog Angolo ein bisschen zur Seite. Wenn das einer dieser Kampfhunde war, die auf die Idee kamen, mutmaßliche Bedrohungen auf ihrem Weg zu zerfleischen, wenn ihr Herrchen nicht genug Kontrolle über sie hatte, sollte Angolo nicht geopfert werden. Zu seiner Erleichterung sah er, dass es nur eine ältere Frau im Pelz mit einer französischen Bulldogge war, die unter der Bezeichnung Familienhund lief. Als sie vorbeigegangen war und sich kurz mit dem stillschweigenden einvernehmlichen Blick und Nicken gegrüßt hatten, mit denen sich Hundebesitzer untereinander zu erkennen gaben, wunderte er sich, dass ihn die Erscheinung der Frau und die Rasse des Hundes beruhigt hatten. Steckte nicht in allen Hunden, genau wie in allen Menschen, Gutes und Böses?

Nach der kalten Abendrunde war das Wohnzimmer warm und behaglich. Angolo legte sich zu ihm aufs Sofa und genoss die Freiheit, dass Mama nicht zu Hause war. Sie ließ den Hund nicht aufs Sofa, und Angolo tat es nie, wenn sie zu Hause war. Nicht mal, wenn sie ins Bett im oberen Stockwerk gegangen war und er einladend neben sich aufs Sofa klopfte. Roland stellte den Fernseher an und zappte, ohne etwas zum Gucken zu finden. Er war gerade dabei, in dem dunklen Wohnzimmer einzuschlafen, als das Telefon klingelte. Tante Giovanna klang erhitzt. Salvatore war nach der Schule nicht nach Hause gekommen. Er ging nicht an sein Handy und sie hatte eine Menge Geld in seinem Zimmer gefunden. Roland seufzte und fuhr sich mit einer Hand übers Gesicht. Er machte die Stehlampe an und sah sich selbst als Spiegelung in der Scheibe gegen die Dunkelheit des Gartens draußen.

Ein müder Mann, der auf dem Sofa zusammensank, ein schlafender Hund halb über ihm liegend. Giovanna weinte, und als ihr Schluchzen nicht aufhörte, spürte er die gefürchteten Ameisen im Nacken kribbeln. Sie hatte eine Liste in seinem Zimmer gefunden. Eine Liste mit einer Menge Namen und Decknamen. Die klangen nach Bossen. Mafiabossen. Neben dem Geld lag ein zusammengefalteter Brief. Die Stimme zitterte so sehr, dass er die Worte, die sie ihm vorlas, kaum verstand. Als er aufgelegt hatte, wurden sie in seinem Kopf langsam ins Dänische übersetzt. Der Mann im Spiegelbild in der Scheibe sah noch erbärmlicher aus. Er spürte ein drückendes Gefühl im Hals, das zu einem großen Kloß wuchs. Seine Furcht war begründet. Mehr als er vorausgesehen hatte.

40

Im Laufe der Nacht wurde der Wind stärker. Unbarmherzig kroch er wie eine ekelhafte und hinterlistige Schlange um alle Ecken und in alle Winkel, fand sie und nagte an ihr, wo sie gerade geglaubt hatte, Windschatten gefunden zu haben. Wenn sie nicht so betrunken und müde gewesen wäre, wäre sie zur nächsten Obdachlosenunterkunft gestolpert, aber gerade wusste sie nicht einmal, in welche Richtung sie gehen sollte. Es fiel ihr immer noch schwer, sich in Aarhus auf eigene Faust zurechtzufinden. Sie trank wieder aus der Flasche und glaubte daran, dass das brennende Gefühl im Hals und in der Brust auch den Rest des Körpers wärmte. Dass der Alkohol sich in den Adern ausbreitete und das Eis vertrieb. Sie dachte an Ann, die in ihrem weichen Bett schlief oder in ihrer gemütlichen, warmen Wohnung mit dem gelben, heimeligen Licht saß, das sie auch in vielen Fenstern sehen konnte, wenn sie auf die Häuser gegenüber schaute. Aber sie wollte sie nicht mehr belästigen. Nicht um Verzeihung bitten. Sie verdiente sie nicht, sie hatte ihre Tochter verlassen und nicht umgekehrt.

Sie zog sich weiter in den Winkel bei der Tür des Aufgangs zurück, schniefte und wischte sich die Nase am Mantelärmel ab, der dreckig geworden war wie der Rest des sonst so feinen Mantels. Der feinste, den sie je besessen hatte. Mit steifen, zitternden Fingern zündete sie eine Zigarette an, die sie von Marie geschnorrt hatte. Torsten saß in seiner warmen Gefängniszelle im Staatsgefängnis in Jyderup. Dass sie ihn mal beneiden würde! Nicht mal er wusste, was ihr letztes Jahr passiert war. Dass sie auf die Straße gesetzt worden war. In Nørrebro – dem gefährlichsten Ort von allen. Da war Aarhus trotz allem besser. Sicherer. Der Bandenkrieg war noch nicht bis hierher gekommen. Der Krieg um Drogen in den Straßen von Kopenhagen musste zuerst ausgetragen werden. Sie hatte drei Tage gebraucht, um per Anhalter nach Jütland zu kommen. Ohne den feinen Mantel, den sie billig auf dem Flohmarkt erworben hatte, wäre das wohl gar nicht geglückt. Das Make-up hatte sicher auch geholfen in dieser heuchlerischen Welt, wo schöne Kleidung und ein hübsches Aussehen entscheidend waren, um ein geachteter Mensch zu sein. Ein dicker, schwitzender LKW-Fahrer mit Mönchsfrisur hatte sogar Annäherungsversuche unternommen. Hatte ihr Geld für Sex angeboten, aber so tief wollte sie nicht sinken. Drogen und Prostitution waren der allerletzte Ausweg, hatte sie sich geschworen. Aber Ann sollte nichts von dem dramatischen Abstieg wissen. Sie hatte vorher schon kein Vertrauen in ihre Mutter, verständlicherweise. Es war ihr selbst so gut gegangen. Sie hatte einen Job, Geld und eine Wohnung mit eigenen Möbeln. Mehr als man über ihre Stiefgeschwister, Torstens Nachkommen, sagen konnte, für deren Versorgung sie mehr Energie aufgewendet hatte als für ihre eigene Tochter. Ann hatte immer so stark, rebellisch, selbstständig und unkontrollierbar gewirkt. Sie lächelte bei dem Gedanken. Trotz ihrer heftigen Proteste, auf den Hof ihrer Großeltern geschickt zu werden, wo sie selbst aufgewachsen war, war das die beste Lösung gewesen, damit sie nicht die ganze Kinderschar am Hals hatte, wenn sie mit ihnen allein war, wie es so oft geschah, wenn Torsten ›in den Urlaub‹ musste. Und Ann hatte ihre Großeltern weit besser in den Griff bekommen, als sie selbst es in dem Alter gekonnt hatte. Oder nicht?

Was wusste sie eigentlich darüber, was Anne auf diesem Hof widerfahren war, aus dem man sie selbst herausgeworfen hatte, weil sie gerade mit ihr schwanger war? Der Gedanke ließ sie einen Augenblick abwesend vor sich hin starren. Versteinert über ihren Mangel an Einblick in das Leben ihrer einzigen Tochter. Aber Ann hatte es vermocht wegzukommen, zu fliehen und eine Fähigkeit in sich zu entdecken, von der sie leben konnte. Sie konnte schreiben und vermitteln. Morde aufklären. Fähigkeiten, die sie selbst nie in sich gefunden hatte. Sie konnte nichts, das hatte sie ihr ganzes Leben lang zu hören bekommen. Aber Ann hatte mit diesem Erbe brechen können, und das würde sie ihr nicht kaputtmachen. Sie sollte sie nicht mehr hassen als ohnehin schon.

Der Alkohol fing an, die Gedanken abzustumpfen. Alles war so märchenhaft entrückt. Die Welt, in der sie bleiben wollte. Wenn es so war zu sterben, dann lasst den Tod einfach kommen. Die Augen verdrehten sich für einen Moment, aber der Traum kam vor dem Schlaf. Fern und unwirklich. Eine warme Hand berührte ihre Wange. Erst schlug sie sie weg wie eine lästige Mücke, dann wurde sie an der Schulter gepackt und sanft geschüttelt. »Frierst du nicht?«, wurde weit weg gefragt. Sie öffnete die Augen und ein Umriss begann, in einem Nebel Form anzunehmen.

»Frierst du?«, ertönte die Stimme wieder fürsorglich.

Sie nickte und ihr wurde schwindelig.

»Wenn du mitkommst, bringe ich dich an einen schönen Ort, wo du ein warmes, duftendes Bad, Essen und den besten Whiskey und Cognac kriegst. Willst du mit?« Die verschwommene Gestalt nahm sie am Arm und half ihr auf die Beine. Sie waren wie Gummi, und hätte sie sich nicht gegen den anderen gelehnt, wäre sie hingefallen. Beschützende Arme um ihren durchgefrorenen Körper führten sie, und sie ging willig mit. Jetzt war sie dran mit Verschwinden. Vielleicht war es dort, wo sie nun hinsollte, viel besser. Dort musste es besser sein, wenn es Wärme, Essen, ein Bad und den tollsten Alkohol gab. Aber Tove und Marie sollten mit. Sie sträubte sich und wollte darauf aufmerksam machen, dass sie sie auch holen mussten, aber sie schaffte es nicht, etwas zu sagen, und wurde sanft weitergeführt. Sie wollte mitgehen, um es besser zu haben. Sie hatten eine dunkle Ecke in der Stadt erreicht, wo sie vorher noch nie gewesen war. Es roch eklig nach Abfall. Ein Hinterhof irgendwo. Das Geräusch einer Wagentür, die geöffnet wurde. Kurz darauf spürte sie die Wärme und den Geruch des Autos. Den staubigen Stoff und das Leder von den Sitzen. Die Heizung. Sie legte sich auf einen weichen Rücksitz. Decken wurden um sie gewickelt. Sie schloss die Augen und ihr Körper prickelte, als die Kälte besiegt wurde.

Endlich konnte sie geborgen schlafen.

41

»Wo warst du heute Nacht?«

Das sollte nicht annähernd so vorwurfsvoll klingen. Sie wollte nicht wie ein spießiges Hausmütterchen klingen, das ihrem Mann eine Kneipentour mit seinen Freunden vorwarf. Schon gar nicht beim Morgenkaffee mit Brötchen, die er im Übrigen selbst mitgebracht hatte.

»Ich musste mich um die Sache mit meinen Kumpels kümmern, du weißt schon.« Adomas schenkte ihr zur Versöhnung Kaffee ein. Oder waren die Brötchen die Versöhnung?

»Wurden die wieder freigelassen?«

»Freigelassen? Was meinst du?«

Anne reichte ihm das Buttermesser, als sie selbst fertig war.

»Hör schön auf, mich weiter anzulügen. Ich lese Zeitung. Sind die verhafteten Litauer in dem Mordfall nicht deine sogenannten Freunde?« Sie sah ihm direkt in die Augen und ihr wurde klar, dass sie ihm nicht wirklich böse sein konnte. Ja, vielleicht, falls Roland nicht gesagt hatte, dass keiner von denen der Mörder sein konnte. Es war deutlich, dass er den Unwissenden spielte, sie zu belügen war schwer, meinte sie selbst.

»Okay, ich hab gelogen, Anne, ich hatte Angst, dass du das Schlimmste von mir denken und mich rauswerfen würdest. Wir haben nichts Verbotenes gemacht.«

»Einbruch *ist* verboten.«

»Ja, ja.«

»Aber du warst *nur* der Fahrer bei dem Banküberfall, oder?«

»Woher hast du das?«

»Ich hab meine Kontakte – bei der Polizei.«

Er schielte zu ihr. »Ich dachte, du wärst Journalistin.«

»Bin ich nicht. Nicht mehr. Ich bin arbeitslos.« Sie rührte Zucker in den Kaffee und fragte sich, ob dieser Status ihr nicht eigentlich ganz ausgezeichnet passte, so wie die Dinge gerade lagen. Sie hatte Zeit, die Sache mit den Asengläubigen zu recherchieren und Beweise zu finden, die sie Benito auf den Tisch knallen konnte. Triumphierend. Natürlich triumphierend.

»Aber du hast nicht darauf geantwortet, wo du heute Nacht warst. Bei der Polizei?«

Er nickte. »Ich habe ihnen geholfen, sodass sie die Schmuggler fassen konnten.«

»Die Schmuggler?!« Wie hinkte sie doch hinterher mit allgemeinem Wissen darüber, was in der Unterwelt geschah.

»Gefälschte Zigaretten. Das waren Valdas und Antanas, aber die waren nur Kuriere. Keine meiner Freunde. Nun kann die Polizei die Hintermänner erwischen.«

»Und du durftest gehen?«

»Meine Informationen für die Freiheit.« Er kaute und spülte mit Kaffee nach.

»Adomas, weißt du, was du getan hast? Du kannst jetzt in großer Gefahr sein. Glaubst du, das wird dir verziehen? Denunziantentum ist keine sichere Branche.«

»Ich bin kein Spitzel!«, erwiderte er heftig. »Und ich geh nie mehr zurück nach Litauen.«

»Aber die können dich doch hier finden!«

Gleichgültig zuckte er mit den Schultern.

Sie schenkte ihm Kaffee nach.

»Meinst du das ernst, dass du nicht mehr zurückwillst?«

»Ja, ich habe eine neue Arbeit gefunden.«

»Ja? Wo? Hier in Jütland? Eine Baustelle?«

»Nee, die haben im Moment nicht so viel zu tun. Ich soll ein Zeitungsbote sein.« Er lächelte und fing an zu lachen, als sie es tat.

»Zeitungsbote! Halt dich von der Zeitungsbranche fern, ich sag's dir nur!« Sie drohte warnend mit einem Teelöffel.

»Damit kann ich mehr verdienen, als man bei einem guten Job in Litauen bekommt.«

Anne beobachtete ihn, während sie aus ihrer Tasse trank. Das war doch die Haltung, die man haben musste. Scheiß drauf, was man macht, Hauptsache, es reichte für den täglichen Lebensunterhalt. Keine angesehenen Posten, mit denen man prahlen konnte, sodass es sich so anhörte, als würde man den Ton angeben. Vielleicht war das einfach der Weg, den sie gehen sollte. Die Arbeit jetzt dort annehmen, egal welche. Von einem Tag zum nächsten leben. Über den Tisch hinweg streichelte sie seine Wange. Die Bartstoppeln, die länger als normal geworden waren und begannen, weich zu werden, kitzelten an der Hand.

»Ich werde dich schon versorgen«, meinte er neckend.

Sie saß eine Weile schweigend da und starrte in ihre Tasse. Wie war das noch, konnte man nicht die Zukunft im Kaffee sehen? Oder war das im Kaffeesatz?

»Adomas, das mit uns beiden geht einfach nicht. Du bist mein Cousin.«

»Na und? Ich bin verrückt nach dir!« Er lächelte jungenhaft und völlig ohne Sorge, dass ihre Familienbeziehung etwas zu bedeuten hatte. Und nun kannte sie die Antwort auf die Frage, die sie sich in den letzten paar Tagen mehrfach gestellt hatte: Ja, man konnte sich tatsächlich in seinen Cousin verlieben.

»Wir sind verwandt. Familienmitglieder können einfach kein Paar sein. Das gibt nur Chaos.« Sie nahm sich noch ein halbes Brötchen und griff nach der Butter. Es war wie ein Sonntagmorgen, obwohl es erst Donnerstag war.

»Wie geht es deiner Mutter?«

»Wir müssen über das hier reden, Adomas.«

»Wieso? Das Wichtigste ist, dass man sich liebt. Warum willst du nicht über deine Mutter reden?«

»Keine Ahnung. Antwort auf deine beiden Fragen. Meine Mutter ist mir wohl einfach egal.«

»Anne!«

»Ich ihr doch auch. Wenn du wüsstest, wie sie einfach immer ...«

»Ich weiß, dass sie dich mehrmals im Stich gelassen hat. Aber sie hat es selbst auch nicht leicht gehabt, weißt du. Dein Vater wurde ermordet, als du klein warst, sie bekam nirgendwo Hilfe und deine Großeltern wollten weder von ihr noch von dir etwas wissen.«

»Na, du weißt wohl mehr über meine Familie als ich.«

»Es geht darum, Interesse zu zeigen, Anne.«

»Okay, ich interessierte mich einfach nicht das kleinste bisschen für meine Mutter.« Sie stand auf, nahm ihre Tasse und ein paar leere Teller mit zur Spüle, wo sie anfing abzuwaschen. Er kam mit dem Rest hinterher und half ihr. Eine Hand streifte ihren Arm, als er nach einem Glas griff, das abgetrocknet werden sollte. Das nächste Mal streifte er die Brust. Jede Faser ihres Körpers bebte vor Lust nach ihm. Eine weitere Berührung endete mit einem Kuss und führte sie zum Sofa. Anne lächelte, als er ihr den Pullover auszog. Nein, sie war kein spießiges Hausmütterchen geworden. Sie war noch die unbezähmbare Anne, die sie immer gewesen war, und nun hatte sie endlich ihr Gegenstück gefunden.

Sie fuhr mit den Nägeln durch die schwarzen Haare auf seinem Brustkorb, während sie die Sommersprossen auf der blassen Haut zählte. Er war so perfekt. Perfekt auf die richtige Art. Nicht perfekt perfekt. Eine Sommersprosse, ein kleiner Pickel, ein Muttermal;

alles was die professionellen Bildbearbeiter entfernten, wenn ein Model in einer Modezeitschrift gezeigt werden sollte. All das hatte er. Er war ein richtiger Mensch.

»Na, wir sollten mit dem Abwasch weitermachen«, flüsterte er in ihre Haare.

Sie stützte sich auf den Ellbogen und küsste ihn. Sie passten zusammen kaum auf das schmale Sofa. »Mann, das hier ist so viel besser als zu arbeiten. Können wir nicht immer so leben?«

»Essen, lieben und schlafen. Warum eigentlich nicht? Aber du arbeitest doch, oder? Wohin fährst du sonst ab und zu, wenn du fast den ganzen Tag weg bist?«, fragte er.

Sie genoss den kleinen Hauch von Eifersucht in seiner Stimme, als fürchtete er, sie hätte einen anderen. Sie erzählte ihm von dem Unfall durch Ertrinken im Waldsee und dem Verdacht, dass Asengläubige, die zu weit gegangen waren, an dem Unglück beteiligt waren.

Er sah sie misstrauisch an und strich ihr eine Strähne aus der Stirn. »Glaubst du selbst daran, Anne? Ist das nicht einfach zu weit hergeholt?«

»Warum sagen das alle?!«, protestierte sie und erinnerte sich an Rolands besorgten Blick.

»Alle? Mit wem hast du noch darüber gesprochen?«

»Ach, niemandem. Ich hab's nur einem gesagt, der mir eh nicht geglaubt hat. Aber ich bin mir sicher, dass ich Recht habe, und werde das um jeden Preis beweisen, auch wenn die es leugnen ...«

»Du hast die doch wohl nicht kontaktiert? Anne, hör auf damit. Mord ist eine grausame Anschuldigung, und angenommen, du hast jetzt Recht, dann ...«

Sie küsste ihn aufs Kinn. »Ich hab Recht. Ich irre mich nur selten. Aber ganz ruhig, Schatz. Ich bin den Umgang mit Verbrechern gewohnt.«

Sie setzte sich auf. Er fuhr langsam mit einem Finger ihr Rückgrat hinunter, sodass es angenehm in ihr schauderte. Dann zog sie die Unterhose und den BH an und den Pullover über den Kopf. »Bringen wir den Abwasch hinter uns!«

42

»Ich hoffe, ihr könnt die Sache hier beschleunigen?«

»Turbo-DNA-Test, na klar.« Gert Schmidt nickte verständnisvoll. »Was ist mit denen, die nicht aufgetaucht sind? Könnt ihr die für irgendwas anklagen, falls es nötig wird, damit wir ...«

»Den einen davon, ja. Hasch.«

»Den aus der Kommune?«

Roland nickte. Gert setzte sich auf die Kante seines Schreibtisches und überflog den Bericht. Seine laute Stimme passte gut zu ihm. Er wirkte wie jemand, der es nötig hatte, immer laut zu brüllen, um gehört – und gesehen – zu werden. Klein, kleiner als Roland, leberwurstfarbene Haare, die fast die gleiche Farbe wie die Haut hatten, helle, fast unsichtbare Augenbrauen und blasse, hellbraune Augen, die auch ins Gesamtbild passten. Die Brille umrahmte die Augen mit einem runden Gestell, wie das von John Lennon. Soweit Roland wusste, war er auch ein großer Fan seiner Musik. Der Beatles insgesamt. Er war ein fähiger Kriminaltechniker und schnell Chef der Abteilung geworden. Jünger als Roland, wie viele Jahre, wusste er nicht. Auch sein Alter war unbestimmbar.

Er legte den Bericht auf den Tisch und faltete die Hände im Schoß. »Es war Pech, dass die DNA nicht zu den Litauern passte – also für uns. Aber ich kann dich damit beruhigen, wenn es einer der Nachbarn war, der den Mord begangen hat, kann er das DNA-Ergebnis nicht umgehen.«

»Oder sie«, korrigierte Roland.

»Oder sie. Unter denen, die sich nicht testen lassen wollten, war ja auch eine Frau.« Er nahm den Bericht und schaute noch mal hinein. »Bitten Mørk. Thorkild Hansen, Vagn Mortensen und Brian Kjeldsen haben sich ebenfalls geweigert. Aber das macht sie nicht schuldig, es ist ihr gutes Recht, einen so wichtigen Teil ihres Lebens nicht abliefern zu wollen. Den Grundstein des Menschen.«

»Nee, nicht mal, um sich selbst zu helfen. Wenn sie unschuldig sind, kann der Test sie doch reinwaschen.«

»Aber er kann sie auch für andere Dinge anklagen. Alte, vergessene Fälle, die sie nicht ausgegraben und ans Licht gebracht haben wollen.«

»Die Presse macht das nicht leichter. Siehe den unheimlichen Mordfall in der Silvesternacht bei unseren Kollegen der Mittel- und Westjütländischen Polizei. Wer will sein Bild auf der Titelseite des *Extrablatts* haben, als Gewaltverbrecher und Mörder dargestellt werden, sein Leben ruinieren lassen, lange bevor man verurteilt – oder freigesprochen – wird«, entgegnete Roland.

»Du hast Recht. So was macht Leuten Angst vorzutreten. Man kann schnell abgestempelt werden. Früher wurden die erhängt, heutzutage auf Facebook gelyncht. Was ist schlimmer?« Gert stand vom Tisch auf und setzte sich auf seinen Stuhl hinter dem Schreibtisch. »Willst du einen Kaffee haben?«

»Lieber was Stärkeres«, gab Roland zu.

»Gibt es etwas Stärkeres als *diesen* Kaffee?«, lächelte Gert schief und nahm die Thermoskanne vom Tisch. Er schenkte ein und reichte Roland den Becher. »Ihr habt also die Zigarettenschmuggler erwischt?«

»Ja, Gott sei Dank. Aber wir haben auch einen laufen lassen. Kurt Olsen hat mit dem Fahrer einen Deal gemacht, dem, der von dem Überfall auf die Jütländische Bank in Kolding geflüchtet ist. Er ist wieder auf freiem Fuß.«

Gert lehnte sich in seinem Bürostuhl aus rotem Leder zurück, der eher wie ein gemütlicher Sessel aussah. Nicht wie Rolands schäbige Ausgabe aus abgenutztem, schwarzem Oxford-Stoff. Seine Arbeit bestand schließlich darin, auf Achse zu sein und zu ermitteln – und nicht darin, bequem im Büro zu sitzen und zu faulenzen.

»Ob das ein cleverer Zug von Kurt war? Ein Schurke ist doch wohl ein Schurke? Waren die Zigarettenschmuggler jetzt so viel wert?«

Roland schwenkte den Kaffee in seinem Plastikbecher. »Das wird die Zeit ja zeigen. Mein Gefühl ist, dass er vielleicht ein bisschen sehr vom NEC unter Druck gesetzt wurde.«

»Natürlich, wenn sie die im Visier hatten. Das war doch *ihre* große Chance für einen Durchbruch. Aber einen Verbrecher gehen zu lassen. Das passt gar nicht zu Kurt.«

»Nee, mitschuldig war er ja, und vielleicht kreuzen sich unsere Wege auch wieder, aber nun haben wir auf alle Fälle seine DNA.«

»Die haben wir, ja!« Gert lächelte stolz über seinen Anteil an dieser Tatsache. »Und wir müssen wohl auch einfach dem Urteil des Vizepolizeidirektors vertrauen.«

»Mmmm.«

»Naja, aber ich habe mir auch die andere kleine Sache angeschaut, um die du mich gebeten hattest.« Er legte ein paar Fotos auf den Tisch. Roland beugte sich vor, um sie besser sehen zu können. Es waren Nahaufnahmen der Hämatome, die die Mordwaffe in Albert Hovgaards Gesicht hinterlassen hatte.

»Die Vertiefungen in den Wunden sind an einigen Stellen tiefer als an anderen. Wir haben versucht, Gegenstände zu finden, die zu so einer Form passen, aber das ist nicht leicht. Wenn wir davon ausgehen, dass es etwas war, das sich am Tatort befunden hat, ist es unmöglich zu erraten, was es war.«

Roland zog eines der Fotos zu sich und betrachtete es genauer in dem weißen Schneelicht, das durchs Fenster fiel. »Wie tief ist die tiefste?«

»Ungefähr fünf Millimeter.«

»Fünf Millimeter? Das ist nicht viel. Waren die wirklich tödlich?«

»Die Kraft der Schläge war es.«

»Kann man sich vorstellen, dass auf dem Gegenstand ein Muster sein könnte?«

»Nicht undenkbar, aber hast du eine Idee?«

Roland legte das Foto zurück auf den Tisch und schüttelte den Kopf. »Wurden Abdrücke genommen? Vielleicht kann jemand das Muster wiedererkennen.«

Gert lächelte. »Du guckst zu viel CSI, Roland. So leicht ist das nicht. Die Wunden haben sich geschlossen, daher kann ich nicht einfach so Gips da reingießen und ein exaktes Muster bekommen.«

Roland nickte peinlich berührt. Er hatte tatsächlich so etwas im Fernsehen gesehen. »Also suchen wir nach etwas mit einem gewissen Gewicht und einem Muster, wobei der höchste Punkt ungefähr fünf Millimeter beträgt.«

»Das Gewicht weiß ich nicht. Ein leichter Gegenstand, der mit großer Kraft geschwungen wird, kann die gleichen Schäden verursachen wie die, die wir hier sehen.« Gert deutete auf eine Nahaufnahme. »Aber was ist das Motiv? Daran arbeitet ihr wohl auch gerade?«

»Genau. Das Ganze klang so einfach, Gert. Ein Raubüberfall in einem Wohnhaus, begangen von einer osteuropäischen Bande, die von den Bewohnern überrascht wurde und zum Angriff überging.«

Gert stieß das Bild mit dem Zeigefinger an. »Aber ist das in diesem Zusammenhang nicht übertrieben gewalttätig? Geht es bei Eindringlingen nicht einfach darum, den Gegner niederzuschlagen und so schnell wie möglich zu verschwinden?«

»Ja, aber es ist nicht ungewöhnlich, dass die Vorgehensweise der Osteuropäer recht brutal ist. Wenn sie hinter den Waffen her waren, mussten sie den Schrank öffnen, und wenn sich Albert Hovgaard zur Wehr gesetzt hat, sind sie vielleicht in Panik geraten und haben im Affekt gehandelt. Das Ganze war stimmig.«

»Ja, das klingt wahrscheinlich. Aber nun verhält es sich ja dem Beweismaterial zufolge nicht so. Glaubst du wirklich, dass Nachbarschaftsstreitigkeiten soweit führen können? Wer hat ihn gefunden? War das nicht seine Frau?«

»Doch, aber sie *meinte* nur, dass er zu dem Zeitpunkt tot war. Er lag auf dem Boden und antwortete nicht, als sie nach ihm rief und ihn schüttelte. Ella und Finn Geisler, die nächsten Nachbarn, bei denen Signe Zuflucht gesucht hatte, waren als Erste zur Stelle. Aber da war er tot.« Roland schaute auf seine Uhr. In einer Stunde hatte er eine Besprechung mit Kurt Olsen, wollte ihm aber gern ein bisschen mehr vorweisen können. Kurt war drauf und dran, bei dem Fall in Panik zu geraten. Die Presse war sehr kritisch, und ein Interview nach dem anderen mit Bürgern, die mit dem Einsatz der Polizei unzufrieden waren, füllte die Titelseiten.

»Hat die Frau des Ermordeten Fotos ihres verstorbenen Mannes gesehen?«

»Nein, um Gottes Willen, sie ist psychisch zusammengebrochen; solche Fotos zu sehen würde viel zu viel aufwühlen. Sie ist hier das Opfer.«

»Hat sie gesagt, was sie gesehen hat?«

»Was meinst du, Gert?«

»Ich meine, ist es vorstellbar, dass Albert Hovgaard überhaupt nicht so aussah, als sie ihn fand? Es wundert mich, dass die Spurensicherung bei ihr in der Mordnacht kein Blut unter den Füßen fand. Wenn sie neben ihrem übel zugerichteten Mann gestanden hat, wäre das unmöglich zu vermeiden gewesen.«

»Sie ist barfuß durch den Schnee zu den Nachbarn gelaufen, das hat wohl ...«

»Trotzdem, wenn sie mitten in einer Blutlache gestanden hätte, wäre das auch beim Durch-den-Schnee-Laufen nicht ganz entfernt worden. Außerdem gab es in dem Blut auch keine Fußspur.«

Roland beeilte sich, ein Stück Kaugummi zu nehmen. Die Hände mussten irgendetwas tun. Jetzt hätte er eine Zigarette angezündet.

»Hast du damit noch nicht aufgehört?«, lachte Gert leise und nickte in Richtung der Packung.

»Nein, wie zum Teufel soll ich mir *das* jetzt abgewöhnen«, knurrte Roland und fand es überhaupt nicht witzig. Heute war nichts witzig. Nicht nur der Mordfall machte ihm zu schaffen. Er hatte bis in den Morgen mit Giovanna gesprochen. Salvatore war noch nicht nach Hause gekommen, und Roland hatte große Lust gehabt, einfach den ersten Flug nach Neapel zu nehmen.

Immerhin ging es um seine Familie, und er fühlte sich auch nicht ganz unschuldig. Aber Irene hatte ihn zur Arbeit geschickt und gesagt, sie würde Kontakt mit Giovanna halten und ihm Bescheid geben, wenn es etwas Neues gab. Sie hatte ebenfalls Schuldgefühle. Sie war diejenige, die es an der Zeit fand, dass Salvatore nach Hause zurückkehrte. Und jetzt ...

»Laster wird man nicht mal so eben los, das eine ersetzt das andere. Manche muss man offenbar einfach haben«, tröstete Gert, immer noch lächelnd.

Roland stand auf. »Ich nehm die Bilder hier mit, okay?«

»Klar, dann verfolgst du das also weiter?«

»Natürlich. Das ist ein wichtiges Detail, das unserer Aufmerksamkeit entgangen ist. Wenn das so ist, haben wir eine ganz andere Situation.«

Er nahm die Treppe nach unten. Brauchte es, sich zu bewegen und den Frust aus dem Körper zu trampeln. An Gert Schmidts Theorie war was dran. Warum hatte er nicht selbst so gedacht? Verblendet von dem Offensichtlichen. Aber konnte er Signe Hovgaard diese schrecklichen Bilder zeigen? Wenn sie ihren Mann in dieser Nacht wirklich nicht so zugerichtet gesehen hatte, könnte ihr das den Rest geben. Aber falls sie es nicht hatte, bedeutete das auch, dass der Mord stattgefunden hatte, nachdem sie ihn verlassen hatte, um bei den Nachbarn Hilfe zu holen. Und was würde dieses Wissen dann mit ihr machen? Wieder hörte er das ängstliche Zittern in der Stimme, als sie ihn fragte, ob sie nicht bei Albert hätte bleiben sollen. Wie wäre es für sie, wenn sie erkannte, dass er noch leben würde, wenn sie bei ihm geblieben wäre?

43

Der Magen rumorte von all dem Tee, den sie in der Kommune getrunken hatte. Dieses Mal war es Hagebuttentee gewesen, er schmeckte gut, war aber ziemlich harntreibend. Jetzt musste sie schon wieder. Es war so peinlich, bei einem Fremden, noch dazu einem Asengläubigen, nach dem Klo zu fragen. Wie sah die Toilette bei einem Wikinger aus? Ein Erdloch? Unwissenheit war meistens der Nährboden für Vorurteile. Aber nun war sie bald da, so lange musste sie noch durchhalten.

Andreas wusste mehr über Wikinger als über Asengläubige, aber er kannte Kasper, einen Religionswissenschafts-Studenten an der Uni. Den hatte er angerufen und mit ihm verabredet, dass sie vorbeikommen durfte, um mehr zu erfahren.

Das Haus bei der Adresse in Holme sah jedenfalls sehr normal aus. Aus dem Schornstein stieg Rauch auf, daher rechnete sie damit, dass es einen Heizkessel oder einen Kamin – vielleicht einen Scheiterhaufen – geben musste. Lag auf dem Boden Stroh? Sie lächelte über sich selbst. So schlimm war das wohl nicht.

Der junge Mann, der öffnete, war auch ein ganz normaler Student. Blonde, halblange Haare und neugierige blaue Augen. Strickpulli und zerschlissene Jeans. Er lächelte, als sie sich begrüßt und vorgestellt hatten, und zeigte ihr die Tür zur Toilette. Die war auch ganz gewöhnlich, aber sehr kalt, weil das Fenster gekippt war.

»Na, was willst du gerne über uns wissen?«, fragte Kasper, als sie sich gesetzt hatten und sie dankend »irgendwas« abgelehnt hatte.

»Ich würde einfach gerne ein bisschen darüber hören, wie ihr ... lebt.«

»Falls du darüber nachgedacht hast, asengläubig zu werden, musst du dich einfach bei der Glaubensgemeinschaft, bei der du gerne Mitglied sein möchtest, anmelden. Natürlich sollst du für unsere Glaubensgrundlage einstehen, und ...«

»Nein, das ist nicht das, was ich will. Jedenfalls im Moment nicht«, fügte sie hinzu, um nicht zu voreingenommen zu klingen. Der abgelaufene Journalistentitel wurde wieder rausgezerrt und aufpoliert.

»Okay, aber wie du sehen kannst, gibt es hier kein Sonnenrad an der Wand oder selbstgemachte Wollkittel.« Er lachte.

»Soll das heißen, dass ihr im Alltag nicht wie Wikinger lebt, sondern euch nur zu diesen Blót versammelt, wo ihr opfert?«

»Das ist sehr unterschiedlich, und ich kann nur für mich selbst sprechen. Ich würde das eher als eine Lebens- und Weltsicht als einen Glauben bezeichnen.«

»Du kannst dir also überhaupt nicht vorstellen, dass es extremistische Asengläubige geben könnte?«

»Wie meinst du das?«

»Ja, zum Beispiel, dass die auf die Idee kommen könnten, Menschen zu opfern, die ja die ultimativen Opfer der Wikinger waren.«

Jetzt lachte er wirklich, während er den Kopf schüttelte. »Ich finde, das klingt echt voll komisch«, meinte er, als er endlich aufhörte zu lachen. Sie spürte ihre Wangen brennen und ihr Kopf war bestimmt so rot, wie er sich anfühlte.

Kasper wurde wieder ernst, hatte nach seinem Lachanfall aber immer noch Tränen in den Augen. »Das einzige Unheimliche, was ich innerhalb des Asenglaubens kenne, ist die unglückliche Verbindung zwischen dem Nationalsozialismus und der Nordischen Mythologie, die von irregeleiteten Nationalisten geschaffen wurde. Rechtsextreme haben ja immer die arische Menschenrasse – die stolzen, blonden, nordischen Wikinger – als Übermenschen gesehen, im Verhältnis zu Nicht-Ariern, den Untermenschen, die es zu eliminieren galt. Denk nur an Hitler.«

»Du meinst Rassismus?«

Er nickte. »Der Ku-Klux-Klan hat auch das Sonnenrad als Symbol, und die Swastika wurde von den Nazis so gründlich besudelt, dass wir Asengläubige sie nicht mehr benutzen können. In der Vereinssatzung gibt es explizit einen Paragraphen gegen Rassismus, das ist kein Zufall.«

»Aber Rechtsextreme können sich wohl nicht einfach so Asengläubige nennen?«

»Einige von ihnen sehen sich selbst als solche. Aber diese Art der Deutung des Asenglaubens liegt sowohl uns als auch den alten Quellen und überlieferten Sagen fern. Die benutzen die Mythologie und die Religion dazu, eine beschränkte Rassentheorie und Fremdenhass zu legitimieren. Das ist nicht das Gleiche, wie stolz auf sein kulturelles Erbe zu sein und sich mit seinen Sitten wohlzufühlen, aber das ist wohl für einige ein fließender Übergang.« Er lehnte sich auf dem Stuhl zurück und seine Augen hatten einen sehr bekümmerten Ausdruck angenommen. »Du bist dir sicher, dass du nicht irgendwas haben magst? Ich habe selbstgemachten Saft aus Johannisbeeren aus dem Garten.«

Anne warf einen Blick raus in den Garten und lächelte misstrauisch.

»Ich friere sie ein und mache den Saft aus den aufgetauten Beeren.«

»Okay, das klingt gut.«

»Jetzt bei der Kälte mache ich ihn immer warm.« Er stand auf und ging in die Küche. Sie schaute sich seine Sachen an, während sie über die neuen Informationen nachdachte. Könnten Vagn Mortensen und der Rest des Klans Nazis oder Rechtsextreme sein? Vieles passte trotzdem nicht zusammen. Was wollten sie mit den Obdachlosen, die meisten davon gehörten doch auch zur arischen Rasse. Sahen sie die als *vargr* – Wölfe und Verbrecher, Geächtete und Feinde?

Kasper kam mit zwei Gläsern dampfendem, heißem Johannisbeersaft. Sie nippte daran und lobte ihn, der war wirklich ganz ungewöhnlich. »Da ist doch wohl kein Alkohol drin?«, fragte sie, als ihr der Gedanke kam, dass die Wikinger so was bestimmt gerne mochten.

»Gar keiner. Nur Honig, der ist auch hausgemacht. Da draußen unter dem Schnee befinden sich sowohl Bienenstöcke als auch ein Gewächshaus. Ich versuche, so weit wie möglich Selbstversorger zu sein.«

»Steckt schon ein bisschen Wikinger in dir«, lachte sie. Das heiße Getränk ließ ihre Wangen noch stärker erröten. »Wohnst du allein?«

»Nein, meine Freundin wohnt auch hier. Sie ist Krankenschwester und gerade arbeiten.«

»Ist sie auch asengläubig?«

»Nicht so eingefleischt wie ich, aber sie nimmt ab und zu am Blót teil, weil sie das gemütlich findet.«

»Gemütlich?«

»Genau. Gemütlich. Es geht ja bloß darum, sich unter einem gemeinsamen Glauben zu versammeln. Die altnordische Kultur interessiert mich sehr, und es ist kein Zufall, dass ich Religionswissenschaft studiere. Der Asenglaube ist ganz sicher der, der am besten zu meiner Lebensanschauung passt.«

»Was glaubst du, wie viele es in Dänemark gibt?«

»Es gibt keine ganz genauen Zahlen, es gibt überall auch unbekannte Gruppierungen, aber allein *Forn Siðr,* die größte Vereinigung in Dänemark, zählt ungefähr sechshundertzwanzig Mitglieder.«

»Wie und was opfert ihr, wenn es also keine Menschen sind?« Sie lächelte, als fände sie das selber komisch.

»Die meisten Asengläubigen opfern draußen, damit sie eins mit der Natur sind. Ein Blót kann auch im eigenen Garten stattfinden. Manche machen das, wenn sie zum Beispiel Brot gebacken haben und etwas davon der Natur zurückgeben wollen. Also opfern sie ein Brot im Garten, wenn sie drei gebacken haben.«

»Und die Götter geben sich völlig zufrieden mit – Brot?«

»Die Götter freuen sich über alles. Manche opfern Schmuck, andere Dinge, die sie selbst gemacht haben.« Seine Hand wedelte in Richtung eines Regals, auf dem viele seltsame aus Holz geschnitzte Symbole standen. Sie sahen wie Runen aus und bedeuteten bestimmt irgendetwas.

»Die hast du auch selbst gemacht?«

»Genau. Manchmal kann man natürlich auch ein Hühnchen oder ein Schwein opfern, das wir danach über dem Feuer braten und essen, mit Met dazu, aber das ist schließlich nicht schlimmer als das Schweinefest auf Mallorca.«

Anne schmunzelte über den Vergleich. Sie trank aus und bedankte sich mehrfach für die Infos. Die hatten ihren Verdacht nicht bestätigt, im Gegenteil. Vielleicht war es schlicht eine zu fantastische Auslegung einer nicht ganz normalen Familie.

Auf dem Heimweg fuhr sie wieder zur Wärmestube in der Mejlstraße. Es war lange her, dass sie ihre Mutter gesehen hatte, und den Gedanken, dass sie auf der Straße lebte, mochte sie ohnehin nicht. Adomas hatte Recht. Es war wohl am besten, wenn sie bei ihrer Tochter wohnte, war man nicht wenigstens das seiner Mutter schuldig? Sie hatte sie immerhin auf die Welt gebracht.

Sie fand nur Tove, die an einem Tisch über einer Tasse Kaffee hing. Sie sah krank aus. Sie setzte sich zu ihr und fragte nach Marie und Rose. Für einen kurzen Augenblick glaubte Anne, Tove wüsste nicht, wer sie war. Langsam schüttelte sie den Kopf und schaute müde zu ihr hoch. Es dauerte ein bisschen, bis sie in den matten Augen sah, dass sie sie erkannte.

»Marie schläft irgendwo bei einem Bekannten. Sie hat die Grippe. Deine Mutter ist verschwunden. Jetzt haben die auch sie geholt.«

44

Anita schloss sich in ihrem Zimmer ein. Wenn Andreas und Linda nicht bald einsahen, dass Brian und Bitten rausmussten, würde sie selbst gehen, obwohl sie ihren Plan noch nicht durchgeführt hatte. Es war so viel Unerwartetes passiert, das sie nachdenklich gemacht hatte, ob es das Ganze wert war. Bitten und Brian hatten sich als Einzige aus der Kommune geweigert, sich bei der Polizei freiwillig einem DNA-Test zu unterziehen, zeigte das nicht einfach, dass sie etwas zu verbergen hatten? Das mit dem Test war gar nicht so schlimm gewesen. Herrgott! Jetzt stritten sie sich unten im Wohnzimmer laut darüber, und dabei war erst morgen Freitag, an dem das Ganze wieder von vorn anfangen würde.

Sie warf sich aufs Bett. Die Federn schaukelten lange nach. Sie nahm das Buch vom Nachttisch und versuchte zu lesen. Es wurde allmählich schwer, Ruhe für ihre Studien zu finden, und war das nicht eigentlich der Grund, warum man in eine Kommune für Studenten zog? Jetzt wurde da unten laut mit der Tür geknallt. Sie legte das Buch weg und starrte an die Decke. Versuchte anderen Geräuschen als dem Streit zu lauschen. Wäre es Frühling gewesen, hätte das Abendlied der Amsel und anderes Gezwitscher ihn sicher übertönen können. Wegen des Waldes gab es in der Umgebung viele Vögel. Aber jetzt gab es draußen keine Geräusche. Selbst die waren eingefroren. Nun kehrte unten auch Ruhe ein. Gott sei Dank. Sie hasste Streite. Es war überhaupt keine ungewohnte Situation, sich in ihr Zimmer einzuschließen und die Decke über den Kopf zu ziehen, um nichts zu hören. Aber dieses Mal war sie nicht der Grund dafür, dass rumgebrüllt wurde. Sie konnte das Schuldgefühl, das bis zur Unerträglichkeit an ihr genagt hatte, nicht spüren. Sie erinnerte sich plötzlich, dass sie in der Schublade Schokolade hatte und kämpfte sich hoch. Keuchend stand sie auf und öffnete die Schublade. Marabou Daim, ihre Lieblingssorte. Sie riss die Verpackung auf und schnupperte an der Schokolade. Der Duft ließ ihr das Wasser im Mund zusammenlaufen. Natürlich sollte sie das nicht, aber sie brauchte das so sehr, dann musste sie halt später schlank werden. Bis zum Sommer. Der Bikinisaison, wie es in den Frauenzeitschriften hieß. Sie wollte gerade ein Stück nehmen, als es an der Tür klopfte. Verstimmt legte sie die Schokolade zurück in die Schublade und schob sie mit der Hüfte zu. Ein Pillenglas rasselte, als es von der einen Seite zur anderen rollte.

»Hast du dich eingeschlossen!«, rief Linda aus und blieb auf der richtigen Seite der Türschwelle respektvoll stehen. Die Zimmer waren ihre Domänen. Der Ort, wo sie immer ungestört sein und ein Privatleben haben konnten.

»Du bist so plötzlich verschwunden, ich wollte nur gucken, ob bei dir alles okay ist?«

»Ja, mir geht's gut, ich hasse bloß diese Streitigkeiten. Willst du ein bisschen reinkommen?«

»Darf ich?«

»Klar.« Anita öffnete die Tür ganz und ließ Linda rein. Vielleicht war das der richtige Zeitpunkt, sie von dem Rauswurf zu überzeugen, dann könnte sie Andreas überreden. Linda ging zum Fenster und schaute hinaus in die Dunkelheit. »Du hast eine gute Aussicht von hier. Das hier war Andreas' Kinderzimmer.«

»Echt?« Anita setzte sich aufs Bett.

»Du bist doch gerne hier, oder?«

»Ja, natürlich. Da sind nur Brian und Bitten. Ich glaube, es endet böse mit denen, wenn wir nicht bald ...«

Linda drehte sich zu ihr um und setzte sich halb aufs Fensterbrett. »Andreas und ich haben darüber gesprochen, aber offen gestanden kommen wir nicht über die Runden, wenn wir die beiden rausschmeißen.«

»Wir können stattdessen zwei Neue bekommen.«

»Das ist nicht sicher, Anita. Andreas hat Angst, dass er dann die Kommune dicht machen und den Hof verkaufen muss.«

»Was ist damit, die Pferdeboxen zu vermieten, worüber ihr gesprochen habt?«, schlug Anita überredend vor.

»Interessenten zu finden kann auch dauern. Aber jetzt lass uns mal abwarten, vielleicht hat Andreas Recht damit, dass sich die beiden einleben. Sie sind ja noch nicht so lange hier und müssen sich auch erst einmal an das Landleben gewöhnen. Dass du dich so schnell angepasst hast, war einfach Glück. Du bist nicht in der Stadt aufgewachsen, oder?«

»Nein ... wir sind ein paar Mal umgezogen, als ich klein war. Ständig neue Schulen. Aber wir haben immer auf dem Land gewohnt. Vielleicht habe ich mich deshalb so schnell an den Rhythmus gewöhnt.« Sie versuchte, überzeugend zu lächeln.

Linda sprang mit einer geschmeidigen Bewegung vom Fensterbrett, wie es nur Turner schafften. Man hörte nicht mal, als sie auf dem Holzboden aufkam.

»Da unten ist jetzt bestimmt Ruhe. Jeder ist in sein Zimmer gegangen, glaube ich. Es ist auch schon spät, und morgen ist ja ein neuer Tag, den wir vor dem Wochenende überstehen müssen. Ich bin froh, dass es dir gut geht, Anita. Schlaf gut.« Sie tätschelte ihr leicht auf die Schulter, als sie an ihr vorbeiging. Anita stand auf und schloss hinter ihr die Tür ab. Bei dem Gedanken an die Schokolade begann sie zu zittern und aß sie viel zu schnell. Das war leider nur eine Zweihundertfünfzig-Gramm-King-Size-Packung. Warum machten sie keine Fünfhundert-Gramm-Packungen oder noch größere – ein Kilo? Bei dem Gedanken lächelte sie und legte sich mit dem Buch zurück ins Bett.

Sie musste eingeschlafen sein und wachte jäh auf. Das Buch lag auf dem Boden. Die Uhr zeigte kurz nach Mitternacht. Wieder hörte sie es, das Geräusch, und sprang aus dem Bett. Vom Fenster aus sah sie ihn zum Weg hinuntergehen. Sie fasste einen schnellen Entschluss, sprintete die Treppe runter und zog sich hastig Mantel und Stiefel an. Mütze und Handschuhe nahm sie in aller Eile mit und zog erst die Mütze über die Ohren und die Handschuhe an, als sie draußen war. Jetzt galt es, sich zu sputen. Das, was er in der Nacht machte, könnte Andreas vielleicht dazu bringen einzusehen, dass sie Recht hatte. In den Fenstern des Wintergartens war kein Licht zu sehen, daher saß Linda nicht dort und sah sie weggehen.

Es dauerte nicht lange, bis sie Brian als dunkle Silhouette vor sich erspähte. Außer Puste drosselte sie ihr Tempo. Er ging träge, fast als ob er schlafwandelte, und sah sich nicht um. Als er im Wald verschwand, hielt sie an. Ihr Herz stand still und die Beine wollten nicht gehorchen. Sie fühlten sich wie Gummi an. Er machte eine Lampe an, der Lichtkegel verschwand zwischen den Bäumen. Sie atmete tief ein, sammelte all ihre Willensstärke, zwang die Beine dazu, wieder zu gehorchen, aber ihr Atem ging schnell, hyperventilierend. Sie folgte seinen Fußspuren und blieb am Zaun stehen. Hier, wo man viele Fußspuren sehen konnte, war eine Öffnung von ungefähr vierzig Zentimetern. Brian war so mager, dass er sich seitlich durchquetschen konnte, die Fußspuren gingen auf der anderen Seite des Zaunes weiter, und tief drinnen zwischen den Bäumen sah sie in der Dunkelheit das flackernde Licht seiner Lampe. Für sie war der Zaun zu hoch, um darüber zu klettern. Selbst wenn er niedriger gewesen wäre, hätte sie unmöglich ihren schweren Körper darüber wuchten können. Außerdem trug sie einen langen Rock, nicht gerade das Praktischste. Irgendetwas in diesem Wald zog Brian an. Sie war kurz davor sich zu übergeben, als sie daran dachte, was das sein könnte.

45

»Du hast es ihm für heute versprochen! Warum in aller Welt erfahre ich das erst jetzt?« So hätte sie nicht mit Redakteur Ivan Thygesen sprechen können, aber Pierre lächelte nur und sah schelmisch zu Oliver, während er den Schirm einstellte, sodass das Licht stimmte, wenn die Models zu den Aufnahmen erschienen. Sie waren ohnehin schon teuer genug pro Stunde, sodass sie nicht zu lange auf so etwas warten sollten. Pierre dachte immer an die Geldbörse der Kunden.

»Wer ist hier wohl der Boss?«, sagte er lachend.

Oliver war auf dem Weg zu einem Kunden, um eine Möbelausstellung zu fotografieren, und kam rein, um die letzten Sachen zu holen, die er noch ins Auto packen wollte. Er kratzte sich den roten Vollbart und sah Kamilla abschätzig an. »Tja, aber warum sollte es in unserer Branche auch keine Gleichberechtigung geben? Es wird überall nach mehr weiblichen Führungskräften gebrüllt.« Er klopfte ein paar Mal gegen den Türrahmen, lächelte und ging.

»Es besteht kein Zweifel, er bevorzugt dich als Chef«, kommentierte Pierre und schaute durch den Sucher seiner Kamera.

»Ich mein's ernst, Pierre. Du hättest es echt gestern sagen können. Du erinnerst dich bestimmt, dass heute mein, mein ... Neffe kommt. Du hast selbst gesagt, das wäre okay, und ich soll ihn ja auch fotografieren.«

Pierre richtete sich mit einem verärgerten Gesichtsausdruck auf. »Ich wusste das gestern nicht, Kamilla. Danny hat mich gestern spät am Abend angerufen, und da das gut in dein Programm passt, habe ich Ja gesagt. Ich bin mir auch sicher, dass der kleine Kerl es spannend findet, dabei zu sein, wenn Alarmanlagen fotografiert werden. Wann kommt er?«

»Sicher gleich.« Sie schaute auf ihre Uhr. »Wann kommt Danny?«

»Er sagte, um neun. Er hat versprochen, Brötchen und Plunderteilchen mitzubringen.« Pierre fing an, eine Schaufensterpuppe zu fotografieren, die er als Double für die Models benutzte, um das Licht unter Kontrolle zu haben, bevor sie kamen. Kamilla wusste, dass er nicht gestört werden wollte, wenn er konzentriert arbeitete. Sie schloss die Tür und ging in ihr eigenes Studio, wo die famosen Alarmanlagen bereitlagen. Die Schmetterlinge flatterten in ihrem Bauch herum wie immer vor einem großen, anspruchsvollen Auftrag, aber dieses Mal waren ein paar darunter, die besonders heftig mit den Flügeln schlugen. Vielleicht war es gut, dass sie von der Absprache nichts gewusst hatte, sonst wäre sie heute vielleicht nicht erschienen. Um alles in der Welt wollte sie es vermeiden, einen ganzen Tag mit Danny zu verbringen, aber sie musste es als einen Job betrachten und davon absehen, wer er war. Er ist nur ein ganz gewöhnlicher Kunde wie alle anderen, sagte sie sich selbst immer wieder wie ein Mantra.

»Ich hab Teilchen mitgebracht. Und – Mathias.«

Beim Klang seiner Stimme hinter ihr fuhr sie zusammen und drehte sich zur Tür um. Er stand dort mit einer Bäckertüte in der einen Hand, die andere auf Mathias' Schulter.

»Hallo«, sagte Mathias und strahlte übers ganze Gesicht. »Hallo, Mathias ... kennst du Danny?«

Mathias lehnte den Kopf zurück gegen Dannys Mantel und schaute vertrauensvoll zu ihm hoch.

»Ich hab seinem Vater versprochen, ihn mit zu dir hoch zu nehmen, das ist hoffentlich in Ordnung ...«, fing Danny an.

»Mama und Papa hatten es eilig. Die müssen eine Fähre kriegen«, erklärte Mathias, während seine Augen neugierig über all die spannende Ausrüstung in dem halbdunklen Studio schweiften.

Kamilla stellte die Kamera aufs Stativ. »Kennst du seinen Vater denn?«, fragte sie Danny. Sie wollte ihn nicht ansehen. Die beiden zusammen sehen. Mathias kam zu ihr und betrachtete die Kamera, hockte sich hin und schaute direkt in die Linse.

»Nein, ich hab sie draußen getroffen, als ich auf dem Weg nach oben war. Er sollte dich besuchen, sagten sie, daher sind wir zusammen hochgegangen.«

Pierre hatte Dannys Stimme gehört und kam aus seinem Studio. Sie gingen plaudernd in die Küche, und sie versuchte, ihren Atem zu beruhigen. Ob Danny nicht auch sehen konnte, dass Mathias dem Jungen ähnelte, den er an jenem Märzabend getötet hatte?

»Ich hab mich so auf heute gefreut. Wann machen wir die Fotos von mir?«, fragte Mathias eifrig.

»Bald, aber erst musst du mir helfen, Fotos von diesen Alarmanlagen hier zu machen.« Sie zeigte sie ihm und die Entwürfe und erklärte ihm, wie es ablaufen würde. Gespannt lächelte er.

»Sollen wir die alle fotografieren?«

»Ich weiß nicht, wie viele wir schaffen. Aber so viele wir können.«

»Das ist mal was anderes als Schule. Ich hab ja heute frei.«

»Ja, das hat dein Vater gesagt.«

Pierre kam rein und grüßte. »Na, das ist also der kleine Gehilfe. Wollt ihr keine Brötchen und Teilchen haben?«

»Ich würde das hier gerne gerade noch bereitmachen, dann ...«

»Quatsch, Kamilla. Danny hat für uns alle etwas besorgt. Das ist doch in Nullkommanix aufgebaut. Soll sie nicht auch mit in die Küche kommen und was essen?«, fragte er Mathias, der natürlich ganz seiner Meinung war.

Den Rest des Tages versuchte sie, jegliche Tuchfühlung mit Danny zu vermeiden. Mehrmals musste sie ein wenig über die Gespräche schmunzeln, die er hinter ihrem Rücken mit Mathias führte, während sie fotografierte und blendende Blitzlichter in den dunklen Raum schickte. Er verstand es gut, mit Kindern zu reden, musste sie zugeben. Sie beobachtete sie heimlich, wenn Danny ihm geduldig-pädagogisch erklärte, wie sie die Fotos, die sie machte, verwenden würden. Sein Verlobungsring schimmerte im Licht. Ob Majken wohl wusste, dass er hier war?

Mathias war neugierig und teilnahmsvoll, fragte und fragte und wollte versuchen, »den abzudrücken«, wie er es nannte, was sowohl sie als auch Danny zum Lachen brachte. Er versuchte, Fotograf zu sein, und stand auf die gleiche Art hinter der Kamera, wie Rasmus es getan hatte. Die Beine leicht gebeugt, die Schultern viel zu hochgezogen. Nicht nur im Gesicht ähnelten sie sich.

Pierre kam mit großen Sandwichs zum Mittagessen und sie machten eine Essenspause im Studio. Sie saßen auf den Barhockern, die eigentlich Requisiten für die Modelfotos waren, aber in ihrem Studio standen, weil heute in Pierres Büro kein Platz war.

Sie aßen, ohne sich groß zu unterhalten, nur Mathias plapperte ungezwungen über die Schule, die Ausflüge mit seinem Vater auf dem Fischkutter und den Strand im Sommer. Danny fragte ihn aus und klang interessiert, wenn er antwortete, er redete mit ihm wie mit einem Erwachsenen. Mathias entdeckte ein großes, dünnes Fotomodel, das auf dem Weg zu Pierre war, und reckte den Hals. Pierre, der draußen war, um es zu empfangen, bemerkte das und fragte, ob er Lust hätte, ihm bei den Modelaufnahmen zuzusehen. Mathias sprang von dem hohen Stuhl und verschwand gespannt in Pierres Studio. Die Stille wurde erstickend, bis Danny sie brach.

»Hoffentlich fotografiert Pierre keine pikanten Dessous. Das würden die Eltern von Mathias sicher nicht gerne hören.«

»Es sind Pelze. Aber ich glaube nicht, dass es so viel ausgemacht hätte, wenn es Dessous gewesen wären. Heutzutage kann man die überall sehen. Man muss nur in einen Werbeprospekt gucken.«

Danny lächelte und nickte. »Da hast du Recht.« Er trank von seinem Mineralwasser. »Hast du wirklich Geschwister, Kamilla? Das wusste ich nicht. Pierre sagte, Mathias sei dein Neffe.«

»Das hab ich nur zu ihm gesagt, um die Erlaubnis zu bekommen, Mathias heute hier zu haben. Er ist ... der Sohn von Bekannten.«

»Du hättest es mir sonst problemlos weismachen können. Er erinnert sehr an dich, die Augen und ... ihr könntet leicht verwandt sein.«

Verlegen wischte sie sich die Finger an einer Serviette ab. Er konnte die Ähnlichkeit also auch sehen. Nicht mit Rasmus, natürlich. Aber mit ihr.

Er wollte noch mehr sagen, aber zu ihrer Erleichterung kam Mathias zurück. Die Pelze waren wohl nicht so spannend gewesen. Sie waren sich einig, dass sie wohl nicht mehr als noch ein paar Aufnahmen schafften, dann konnten sie ins Wochenende gehen und den Rest am Montag machen.

»Und jetzt bist du das Model«, sagte sie zu Mathias und wechselte das Objektiv. Danny packte die Alarmanlagen, mit denen sie fertig waren, in eine Kiste. Mathias bekam einen Spiegel und einen Kamm und fing an, sich zu frisieren.

»Du sollst doch nicht *so* schön sein«, lachte Danny. »Jetzt siehst du wie ein Konfirmand aus statt wie ein frecher Kerl.« Er wuschelte durch die ordentlich gekämmten Haare. »Ich wurde mal für meine Mutter fotografiert und sie fand, dass mir das Bild gar nicht ähnlich sah, weil ich mich auch zu sorgfältig frisiert hatte.« Er hatte seinen Mantel angezogen.

»Du gehst doch jetzt noch nicht, oder? Ooooch, bleib doch noch, Danny!«, drängte Mathias.

»Danny ist hier fertig mit arbeiten, daher möchte er sicher gerne heim und ins Wochenende gehen«, sagte Kamilla.

»Ich würde sehr gerne bleiben und dich als Model sehen, Mathias. Ich hab nichts anderes zu tun.« Er zog den Mantel wieder aus.

Kamilla schaute durch den Sucher der Kamera und versuchte, Augenkontakt herzustellen.

46

Die Ergebnisse der DNA-Proben waren noch nicht gekommen. Und das nannten die *Turbo*. Roland sammelte Mut für den Auftrag, den er sich selbst auferlegt hatte. Kurt Olsen hatte die neue Wendung im Fall gelobt, der ansonsten festgefahren aussah. Roland hatte nicht erwähnt, dass eigentlich Gert Schmidt den Gedanken gehabt hatte.

Signe Hovgaard war aus dem Krankenhaus entlassen worden und auf den Hof zurückgekehrt. Der Sohn wohnte bei ihr, bis sie ein bisschen Abstand zu dem Ganzen bekommen hätte. Falls das jemals geschah. Der Gedanke, ob es wert war zu kämpfen, um sein Eigentum zu verteidigen, war in der letzten Zeit viele Male aufgetaucht. Aber war das bei uns Menschen nicht ein natürlicher Reflex? Wir verteidigen, was wir lieben – oder einige tun das zumindest. Und dann sind da andere, die die Opfer vor die Wahl stellen, ob sie kämpfen oder es zulassen wollen. Und bei der Entscheidung für die erste Alternative vielleicht das Leben verlieren. Und was ist denn wertvoller als das Leben?

Er stand auf und steckte die Fotos in die Tasche. Wenn es sich so verhielt, wie Gert angedeutet hatte, würde er bald ein paar Angehörige noch einmal ausquetschen müssen. Und wo stand er selbst in den Ermittlungen? Wenn sich zeigte, dass es auch keiner der Nachbarn gewesen war, dann war ein Zufälliger von außerhalb der Mörder. Er tröstete sich damit, dass die DNA-Proben den Fall bald erledigen würden, falls der Mörder nicht unter denen zu finden war, die sich geweigert hatten, an dem Test teilzunehmen, aber dann müssten sie ihn machen.

Er hielt bei Rot an der Ampel auf dem Küstenweg. Die Kräne am Hafen standen wie langhalsige Giraffen vor dem wintergrauen Himmel und spähten übers Meer. Irgendwann würden sie – den Plänen zufolge – von dem sogenannten *Lighthouse* überragt werden, das hundertzweiundvierzig Meter hoch und damit in seiner

Wellenarchitektur Dänemarks höchstes Wohn- und Gewerbegebäude werden würde. Die Finanzkrise hatte das Bauprojekt eine Zeit lang gestoppt, jetzt wurde beschlossen, dass es in zwei Etappen verlaufen sollte, wobei das Hochhaus zuletzt gebaut werden würde. Die erste Etappe war der niedrigste Teil, unter anderem mit Hotel und Wohnungen. Der *Eisberg* und das *Z-Haus* würden auch ein Teil des neuen, modernen Hafens werden. Richtige Zukunftsbauten aus Glas und in merkwürdigen Formen – überhaupt nicht sein Geschmack. Wo war der Charme der alten Backsteinhäuser geblieben? Der Plan, die Umgebung des Hafens attraktiver zu machen, war ja eine ausgezeichnete Idee, aber warum sollten diverse abstrakte und andersdenkende Architekten hier ihre Projekte ausprobieren dürfen? Er kannte die Antwort nur zu gut, und folgte, als es grün wurde, der Schlange in der Kurve nach Nørreport. Eine Viertelstunde später passierte er den Japanischen Garten im Randersweg, aus dem er Irene jeden Sommer fast nicht mehr herausbekam. Wie er wohl im Winter mit Schnee aussah?

Kurz darauf bog er auf den Feldweg zu Signe und Albert Hovgaards Landhaus ab. Schräg rechts zwischen zwei Bäumen stand das Kreuz, fast im Schnee begraben. Ein Symbol einer weiteren Tragödie, die sich ebenfalls hier ereignet hatte. Annes Behauptung ließ ihn ein wenig lächeln. Dieses Mal war sie wirklich aufs Glatteis geraten, auch wenn das in dieser Beziehung eine schlechte Wortwahl war. Redakteur Ivan Thygesen hätte sie vielleicht in die Schranken weisen können.

Die Polizeiabsperrung war weg und die Tür nicht länger versiegelt. Jetzt war es zu spät, das Ganze noch mal zu wiederholen, wenn sich zeigte, dass der Täter an einer völlig anderen Stelle zu finden war. Das Haus war vom Keller bis unters Dach gründlich gereinigt worden. Ein Versuch, das Geschehene abzuwaschen.

Erik Hovgaard, der Sohn, kam an die Tür. »Meine Mutter ruht sich gerade aus. Es war traumatisch für sie, wieder hierher zurückzukehren.«

Roland nickte verständnisvoll und zog auf der Fußmatte die Schuhe aus. Er wagte es nicht, die hübschen, hellen Fliesen mit Stiefeln voller Salz und Kies zu betreten.

»Ich habe Kaffee gemacht. Ich bin davon ausgegangen, Sie wollen ...« Erik ging ins Wohnzimmer. Es sah nicht aus wie das, in dem Roland vor ein bisschen mehr als einer Woche Ella Geisler verhört hatte. Jetzt war es hier aufgeräumt und blitzsauber, kein zerbrochenes Glas und keine Erde auf dem Teppich oder das weiße Pulver der Spurensicherung. Roland warf einen Blick ins Arbeitszimmer, als er an der offenen Tür vorbeiging. Der Waffenschrank, die Goldmedaille und alle Fotos des lächelnden Gewinners waren entfernt. Nur der Schreibtisch stand noch da, als sei geplant, den Raum nun zu einem anderen Zweck zu nützen. Er setzte sich auf den Sessel mit der karierten Decke. Erik kam mit dem Kaffee, reichte ihm eine Tasse und setzte sich. Er sah müde aus. Gequält. Gebeugt und zusammengesunken. Eine unbarmherzige Art, seinen Vater zu verlieren. Und die Beerdigung konnte nicht stattfinden, bis sie die Leiche freigaben. Jetzt konnte es sich vielleicht noch länger hinziehen. Wie fand man eine Möglichkeit, vor der Beerdigung weiterzukommen?

»Sind Sie einer Aufklärung näher gekommen? Wenn es jetzt doch nicht die verdammten Litauer waren, wer hat meinen Vater dann ermordet?« Die Trauer und die Hilflosigkeit waren zu Bitterkeit und Hass geworden.

»Wir haben momentan leider keine Verdächtigen, und es gibt ein paar Dinge, über die wir Gewissheit haben müssen, bevor wir weiterkommen.«

Erik Hovgaard nickte nur. Er war der jüngste Sohn. Gerade vierzig geworden, sah aber wie ein Sechzigjähriger aus. Roland suchte die Fotos heraus und legte sie mit der Rückseite nach oben auf den Tisch. »Glauben Sie, Ihre Mutter schafft es, ein paar Bilder vom Tatort zu sehen ... von Ihrem Vater?«

»Was sind das für Bilder?« Sofort war er auf der Hut.

»Wissen Sie, wie Ihr Vater aussah, als Ihre Mutter ihn in jener Nacht in der Küche fand, hat sie darüber gesprochen?«

»Ja, er war tot! Kann es schlimmer sein?«

»Nein, nicht viel, aber ...« Er trank aus der Tasse, um Zeit zu gewinnen, über seine Worte nachzudenken. »War er einigermaßen gut anzusehen oder war er übel zugerichtet?«

»Meine Mutter hat nichts davon gesagt, dass er übel zugerichtet war, welche Rolle spielt das jetzt?«

»Eine große. Wenn Ihr Vater nicht geschlagen worden war, als Ihre Mutter ihn fand, dann wurde er es hinterher. Also während sie bei den Nachbarn war, um Hilfe zu holen.«

Erik schaute ihn unruhig an, danach auf die Bilder mit der oben liegenden Rückseite. Er griff über den Tisch und wollte eins umdrehen, aber Roland legte schnell eine Hand darauf. »Wenn Sie die Bilder sehen wollen, muss ich Sie warnen, dass sie ... dass es kein schöner Anblick ist. Ich wollte sie Ihrer Mutter zeigen, aber wenn Sie etwas wissen, können wir es ihr ersparen.«

»Was könnt ihr mir ersparen?« Die Stimme war noch ein wenig verschlossen, weil sie ihre Kiefermuskeln noch nicht normal benutzen konnte. Signe Hovgaard stand in der Wohnzimmertür, die Bluse und der Rock waren verknittert, die Haare an der einen Seite des Kopfs platt gedrückt. Erik stand schnell auf und ging zu ihr, er legte ihr beschützend einen Arm und die Schultern. »Mama, leg dich wieder hin. Ich rede mit dem Kriminalkommissar. Du brauchst Ruhe, haben die im Krankenhaus doch gesagt.«

»Was könnt ihr mir ersparen?«, wiederholte sie und hatte den Blick nicht von Roland abgewandt. Das übel zugerichtete Auge öffnete sich nur halb und mit mattem Blick. Langsam ging sie zum Tisch und setzte sich steif auf den Stuhl, auf dem ihr Sohn gesessen hatte. Resigniert blieb er stehen.

»Frau Hovgaard, wir müssen wissen, wie Ihr Mann aussah, als Sie ihn fanden. Können Sie ihn beschreiben?«

Sie zwang die Gedanken zurück, runzelte die Brauen und presste die Lippen zusammen aus Widerwillen, sich zu erinnern. Sie waren spröde und rissig und nicht glitzernd rot wie auf dem Hochzeitsfoto, das Roland im Regal hinter ihr stehen sah.

»Er sah wie er selbst aus. Aber es war kein Leben in ihm, als ich ihn geschüttelt habe. Er ...«

Roland wartete.

»... Er sah aus, als ob er ohnmächtig wäre. Sein Hinterkopf blutete ein bisschen, bestimmt davon, weil er ihn beim Aufprall auf den Boden verletzt hat ... oder weil einer von denen ihn geschlagen hat ...«

Roland wandte den Blick von dem Hochzeitsfoto und dem, was einmal gewesen war, ab und versuchte, ihr in die Augen zu sehen. Neutral zu bleiben.

»Er war also nicht übel zugerichtet?«

»Nein, ich hab wie gesagt geglaubt, er wäre ohnmächtig, und weil Ella und Finn im Herbst zur Ersten Hilfe gegangen waren, dachte ich, sie könnten hel...« Sie fing an lautlos zu weinen, die Hände vor dem Mund geballt. Da löste sich der Sohn aus seiner versteinerten Haltung. Er ging vor ihr in die Hocke und legte einen Arm um die zitternden Schultern. Bittend sah er Roland an. »Ist das nicht Antwort genug?«

Roland nickte und sammelte die Fotos ein. Signe Hovgaard riss sich von den Händen des Sohnes los, die Stimme war wieder unter Kontrolle. »Ich will diese Fotos sehen!«

»Nein, Mama, lass das doch«, warnte Erik.

»Ich will diese Fotos sehen!«, wiederholte sie. »Es ist wichtig für mich, die zu sehen, sonst werde ich mir immer das Schlimmste vorstellen.«

Die Fotos waren das Schlimmste, das sie sich vorstellen konnte, aber Roland musste auch Gewissheit haben. Er legte eines davon vor sie auf den Tisch. Sie starrte darauf, legte den Kopf leicht schräg wie ein Huhn, um mit dem gesunden Auge sehen zu können. Die geballten Hände verschwanden fast im Mund und hielten einen Schrei zurück.

»So sah Albert nicht aus, als Sie ihn fanden, oder?«, fragte Roland sanft.

Die Stimme gehorchte nicht, stattdessen schüttelte sie den Kopf und starrte weiter auf den Tisch, wo das Foto gelegen hatte, auch nachdem Roland es wieder in die Tasche gesteckt hatte, zusammen mit den anderen, die er nicht übers Herz brachte, ihr zu zeigen.

»Haben Sie ihn noch mal gesehen, als ihr zurückkamt?«

Es dauerte lange, bis sie antwortete. Die Stimme war fast unhörbar. »Nein ... soviel ich weiß, nur Finn. Er ist in die Küche gegangen ... Ella hat mir ins Schlafzimmer geholfen, und kurz danach kam die Polizei ...«

»Mama, jetzt bringe ich dich aber ins Schlafzimmer, damit du dich wieder ein bisschen ausruhen kannst.« Er warf Roland einen warnenden Blick zu, verbat ihm, mehr zu fragen. Signe folgte ihm stumpf, als Erik sie hochhievte und ihr zurück ins Schlafzimmer half. Er schloss die Tür hinter sich. Sie waren eine Weile dort drin. Roland konnte ein leises Murmeln hören, der Sohn schien zu versuchen, seine Mutter zu beruhigen. Manchmal wünschte er, andere könnten diesen Teil des Jobs übernehmen. Er leerte seine Tasse und stand auf, als Erik aus dem Zimmer kam und die Tür wieder vorsichtig hinter sich schloss.

»Noch eine Frage: Als Sie letzte Woche mit meinen Kollegen sprachen, erwähnten Sie etwas von Nachbarschaftsstreitigkeiten, die Ihr Vater Ihnen gegenüber mal angesprochen hatte. Worum ging es da?«

Erik steckte die Hände in die Hosentaschen. Er war auch sichtlich aufgewühlt vom Anblick seines Vaters mit unkenntlichem, blutigem Gesicht. Er wäre schwer zu identifizieren gewesen, wäre er nicht in seinem eigenen Zuhause gefunden worden.

»Ja, das stimmt. Er hat erwähnt, dass hier draußen etwas vor sich gehe, das er näher untersuchte. Soviel ich weiß, stockte das eine Weile, aber dann hatte mein Vater etwas gefunden, bei dem einige Nachbarn sicher nicht so glücklich wären, wenn es herauskäme.«

»Hat er erwähnt, was das war?«

»Nicht genau. Es war an meinem Geburtstag im Sommer, als er darüber gesprochen hat. Er hatte bestimmt ein bisschen zu viel Wein.« Erik lächelte ungeschickt.

»Das ist also nichts, was Sie besonders ernst nehmen?«

»Nein, ich habe meine Mutter gefragt, sie ist nicht der Meinung, dass es Probleme gab. Mein Vater sah selbst in kleinen, unbedeutenden Dingen welche.«

47

Sie blieb mit laufendem Radio im Auto sitzen. Bei *Black Ice* von AC/DC schaltete man nicht einfach ab.

Vielleicht hatten die Litauer hier geparkt und die Höfe überwacht. Sie fischte in der Tüte mit dem Favorit Mix von Malaco und stopfte sich ein Stück in den Mund, ohne zu sehen, was es war. Sie beobachtete den Weg zwischen den Höfen. Was versuchte sie zu finden? Vielleicht hatte Marie Unrecht, und ihre Mutter saß sicher und warm irgendwo in einer Obdachlosenunterkunft. Und warum hatte diese Information sie wieder aufs Land geführt? Sie nahm sich noch ein Stückchen. Der Zucker der Süßigkeiten half ein bisschen, redete sie sich ein. Auf dem Weg passierte nichts. Die Höfe sahen völlig verlassen aus, von Schnee bedeckt. Letzte Nacht war noch mehr herunter gekommen. Fast fünf Zentimeter zusätzlich zu all dem anderen. Sie konnte einige der Baumkronen oben im Wald sehen. Am Ende des nächsten Feldwegs mit Pappeln auf jeder Seite konnte man den Dachfirst des Hofs erahnen, wo der Mord stattgefunden hatte. Signe und Albert Hovgaards Hof.

Sie hatte dort eine halbe Stunde gehalten, als sie das Auto bemerkte, das langsam näher kam zwischen den kahlen Pappeln und den Schneehaufen auf beiden Straßenseiten, die ein kleiner Traktor mit Schneepflug aufgeschoben hatte. Sie erkannte, dass es Roland Benitos Wagen war.

»Shit!«, murmelte sie. Kaute energisch auf einem Stück Lakritz und überlegte, aufs Gas zu drücken, um schnell wegzukommen. Der gelbe Lada leuchtete, sah vor dem weißen Hintergrund fast fluoreszierend aus. Er konnte sie nicht übersehen. Sein Auto hielt, als es neben ihrem stand. Er ließ das Seitenfenster herunter und gab ihr Zeichen, das Gleiche zu machen. Es half nicht, so zu tun, als wäre nichts.

»Wir können uns nicht mehr so treffen, Anne«, sagte er humorvoll und ohne Vorwurf. »Können Sie in einer Stunde zum Präsidium kommen? Ich würde gerne wissen, was Sie wissen.«

»Ja, aber ich weiß nichts. Und ... Sie glauben mir ja doch nicht.«

»Mal schauen. Wir sehen uns in einer Stunde.« Er hatte das Fenster schon wieder hochgefahren und fuhr weiter, ohne ihre Ablehnung zu hören. Was konnte schon passieren, wenn sie dort erschien? Das Präsidium wieder mal von innen sehen. Rolands kleines, enges Büro mit Papierstapeln, und noch mal den starken Kantinenkaffee zu genießen.

Sie wurde gebeten zu warten. Währenddessen dachte sie darüber nach, dass Zeit etwas Seltsames war. Normalerweise verging sie so schnell, dass man kaum hinterherkam, aber gerade schien alles sehr lang zu dauern. Unendlich lang. Als sie endlich sein Büro betrat, war er in Arbeit vergraben, als ob er sie überhaupt nicht erwartete. Er sah erst auf, als sie sich räusperte. Wann war sie zuletzt hierher regelrecht eingeladen worden? Seit dem Gitte-Mord bestimmt nicht. Sonst kam sie immer unangemeldet angestiefelt.

»Setzen Sie sich, Anne.« Er schenkte ihr Kaffee ein – auch ein neuer Zug von seiner Seite. Sie musste bisher immer darum bitten oder sich selbst bedienen.

»Leider glaube ich nicht, dass ich Ihnen dieses Mal mit irgendetwas behilflich sein kann«, sagte sie und setzte sich.

Er reichte ihr den Becher. »Vielleicht brauche ich es einfach, ein bisschen mit Ihnen zu reden.« Das Lächeln war schief. Spöttisch war er auch geworden. So war er vielleicht anderen als der Presse gegenüber. Eine neue Seite, die sie an ihm nie zuvor gesehen hatte.

»Darf ich fragen, was Sie in der Nähe des Tatorts gemacht haben – schon wieder?«

»Was haben Sie denn gemacht?«

Er sah sie wütend an. So kannte sie ihn.

»Wir sind dabei, einen bestialischen Mord aufzuklären, das wissen Sie genau. Aber *Sie* wiederum haben da nichts verloren. Ist es immer noch Kidnapping, was sie – untersuchen?«

»In der kleinen abgelegenen Bauerngemeinschaft geschieht etwas Merkwürdiges.«

»Was zum Beispiel?« Roland hob interessiert die dunklen Augenbrauen.

»Bei den Dingen, die passieren, gibt es doch ein bisschen zu viele Zusammenhänge. Der Mord an Albert Hovgaard, der nicht von der litauischen Bande begangen wurde – von wem dann? Rudolfs Verschwinden und dass er in der Nähe tot mit einem Strick um den Hals gefunden wird. Der Junge, der in der gleichen Straße unter mysteriösen Umständen im See ertrank?«

»Dinge können zufällig passieren, sodass es nach einem Zusammenhang aussieht. Außerdem ist der Junge vor vier Jahren ertrunken. Wie bringen Sie das mit einem Mord in Verbindung, der nun bei einem Raubüberfall passiert ist?«

Anne zuckte mit den Schultern. »Das finde ich ja gerade heraus. Habt ihr euch das mit den Obdachlosen mal näher angeschaut?«

»Die Sache mit Verner Thybo ist abgeschlossen. Selbstmord. Wenn andere Obdachlose wirklich verschwunden sind, dann sind sie nicht als vermisst gemeldet, was sollen wir also Ihrer Meinung nach tun? Verschwinden mehr Obdachlose und wird es gemeldet, werden wir das natürlich ernst nehmen, aber gerade können wir nicht …«

»Rose Teresa Larsen ist verschwunden. Meine Mutter.«

»*Ihre* Mutter?«

Sie nickte und Tränen stiegen ihr in die Augen. Warum musste das ausgerechnet jetzt hier vor Roland Benito passieren? Sie erzählte ihm von dem unerwarteten Besuch ihrer Mutter, dass sie sie rausgeworfen und später in der Wärmestube in der Mejlstraße gefunden hatte. Ihren litauischen Vater und Adomas ließ sie weg. Die gehörten nicht zu der Sache.

»Wann haben Sie Ihre Mutter zuletzt gesehen?«

»Vor vier bis fünf Tagen.«

»Und Sie sind sich sicher, dass sie nicht irgendwohin gefahren ist? Zurück nach Kopenhagen vielleicht?«

»Das weiß ich nicht«, gab sie zu. »Aber ich hab es im Gefühl, dass etwas nicht stimmt. Meine Mutter und eine andere Obdachlose hatten angefangen, näher zu erkunden, was vor sich geht. Vielleicht kamen sie zu dicht dran und ...«

»Sie verdächtigen also jemand Bestimmten, die beiden entführt zu haben? Vagn Mortensen vielleicht?«

Sie nickte.

»Versprechen Sie mir, sich da rauszuhalten, Anne. Es behindert die Ermittlungen, dass Sie herumschleichen und Polizist spielen.«

»Sie glauben also auch, dass es einen Zusammenhang gibt?«

»Nein, ganz und gar nicht, und genau deswegen sollen Sie das hier uns überlassen!«

»Soll das heißen, ihr nehmt den Fall jetzt auf?«

»Wollen Sie Ihre Mutter als vermisst melden?«

Sie nickte eifrig und musste etwas entfernen, das an der Wange kitzelte. Es war nass.

»Dann bitte ich Sie darum, uns eine genaue Personenbeschreibung von ihr zu geben – eventuell auch ein Foto.«

Annes Mutter, wer hätte das gedacht. Zum Glück hatte sie dieses Mal nicht über Wikinger und Götter geredet, dann hätte er sie nicht ernst nehmen können. Aber die Tränen in ihren Augen hatten ihn beeindruckt. Dass es überhaupt Tränen darin gab. Nicht mal als ihr Stiefvater kurz davor war, sie totzuschlagen, hatte er eine einzige gesehen. Aber wer war die Frau, die die Mutter der unerschütterlichen Anne war? Offenbar eine Obdachlose.

Er stand auf, um hoch in die Kantine zu gehen und ein bisschen Essen zu bekommen, wurde jedoch von Kim Ansager aufgehalten.

»Wir haben eine Vermisstenanzeige entgegengenommen, die wir ernst nehmen müssen«, informierte er ihn eifrig.

»Ja, weiß ich. Natürlich nehmen wir die ernst.«

»Das weißt du? Aber ich hab sie doch gerade erst entgegengenommen.« Kims Augen glänzten hinter den Brillengläsern vor Erstaunen.

»Ja, Anne Larsens Mutter, oder?«

»Anne Larsens Mutter? Ist *die* auch verschwunden?«

»Auch? Wer noch?«

»Anita Andersen aus der Kommune. Andreas Poulsen hat gerade angerufen. Sie haben sie seit Donnerstagabend nicht mehr gesehen, nachdem sie sich wegen eines Streits zwischen den Bewohnern in ihrem Zimmer eingeschlossen hatte.«

48

Sie waren dabei, alle Fotos am Computer durchzusehen. Kamilla wusste mehr über die Bearbeitung in Photoshop als Danny, obwohl er eine Werbeagentur betrieb. Dafür habe er seine Leute, sagte er zu seiner Verteidigung.

»Das Foto wird deiner Mutter bestimmt gefallen«, meinte er und schaute über die Schulter zu Kamilla, als sie dem Bild ein bisschen mehr Kontrast gab. Mathias hing hinter ihr über der Stuhllehne und verfolgte das Ganze mit einem zufriedenen Grinsen. Sie konnte ihn riechen. Ein Hauch Schweiß nach den vielen anderen Erlebnissen des Tages. Der Duft von Rasmus. Dannys Duft vermischte sich damit. Es fiel ihr schwer, sich auf den Bildschirm zu konzentrieren, und sie war erleichtert, als sie Pierre draußen vor dem Studio mit einem Mann sprechen hörte. Sie erkannte die Stimme ihres Vaters, Mathias auch; er lief sofort raus, um ihm zu erzählen, was er erlebt hatte.

»Na, ich muss dann aber auch mal heim.« Danny zog seinen Mantel an.

»Ja, bis nach Risskov ist es ja ein Stück zu fahren bei dem heftigen Glatteis«, sagte sie mit dem Rücken zu ihm.

»Ich fahr jetzt nicht nach Risskov. Wieso glaubst du das ... ah, ich verstehe. Nein, ich wohne noch in der Badstuestraße über der Werbeagentur, daher ist es nicht so weit.«

Hoffentlich glaubte er nicht, dass es das war, was sie wissen wollte. Wo er wohnte, ging sie nichts an. Auch nicht, wann er zu heiraten gedachte.

Mogens Arnskov kam ins Studio und begrüßte Danny.

»Danke, dass Sie ihn heute Morgen mit nach oben genommen haben, wir hatten es wirklich eilig, die Fähre zu bekommen. Wir haben sie nur erreicht, weil ich nicht mit hochgehen musste«, sagte er zu Danny und drückte Mathias' Schultern.

»Kein Problem. Es war schön, ihn kennenzulernen.«

Trotzig versuchte sie, ihm in die Augen zu schauen, als er ihr formell die Hand zum Abschied gab. Aber das klappte nicht besonders lange. Er ging.

»Papa, du musst dir die Fotos angucken!« Mathias zog Mogens zum Computer. Er lächelte Kamilla zu und nickte zufrieden.

»Da wird sich Mama richtig freuen. Aber sie sitzt unten im Auto und wartet, daher müssen wir gehen. Sie können mir die Fotos schicken, wenn sie fertig sind – und die Rechnung natürlich.«

Enttäuscht nickte sie. Hatte gehofft, die Gelegenheit zu haben, ein bisschen mit ihm und Mathias allein zu sein. Der Tag war so schnell vorbeigegangen. Viel zu schnell. Und es war nicht der Plan gewesen, dass Danny auch mitmachen sollte. Sie fuhr den Computer herunter, machte das Licht im Studio aus und ging mit ihnen hinaus zur Garderobe, wo sie ihren Mantel anzog und Pierre »Tschüss« zurief. Gemeinsam gingen sie die Treppe hinunter und raus auf die Straße, wo sie alle drei, als hätten sie sich abgesprochen, im kalten Wind zusammenschauderten und den Mantelkragen über die Ohren klappten. Mathias beklagte sich, er habe Hunger, und Kamilla musste zugeben, dass es nicht mehr als ein großes Sandwich zum Mittagessen gegeben hatte. Mogens gab Mathias deutlich zu verstehen, er müsse warten, bis sie zu Hause seien, aber das würde noch etwas mehr als eine Stunde dauern.

Kamilla bekam ein schlechtes Gewissen, dass sie sich nicht besser um ihn gekümmert hatte.

»Fahren Sie auf dem Heimweg nicht durch den Grenåweg?«, fragte sie, und als Mogens nickte, schlug sie vor: »Ich wohne in Egå, ihr könnt gerne Halt machen und ein bisschen was essen, falls ihr nicht dringend nach Hause müsst. Ich hab eine Katze«, sagte sie zu Mathias, um weiter zu locken.

Mogens meinte, sie hätten es nicht eilig, wollte es aber erst mit der Chefin im Auto klären, wie er sagte. Mathias stieß ein lautes *Yippiiiie!* aus, als es beschlossen war, und Kamilla sagte, dass sie ihr einfach hinterherfahren könnten.

Auf dem Weg überlegte sie, was sie im Kühlschrank hatte. Es war lange her, dass sie so impulsiv gewesen war, Gäste einzuladen, ohne Kontrolle über so etwas zu haben, aber auf jeden Fall waren immer Roggenbrot und Aufschnitt da.

Tarzan empfing sie im Eingangsbereich, und Mathias bekam sofort Kontakt mit dem Kater, der nach einem einsamen, langen Tag die gewohnte Zuwendung vermisste. Zur Zeit ging Tarzan nicht so oft durch die Katzenklappe nach draußen. Der Schnee im Garten war viel zu kalt und tief, um sich hinauszuwagen. Sie fand ein bisschen was zu essen im Kühlschrank, dazu Bier und Limo. Mathias war wirklich hungrig und aß eifrig. Danach setzte er sich aufs Sofa zu Tarzan und spielte mit ihm, so weit der alte, faule Kater bereit war mitzumachen.

»Er hat sich immer eine Katze gewünscht«, sagte Alice.

»Ja?«

»Ich finde, es wäre schade, dass sie so viel allein sein müsste. Und man kennt ja den Willen der Kinder, sich um die ersehnten Tiere zu kümmern, wenn sie ins Haus kommen. Letztendlich bleibt es immer an den Eltern hängen.«

Mathias protestierte und versicherte seiner Mutter, er würde sich auf jeden Fall um eine Katze kümmern, wenn sie wie Tarzan wäre, und fragte Kamilla, ob er seine Katze auch so nennen dürfte.

»Vergiss es, du kriegst keine Katze!«, sagte Mogens.

Alices Worte waren die gleichen, die Kamilla selbst Rasmus gegenüber benutzt hatte. Worte, die sie seitdem bereut hatte, sodass es fast wehtat. Sie schaute Mathias an. Man glaubt, man hat sie immer, aber ...

»Wer ist der Junge auf dem Foto da drüben?«, fragte Alice und unterbrach ihre Gedanken. Sie stand auf, ging hinüber, und sah es sich näher an. »Unglaublich, wie ähnlich er Mathias sieht. Hast du das gesehen, Mogens?«

Mogens nickte. »Gehört er zur Familie?«

Es dauerte ein wenig, bis sie sich zusammenriss und erzählte, was mit Rasmus passiert war, ohne Danny zu erwähnen. Er wurde der Autofahrer genannt. Wie immer, wenn sie davon erzählte, kippte die fröhliche Stimmung in eine düstere, und niemand traute sich mehr, etwas zu sagen. Sie wollte Mogens gerne erzählen, dass es sein Enkel war, aber es wirkte verkehrt, es nun zur Sprache zu bringen. Alice und Mathias sollten nicht dabei sein, wenn das geschah. Lange saßen sie schweigend da, bis Kamilla fragte, ob sie nicht einen Kaffee machen sollte und ob Mathias nicht noch eine Limo haben wolle. Wenn sie sich recht entsann, hatte sie auch noch Plätzchen.

Eine Stunde später brachen sie auf. Mathias umarmte Tarzan und sie und ging mit seiner Mutter zum Auto. Mogens fragte, ob er die Toilette benutzen dürfe, und entschuldigte sich mit zu viel Bier und Kaffee. Er war eine Weile dort, während sie die Tassen vom Tisch nahm und in die Spülmaschine räumte. Sie hörte ihn nicht kommen, daher ließ sie die Stimme hinter ihr, die plötzlich grob und anders klang, zusammenzucken.

»Wer bist du? Ich will wissen, wer du bist!«

Sie drehte sich um und sah Zorn in seinen Augen.

»Was meinen Sie?«

»Komm mal mit!« Er packte sie hart am Arm wie ein unartiges Kind und zog sie mit ins Bad. Er deutete auf die Waschmaschine, und erst jetzt kam ihr der Gedanke, dass sie das Foto dort hingelegt hatte, als sie Jeans gewaschen hatte. Das Bild des Jungen im Strickpulli auf dem Fischkutter am Agger Strand. Der Bruder ihrer Mutter, der ertrunken war und nie gefunden wurde.

»Woher hast du dieses Bild? Sag mir, wer du bist!«

»Das hab ich in der Bibel meiner Mutter gefunden, als ich nach ihrer Beisetzung im Oktober ihre Wohnung ausgeräumt habe«, antwortete sie heiser und sah ihn nicht an.

»Deine Mutter! Wer ist deine ...«

Er ließ ihren Arm los und hinterließ einen pochenden Schmerz. So wollte sie es ihm nicht erzählt haben. »Meine Mutter war Gloria. Mädchenname Gloria Svendsen. Der Junge auf dem Foto ist mein Onkel, er ist als Sechsjähriger ertrunken, weil sie und ...«

»Ich kenne die Geschichte«, schnitt er ihr das Wort ab. Der Zorn in seinen Augen war von einem Ausdruck abgelöst worden, den sie noch nie zuvor bei einem Menschen gesehen hatte. Er schwankte, als er vor ihr zurückwich und stolperte beinahe über die Türschwelle.

»Nein, Papa. So darfst du nicht gehen! Ich wollte es dir erzählen, aber ...«

Er hielt die Hände vor sich hoch und drehte den Kopf mit einer Grimasse, als fürchtete er, etwas würde auf ihn hinabstürzen. Lehnte das Leben ab, das er hinter sich gelassen hatte und das plötzlich in Form eines Schwarz-Weiß-Fotos auf einer Waschmaschine aus dem düsteren Dunkel der Vergangenheit auftauchte. Lehnte *sie* ab. Er drehte sich um und ging.

49

»Dieser Januar kann der kälteste Monat seit fünfundzwanzig Jahren werden«, verkündete der Nachrichtensprecher im Radio. Roland glaubte das gern, er erinnerte sich nicht, dass es in Dänemark jemals zuvor so kalt gewesen war und so viel Schnee gegeben hatte. Wegen der Schneemassen war das Dach eines Schweinestalls zusammengebrochen, den Schweinen war aber nichts passiert. Er schaltete zurück zu DR Klassik. Es waren die gleichen Nachrichten, die er vor einer halben Stunde gehört hatte. So viel Neues passierte in dem kleinen Dänemark auch nicht. Deshalb mussten sie im Radio und im Fernsehen immer wieder die gleichen Nachrichten bringen, wenn es nun unbedingt so viele Nachrichtensendungen geben musste. Aber über den Kälterekord konnten sie nicht lange sprechen, und der zynische Winter setzte sich anscheinend fort. Es gab eine Meldung über noch mehr Schnee und Frost.

In Neapel war es dreizehn Grad warm, hatte Giovanna gestern Abend am Telefon erzählt. Es gab immer noch kein Lebenszeichen von Salvatore, aber nun waren die *Carabinieri* auf die Sache angesetzt, und sie nahmen sie sehr ernst. Keiner der alten Kollegen seines Vaters war noch im Korps, aber alle erinnerten sich an Adriano Benito. Im örtlichen Polizeirevier hing ein Foto von ihm. Roland meinte, sich schwach an dieses Bild erinnern zu können, das vorher im Wohnzimmer direkt über einer weißen Büste der Heiligen Madonna gehangen hatte, bis seine Mutter beschloss, es solle dort hängen, wo es hingehörte. Die schwarze Uniform, die schicke Schirmmütze und die Hose mit den roten Streifen entlang beider Hosenbeine. Elegant war er. Nur daher kannte er ihn. Schwache Erinnerungen konnten auftauchen, aber woran erinnerte sich ein Vierjähriger? Vielleicht war es nicht mal das Bild, an das er sich erinnerte, sondern die Vorstellung von einem Vater, wie seine Mutter ihn beschrieben hatte. Wusste die Camorra jetzt, wer Salvatore war? Würde bald eine Lösegeldforderung kommen? Oder kam der Junge aus ganz anderen Gründen nicht nach Hause? Ein Mädchen vielleicht? *L'amore?* Er hoffte es so inständig.

Ein Streufahrzeug vor ihm hatte es nicht eilig. »*Pazienza*«, sagte er laut zu sich selbst. Geduld war das Einzige, das man im Augenblick auf den Straßen brauchte. Das Salz in den Lagern ging zur Neige, sodass sie vielerorts gezwungen waren, groben Sand oder Kies gemischt mit einem Hauch Salz zu verwenden. Dänemark war nie auf Eiswinter vorbereitet. Dieses Streufahrzeug sah nicht gerade aus, als sparte es an der Mangelware.

Pazienza war auch das Einzige, was er Salvatore betreffend haben konnte. Irene beruhigte ihn damit, dass wohl nichts passiert sei. Er hatte ihr auch nicht alles erzählt. Nicht den Teil, der ihn selbst schuldig machte. Aber er musste mit jemandem reden. Ihm kam der Gedanke, dass er nicht weit weg von Henry Leanders Zuhause war, und bog bei der Kragelunds Allee ab. Natürlich war es nicht nett, unangemeldet zu kommen, aber Leander hatte nie etwas dagegen gehabt und pflegte einen Whisky zu spendieren, wenn er zu Besuch kam. Dennoch geschah es nicht oft, dass sie sich außerhalb der Arbeitszeiten sahen. Aber warum das nicht ändern? Das Jahr war noch nicht so alt, dass es für neue Vorsätze zu spät gewesen wäre.

Das Haus war aus gelben Steinen gebaut und erinnerte ihn immer an die Aarhuser Universität, natürlich nicht so groß, aber trotzdem eine beachtliche Größe für ein Eigenheim mit Keller für Leanders ›Haustiere‹. Im Wohnzimmerfenster war Licht zu sehen, dann musste er zu Hause sein. Roland klingelte und schaute über den Garten mit Schnee und die Eiszapfen unter dem Garagendach, während er wartete.

Leander sah ziemlich verwundert aus. Er trug lockere Freizeitkleidung.

»Benito! Du hier um diese Zeit?!« Für einen Augenblick sah es aus, als wollte er ihm die Tür vor der Nase zuknallen. Er überlegte es sich jedoch anders, sah schnell auf seine Uhr, ergab sich mit einem kleinen Seufzer und ließ ihn rein. Es duftete wunderbar würzig, so roch es normalerweise nicht bei dem Rechtsmediziner. Roland zog seinen Mantel aus, ging nach ihm ins Wohnzimmer und konnte es nicht lassen, auf seinen Hintern in der Freizeithose zu starren. Leander hatte immer einen Kittel an, der ihn verbarg. So sah der also aus. Auf dem Couchtisch standen zwei leere Kaffeetassen und Cognacgläser. Im Kamin brannte ein Feuer und im Fernseher lief eine der ewigen Kochsendungen.

Er lächelte erstaunt. »*So was* guckst du?«

»Nee, ich nicht, aber ... setz dich.« Er schaltete den Fernseher aus.

Roland setzte sich und schaut auf das Cognacglas vor sich. Am Rand war Lippenstift. »Ich störe doch wohl nicht?«

»Nee, es kann wohl genauso gut gleich herauskommen, dass ...«

Irgendwo in der Nähe ging eine Tür auf und das Geräusch nackter Füße auf dem Parkettboden näherte sich. Roland war überhaupt nicht überrascht, sie zu sehen. Nicht so wie sie darüber, ihn zu sehen.

»Benito! Gott!« Die Hände flogen hoch an die Wangen, auch sie sah aus, als ob sie sich umdrehen und wieder im Bad, oder wo auch immer sie nun hergekommen war, verschwinden wollte. Schnell schaute sie zu Henry Leander und lächelte, als er auffordernd nickte. Sie reichte Roland zur Begrüßung die Hand und setzte sich in den Sessel neben ihm nah am Kamin, der eine angenehme trockene Wärme mit Birkenduft abgab. Auch sie trug einen Hausanzug. Er war aus cremefarbenem Velours, der zu ihrer Haarfarbe passte, enger als Leanders und zeigte deutlich, wie viel sie abgenommen hatte, seit er sie das erste Mal bei den Ermittlungen im Gitte-Mord gesehen hatte.

»Das war mir schon klar«, verriet Roland.

»Wie kann das sein, wir waren doch so vorsichtig.«

»Er ist doch Italiener, die haben einen Sinn für so was«, antwortete Leander an seiner Stelle. »Willst du einen Cognac?« Roland nickte, Julie ebenfalls, als sie gefragt wurde, ob sie noch einen haben wolle. »Es ist ja Wochenende«, entschuldigte Leander, als er einschenkte. »Das muss auch nicht länger ein Geheimnis sein. Bald ist mit Julies Scheidung alles geregelt, und dann heiraten wir.«

»Darauf trink ich und Glückwunsch!« Roland hob das Glas.

»Aber was bringt dich um diese Zeit hierher?«, wollte Leander wissen, als sie einen Schluck getrunken und die feierliche Stille ausgekostet hatten.

»Das war eine plötzliche Eingebung auf dem Heimweg. Ich brauchte ein Gespräch von Mann zu Mann.«

»Ich kann ja gehen«, meinte Julie, ohne beleidigt oder wütend zu klingen.

»Nein, das musst du nicht. Vielleicht ist es gar nicht schlecht, eine Spezialistin für Täterprofile dabeizuhaben.«

»Das klingt ernst«, sagte sie.

Roland erzählte die ganze Geschichte von Anfang an, über Salvatores Arbeit für die Abfall-Mafia, wo er viel Geld bei einem Job verdiente, der ihm wegen des chemischen Abfalls, mit dem er und seine Freunde hantieren sollten, das Leben kosten würde, obwohl sie erst vierzehn bis fünfzehn waren. Über seinen Kurzurlaub bei ihnen, auf den Tante Giovanna ihn geschickt hatte, um ihn von dem kriminellen Milieu in Neapel wegzubekommen, und um den Krach, den er mit Salvatore gehabt hatte, als er und Irene anfingen, sich auf die Nerven zu gehen. »Aber jetzt ist er verschwunden und die italienische Polizei sucht nach ihm. Ich gebe zu, ich würde am liebsten nach Hause fliegen und ihnen helfen«, schloss er und bemerkte, dass er unbewusst Neapel als *Zuhause* bezeichnet hatte.

»Und du glaubst, dass ihn die Mafia erwischt hat?«, fragte Julie.

»Das ist zu befürchten.«

»Aber Salvatore hat ihnen doch nur geholfen«, wandte Leander ein.

»Vielleicht habe ich mich in ihm getäuscht.« Roland schwenkte den Cognac am Boden des Glases herum, die Farbe changierte im Schein des Feuers von orange zu karamell. »Giovanna hat sein Zimmer untersucht und eine Menge Geld gefunden. Das hat er bei dem gefährlichen Job verdient. Sie hat auch eine Liste gefunden und meint, es seien Namen von Mafiabossen, die er während seiner Arbeit aufgeschnappt habe.«

»Gute Güte«, rief Julie aus.

»Soll das heißen, es war sein Ziel, für sie zu arbeiten? Dass er aber eigentlich *undercover* gearbeitet hat?«, hakte Leander nach. Er hatte seine Pfeife angezündet und saß, die Hände um eins seiner Knie gefaltet, zurückgelehnt in dem schwarzen Ledersessel und ähnelte einem adligen Grafen mit seinem weißen Fahrradlenkerschnurrbart und dem Cognacglas vor sich auf dem Tisch.

»Vielleicht nicht die ganze Zeit, ich weiß es nicht. Einiges deutete darauf hin, dass er über längere Zeit hinweg Namen aufgeschrieben hat, da es so viele sind, aber vielleicht nicht, um sie zu verraten.«

»Warum dann?« Julie saß ebenfalls mit ihrem Glas da und wärmte den Inhalt in der Hand.

»Vielleicht um später Kontakte zu haben, wer weiß? Auf den Gedanken, sie zu verraten, kam er bestimmt erst dadurch, was ich zu ihm gesagt habe.« Er leerte das Glas, stellte es auf den Tisch und seufzte. »Ich habe ihn daran erinnert, dass die Camorra seinen Onkel ermordet hat und habe ihm erzählt, was für ein fähiger Carabiniere er gewesen ist. Ich sagte auch, dass er, indem er für die Mafia arbeitet, die große Arbeit seiner Familie verhöhnt, sie zu bekämpfen. Das, wofür mein Vater sein Leben geopfert hat.« Er brauchte noch einen Cognac, wollte aber nicht darum betteln.

»Und das, glaubst du, hat ihn dazu gebracht, in die Fußstapfen deines Vaters treten zu wollen?« Leander ließ sein Knie los und beugte sich zu ihm.

»Wohl nicht gerade, indem er in das Korps eintritt, aber er hat seiner Mutter einen Brief geschrieben, der bei dem Geld lag. Ich kann mich zwar nicht wörtlich daran erinnern, was da stand, aber es lief darauf hinaus, dass seine Mutter das Geld verwenden sollte, wenn ihm etwas passierte, weil er im Sinn hatte, die Bosse zu verraten, sodass er Adriano Benitos Tod rächen könne.«

»Also deinen Vater?«, fragte Julie nach.

Er nickte.

»Daher fühlst du dich schuldig an dem, was passiert ist«, sagte sie leise und legte eine warme Hand auf seinen Arm. Roland begann zu verstehen, was Leander in ihr sah.

»Natürlich. Hätte ich das nicht gesagt, wäre er vielleicht nicht auf diesen Gedanken gekommen, und vielleicht war das der Anlass für die Camorra, dass ...« Es musste am Cognac liegen, der seine

Tränenwege öffnete. Oder die Erschöpfung nach einem langen Tag voller Frustrationen. Er nahm das Taschentuch heraus, das er immer für die Hinterbliebenen einstecken hatte, und trocknete seine Augen.

»Du hast nichts falsch gemacht, Roland. Vielleicht ist ihm nichts passiert, und wenn er weiter in diesem Job arbeitet, bedeutet das ohnehin den sicheren Tod«, versuchte Leander zu trösten, und Julie nickte.

Roland stopfte das Taschentuch zurück in die Tasche und versuchte, erleichtert zu lächeln, aber es gelang ihm nicht so recht.

Die nächsten Stunden saß er mit ihnen zusammen in der heimeligen Wärme und bekam noch einen Cognac. Sie sprachen über Leanders und Julies Beziehung, die Scheidung, die Schwierigkeit bei der Geheimhaltung und die Erleichterung darüber, dass er jetzt Bescheid wusste. Roland bereute nicht, gekommen zu sein, als er sich erhob, um nach Hause zu fahren. Julie blieb vor dem Kamin sitzen, Leander brachte ihn zur Tür. Während er seinen Mantel anzog, stand Leander daneben und drehte die eine Spitze seines Schnurrbarts zwischen zwei Fingern. Die weißen, zerzausten Augenbrauen waren gehoben und die immer aufmerksamen Augen, die schon viel gesehen hatten, folgten Rolands Bewegungen.

»Gut, dass du gekommen bist, Roland. Ich dachte, es ginge um die Arbeit, und dabei war es völlig privat. Ich hätte dich ohnehin morgen früh angerufen, weil ich dir etwas erzählen wollte, das ich spät am Tag entdeckt habe.«

Roland schaut ihn beunruhigt an.

»Mein Stellvertreter ist gewiss ein bisschen zu leicht über die Obduktion des Obdachlosen hinweggegangen. Die Jungen, du weißt schon. Daher habe ich beschlossen, ihn mir noch mal anzuschauen, während wir ihn noch in der Kühlung haben. Er hat jedenfalls keinen Selbstmord begangen …«

Roland verlor seinen Handschuh, bückte sich aber nicht danach, bis der Rechtsmediziner fertig gesprochen hatte.

»... sowohl um die Handgelenke als auch die Knöchel gab es schwache Seilspuren. Er war irgendwo festgebunden. Wie ein Opfertier.«

50

Sie hatte das Gefühl von etwas Verbotenem, nach dem Treffen mit Roland Benito im Präsidium wieder hierher zu kommen. Wenn er nur nicht auftauchte, aber das tat er wohl nicht an einem Samstagmorgen.

Dieses Mal war sie ganz bis hoch zur Kommune gefahren und parkte draußen. Der Schnee war nicht geräumt, nur ein paar Reifenspuren führten vom Weg zur Garage, daher konnte sie nicht auf dem Hof parken. In der Garage, deren Tor nicht geschlossen war, bemerkte sie den alten, dunkelgrauen Volvo Kombi der Kommune. Es hatte hineingeschneit. An den Reifen und den Seiten hatte Streusalz seine Spuren hinterlassen. Heute waren wegen des Wochenendes sicher alle zu Hause. Sie wollte noch einmal mit Andreas sprechen, er musste mehr über die Familie wissen, die in Signe und Albert Hovgaards Landhaus gewohnt hatte, wo sie nach dem Tod des Sohnes hingezogen waren.

»Oh, du bist's«, stellte Linda enttäuscht fest, als sie aufmachte.

»Erwartet ihr jemanden?«

»Nee, aber ...«

»Darf ich reinkommen?«

Sie waren am Küchentisch versammelt und frühstückten.

»Wir dachten nur, es wäre die Polizei mit guten Nachrichten«, sagte Linda und setzte sich. Sie zog einen Stuhl für Anne zurück.

»Oder Anita, die zurückkommt«, fügte Andreas hinzu und reichte ihr einen Korb mit Brötchen, aber sie hatte gerade zusammen mit Adomas gegessen.

»Wo ist sie?«

»Sie ist verschwunden. Wie vom Schnee verschluckt«, meinte Bitten, die heute nicht geschminkt war und im Gesicht ganz leer und blass aussah.

»Sie muss Donnerstagnacht rausgegangen sein. Ich hab am Abend in ihrem Zimmer mit ihr gesprochen. Sie hatte sich eingeschlossen, weil wir uns gestritten haben, das kann sie nicht leiden.« Linda schaute Andreas bekümmert an.

Anne nahm den Rucksack ab und stellte ihn gegen die Wand neben zwei Futternäpfe auf dem Boden, die wie Wasser und Trockenfutter für eine Katze oder einen Hund aussahen, aber sie sah kein Haustier.

»Worüber habt ihr denn gestritten? Nicht, dass es mich was angeht, aber ...«

»Das war, weil Bitten und ich diesen verfluchten DNA-Test nicht machen wollten«, knurrte Brian. »Aber die Polizei soll nicht einfach einen Teil von mir für künftige Zwecke haben. Meine DNA ist verdammt noch mal meine eigene!«

Bitten nickte beifällig, und Anne war geneigt, das Gleiche zu tun. Sie traute dem System auch nicht genug, dass sie ohne Weiteres einfach ihre Gene und Chromosomen der Ordnungsmacht abliefern würde.

»Aber wenn ihr nichts gemacht habt, ist es doch egal, wenn sie die bekommen. Dass ihr euch weigert, könnte ja auch bedeuten, dass ihr kein ganz reines Gewissen habt«, protestierte Andreas, und Bjørn warnte davor, den Streit wieder zu beginnen.

Anne dachte ein bisschen darüber nach, ob das der Grund sein könnte. Hatte sie Angst, für irgendetwas festgenommen zu werden, wenn die Polizei ihre DNA bekam?

»Gerade weil wir unschuldig sind, sollen die sie nicht haben. Man läuft ja auch nicht rum und verteilt seine Kontonummer, oder?!«, gab Bitten zu bedenken und klopfte eine Zigarette aus der Schachtel. Sie zog ein Feuerzeug aus der Tasche ihres engen, kurzen Rocks und wollte die Zigarette gerade anzünden, aber Linda räusperte sich laut, hob einen Finger in ihre Richtung und zeigte nach draußen. Bitten brummte, die Zigarette zwischen den Lippen, und stand mit einem finsteren Blick zu Linda auf, bevor sie in der Waschküche verschwand.

»Anita ist also seit Donnerstagnacht weg?«, fragte Anne nach.

»Ja, als sie gestern nicht zum Frühstück runterkam, bin ich hochgegangen und hab geklopft, aber sie hat nicht aufgemacht. Zum Seminar ist sie auch nicht erschienen.«

»War sie überhaupt nicht im Bett?«

»Es sieht so aus, als hätte sie nur auf der Bettdecke gelegen. Ihr Buch lag auf dem Boden. Vielleicht hat sie es verloren, als sie aus dem Bett gesprungen ist.«

»Aber warum sollte sie das tun?«

»Keine Ahnung«, antwortete Linda. »Sie hat nicht gesagt, dass sie was vorhatte, als ich mit ihr gesprochen habe. Sie hat mir nur gute Nacht gesagt, als ich gegangen bin.«

»Und ihr habt eine Vermisstenanzeige aufgegeben, wenn ich das richtig verstanden habe?«

Anne wollte nicht erwähnen, dass sie ihre Mutter ebenfalls als vermisst gemeldet hatte.

»Ja, aber die Polizei ist der Meinung, wir sollten der Sache ein bisschen Zeit geben, es könnte sein, dass sie bald zurückkommt. Ich dachte, du wüsstest das, weil du gekommen bist. Als Journalistin, meine ich«, sagte Andreas.

Anne nickte, sie hatte ganz vergessen, dass sie das war.

»Aber deswegen bin ich nicht gekommen. Ich wollte von dir hören, ob du nicht mehr über die Familie erzählen kannst, die hier draußen gewohnt hat, bevor Signe und Albert Hovgaard eingezogen sind. Ihr wart ja fast Nachbarn. Hast du mit den Kindern gespielt? Es gab auch eine Schwester, oder? Du weißt nicht zufällig, wo sie hingezogen sind?«

»Ganz schön viele Fragen! Ich weiß nicht so viel mehr als das, was ich letztes Mal erzählt habe. Dass sie sehr religiös und seltsam waren. Du bist also noch nicht mit deinem Artikel fertig?«

Anne beeilte sich, den Kopf zu schütteln.

»Sie waren ja viel jünger als ich, meistens hab ich mit meinen gleichaltrigen Freunden gespielt – und mit Mädchen damals garantiert überhaupt nicht.«

»Wie viel jünger?«

»Ich erinnere mich gar nicht richtig. Vielleicht so acht, neun Jahre Altersunterschied zwischen der Schwester und mir. Ein kleiner, dünner Schwächling, so hab ich sie in Erinnerung. Sie sah immer wie eine Entschuldigung für sich selbst aus. Der Bruder, Marcus, war lebhafter.«

»Er war jünger als sie, stimmt's?«

»Ja, ein gutes Stück. Die Schwester wurde eingeschult, als sie ihn bekamen. Sie hatten lange versucht, noch ein Kind zu kriegen, weil sie sich einen Jungen wünschten. Als sie aufgegeben hatten, passierte es plötzlich. Und es wurde ein Junge. Das Wunschkind. Und dann ertrinkt er einfach. Tragisch und ungerecht.«

»Und du weißt nicht, wo die Familie hingezogen ist?«

»Nach Schweden, glaub ich.«

Die Katze kam zusammen mit Bitten rein. Sie roch nach Zigarettenrauch. Es war eine getigerte Hauskatze, der die Schwanzspitze fehlte. Viele Hofkatzen bekamen den Schwanz in den Mähdrescher, erinnerte sie sich von ihren Landaufenthalten. Sie lief zu der Futterschüssel, ohne darauf zu achten, dass so viele am Tisch saßen. Als sich Bitten auf ihren Stuhl setzte, trat sie beinah auf sie.

»Shit, ist das kalt! Was wollte Anita bloß nachts draußen, als es noch kälter war?«, wunderte sie sich, schüttelte die Schultern und zog sie mit verbissenem Gesicht bis zu den Ohren hoch.

»Vielleicht hat sie irgendwo einen Freund, von dem wir nichts wissen, sie ist wohl einfach draußen und bekommt ein bisschen ...«

»Halt die Klappe, Brian! Was machst du denn nachts draußen?!«, kam es wütend von Linda. Danach verzog sie die Mundwinkel, als ihr aufging, dass sie etwas Falsches gesagt hatte.

Brians vulgäres Lächeln erstarb. Er starrte sie an. »Was zum Teufel meinst du?«

Linda stieg Röte in die Wangen, ihre Stimme zitterte leicht, als sie antwortete. »Ich hab dich nachts gehen sehen ... viele Male. Nach Mitternacht. Was machst *du* also? Bist du auch draußen, um ein bisschen ... hmmm?« Sie schielte zu Bitten.

Brian sprang vom Stuhl auf, sodass der fast nach hinten kippte auf die Katze, die panisch flüchtete. »Spionierst du mir nach, Weib!«, rief er und brachte Andreas auf die Beine.

»Du nennst Linda nicht Weib, sonst ...!«

Sie standen sich wie zwei schnaubende Böcke in der Brunst gegenüber, bis Linda Andreas' Arm packte und ihn wieder auf den Stuhl zog.

»Er meinte das nicht so, Schatz.«

»Aber du hast nicht geantwortet«, knurrte Andreas und wandte den Blick nicht von Brian ab.

»Brian ist immer auf Nachtwanderung gegangen«, schaltete sich Bitten ein. »Das geht andere nichts an, wo er hingeht.«

»Woher weißt du, dass er sich nicht mit einem anderen Mädchen trifft?«, wollte Bjørn wissen, der den Vorfall mit Abscheu im Blick verfolgt hatte.

»Das weiß ich einfach«, erwiderte Bitten und lächelte zu Brian hoch.

»Bist du Donnerstagnacht auch gegangen?«, fragte Anne.

Brian warf ihr einen bösen Blick zu, sodass sie sich unwillkürlich duckte.

»Nein, ich bin nirgendwo hingegangen«, entgegnete er.

51

In der Innenstadt war kaum etwas davon zu sehen, dass am Wochenende fast acht Zentimeter Schnee gefallen waren. Hier gab es nur Matsch. Brauner Matsch, der an aufgelösten, dunklen Zucker erinnerte. Er rutschte mit den Stiefeln darin herum, als er den Parkplatz des Polizeipräsidiums überquerte. Es stob vom

Dach, und der Wind pfiff ihm um die Ohren. Das Thermometer zeigte heute Morgen minus zehn Grad, und mit einer Windstärke von sieben Metern pro Sekunde entsprach dies einem *Wind-Chill-Effekt* – wie es so smart genannt wurde – von ungefähr minus fünfundzwanzig Grad. Der Brabrand See war zugefroren, sodass man über ihn bis nach Stavtrup und zurück gehen konnte. Das war zuletzt vor vielen Jahren passiert. Er lief das letzte Stück, um schneller in die Wärme zu kommen.

Leanders Worte über den Obdachlosen hatten seit Freitagabend in seinem Kopf rumort. Wie ein Opfertier, hatte er gesagt. Warum benutzte er nun gerade diesen Ausdruck! Es hatte ein bisschen geholfen, mit ihm und Julie über Salvatores Schicksal zu sprechen. Keiner schien zu glauben, dass dem Jungen etwas zugestoßen war. Aber sie hatten auch nicht seine Kenntnisse über das Wesen und die Bosheit der Mafia, die im *Corriere del Mezzogiorno* bestätigt wurde, den er immer kaufte, wenn er in Neapel Urlaub machte, hauptsächlich wegen des Sportteils.

Er nahm den Aufzug nach oben. Die Truppe war im Besprechungsraum versammelt, und die Gespräche verstummten nicht, nur weil er hereinkam. Dafür als Kurt Olsen eintraf.

»Der Mordfall hat eine neue Wendung genommen«, fing Roland an. »Nach einem Gespräch mit Signe Hovgaard haben wir neue Erkenntnisse gewonnen.« Er machte eine Pause, in der er beurteilte, ob alle zuhörten. Nur Dan war mehr mit dem Schneetreiben vom Dach draußen vor dem Fenster beschäftigt, sah Roland aber aufmerksam an, als der sich räusperte und fortfuhr. »Albert Hovgaard war nicht übel zugerichtet, als seine Frau zu den Nachbarn rannte, deswegen müssen wir *in mind* haben, dass er zu diesem Zeitpunkt vielleicht nicht tot war. Signe war nur der Meinung, er sei ohnmächtig, und lief los, um die Nachbarn zu Hilfe zu holen.«

»Warum lernen die Leute nicht einfach Erste Hilfe?!«, kommentierte Mikkel.

»Der Mord ist also zwischen zwei und viertel nach zwei passiert nach der Zeitangabe von Signe Hovgaard, bei der sie sich unsicher ist, aber da Ella und Finn Geisler den gleichen Zeitpunkt plus minus wenige Minuten angeben, gehen wir davon aus, dass es um den Dreh sein muss.«

»Was sagt die Rechtsmedizin dazu?«, erkundigte sich Kurt Olsen, der seinen Kugelschreiber zwischen zwei Fingern vor und zurück wippen ließ. Ungeduldig war er immer, unter Druck besonders.

»Da sie von vornherein unsicher waren, was den Todeszeitpunkt betrifft, konnten sie nicht widerlegen, dass der Mord später in der Nacht passiert ist, als sie im Bericht notiert haben.«

»Aber das schließt die Litauer wohl nicht aus, sie können später zurückgekommen sein«, erinnerte Dan.

»Du hast Recht, aber die DNA hat sie ausgeschlossen, daher verwenden wir auf die keine Zeit mehr.« Roland kramte ein wenig in seinen Unterlagen.

»Der DNA-Test kommt heute Nachmittag, ich habe gerade vor ein paar Minuten mit der Technischen gesprochen.« Roland sah zu Kurt Olsen hinüber und nickte lächelnd. Endlich gute Neuigkeiten in der Turbosache.

»Sonst noch was?« Er ließ den Blick über die kleine Versammlung schweifen.

»Es ist mir gelungen, die Familie des Jungen in Schweden ausfindig zu machen, und ich habe gestern Nachmittag mit dem Vater gesprochen oder es versucht. Sie freuen sich nicht besonders über die Polizei nach der Hilfe, die sie bekamen, als Marcus ertrunken ist, daher wollen sie uns nichts erzählen. Erst recht nicht, wenn es nicht in Verbindung damit wäre, dass wir den Fall wieder aufnehmen, und ...«, meldete sich Isabella zu Wort.

Roland war kurz davor, sie laut anzuzischen. Der Vizepolizeidirektor war noch nicht über diesen Nebenweg in den Ermittlungen informiert, und jetzt zeigte der Hals des Chefs deutliche Zeichen, was zu erwarten war, er begann sich mit roten Flecken zu überziehen.

»Was ist das für ein Fall?« Kurt starrte Isabella an, die Roland bittend ansah. Er versuchte, dem Vizepolizeidirektor in die Augen zu sehen, als der schnell den zornigen Blick auf ihn richtete. »Ein ertrunkener Junge! Was hat das mit dem Mord an Albert Hovgaard zu tun?«

Roland versuchte eine Erklärung.

»Und du glaubst ernsthaft, dass es einen Zusammenhang mit dem alten Unfall gibt? Ich erinnere mich gut daran. Die Familie ist völlig durchgedreht und keiner glaubte den Behauptungen. Der Junge ist auf natürliche Weise ertrunken, daran gibt es gar keinen Zweifel.«

»Jetzt kommen wir ja auch nicht damit weiter, wenn niemand mit uns sprechen will, und ...«

»Nein, aber du hast Zeit darauf verwendet und das, ohne mich um Rat zu fragen!«, unterbrach ihn Kurt Olsen wütend und biss so erhitzt in sein Brötchen, dass die Krümel in alle Richtungen schossen.

»Ich bin verflixt noch mal der Ermittlungsleiter in diesem Fall, ich dachte, es wäre relevant, aber jetzt ist es untersucht und hat kein Resultat ergeben. Daran ist nichts verschwendet!«, verteidigte sich Roland und zwang seine Stimme zur Ruhe.

Kurt Olsen murrte, aber sein Hals bekam langsam die normale Hautfarbe zurück. Genervt bürstete er die Krümel von Hemd und Hose.

»Wie es jetzt aussieht, müssen wir den DNA-Test abwarten. Es kann eigentlich nur einer der Nachbarn sein, der die Möglichkeit gehabt hat, den Mord in so kurzer Zeit zu begehen. Einer, der wusste, dass Albert Hovgaard hilflos auf dem Boden lag und die Chance wahrnahm – aus irgendeinem Grund.«

»Was ist mit Finn Geisler? Er ist in die Küche gegangen, während seine Frau Signe Hovgaard ins Schlafzimmer gebracht hat«, sagte Kim.

»Er steht definitiv unter Verdacht, aber er hat DNA abgegeben, und würde er das tun, wenn er schuldig wäre? Er war auch derjenige, der uns in dieser Nacht angerufen hat«, dachte Roland laut nach.

»Das muss nicht zwangsläufig ein Zeichen für seine Unschuld sein«, tadelte Kurt Olsen bestimmt. Roland wusste, dass er ihm nun den ganzen Tag im Nacken sitzen würde. Er atmete schwer, bevor er den nächsten Punkt ansprach – den Obdachlosen und Leanders Entdeckung.

»Jetzt mixt du wieder mehrere Fälle zusammen; wenn es um Mord an einem Obdachlosen geht, müssen sich andere darum kümmern. Gib die Sache an Morten Holsted weiter.«

Roland hatte die Antwort im Voraus gewusst, nickte nur und schaute Kurt Olsen nicht an. Aber ausgerechnet Morten Holsted. Wie sollte der junge Kriminalkommissar in dem feinen Seidenhemd und den Modehosen mit Bügelfalten sich in die Situation der Obdachlosen versetzen und für ihre Sache kämpfen?

»Aber wir haben zwei Vermisstenanzeigen, die auffällig wirken. Zuerst verschwindet Rose Teresa Larsen, die auch obdachlos ist, später Anita Andersen aus der Kommune. Können wir denn völlig ausschließen, dass sich die Fälle berühren?«

Kurt Olsen schüttelte still den Kopf. »Ein Raubüberfall soll als ein Raubüberfall untersucht werden.«

»War die Hundestaffel schon in dem Gebiet?«, wollte Niels wissen und versuchte offensichtlich, seinen Chef zu unterstützen.

»Ja, aber der Neuschnee und das Gestöber zwangen sie zum Aufgeben. Es gibt keine Spuren.« Roland richtete den Rücken auf und berichtete stattdessen, was er über die Mordwaffe erfahren hatte, und bat darum, dass diejenigen, die am Tatort gewesen waren, versuchten darüber nachzudenken, ob sie sich an Dinge erinnern könnten, die solche Schäden verursachen konnten.

»Ein Schmuckstück?«, schlug Dan vor und Roland sah ihn erstaunt an, wie alle anderen, nicht zuletzt Kurt Olsen, der ihn oft gebeten hatte, den inkompetenten jungen Mann zu feuern, doch das verhinderte der Mangel an Beamten. Einmal sagte er etwas Vernünftiges.

»Ein Ring vielleicht?«, ergriff Mikkel die Chance, einen Anteil an der Ehre zu bekommen.

»Ein Ring«, wiederholte Roland und sein Bauchgefühl sagte ihm, dass das die Antwort war. Ein Ring, der an der Hand, die schlug, gesteckt hatte.

52

Adomas hatte lautstark protestiert, während sie eine kleine Tasche mit Keksen und eine Wasserflasche packte, fest entschlossen, das, was sie sich vorgenommen hatte, durchzuziehen, egal, was er davon hielt. »Ich komm heute Abend wieder zurück«, hatte sie ihm zugerufen, bevor sie die Tür zugemacht hatte und die Treppe hinunter in den eiskalten Morgen gelaufen war. Der Lada hatte fast genauso laut protestiert wie ihr Freund, aber jetzt war ›der gelbe Blitz‹ aufgewärmt und sie hatte gerade das Sausen genossen, als sie nach der Dunkelheit des Tunnels hinaus ins blendende Licht kam. Hinaus ins Leben. Kurz darauf fuhr sie wieder über die Brücke mit breiigem Packeis auf beiden Seiten, kreischenden, hungrigen Möwen am Himmel und Schwedens weiße Küste vor sich. Die Schweden hatten natürlich auch Schnee bekommen. Aber hier schien die Sonne. Sie holte die Sonnenbrille aus dem Handschuhfach. Das Handy lag dort drin und blinkte wegen nicht angenommener Anrufe, bestimmt von Adomas, aber sie hatte keine Lust mehr, mit ihm zu streiten, und knallte die Klappe des Handschuhfachs fest zu. Herrgott, es dauerte gut und gerne vier Stunden hier herüber zu fahren, und sie würde wieder zu Hause sein, bevor er überhaupt ans Abendessen zu denken begann. Aber sie wusste genau, was nicht stimmte. Er hätte lieber, dass sie die Zeit nutzte, ihre Mutter zu finden, und es war unmöglich, ihm zu erklären, dass sie genau das versuchte. Es war ein Glück, dass die Familie des Jungen nicht weit hoch ins dunkle Schweden gezogen war, sonst hätte sie nicht auf die Schnelle mit dem Auto rüberhuschen können. Der Hof, den sie gekauft hatten, lag in der Gemeinde Hörby in Skåne, genauer gesagt in Äspinge. Es hatte gedauert, sie zu finden, aber sie war bei ihrer Suche zufällig auf eine Verwandte auf Seeland gestoßen, sicher eine Tante der Mutter. Eine alte Frau, die die richtigen Auskünfte geben konnte, ohne zu viel zu fragen.

Sie musste an der Schranke anhalten und bezahlen, bevor sie nach Schweden weiterfahren konnte. Sie bog von der Autobahn ab und hielt kurz darauf an der Seite, um Rücken und Beine zu strecken. Die Aussicht zu genießen. Die kalte Luft tief einzuatmen. Die Landschaft war fast wie in Dänemark, aber irgendwie offener. Es war leichter zu atmen. Im Widerstreit mit der Reinheit der Natur zündete sie eine Zigarette an, inhalierte und überlegte, auf was sie sich da eingelassen hatte. Ein Mäusebussard schwebte mit ausgebreiteten Flügeln über der Landschaft, als wolle er sie vor der Sonne schützen. Wenn eine Maus aus dem Weiß auftauchte, war sie todgeweiht. Sie trat den Zigarettenstummel im Schnee aus und fuhr weiter. Zwischen den Häusern lag ein großes Agrargebiet. Offensichtlich hatte es die Familie wieder weit nach draußen aufs Land verschlagen. Die Farbe vieler Höfe, an denen sie vorbeifuhr, erklärte, warum es »schwedenrot« hieß.

Das Haus, vor dem sie hielt, als das Navi verkündete, sie habe ihr Ziel erreicht, war jedoch ein hellgelbes Holzhaus. Sie betrachtete es, bevor sie ausstieg, und lächelte ein bisschen, weil es sie an Pippi Langstrumpfs Haus denken ließ. Aber sie hatte eine ernste Miene aufgesetzt, als sie die Türklingel ein paar Mal durchdrückte und wartete. Hier von der Treppe aus konnte sie sehen, dass hinter dem Holzhaus ein altes Stallgebäude in der traditionellen roten Farbe lag. Nur das Wohnhaus war neu und gelb.

Sie hatte gestern Abend angerufen und verabredet, dass sie vorbeikommen würde, daher war es keine Überraschung. Sie hatte gesagt, sie sei eine dänische Journalistin, die über unaufgeklärte Fälle schrieb und hören wollte, ob sie zu einem Interview bereit wären. Sie hatte mit einer Absage gerechnet, aber das war nicht der Fall gewesen. Sie sei sehr willkommen, wurde gesagt. Der Vater des Jungen öffnete. Er war immer noch von der Trauer gezeichnet, die zu tragen die schlimmste der Welt sein musste: sein Kind zu verlieren. Sie hatte das Gleiche gedacht, als sie über den Gitte-Mord schrieb, in dem es sich um die Bosheit eines kranken Menschen drehte. Einen, den man bestrafen und dem man die Schuld geben konnte. Hier war es ein Unfall – oder nicht?

Sie trat mit ihm ein. Das Wohnzimmer war warm, mit einem angenehm schwachen Duft von frischem Holz und einer gemütlichen Einrichtung in schwedischem Stil. Über einer Anrichte hing ein Kreuz, darunter lag die Bibel.

Die Mutter des Jungen stand in der Küche, und es duftete nach Kaffee. Anne freute sich, es wurde viel Gutes über den schwedischen Kaffee gesagt. Die Frau drehte sich um und reichte ihr die Hand, nachdem sie sie an einem Geschirrtuch abgetrocknet hatte.

»Ich heiße Ulla. Willkommen.«

»Danke. Anne Larsen.«

»Sie sind Kopenhagenerin?«

Sie nickte.

»Für welche Zeitung arbeiten Sie?«, fragte der Mann.

»Für das *Tageblatt*. Eine Lokalzeitung in Aarhus.« Anne schaute sich im Wohnzimmer um. Die Decke war ebenfalls aus Holz und die Fenster waren Bauernhausfenster mit abgerundeten Scheiben. »Ich verstehe gut, warum Sie sich für Schweden entschieden haben. Hier ist es wirklich schön. Wie haben Sie ein so fantastisches Haus gefunden?«

»Aksel hat schwedische Wurzeln, daher hat es sich ganz von selbst ergeben, dass wir hier wohnen sollten. Wir wollten so weit wie möglich von Jütland weg, und seine Familie hat uns beim Kauf geholfen. Aber setzen Sie sich doch und trinken Sie einen Kaffee. Es gibt auch Kuchen. Es war ja eine lange Fahrt, Sie sind bestimmt hungrig.«

Anne zog den Mantel aus und setzte sich an den gedeckten Tisch neben Ulla. Sie war in einen dicken Pullover mit Muster und Rollkragen eingepackt. Ihr Haar reichte bis auf die Schultern und war blond, ein bisschen strähnig. Die Augen waren lebhafter als die des Mannes, doch tief in ihnen lag auch ein dunkler Schatten von damals. Die Trauer, die nie verschwand. Etwas, das nagte.

»Du auch, Aksel!«, sagte sie gebieterisch.

Er setzte sich steif und starrte abwesend auf den Strahl aus der Kaffeekanne, als sie ihm einschenkte.

»Wir sind beide so froh darüber, dass Sie den Fall wieder aufnehmen wollen. Es würde uns sehr helfen, eine Aufklärung des Ganzen zu bekommen. Besonders um unserer Tochter willen«, ergänzte sie.

»Es muss schrecklich für sie gewesen sein. Sollte sie nicht auf ihren Bruder aufpassen?«

Die Frau sah ihren Mann an, aber sein Blick fand schnell einen Punkt draußen vor dem Fenster, auf den er sich konzentrierte. Die Augen waren leer.

»Doch, aber sie hatte eine Klassenkameradin getroffen und ihren Bruder vergessen. Das kann in dem Alter ja passieren.« Sie schaute ihn wieder an. Vorwurfsvoll.

»Aber Sie glauben nicht, dass es ein Unfall war?« Anne probierte den Kaffee, fand ihn jedoch nicht viel anders als den dänischen.

»Es sind viele merkwürdige Dinge geschehen, die wir nicht verstanden haben.«

Aksel schaute plötzlich von seiner Tasse auf. »Vielleicht *wollten* wir das einfach nicht verstehen.«

»Was?«

»Wir sind mit den Nachbarn nie warm geworden«, sagte Ulla. »Als wir eingezogen sind, konnten wir spüren, dass wir nicht willkommen waren. Sie hatten irgendwie etwas gemeinsam, wovon wir kein Teil sein konnten.«

»Was?«

»Nehmen Sie sich ein Stück Kuchen«, sie reichte ihr die Platte, danach ihrem Mann, der sich auch ein Stück des nach Kardamom und Zimt duftenden schwedischen Gewürzkuchens nahm.

»Das haben wir nie herausgefunden. Oder nicht verstehen wollen«, meinte Aksel. »Aber *sie* hat es versucht. Und das hat sie in den Wahnsinn getrieben.«

»Wer, Ihre Tochter?«

»Ja, sie wurde nach dem Unfall immer seltsamer. Natürlich wurde sie von Schuldgefühlen geplagt, und du ... wir haben es ihr nicht leichter gemacht.« Sie sagte das zu Aksel und schaute danach Anne an. »Wir haben uns viel gestritten, wir standen ja auch unter Schock und haben getrauert, und es war schwer, ihr nicht vorzuwerfen, dass wir Marcus verloren hatten. Sie hatte versprochen, sie würde ...« Die Unterlippe bebte, aber sie schien es nicht zu merken und fuhr fort. »Wir haben überhaupt nicht gesehen, was im Anmarsch war, bis es zu spät war.«

Anne sah aufmerksam zu Aksel, als seine Frau auf den Tisch schaute und versuchte, das zitternde Kinn zu beruhigen. Er starrte zurück, ohne zu blinzeln und ohne zu sehen. »Sie wurde eingewiesen. Sie ist völlig durchgedreht.« Die Stimme klang wie ein Stöhnen.

»Eingewiesen? Wo?«

»In Risskov. Jugendpsychiatrie.«

Anne schwieg. Das war nicht gerade das, was sie erwartet hatte. So gesehen hatten sie auch ihre Tochter verloren. Sie ließ den Blick über die Wände, Schränke und Regale schweifen, um Fotos der Kinder zu finden, aber es gab keine. Überhaupt gar keine Fotos.

Ulla riss sich zusammen und richtete sich gerade auf. »Deswegen ist es so wichtig herauszukriegen, was damals passiert ist. Wir haben zu Gott gebetet, dass das geschehen würde. Die Polizei hat uns abgewiesen. Ja, sie haben uns fast verspottet. In unseren Ohren klang es auch seltsam, aber wenn nun so viel anderes Merkwürdiges passiert war, warum dann nicht? Aber sie glaubten ihr nicht, und sie untersuchten gar nicht ordentlich, ob da etwas dran sein könnte.«

»Woran?« Anne wollte, dass Ulla es selbst sagte.

»An dem, was unsere Tochter entdeckt zu haben behauptete.«

»Ihre Tochter war also diejenige, die sagte, dass Marcus ... ermordet wurde?«

»Ich glaube, sie hat es erfunden, damit sie sich nicht so schuldig fühlen musste«, sagte Ulla leise. »Das ist wohl nur verständlich. Sie war damals erst vierzehn.«

»Sie haben ihr also auch nicht geglaubt?«

»Sie sagte, sie hätte Beweise, die sie in einem Kästchen versteckt hätte. Aber das glaubte keiner. Es klang auch zu verrückt, und daher wurde sie eingewiesen.«

»Welche Beweise, glauben Sie?«

»Das hat sie nicht gesagt.«

»Haben Sie dieses Kästchen nie gefunden?« Anne saß steif auf dem Stuhl, konnte schlecht Luft holen.

»Nein, und sie war nicht klar genug, um es uns zu erzählen. Sie bekam so viel Medizin, dass wir kaum mit ihr sprechen konnten.« Aksel wischte sich die Augen und fand wieder etwas draußen in dem weißen, blendenden Licht, auf das er gucken konnte.

»Dann sind wir umgezogen. Vielleicht haben wir es nicht mitgenommen, Aksel. Vielleicht liegt es immer noch auf dem Dachboden.« Sie versuchte, fragend seinen Blick aufzufangen, aber vergebens.

»Darf ich sie besuchen? Vielleicht kann ich mit ihr reden.«

Ein kleines, freudloses Lächeln huschte über Aksels schmale, bläuliche Lippen. »Sie ist nicht mehr in der Psychiatrie. Vor circa einem halben Jahr wurde sie entlassen. Ich hoffe wirklich, dass sie gesund geworden ist. Sie hat ein Zimmer gefunden. Es wundert uns nur sehr, dass sie ausgerechnet da bleibt, statt heim zu uns nach Schweden zu ziehen.« Er schüttelte den Kopf.

Ulla zerkrümelte abwesend den Kuchenrest auf ihrem Teller. »Nein Aksel, das verstehen wir nicht, aber sie ist achtzehn, also können wir nicht mehr über ihr Leben bestimmen. Das lässt sie ja auch nicht zu. Jetzt rächt sie sich an uns.« Sie warf einen schnellen Blick auf das große Kreuz an der Wand. »Vielleicht gibt es einen Sinn dahinter, dass sie sich entschieden hat, dort zu wohnen. Vielleicht eine Art, weiterzukommen. Sie war immer ein spezielles Mädchen, das seine eigenen Wege gegangen ist.«

Aksel nickte. Sie saßen schweigend da, jeder verschwand in seiner eigenen Welt.

Anne räusperte sich. »Verraten Sie mir, wo sie wohnt?«

Ulla hob den Kopf und sah in das verschlossene Gesicht ihres Mannes.

»In einer Kommune nicht weit von da, wo wir damals wohnten. In der Nähe des Sees, in dem ihr Bruder ertrunken ist.«

53

Das Handy klingelte und vibrierte weiter in der Manteltasche, andauernd und fordernd, aber sie ging nicht dran. Teils aus Prinzip – sie telefonierte nie beim Autofahren –, teils, weil sie mit niemandem reden wollte, gleich wer es war.

Sie hörte immer noch Dannys Worte in ihrem Kopf und war irritiert darüber, dass sie sie etwas fühlen ließen. Eine Menge Gefühle sogar. Als sie die letzten Fotos gemacht hatten, hatte er gefragt, was nicht stimmte, weil sie so schweigsam war. Sie hatte ausweichend geantwortet und wusste genau, dass sie den ganzen Tag ziemlich zugeknöpft gewesen war. Sie dachte an ihren Vater. Würde sie ihn jetzt nie wiedersehen? Und Mathias, wie könnte sie ihn entbehren? Danny hatte sie besorgt mit den dunklen Augen angeschaut, in die sie sich damals verliebt hatte, und direkt gefragt, ob es sie sehr geschmerzt hatte, zwei Tage mit ihm zusammenzuarbeiten, und dann hatte er angefangen, darüber zu sprechen. Den Unfall. Rasmus. Sagte, dass er nie die Chance gehabt hatte, ihr zu erzählen, was an dem Abend vor vier Jahren passiert war, als er die Kontrolle über das Auto verloren und ihn auf dem Fahrradweg getroffen hatte. Sie wollte das nicht hören, konnte es aber nicht vermeiden, während sie die Kamera vom Stativ nahm und zusammenpackte. Sie konnte ihm nicht vergeben, obwohl sie sehen konnte, dass das, was er getan hatte, ihn quälte, obwohl er immer Blumen auf Rasmus' Grab legte, obwohl er sie immer noch liebte.

Das waren die Worte, die in ihrem Kopf nachhallten. Sie hatte auf seinen Ring gesehen, und er hatte es mitbekommen. Majken ist so voller Hass und Eifersucht auf ihre Familie, dass es schwer ist, damit zu leben, nicht nur für sie selbst, hatte er gesagt. Natürlich würde ich das können, wenn ich sie wirklich lieben würde, aber ...

Zum Glück war Pierre ins Studio gekommen und sie hatte die Chance zum Aufbruch genutzt. Sie sah Dannys Augen weiterhin vor sich, wie sie sie angeschaut hatten, bevor sie die Tür schloss und ging. »Vergiss ihn«, murmelte sie und machte das Radio an. Das Handy lärmte wieder, sie drehte die Musik lauter.

Der Verkehr im Grenåweg war dicht, und sie musste an der Schranke halten, als der Zug kam. Gut, dass sie funktionierte, zuvor hatten schon einmal Schranken versagt – mit katastrophalen Folgen.

Der Nachbar hatte auf ihrem Hof Schnee geräumt. Er war Rentner und hatte nichts anderes zu tun, daher war es kein Ding, hatte er gesagt, als sie beim ersten Mal protestiert hatte. Sie fuhr in die Garage und war mit einmal in die Wärme gelangt, als das Handy wieder klingelte. Genervt schaute sie aufs Display und die Nummer, die sie nicht kannte. Sie nahm das Gespräch entgegen, während sie den Mantel auszog.

»Kamilla Holm«, meldete sie sich verärgert.

Es war eine Weile still. »Hier ist Mogens. Mogens Arnskov, wir müssen miteinander reden.«

Sie setzte sich auf den nächsten Stuhl, den einen Arm immer noch im Mantelärmel.

»Hallo! ... Hast du so oft angerufen? Entschuldigung, aber ich bin gerade gefahren und ...«

»Bist du jetzt zu Hause? Ich bin auf dem Weg, ich kann in zehn Minuten bei dir sein. Ist das okay?«

»Okay.«

Er legte auf. Sie starrte abwesend auf Tarzan, der an seiner Futterschüssel stand und Wasser trank. Ihr Vater hatte ein wenig seltsam geklungen. Schnell stand sie auf, zog den Mantel aus und hängte ihn an den Kleiderhaken, dann holte sie zwei Becher raus und machte Kaffee. Ihr Herz klopfte bis zum Hals. Er wusste, wer sie war, und wollte mit ihr sprechen, das konnte doch nur bedeuten, dass er ...

Sie erwartete ihn an der Tür, als er klingelte.

Wusste nicht, ob sie lächeln sollte, entschied sich aber dagegen, als sie öffnete. Er lächelte auch nicht. Blieb auf der Treppe stehen, bis sie ihn hereinbat. Er behielt den Mantel an und setzte sich an den Esstisch.

»Ich hab Kaffee gemacht ...« Sie stellte die Becher auf den Tisch und schenkte ein. Wartete. Er vermied es, ihr in die Augen zu sehen. Trank von dem Kaffee. Sie wollte ihn bitten, den Mantel auszuziehen. Ein bisschen zu bleiben. Sie setzte sich ihm gegenüber.

»Tut mir leid, dass ich nichts davon gesagt habe, aber ...«, begann sie, als die Stille drückend wurde.

Er wirkte nicht wie er selbst. Die Bartstoppeln waren grau und in den Augen lag ein gequälter Ausdruck. »Ich hätte selbst darauf kommen sollen. Du siehst ihr ja ähnlich.«

»Wusstest du, dass sie mit mir schwanger war?«

Er sah wieder auf den Tisch. »Ja, das wusste ich. Ihre Familie hat sie deswegen rausgeschmissen.«

»Oma und Opa waren sehr religiös. Ja, ich kannte sie nicht, aber das hab ich gehört.«

Er hörte nicht zu, starrte nur in seine Tasse.

»Ich bin Gloria nach Horsens gefolgt, als sie geflüchtet ist. Sie hatte dort, soviel ich weiß, eine Jobanzeige gesehen, aber dann traf sie einen anderen Mann. Ich hab es geschafft, ein bisschen mit ihr zu reden, bevor sie geheiratet hat, aber sie hat mir erzählt, sie hätte eine Fehlgeburt gehabt und wolle mich nicht mehr sehen. Die Fehlgeburt sei Gottes Strafe, sagte sie.«

»Du wusstest also nicht, dass ich geboren wurde, und dann bist du nach Bønnerup gezogen?«

»Ich wollte nicht nach Agger zurück, da war ich nicht mehr gern gesehen. Darüber, eine so junge Frau zu schwängern, sieht man in dieser Gegend nicht stillschweigend hinweg. Und das, was auch passierte, war ...« Er wandte den Blick ab und schluckte schwer. Kamilla legte ihre Hand auf seinen Arm. Er sah schnell dahin, bewegte den Arm aber nicht.

»Wir haben ihn vergessen. Das Ganze geschah so plötzlich. Es war ein schöner Abend, die Sonne färbte das Meer beim Sonnenuntergang orangerot. Wir haben uns geküsst, wir ... ich hab sie wirklich geliebt. Gloria. Ihr Bruder saß an der Reling mit einem kleinen Fischernetz. Er wollte Fischer werden wie sein Vater.« Die Augen, umrahmt von feinen Falten von dem rauen Wind auf dem Meer, glänzten vor Schreck. »Plötzlich war er weg. Gloria hat es bemerkt. Instinktiv riss sie sich plötzlich aus meinen Armen und schaute zur Reling. Wir riefen, ich bin reingesprungen und getaucht, konnte ihn aber nicht sehen, und die Unterströmung war so stark, dass ich selbst ertrunken wäre, wenn ... Deine Mutter war hysterisch, verständlicherweise, wir kamen an Land, und sie musste heimlaufen und berichten, was passiert war. Später fing das Ganze erst richtig an. In einem Fischerdorf passiert es oft mal, dass jemand ertrinkt, das ist ein natürlicher Lebensbestandteil, und Gloria hatte nicht die ganze Wahrheit gesagt. Aber das musste sie, als ihr morgens immer übel wurde und man es sehen konnte, und spätestens als der Arzt ihren Eltern mitteilte, wie es um ihre junge Tochter stand, die selbst fast noch ein Kind war.«

»Aber als sie sagte, sie hätte eine Fehlgeburt gehabt, konntest du da nicht sehen, dass sie mich immer noch erwartete?«

»Sie hatte weite Mäntel an. Und natürlich hab ich ihr geglaubt.«

Kamilla sagte ihm nicht, was mit der Zeit aus seiner geliebten Gloria geworden war, eine verschlossene, bittere und hasserfüllte Frau.

Er hob den Kopf und starrte ins Regal. »Das ist also die Erklärung, warum dein Sohn unserem Mathias so ähnlich sieht. Ich bin sein Opa.«

Sie lächelte. »Ja, und Mathias ist mein Halbbruder. Gerade als ich glaubte, ich hätte keine Familie, da ...«

Mogens zog vorsichtig den Arm zurück und erhob sich. Er stand mit dem Rücken zu ihr an der Terrassentür und schaute hinaus in den Garten, wo die schneebedeckten Büsche wie weiße Gespenster standen.

»Alice und Mathias dürfen nie hiervon erfahren. Es muss ein Geheimnis zwischen dir und mir bleiben.«

»Ja, aber ...«

Er drehte sich um. »Du solltest ... nein – du *musst* mir versprechen, dass nie herauskommt, dass ich dein Vater bin.«

»Du willst dich also nicht zu mir bekennen? Ich dachte immer ...« Zorn und Enttäuschung kämpften in ihr darum, wer die Oberhand gewinnen sollte.

»Das ist es nicht, Kamilla. Dahinter steckt viel mehr.«

»Was?« Der Kloß im Hals wuchs.

»Es ist am besten, wenn du es nicht weißt. Glaub mir.«

Sie sah ihm nach, als er in den Eingangsbereich ging. Er drehte sich in der Tür um, bevor er hinausging. Seine Augen hatten den gleichen Ausdruck angenommen wie bei seiner Ankunft.

»Es tut mir leid, Kamilla. Aber es muss so sein.«

Sie wollte hinauslaufen und ihn umarmen. Die Arme ihres Vaters um sich spüren, aber er war gegangen, bevor sie es schaffte, aufzustehen. Das Einzige, was sie spürte, war die Kälte, die er hineingelassen hatte.

54

»Entschuldigung«, sagte Isabella und kam in sein Büro. »Ich wusste nicht, dass Kurt Olsen nicht informiert war.«

Roland schüttelte den Kopf. Die Morgenbesprechung war nicht so gut ausgefallen, wie er gehofft hatte. Der Nachmittag auch nicht. Die DNA-Analysen waren gekommen, und keine davon passte zum Mörder. Also hatten sie jetzt noch ein Problem. Entweder war es ein Wildfremder oder einer der vier, die den Test verweigert hatten. Bitten Mørk war so klein und schmächtig, könnte sie mit so einer Kraft zuschlagen? Und was war mit ihrem Freund? Auf Drogen vielleicht. Sie waren beide die Typen dafür, einen ungewöhnlichen, gemusterten Ring zu tragen – also falls so einer die Hämatome bei dem Ermordeten verursacht hatte.

»Schon in Ordnung, Isabella. Ich hoffe, *du* hast gute Neuigkeiten? Wie läuft's mit der Suche?«

»Von der jungen Frau aus der Kommune gibt es immer noch keine Spur. Wie lange sollen wir warten, bis wir Helikopter losschicken? Wenn sie bei der Kälte draußen rumläuft, dann ...« Isabella warf einen besorgten Blick aus dem Fenster, wo sich nach Tau und neuem Frost hübsche Eiszapfen zu tödlichen Spitzen geformt hatten. Roland hatte daran gedacht, sie entfernen zu lassen, bevor sie auf den Parkplatz fielen und sich durch den Schädel eines Unglücklichen bohrten.

»Wir warten gerade den weiteren Verlauf der Dinge ab. Rose Teresa Larsen?«

»Mikkel und Kim waren in den Obdachlosenunterkünften und Wärmestuben unterwegs, ich war an den Stellen, wo sie sich aufhalten, und viele Obdachlose wurden befragt, aber niemand hat etwas von ihr gesehen. Sie sprechen auch nicht gerade gerne mit uns. Wie kann es sein, dass die, denen wir am meisten helfen könnten, uns verabscheuen?«

»Einige Obdachlose müssen für ihren täglichen Lebensunterhalt kriminell werden, Einbruch und so was. Besonders die Drogenabhängigen verschwinden um die Ecke, wenn sie uns sehen.«

»Ja, das versteh ich. Aber jetzt geht es darum, dass ihnen jemand ans Leben will.«

»Wenn sich herausstellt, dass die Verschwundenen ermordet wurden, ja. Aber das wissen wir ja nicht. Hast du was von Holsted gehört?«

»Nein, aber glaubst du, er würde uns informieren? Das betrifft ja unseren Fall nicht.«

»Nein, natürlich nicht.« Roland nahm die Akte und reichte sie Isabella. »Gib ihm die lieber auch. Sieht so aus, als hinge die dafür mit seinem Fall zusammen.«

»Der Unfall am See?«

»Ja, falls der Junge den Göttern geopfert wurde und die Obdachlosen auch geopfert werden«, er unterdrückte ein kleines Lächeln.

Isabella konnte aber ihr Lächeln nicht verbergen, als sie die Akte entgegennahm und die Tür hinter sich schloss. Bestimmt war nur Anne Larsen auf diese Geschichte hereingefallen.

Isabella war kaum aus der Tür, als das Telefon klingelte und sich Gert Schmidts Stimme in sein Ohr bohrte.

»Du hast wohl das Ergebnis des DNA-Tests erhalten?«

»Ja, danke, aber was bringt das, wenn es keine Übereinstimmungen gibt.«

»So wahr. Leider gibt es nichts Neues über den Strick, wir haben noch nicht zurückverfolgen können, wo er gekauft worden sein kann, daher ...«

»Den Strick?«

»Der, der um den Hals des Obdachlosen hing«, erklärte Gert.

»Ach, diese Informationen sollen nicht mehr an mich gehen. Der Fall mit den Obdachlosen ist nicht länger auf meinem Tisch. Morten Holsted hat den übernommen.« Roland zwang sich zum Sitzen und ließ den Kugelschreiber zwischen zwei Fingern wippen, wie es Kurt Olsen zu seinem Ärger während der ganzen Morgenbesprechung gemacht hatte. Die Ungeduld war dabei, sich auszubreiten.

»Okay, du hast mit dem Raubüberfall bestimmt auch genug zu tun.«

»Ja, jetzt müssen wir wieder bei null anfangen.«

»Es gibt etwas, das du dir anschauen solltest, finde ich. Natürlich haben wir alle DNA-Profile durchs System gejagt, reine Routine, du weißt schon. Alte unaufgeklärte Fälle können plötzlich neues Leben bekommen. Es gibt eine verdächtige Übereinstimmung zwischen der DNA einer der getesteten Personen und einem anderen, weiter zurückliegenden Fall.«

Roland legte den Kugelschreiber weg und trank einen Schluck lauwarmen Kaffee. Sein Herz begann schneller zu schlagen, und das war nicht nur wegen des hohen Koffeingehalts der Flüssigkeit.

»Vor circa drei Jahren brannte Signe und Albert Hovgaards Haus, ich vermute, das ist dir bekannt?«

»Ja.«

»Ihr habt nicht noch mal auf diesen Brand geschaut?«

»Nicht so, was hat das auch mit dem Ganzen zu tun? Das ist drei Jahre her. Ich weiß nur, dass man den Brandstifter nicht gefunden hat, das kommt ja ab und zu vor«, sagte er und klang wie Kurt Olsen.

»Natürlich, aber man hat an der Stelle, von der der Brandtechniker meinte, dort sei damals der Brand mit Benzin gelegt worden, DNA gefunden. Sie sind auf einen Plastikkanister in der Nähe des Brandherds gestoßen. Er enthielt Benzin, und unter dem Griff wurde DNA in Form von Blut entdeckt. Man vermutete, der Brandstifter hatte sich am Kanister geschnitten.«

»Aber der Schuldige wurde doch nie gefunden ...«

»Nein, es gab keinen Treffer im DNA-Register, und da es keine Verdächtigen zum Testen gab, wurde der Fall als unaufgeklärt eingestellt.«

»Gert, willst du nicht mal zur Sache kommen? Auf wen spielst du hier an? Haben wir plötzlich den Brandstifter gefunden?«

»Das lässt sich nicht mit Sicherheit sagen, aber die DNA passt wie gesagt zu einer der Testpersonen.«

»Und garantiert auch zu unserem Täter. Dass die gleiche Person, die versucht hat, die Familie Hovgaard zu verbrennen, nun Albert Hovgaard getötet hat, wäre nicht ganz abwegig. Wer ist es?«

»Die Familienverhältnisse sind an sich verdächtig. Das Seltsame ist nur, dass die Betreffende nicht länger dort wohnte, als der Brand gelegt wurde, soweit man weiß, weil niemand wusste, dass sie zurückgekehrt war.

»Sie?«

»Ja, *sie*. Es wird nicht weniger verdächtig dadurch, dass sie nun vermisst wird.«

55

Sie schloss die Augen, als der warme Strahl der Brause ihr Gesicht traf. Der Schoß brannte noch. Adomas hatte sie mitten in der Nacht geweckt, nicht durch Rütteln oder Rufen, sondern mit weichen, warmen Lippen, die von den Schulterblättern den Rücken hinunter zu den Lenden und weiter glitten. Sie hatte mit dem Rücken an seinem Bauch gelegen. Löffelchen. Zuerst hatte sie geglaubt, es wäre ein Traum, und würde das vielleicht immer noch glauben. Wenn sie ihn nicht immer noch spüren würde. Die Wärme und den angenehmen Schmerz, den er in ihr hinterlassen hatte. Es fühlte sich nicht länger wie Inzest an, wenn sie sich liebten. Er war nicht ihr Cousin. Er war ihr Freund, und jetzt war sie sich ganz sicher, dass sie wirklich verliebt war. Ihr kaltes Inneres war aufgetaut, der Gedanke an Torstens Hände hinderte sie nicht länger daran, die Berührung eines anderen Mannes zu genießen. Er hatte also nicht alles in ihrem Leben zerstört. Sie lächelte, lauschte dem Plätschern des Wassers an den Fliesen und dem gierigen Gurgeln, mit dem es im Abfluss verschwand. Adomas' Begrüßung, als sie gestern Abend spät zurückgekommen war, hatte sie fast das Gespräch in dem gemütlichen schwedischen Holzhaus vergessen lassen. Eigentlich hatte sie den Gedanken gehabt, direkt zur Kommune zu fahren, aber es war zu spät geworden. Die spiegelglatten Straßen nach einem plötzlich aufkommenden Eisregen hatten die Heimfahrt langsamer und beschwerlicher als erwartet gemacht. Lange Staus auf der Autobahn nach einem Unfall hatten dazu geführt, dass sie sich viele Stunden verspätete. Sie war fast wahnsinnig geworden, dort festzusitzen, ohne etwas machen zu können. Hatte gemerkt, wie die Fahrweise aggressiver wurde. Aber Adomas hatte auf sie gewartet, mit Essen – und Wein. Er war dagewesen, um den Frust und die Erlebnisse mit ihr zu teilen. Hatte zugehört und Ratschläge gegeben. Er hatte ihr geholfen, sich zu entspannen, und sie hatte sich gefragt, was sie nur gemacht hatte, bevor er in ihr Leben getreten war. Sie hatte zugelassen, dass sich die Wut aufstaute. Aber jetzt war sie nicht länger allein, und das gab ihr eine wunderbare Ruhe. Sein Rat war gewesen, zu schlafen und bis zum nächsten Tag nicht daran zu denken. Und dann hatte er ihr etwas anderes zum Nachdenken gegeben. Sie stellte die Dusche aus und wischte mit beiden Händen das Wasser aus dem Gesicht, bevor sie nach dem Handtuch griff, über den beschlagenen Spiegel wischte und sich abtrocknete. Sie betrachtete ihren Körper. Die kleinen, spitzen Brüste. Das Fisch-Tattoo, Logo der frommen Sekte, die das einmal von all ihren Mitgliedern verlangt hatte, war fast weg, gebleicht durch das beharrliche Einreiben mit Salz. Der flache, weiße Bauch mit dem Ring im Nabel, dem Einzigen, den sie behalten hatte und der ein Stück über einem schmalen und kurz rasierten schwarzen Dreieck hing. Ihr Blick glitt zurück zum Gesicht, das nach der heißen Dusche gerötet war, was die Narbe in der Augenbraue noch deutlicher machte. Diesen vernarbten Körper liebte Adomas. Machte ihn das hübscher? So sah es beinahe aus. Sie putzte die Zähne und ging zurück ins Schlafzimmer. Nach dem warmen, feuchten Badezimmer fühlte sich die Luft eiskalt an. Draußen war es noch dunkel, und die Eisblumen auf der Scheibe wurden vor dem schwarzen Hintergrund deutlicher. Sie beeilte sich mit Anziehen. Adomas' Brustkorb hob und senkte sich rhythmisch im tiefen Schlaf. Sie brachte es nicht übers Herz, ihn zu wecken und schloss vorsichtig die Schlafzimmertür hinter sich.

Was machte sie jetzt? Wie kam sie weiter? Benito musste wissen, wer Marcus' Schwester war. Warum hatte sie das nicht selbst gesagt? Was wollte sie eigentlich wieder in dieser Gegend, und war sie nun wieder ganz gesund? Eingewiesene flohen ja ständig aus den geschlossenen Abteilungen, vielleicht war sie ...

In Gedanken versunken hatte sie Kaffee gemacht. Reine Routine. Es war erst sechs, aber sie konnte nicht mehr schlafen, es gab zu viel, was sie schaffen musste, aber jetzt, da sie auf war, wusste sie nicht, wo sie anfangen sollte und was sie sich so früh am Morgen überhaupt vornehmen konnte. Während sie aß, schaltete sie das Handy an, das ausgestellt gewesen war, seit es ihr im Stau auf der Autobahn zu sehr auf die Nerven gegangen war. Die meisten Anrufe waren von Adomas, eine einzige Nachricht auch. Aber er bedrängte sie nicht, umzudrehen und heimzukommen, wie sie geglaubt hatte, er machte ihr keine Vorwürfe. Er versprach nur, auf sie zu warten. Zu kochen. Wein zu kaufen. Er vermisste sie. Sie schaute zur Schlafzimmertür und hatte Lust, hineinzugehen und ihn zu umarmen, aber dann würde sie heute nichts mehr schaffen. Sie blätterte weiter im Handymenü und löschte nach und nach die Anrufe. Plötzlich hatte sie eine Bildnachricht auf dem Schirm. Es war ein dunkles Bild, sodass es schwer zu deuten war. Sie drehte das Display, um das Foto besser zu erkennen, konnte aber nichts anderes als Dunkelheit sehen, und etwas in der Mitte, das Feuer sein konnte. Sie ging zum nächsten Bild weiter, das ein wenig deutlicher war. Sah aus wie Feuer, das einen Zirkel bildete. Das nächste war der Vollmond, man konnte ihn schwach zwischen kahlen Ästen erkennen. Baumkronen? Die letzten Fotos zeigten Schnee um eine heruntergebrannte Feuerstelle, aber sie waren aus der Nähe und mit Blitz aufgenommen worden, daher waren sie viel deutlicher. Die Telefonnummer war unbekannt. Sie wollte sie gerade löschen, sah das Ganze als kranken Scherz. Vielleicht von einem der alten Kollegen aus Kopenhagen, die ihr immer vorwarfen, dass sie Kriminalreporterin geworden war und mit der Polizei zusammenarbeitete. Das war allerdings immer auf kameradschaftlicher Ebene gewesen, während das hier …

Sie schaute sich das letzte Bild genauer an. Da lag etwas im Schnee. Sie zoomte und hatte gar keinen Zweifel daran, was sie sah. Das waren große Knochen und Blut. Massen von dunkelrotem, getrocknetem Blut.

56

Jemand war ganz dicht bei ihr. Das Geräusch von Stoff in Bewegung, Atem und Schritte.

Sie drehte den Kopf in Richtung des Geräuschs und versuchte, einen Schimmer der Umgebung zu erfassen, aber die Binde vor den Augen saß so stramm, dass sie die Augenlider nicht öffnen konnte, und sie bezweifelte auch, dass ein Tuch benutzt worden war, durch das sie hätte durchschauen können. Dafür pochte der Hinterkopf noch heftiger von der Bewegung. Sie hatte nicht länger ein Gefühl dafür, ob es Nacht oder Tag war oder wo sie sich befand. Es roch wie in einem alten Haus, das lange leer gestanden hatte und längst von Feuchtigkeit, Pilzen und Schimmel überzogen war. Sie kämpfte dagegen an zu fragen, wer sie waren und was sie von ihr wollten. Biss die Zähne zusammen und hörte sie ungeduldig vor sich auf und ab gehen. Sie war nicht die Einzige, die hier gefangen gehalten wurde. Letzte Nacht hatte sie neben sich etwas rumoren hören. Jemand, der ächzte. Es klang wie eine Frau.

Plötzlich kamen ihr Zweifel, ob sie wieder allein war. Es war so still. Keine Gerüche außer nach Schimmel und Fäulnis. Sie wartete, bis sie sicher war, und versuchte wieder, den Strick aufzuziehen, indem sie ihn fest an der Stuhllehne rieb, wie sie es fast die ganze Nacht getan hatte, ohne zu wissen, ob es überhaupt half. Ihre Hände waren hinten an die Lehne gebunden. Auch um die Knöchel waren Stricke gewickelt, die Beine waren jeweils an ein Stuhlbein gefesselt, sodass sie nicht aufstehen konnte. Und es war kalt hier. Verdammt kalt. Die Kälte kroch über den Boden, die Füße waren steifgefroren. Hatten sie vor, sie erfrieren zu lassen? Unruhig rutschte sie auf dem Stuhl hin und her und rieb noch fester mit dem Strick. Ihre Kräfte waren bald erschöpft, aber es war unmöglich zu schlafen, nicht ohne Hilfe. Hier konnte sie nicht sitzen bleiben, mit der Zeit musste es gelingen, die Fessel an dem rauen Holzstuhl durchzuscheuern. Die von der Kommune würden nach ihr suchen, oder nicht? Doch, sie würden. Wenn ihre

Kellnerin und Haushaltshilfe verschwunden war. Sie würden es der Polizei melden. Der Gedanke tröstete ein wenig, sie erlaubte sich ein kleines Lächeln und einen erleichterten Seufzer.

»Das kannst du dir sparen, das kriegst du nie kaputt.« Die Stimme war ganz nah, und sie zuckte vor Schreck zusammen.

»Was schnüffelst du auf Privatgelände rum?«

Sie presste die Lippen zusammen und sagte nichts. In der Stimme lag etwas Bekanntes, aber sie konnte sie dennoch nicht mit jemandem in Verbindung bringen. Lange war es still, und wieder war sie der Meinung, die hätten sie allein gelassen, doch daran zu glauben traute sie sich nicht. Die Stille und die Kälte setzten ihr zu, ihr war übel und ihr kam der Gedanke, dass sie seit Donnerstagabend, als sie mit den anderen in der Kommune gegessen hatte, nichts zu essen bekommen hatte. Vor dem Streit. Der Vorteil daran war, dass sie bisher noch nicht aufs Klo musste, aber was, wenn dann doch? Ab und zu drückte es auf ihre Blase, aber die ganze Zeit war es ihr gelungen, es einzuhalten, bis das Gefühl verschwand.

Das Geräusch einer Tür, die ver- oder aufgeschlossen wurde. War sie jetzt allein? Plötzlich spürte sie die Gefahr, die von der Kälte ausging wie ein nasskalter Nebel. Warum war sie auch Brian gefolgt, und wer hatte sie entdeckt, niedergeschlagen und hierher verschleppt? Im Schnee mussten Spuren sein. Die Polizei würde sie schnell hier finden. Aber wie viele Tage waren vergangen? Wie viel Schnee war gefallen? Vielleicht hatte Brian etwas gehört oder gesehen, vielleicht wusste er Bescheid und würde bald kommen, um ihr zu helfen. Ausgerechnet Brian.

Nach einer halben Stunde wurde ihr klar, dass sie *wirklich* allein gelassen worden war. Sie zitterte vor Kälte und konnte den Druck auf die Blase nicht länger bekämpfen, die Wärme breitete sich nach unten an den Oberschenkeln aus und machte die Hose nass. Der Geruch von Urin vermischte sich mit dem Geruch von nassem Holz. Gedemütigt brach sie in hysterisches Weinen aus.

57

Die Möwen suchten in ihrem Kampf ums Überleben bis weit ins Land hinein nach Nahrung. In Scharen kreisten sie über Wohnblöcken, deren Mülleimer im Freien standen, und stießen schnell hinunter nach Brotkrusten und anderem essbaren Abfall. Die Möwen nahmen alles. Hier im Präsidium, das nah am Aarhuser Hafen lag, waren sie kein ungewöhnlicher Anblick. Einige der großen Vögel hockten oft direkt vor seinem Fenster auf dem Sims und glotzten zu ihm hinein. Durchgefroren. Bekamen ein bisschen Wärme durch das undichte Fenster, das ihn wiederum frieren ließ. Sie kreisten dort draußen, während Anne Kaffee holte. Er richtete den Blick wieder auf die Fotos, die sie von ihrem Handy ausgedruckt hatte. Es war schwer, den Sinn darin zu sehen. Bei denen mit dem Blut und den Knochen im Schnee gab es jedoch nicht viel Zweifel, auch wenn er kein Rechtsmediziner war. Aber das konnten keine Menschenknochen sein, er weigerte sich, das zu glauben.

Sie kam zurück und setzte sich. Blass, aber trotzdem mit einer wärmeren Glut in den Augen als sonst. Vielleicht ging es einem einfach besser, wenn man morgens nicht früh raus und zur Arbeit musste. Dass sie zu ihm gekommen war, bevor sie sich selbst etwas Dummes vornahm, war auch neu.

»Ich sehe, dass die Fotos verdächtig aussehen, aber wie ich vorher schon sagte, ist es nicht länger mein Fall.«

»Welchen Fall meinen Sie?« Begierig trank sie von dem Kaffee.

»Der Fall mit den Obdachlosen.«

»Wer hat gesagt, dass es um die geht?«

»Ist es nicht das, was Sie andeuten? Dass die Bilder in Vagn Mortensens Wald gemacht wurden und Beweis dafür sind, dass dort Blut vergossen wird. Geopfert?«

»Davon hab ich nichts gesagt. Ich gehe nur zur Polizei, weil ich einige mysteriöse Bilder auf meinem Handy von einer unbekannten Nummer erhalten habe und hoffe, ihr könnt mir helfen zu verfolgen, wer sie geschickt hat. Macht ihr das nicht, wenn jemand Fotos von einem Verbrechen geschickt bekommt?«

»Verbrechen? Ja, wir können zurückverfolgen, wer Ihnen diese Fotos geschickt hat. Es gibt mehrere Möglichkeiten, kommt auf die Umstände an.«

»Aber die Nummer ist doch anonym.«

»Das macht nichts. Wir können einen Beschluss für die Herausgabe der Telefondaten bekommen, dann können wir sehen, wer Kontakt mit Ihrer Nummer hatte.«

»Und wenn eine Prepaidkarte benutzt wurde?«

»Das erschwert es natürlich, hindert uns aber nicht daran, den Absender zu finden. Hier können wir die IMEI-Nummer des Telefons sehen, das mit einer Prepaidkarte benutzt wurde. Aber so etwas machen wir nur bei sehr schweren Verbrechen. Dass Sie ein paar dunkle Bilder von einem Feuer und vom Mond geschickt bekommen haben, ist nicht schwerwiegend genug. Aber Sie sind also der Meinung, dass derjenige, der Ihnen diese Fotos hier geschickt hat, der Schuldige an den Entführungen und dem Mord ist?«

»Wer sonst?«

Er schüttelte den Kopf. »Tut mir leid, Anne. Das ist keine ausreichende Begründung für weitere Nachforschungen.«

Die Antwort passte ihr nicht, das sah er deutlich. Aber wie immer hatte sie noch ein Ass im Ärmel.

»Ich war in Schweden und hab mit Marcus' Eltern geredet«, sagte sie.

Er richtete sich im Stuhl auf. Sie hatte dort übernommen, wo Isabella aufgeben musste. »Was haben Sie von ihnen erfahren?«

»Sie sagten doch, das sei nicht Ihr Fall.«

»Nein, aber ...«, er schaute zu Tür, um sicherzugehen, dass sie geschlossen war und Kurt Olsen nicht dort stand, »... aber wir haben auch versucht, sie zu kontaktieren. Sie wollten nicht mit uns sprechen.«

»Klar. Ihr habt sie damals ja nicht besonders gut behandelt. Aber ich muss wohl den Namen desjenigen bekommen, der den

Fall übernommen hat. Denn ich rechne damit, dass ihr eingesehen habt, dass es der gleiche Fall ist?«

»Der gleiche Fall wie das Verschwinden der Obdachlosen, meinen Sie?«

»Natürlich.«

»Wir haben nichts eingesehen, Anne. Der Junge ist ertrunken, das sagen all die alten Ermittlungen und rechtsmedizinischen Berichte.«

»Vielleicht.«

Sie beobachtete die Möwen, und die fast unmerkliche Kräuselung eines Lächelns in ihren Mundwinkeln verstimmte ihn.

»Ist es wirklich nötig, Sie anzubetteln, damit Sie mir sagen, was Sie von seinen Eltern erfahren haben?«

»Sie wollen vielleicht den Fall von Ihrem Kollegen übernehmen?«

»Natürlich nicht, wegen meines Chefs *darf* ich mich nicht damit beschäftigen, aber deswegen können Sie es mir doch trotzdem erzählen.«

»Okay. Sie haben mir gesagt, wer die Schwester des Jungen ist und dass sie in die Gegend zurückgekehrt ist, warum wohl?«

»Ach, nur das. Das wissen wir schon. Anita Andersen aus der Kommune.«

Die Antwort schockierte die ehemalige Journalistin. Jetzt war Roland an der Reihe, unmerklich zu lächeln.

»Unternehmt ihr etwas, um sie zu finden? Dass sie jetzt verschwindet, ist natürlich kein Zufall. Sie weiß etwas!«

»Ganz ruhig, Anne. Wir arbeiten wirklich an der Sache, und hätten Sie nicht Ihre Ankunft wegen etwas sehr Wichtigem angekündigt, wäre ich selbst in vollem Gange. Und jetzt kommen Sie nur mit etwas, um das ich mich gar nicht kümmern kann.« Er las die Ausdrucke der Fotos auf und reichte sie ihr. »Er heißt Morten Holsted.«

»Wer?«

»Der, mit dem Sie sprechen sollen.« Er stand auf und nahm seine Jacke, die über der Stuhllehne hing.

»Roland, das können Sie nicht machen. Ich vertraue nur Ihnen, und hier geht es um meine Mutter ...«

»Das nützt nichts, Anne. Meinen Sie jetzt, Ihre Mutter hat auch etwas mit dem hier zu tun? Wie Sie sich denken können, habe ich wichtigere Dinge zu tun, als mich mit opfernden Asengläubigen, alten aufgeklärten Unfällen und vielleicht entführten Obdachlosen zu befassen. Wir müssen einen Täter finden.«

Sie blieb sitzen. »Damit beschäftigen sich garantiert mehrere, ein ganzer kleiner Trupp. Wissen Sie dann auch, dass Anita nachgeforscht hat und dass es sie in den Wahnsinn getrieben hat, dass ihr keiner geglaubt hat? Sie wurde in Risskov eingewiesen. Außerdem hatte sie Beweise in einem Kästchen versteckt.«

Er hielt an der Tür inne. Es fiel ihm schwer, gleichgültig zu sein. Morten Holsteds Fall hin oder her. Er drehte sich um. »Welche Beweise?«

»Dass ihr kleiner Bruder ermordet wurde?«

»Welche?«

»Das wussten die Eltern nicht genau.«

»Und warum ist sie dann damals nicht mit denen rausgerückt?«

»Weil die Familie umgezogen ist, als sie eingewiesen wurde. Sie konnte nicht vergessen, dass sie ihren kleinen Bruder sich selbst überlassen hatte. Tatsächlich ließen sie Anita mit Pillen ruhig gestellt allein in der geschlossenen Abteilung zurück. Kein Zweifel, welches der beiden Kinder sie mehr liebten. Marcus war ihr Wunschkind. Kein Wunder, dass sie zusammengebrochen ist. Die Eltern meinen, das Kästchen wohl auf dem Dachboden vergessen zu haben.« Sie kratzte einen Fleck von den zerschlissenen Jeans. »Vielleicht ist es verbrannt, als der Brandstifter am Werk war.«

Er setzte sich. »Sie meinen auf dem Dachboden des Hauses, in dem Albert Hovgaard ermordet wurde?«

»Genau! Können Sie nicht sehen, wie das Ganze zusammenpasst?«

»Nicht ganz.«

»Vielleicht hat Albert Hovgaard das Kästchen gefunden und damit gedroht, die Taten der Asengläubigen zu verraten. Vielleicht waren sie es, die versucht haben, den Hof niederzubrennen, wenn sie wussten, dass es Beweise gab. Vielleicht haben sie sogar einen Raubüberfall arrangiert, und ...«

»Stopp, Anne! Das ist überhaupt nicht stichhaltig! Die Litauer haben den Einbruch und den Überfall auf Signe Hovgaard und ihren Mann gestanden. Außerdem hat ein DNA-Treffer gezeigt, dass Anita ihr Elternhaus in Brand gesetzt hat.« Das hätte er nicht sagen sollen. Man verteilt solche Informationen nicht einfach an Leute von der Straße. Aber er bereute es nicht, als er ihren überraschten Gesichtsausdruck sah.

»Das glaube ich nicht. Damals haben sie hier nicht gewohnt, das muss passiert sein, während sie in der Psychiatrie war. Und warum sollte sie das tun?«

»Wie Sie selbst schon angesprochen hatten – sie wurde ihr ganzes Leben lang übersehen und nach dem Tod ihres Bruders nicht weniger, für den sie obendrein noch die Schuld bekam. Das Elternhaus mit dem Kreuz des Bruders im Garten sollte ausgelöscht werden.«

Anne lachte heiser. »Jetzt glaube ich Ihnen nicht.«

»Haben Sie andere Vorschläge?« Er lehnte sich zurück, die Hände hinter dem Nacken, und wartete darauf, was sie nun ausbrüten könnte. Sie dachte lange nach. Versuchte, Antworten im Kaffeebecher zu finden.

»Wo hat man DNA gefunden?«

»Auf *dem* Kanister mit *dem* Benzin, mit dem der Brand gelegt wurde. Blut. Sie hatte sich am Griff geschnitten.«

»Es war also ein Benzinkanister, der sich auf dem Anwesen befunden hat?«

Er nickte.

»Wer sagt, dass das nicht vor der Brandstiftung passiert ist? Sie hat ja ihr ganzes Leben dort gewohnt. Vielleicht hat sie sich mal an dem Kanister geschnitten, als sie ihn benutzt hat.«

Den Gedanken hatte Roland auch schon gehabt, wenn das Ganze nur nicht so verdammt gut zusammenpassen würde. Sie könnte ohne Weiteres die Schuldige sein – also abgesehen von der neuen Information, dass sie zu dem Zeitpunkt in der Psychiatrie war. Er notierte sich, untersuchen zu lassen, wann es genau passiert war.

Es klopfte, und Isabella kam herein, sie sah reserviert zu Anne. »Entschuldigung, stör ich? Ich wusste nicht, dass du Besuch hast.«

»Schon in Ordnung, Isabella. Anne wollte gerade gehen. Morten Holsted«, wiederholte er und nickte freundlich in Richtung Tür. Sie zog eine unzufriedene Grimasse, trank den Rest Kaffee, stand auf und setzte den Rucksack auf. »Versprechen Sie mir, dass ich etwas höre, wenn Sie meine Mutter finden.« Sie drehte ihm den Rücken zu und ging, ohne die Tür zu schließen.

»Ist ihre Mutter auch verschwunden?«, fragte Isabella und setzte sich auf den Stuhl, auf dem Anne gesessen hatte. Sie warf ihren leeren Plastikbecher in den Papierkorb.

»Rose Teresa Larsen ist ihre Mutter.«

»Die Obdachlose? Gute Güte.« Isabella sah zur Tür, wie um sicher zu gehen, dass Anne gegangen war. Sie entdeckte die Ausdrucke. »Was ist das da?«

»Ach, Mist. Die hat sie vergessen«, stellte er verärgert fest und dachte, dass das sicher Absicht war. »Ein paar Fotos, die sie auf ihr Handy geschickt bekommen hat. Die kannst du auch Holsted geben.«

»Woher weißt du, dass das seine Aufgabe ist? Was hat das mit den Obdachlosen zu tun?«

»Wer weiß? Es wird langsam verwirrend. Anne meint, alle drei Fälle haben etwas miteinander zu tun.« Roland seufzte, als er aufstand.

»Der Raubüberfall, der Mord an Albert Hovgaard, Anita Andersen, das Verschwinden der Obdachlosen und der Unfall am See vor vier Jahren?«

»Und die ›Entführung‹ ihrer Mutter«, fügte er hinzu.

»Ist sie wirklich der Meinung, dass diese fanatischen Asengläubigen hinter dem Ganzen stecken? Das ist doch bestimmt nicht möglich.« Isabella lächelte und schaute zu ihm auf, suchte nach seiner Meinung.

»Den Raubüberfall können wir getrost außen vor lassen. Wie gewöhnlich hat sie ein paar ganz ausgezeichnete Theorien, aber ... ich zweifle auch daran. Aber es scheint, *du* hättest etwas Wichtiges.«

»Ja, die von der Kommune haben angerufen. Sie haben in einer Schublade in Anitas Zimmer ein paar Pillen gefunden. Benzodiazepine. Alprox. Sie muss wirklich krank sein, das wussten sie in der Kommune nicht. Linda Carlsen hat im Internet über die Pillen nachgelesen. Sie werden in schweren Fällen von Panikstörungen und Unruhe verabreicht. Sie hat sie lange genommen, und nach einigen Wochen wird man davon abhängig.«

»Sie ist also von diesen Pillen abhängig?«

Isabella nickte. »Ganz sicher.«

»Das heißt, dass sie nicht freiwillig ohne sie das Haus verlassen hätte. Was passiert, wenn sie sie nicht nimmt?«

»Schwindel, Schlaflosigkeit, Unruhe, Angst, Zittern und Überempfindlichkeit gegenüber Licht, Geräuschen und Berührung. Zuletzt Krämpfe. Aber es dauert ein bisschen, bis es dazu kommt.«

»Aber haben wir die Zeit?« Roland zog seinen Mantel an und ging.

58

Aarhus konnte sich brüsten, reichlich Krankenhäuser mit tollen Auszeichnungen zu haben. Hier war ein weiteres, von der Zeitschrift *Dagens Medicin* zur besten Psychiatrie des Landes gekürt. Die Gebäude erinnerten ihn aus irgendeinem Grund immer an Brideshead. Sie lagen groß und prächtig in bläulichem Dunst am Ende des Skovagerwegs, sodass niemand weiterkam. Das Zentrum für Kinder- und Jugendpsychiatrie, das er besuchen sollte, führte das zweite Jahr in Folge die Rangliste an. Aber es war traurig, dass eine solche Abteilung überhaupt nötig war. Natürlich hatten psychische Krankheiten immer existiert, weit zurück bis zu der Zeit, wo man glaubte, die Kranken wären vom Teufel besessen, und die einzige Hilfe wäre eine Teufelsaustreibung, aber all die vielen Kinder mit Depressionen, Selbstmordgedanken, Essstörungen und anderen neuen Verhaltensstörungen sollten in einer modernen Gesellschaft nicht existieren. Oder war gerade die moderne Gesellschaft an alledem schuld? Er hatte das Thema gerade mit Leander in der Pathologie diskutiert, während sie den ganzen rechtsmedizinischen Inhalt des Mordfalls durchgingen. Er hatte das Gespräch gesucht, um die Fäden zu entwirren, aber jetzt schienen sie nur noch verwickelter zu sein. Leander meinte, dass es hauptsächlich an dem größeren Fokus auf psychischen Krankheiten als früher lag, der es so aussehen ließ, als ob es schlimmer geworden wäre. Das war nicht nur in Dänemark so. »Tatsache ist, dass wir heutzutage zu allem Stellung nehmen sollen, was in der ganzen Welt passiert und nicht nur, was bei den Nachbarn passiert, die uns im Übrigen nicht mehr besonders interessieren, weil alles andere spannender ist«, hatte er hinzugefügt. Und damit waren sie wieder bei den gewöhnlichen Sündern – die Medien, die Presse, die Journalisten.

Er fuhr im Kreisel nach links in den Harald-Selmers-Weg und kurz danach auf den Parkplatz vor dem ZIP, wie das Zentrum für Integrative Psychiatrie, zu der die Kinder- und Jugendpsychiatrische Abteilung gehörte, abgekürzt wurde. Er wurde erwartet und zur Abteilungsleiterin geführt. Sie lächelte warm in ihrem hellen und freundlichen Büro. Ihre Haare waren schulterlang und modisch von grauen Strähnen durchzogen. An den Augen und den zartrosa geschminkten Lippen zeichneten sich Lachfalten ab. Sie bot ihm Kaffee an und zunächst hielten sie Smalltalk, sprachen über das, worüber alle sprachen – das Wetter und das lästige Glatteis. Wann der Winter wohl ein Ende haben würde.

»Anita Andersen«, sagte sie und bewegte die Maus auf einem blauen Mousepad mit einem Sommerbild von einem Jungen mit einer Eiswaffel. Vielleicht ihr Sohn. Sie klickte auf einen Link. Er konnte nicht sehen, was sie am Bildschirm machte, aber er kannte allmählich das Geräusch. Das leise *Klick*.

»Ich erinnere mich gut an sie. Sie hatte es sehr schwer, als sie zwangseingewiesen wurde.« Sie holte eine Brille aus der Schublade und schaute näher auf den Bildschirm. »Das war vor dreieinhalb Jahren. Ein halbes Jahr, nachdem ihr Bruder ertrunken ist. Sie fühlte sich schuldig und hatte versucht, sich das Leben zu nehmen.«

»Wie?«, fragte Roland überrascht und dachte an das lächelnde, kräftige Mädchen aus der Kommune mit den fröhlichen Augen. Er hatte den Mantel anbehalten und schwitzte, als die Sonne durch das Fenster, an dem er saß, brannte. Draußen konnte er die Gebäude sehen, in denen junge Menschen versuchten, aus ihren verschiedenen Psychosen zu kommen, sicher meistens mit Hilfe von Medikamenten.

»Tabletten. Zuerst wurde sie ins Zentrum für Selbstmordprävention gebracht, aus dem sie schnell entlassen wurde. Sie hat nur den einen Versuch unternommen.«

»Ist sie dann nach Hause gekommen?«

»Ja, aber nicht besonders lange. Ein paar Monate später haben wir sie wieder zwangseingewiesen, sie kam in die Geschlossene, wurde aber nach einem halben Jahr in die Offene verlegt. Es schien ihr besser zu gehen.«

»Und da dürfen die Patienten hingehen, wo sie wollen?«

Sie nickte. »Das ist kein Gefängnis, und für die kranken Jugendlichen ist es das Beste, wenn der Alltag so normal wie möglich ist. Natürlich nach fachlicher Einschätzung und Kontrolle, dass sie ihre Medikamente nehmen. Sie werden nicht einfach sich selbst überlassen.«

»Aber waren ihre Eltern zu diesem Zeitpunkt nicht nach Schweden gezogen?«

»Ja, es hat mich wirklich gewundert, dass sie umgezogen sind. Aber wie sie sagten, ist Schweden ja keine Stadt in Russland. Sie mussten einfach weg von dem Hof und dem See, in dem der Sohn ertrunken ist, das kann man ihnen wohl nicht vorwerfen? Das war ihre Art, es hinter sich zu lassen. Und am Anfang besuchten sie sie ja auch oft. Aber das war, als es ihr sehr schlecht ging und sie viel Medizin bekam. Das macht die Patienten oft apathisch, wenn die Medikamente neu für sie sind, daher ...«

»Danach sind sie vielleicht nicht mehr so oft gekommen?«

»Doch, schon, aber sie haben ihr den Tod des Sohnes vorgeworfen, Sie kennen die Geschichte ja bestimmt?«

»Ja, vielleicht ist das eine natürliche Reaktion?«

»Trauer zeigt sich auf viele Arten. Manche brauchen einfach jemanden, auf den sie die Schuld schieben können, um es verarbeiten zu können. Sie kennen das wohl von Ihrem Job. Ein Schuldiger muss gefunden und bestraft werden – und wenn es dann keinen Schuldigen gibt ...«

Roland nickte.

»Aber ich hatte natürlich ein Gespräch mit ihnen darüber und habe sie dazu gebracht, zum Krisenpsychologen zu gehen. Einige von Anitas Problemen waren gerade Selbstvorwürfe, daher war es keine Hilfe, dass sie ihr auch Vorwürfe machten. Obwohl sie das nicht direkt sagten, sah man das in ihren Augen und der Körpersprache. Sie waren sehr christliche Menschen, aber in diesem Fall konnte selbst Gott nicht helfen, und die wahre Natur des Menschen setzte sich durch. Es ist gar nicht so leicht zu vergeben.«

Roland wusste, was sie meinte. Hier ging es darum, sich selbst zu vergeben. Salvatore beherrschte die ganze Zeit seine Gedanken. Er hätte das, was er gesagt hatte, nicht sagen sollen, er hätte ihn nicht schon nach Hause schicken sollen. Warum hatte er damit gewartet, mit ihm zu reden, bis er dazu provoziert wurde? Saß die Angst vor der Mafia so tief, dass er es nicht einmal wagte, über sie zu sprechen – oder daran zu denken?

»Sie kennen das vielleicht?«, drängte sich die Abteilungsleiterin auf.

»Wann wurde Anita in die offene Abteilung verlegt, können Sie das sehen?«, wich er aus.

Sie bewegte wieder die Maus. »Ein halbes Jahr nach ihrer zweiten Einweisung.«

Roland rechnete schnell nach. Das passte. Zu dem Zeitpunkt, als das Feuer gelegt wurde, hatte Anita gehen können, wohin sie wollte.

»Aber, darf ich fragen, warum sich die Polizei plötzlich so für Anita Andersen interessiert?«

»Sie haben nicht gehört, dass sie vermisst wird?«

»Nein, ich gebe zu, ich habe nicht viel Zeit, die Nachrichten zu verfolgen. Das ist ja schrecklich! Ist ihr etwas passiert, oder worum geht es?«

»Pyromanie. Ist das etwas, das ihr liegen könnte?«

»Pyromanie? Das ist in Wirklichkeit ein seltenes Leiden. Es fällt unter die Kategorie Persönlichkeitsstörung. Die hatte Anita nicht. Die Psychose kam von Trauer, Schuldgefühlen und einem sehr geringen Selbstwertgefühl.«

»Wir sehen Pyromanie halt oft bei Jugendlichen, die sich langweilen und ein bisschen Leben in die Bude bringen wollen«, antwortete er. Die vielen Brände, die in Gjellerup gelegt wurden, waren Beispiele dafür.

»Das ist keine Pyromanie, das ist Brandstiftung, und das ist was anderes. Das sähe Anita überhaupt nicht ähnlich. Wie hängt das mit ihr zusammen?«

»Das ist dann unwichtig ...« Roland erhob sich und dankte für den Kaffee. Sie gab ihm die Hand, blieb dabei sitzen und lächelte wieder.

Er ging, ohne wesentlich klüger zu sein, was Anita Andersens Psyche betraf. Jetzt ging es allein darum, sie zu finden.

59

Sie war sich sicher, dass es Nacht war. Die Geräusche sagten ihr das. Der Waldkauz. Sie lauschte wieder, wartete. Doch, das war er. Das gleiche Geräusch, dem sie als Kind in der Nacht gelauscht hatte und das gleiche Geräusch, das man im Zimmer in der Kommune hörte. Marcus hatte vor dem Geräusch Angst gehabt. Die Käuze riefen meistens in der Brutsaison, und er war immer in ihr Zimmer gekommen, um bei ihr zu schlafen. Sie hatte ihm erzählt, dass das kein Gespenst war, wie er glaubte, und ihn mit langen Geschichten über den Waldkauz in den Schlaf geredet. Nun war dieses Rufen zu einem Symbol für das geworden, was sie in den vielen Nächten miteinander geteilt hatten. Ihr Geheimnis. Er traute sich nicht, zu den Eltern zu gehen, weil ihr Vater kein großes Kind in seinem Bett haben wollte und sich im Übrigen einfach über seine Angst lustig gemacht hätte. Aber das machte sie nicht. Sie verstand ihn. War selbst über das Geräusch entsetzt gewesen, als sie in seinem Alter war, und war auch an der Schlafzimmertür ihrer Eltern zurückgewiesen worden. In einer Mainacht hatten sie sich Hand in Hand rausgeschlichen und waren dem Geräusch gefolgt. Sie hatten die Stelle gefunden, wo er saß. Auf der großen Eiche am Weg. Nachdem er ihn gesehen hatte, war seine Angst nicht mehr so groß, aber er kam trotzdem nachts zu ihr, wenn der Kauz rief, und sie wartete auf ihn. Saß der nun auf dem gleichen Baum? Befand sie sich ganz in der Nähe der Stelle, an der sie sich an den Händen gehalten und im Mondlicht in die dunklen Augen des Vogels geblickt hatten? Das Geräusch war näher als in der Kommune. Hatten die sie wirklich nicht besser versteckt?

Sie hatte völlig vergessen, an dem Strick zu arbeiten, und fing stumpfsinnig wieder damit an, obwohl die Schultern von der Bewegung nach vorn und zurück wehtaten und ihr aufgegangen war, dass es hoffnungslos war. Sie war lange allein gewesen. Worauf warteten die? Manchmal wusste sie nicht, wo oben und unten war, alles, was sie sah, war Dunkelheit. Der Schwindel hatte zugenommen. Wenn sie nicht an den Stuhl gefesselt wäre, wäre sie heruntergefallen. Der Uringestank war sicher widerlich, aber sie hatte sich daran gewöhnt. Auch an die Kälte. Sie zitterte nicht mehr, war einfach schlapp und passiv geworden, jede Bewegung war ohne Energie, als wüsste der Körper, dass sie die sparen musste. Wenn der Kauz rief, ruhte sie die Arme aus und lauschte. Viele von ihnen starben in diesem erbarmungslosen Winter. Die Mäuse bewegten sich unter dem Schnee oder waren tot, und da viele kleine Vögel, von denen sie auch lebten, wegen der Kälte eingingen, gab es keine Nahrung. Marcus hätte darüber geweint. Sie versteifte sich, als sie ein Weinen hörte. Es schien gedämpft durch eine Wand zu dringen.

»Hallo! Ist da jemand?«

Das Weinen hörte auf.

»Wer bist du?«, rief sie, so laut sie sich traute, um nicht die Aufmerksamkeit anderer zu erwecken. Es war nur ein unverständliches Murmeln, das ihre Ohren hinter der Binde erreichte, aber sie hatte mitbekommen, aus welcher Richtung es kam, und bewegte den Stuhl dorthin, indem sie vor und zurück wackelte. Es knirschte und knarzte – sie wusste, dass ihr Gewicht für einen schwachen Holzstuhl zu groß war, aber sie machte weiter damit, sie kippelte vor und zurück und bewegte sich langsam seitwärts. Das eine Stuhlbein brach mit einem Knacks, und als sie auf dem Boden landete, stieß sie sich so schmerzhaft die Hüfte, dass sie laut aufschrie. Der Boden war kalt und es zog entlang der Bretter. Hinter der Mauer ertönte wieder die Stimme, aber sie konnte immer noch nicht verstehen, was gesagt wurde, ihre Ohren sausten. Sie versuchte, ihre Kräfte zu sammeln. Drehte sich vorsichtig um. Abgebrochenes Holz vom Stuhl bohrte sich in ihren Oberschenkel, der Schmerz ließ die Beweglichkeit zurückkehren. Sie bemerkte, dass ihre Arme frei waren. Der Strick war noch da, aber sie war nicht mehr am Stuhl festgezurrt. Sie trat mit den Beinen und hörte irgendwo vor sich Holz landen, jetzt waren die Beine auch frei. Warum war sie da nicht früher draufgekommen? Den Stuhl einfach zu zerschmettern. Sie setzte sich auf und begann sich auf dem Hintern fortzubewegen, bis sie gegen die Wand stieß. Mit dem Rücken dagegen gestemmt, schob sie sich langsam hoch, bis sie stand. Sie wankte auf den steifen Beinen, und plötzlich kam der zurückgehaltene Mageninhalt, ohne dass sie es verhindern konnte. Reine Galle, die im Hals brannte und auf den Boden platschte. Sie lehnte den Kopf zurück an die Mauer und gewöhnte sich daran, aufrecht zu stehen.

»Ist da jemand?«, fragte sie durch die Wand, als das Unbehagen nachließ. Aber niemand antwortete. Sie hörte, wie in der Nähe eine Tür aufgeschlossen wurde und kurz darauf Stimmen.

»Puh, hier stinkt's!«

»Ja, scheußlich! Du brauchst bestimmt eine kalte Dusche.«

Sie begann lautlos zu weinen, als sie ihre Arme packten und sie mit sich zogen. Sie hatte keine Kraft mehr, Widerstand zu leisten.

60

Sie hätten sich komisch und lächerlich vorkommen können, wie sie da saßen, wenn es ihnen nicht so ernst gewesen wäre. Anne hatte das Gefühl, dass heute Abend etwas passieren würde. In der Nähe schrie eine Eule, sonst gab es keinen Laut. Der Mond schien und die Bäume warfen lange Schatten über den Schnee. Sie kroch tiefer in den Mantel und verbarg das Kinn im Schal.

Adomas lag fast auf dem Beifahrersitz neben ihr, die Beine gegen das Handschuhfach gedrückt und den Kragen weit über die Ohren gezogen, knapp unter den Mützenrand. Die Augen spähten auf den Feldweg und den Wald. Sie schielte zu ihm, ohne den Kopf zu drehen.

»Habt ihr hier gewartet?«

»Was? Was meinst du?« Er starrte weiter aus dem Fenster, die Stimme klang müde.

»In dieser Nacht. Du warst hier, oder?«

»Nein, hab ich doch gesagt.«

»Du hast nicht gefragt, in welchem Haus der Raubüberfall stattgefunden hat. Warum nicht?«

»Weil es mich nicht interessiert.«

»Weil du es weißt?«

»Jetzt halt mal die Klappe.«

»Ich weiß, dass du ihn nicht totgeschlagen hast, das hat deine DNA bewiesen, aber du warst hier, oder? Du warst der Fahrer und hast hier draußen gesessen und gewartet.«

»Ich hab gesagt, ich war nicht hier und wusste nichts davon, also vergiss es, Anne.«

Sie nahm sich einen Kaugummi. »Okay, dann lassen wir das.«

»Aber worauf warten wir eigentlich?«

»Weiß ich auch nicht so genau. Aber wenn diese Fotos nicht dazu da waren, mich zu erschrecken, dann vielleicht, um mir etwas mitzuteilen. Vielleicht einer, der mir helfen will, meine Mutter zu finden.«

»Und was hat das mit ihr zu tun, dass wir hier auf einem öden Feldweg im Auto sitzen und frieren, wenn wir zu Hause gemütlich auf dem Sofa liegen könnten?«

Sie zeigte zum Himmel. »Der da?«

»Was? Der Mond?« Er legte den Kopf zurück gegen die Nackenstütze und starrte zu ihm hoch. Seine Augen schimmerten in der Dunkelheit.

»Ja, der Mond. Die Bilder können nach einem Blótfest gemacht worden sein, und das Foto des Mondes sollte mir vielleicht verraten, wann das nächste Blót stattfinden wird. Ein Vollmondblót ist für Asengläubige etwas Besonderes.«

»Und?«

»Heute ist Vollmond.«

»Soll das heißen, wir sitzen hier die ganze Nacht und glotzen den Mond an?«

»Nein, natürlich nicht. Wir beobachten den Weg und schauen, ob jemand in den Wald geht. Wenn das wirklich diese kleine Bauerngemeinde ist, die sich zu einem makaberen gemeinsamen Glauben zusammengefunden hat, dann müssen sie diesen Weg nehmen, um in den Wald zu kommen.«

»Was, wenn sie schon dort sind?«

Anne biss sich auf die Lippen und überlegte. »Wenn es zu lange dauert, gucken wir nach.«

»Aber du sagst doch, man kommt da nicht rein.«

»Dann müssen wir ein Loch in den Zaun schneiden, ich habe einen Bolzenschneider mitgenommen.« Sie nickte mit dem Nacken in Richtung Rücksitz.

»Du überraschst mich jeden Tag aufs Neue, Anne. Wo zum Teufel hast du einen Bolzenschneider her?« Er lachte gedämpft, in den Mantel versunken.

Lange saßen sie da und schauten auf den Mond. Sie legte ihren Kopf an seine Schulter und genosses, dass er dabei war, auch wenn sie zunächst dagegen gewesen war. War ihre Mutter wirklich irgendwo in dem finsteren Wald, und sollte sie bald getötet – geopfert – werden? Benito hatte Recht, es klang wirklich zu verrückt, aber es geschah so viel Schreckliches, dass man es zuerst kaum glauben mochte, wenn man es hörte. Sie schloss die Augen und ließ ihrer Fantasie freien Lauf, auch wenn sie das nicht beruhigte. Adomas schrak auf.

»Da kommt jemand den Weg runter. Er hat uns gesehen.«

Schnell setzte sich Anne auf. »Vielleicht haben sie nach dem Raubüberfall eine Schutzwache aufgestellt, die Polizei kann ja nicht alles machen. Aber das da sieht eher wie das Michelin-Männchen aus.«

Die Gestalt kam näher und Anne lächelte erleichtert. »Das ist doch nur Brian. Er wohnt in der Kommune.«

»Vielleicht ist er einer von *denen*?«

Brian klopfte an die Scheibe, Anne machte sie runter und die hereinströmende Luft füllte das Auto schnell mit Minusgraden.

»Du hast meine Fotos also bekommen?«

»*Du* hast die mir geschickt? Was weißt du, Brian?«

»Mehr als du wissen willst.« Er schaute befremdet auf Adomas. »Wer ist das?«

»Das ist mein Cous... Freund. Er ist okay.«

Adomas starrte Brian, der einen schnellen Blick auf den Rücksitz warf, genauso feindlich an. »Komm mit mir mit, dann brauchst du deinen Bolzenschneider nicht.« Das Lächeln stand ihm, selbst wenn es gezwungen war.

Sie traten hinaus ins Eis und folgten Brian. Als sie das Zutritt-verboten-Schild passierten, dachte sie an Vagn Mortensen und den Kampfhund. Ihre Spuren im Schnee waren zugedeckt, das Schild wirkte inzwischen wohl und niemand schien den Wald betreten zu haben.

»Kommt mit, da drüben gibt's eine Abkürzung.«

Die Dornenbüsche zerrten an ihrer Kleidung, und mehrmals hielt sie sich an Adomas' Arm fest, weil sie fast in die Schneewehen fiel, die durch den Frost eine harte Kruste bekommen hatten. Es knirschte unter den Stiefeln, und sie fragte sich, ob sie zu viel Krach machten, aber Brian ging unverdrossen weiter, er kannte den Weg. Beim Zaun hielt er an und zog ihn auseinander. »Ihr seid beide so dünn, da kommt ihr leicht durch«, grinste er.

»Wie oft bist du hier gewesen?«, flüsterte sie.

Er antwortete nicht.

Schweigend gingen sie hinter ihm her. Sie brauchten keine Lampen, der Mond schien hell und der Schnee reflektierte sein Licht. Sie war kurz davor, einen Krampf in den Beinen zu bekommen, und wagte es, Brian noch mal zuzuflüstern: »Wie weit ist es? Ich hatte keine Ahnung, dass dieser Wald so groß ist.«

»Wir sind bald da. Der Zaun ist weiter oben im Wald, da wo er an den Trige-Wald stößt, kaputt.«

»Und endet im Trige-Waldweg«, murmelte Anne und nickte, jetzt passte alles zusammen.

Als sie sich einer Lichtung näherte, drosselte Brian das Tempo ein wenig. Plötzlich blieb er stehen. »Hier ist es. Sie sind noch nicht da.« Er legte Plastiktüten in den Schnee. »Nehmt Platz. Wir müssen teilen. Ich müsste fast Eintritt für die Vorstellung nehmen.«

»Und was genau ist das für eine Vorstellung, die wir sehen werden?« Adomas klang ein bisschen panisch, ihr selbst ging es auch nicht gut, weil ihr schwante, wovon sie Zeugen werden oder eher – was sie stoppen sollten.

Sie setzten sich. Sofort drang die Kälte durch das Plastik und die Hosen, aber sie wurden nicht nass.

»Weißt du, wer die sind?«

»Nee, ich hab ihre Gesichter nie gesehen, es ist immer dunkel.«

»Wo ist der See?«

»Der liegt ein Stück hinter der Lichtung, bei dem Baum, hinter dem gerade der Mond ist. Ich dachte, dass du als Journalistin, die Nachforschungen anstellt, was in diesem Wald passiert ist, interessiert daran wärst, das hier zu sehen.«

Sie begnügte sich damit, mit einem schlechten Gewissen »Danke« zu sagen.

»Es ist nicht nur das«, klärte Adomas ihn auf und sie schaffte es nicht, ihn zu unterbrechen. »Sie haben Annes Mutter.«

Sie sah ihn wütend an. Brian wirkte verwirrt.

»Hast du die – äh, Opfer – gesehen?«, wollte sie wissen.

Brian nickte und starrte wieder gespannt auf die Lichtung.

»Auch ... Menschen?«

Er lachte leise. »Nein, bist du verrückt? Nur ein Schwein und ein paar Hühner. Das Schlimmste, was ich gesehen habe, war – ein Pferd.«

»Pfui Teufel«, stöhnte Adomas.

»Hast du schon mal so ein Vollmondblót gesehen?«

Er schaffte es nicht zu antworten, Adomas packte sie am Oberschenkel und drückte fest zu. »Schhh, jetzt passiert was.«

Die Schar kam fast lautlos durch den Schnee. Alle trugen Fackeln in den Händen und bildeten schließlich einen Zirkel. In der Mitte wurde ein Feuer entfacht, der Geruch von verbranntem Holz erreichte sie, gleichzeitig mit der Sehnsucht nach dem Feuer und der Wärme. Anne fing an zu zittern. Adomas legte einen Arm um ihre Schultern und zog sie an sich. Sein Herz pochte.

»Wo verstecken sie die Opfer normalerweise?«, flüsterte sie und wandte den Blick nicht von der Vorstellung ab.

»Das Pferd wurde mit einem Strick um den Hals in den Zirkel geführt«, gab Brian mit bebender Stimme Auskunft.

»Das heißt, dass sie in der Nähe einen Aufbewahrungsort haben.« Sie versuchte aufzustehen. Adomas zog sie verzweifelt wieder runter.

»Du bleibst hier!«

»Ich muss nachgucken.«

»Mach das morgen.«

»Morgen ist es zu spät.«

»Dann geh ich mit.«

»Es ist am besten, wenn ich allein gehe, das ist unauffälliger.« Er zog sie noch mal runter, als sie wieder versuchte aufzustehen.

»Soll ich jetzt bereuen, dass ich dich hab mitkommen lassen?!«, flüsterte sie verärgert.

Brian antwortete mit strahlendem Lächeln. »Lass die Dame bestimmen, das ist immer das Einfachste. Meine will am liebsten Bilder von dem hier sehen, die machen sie echt an.« Er lachte dreckig. Anne nutzte Adomas' ungläubiges Staunen, um auf die Beine zu kommen, rannte zwischen die nächsten Büsche und duckte sich dahinter. Sie musste runter zu diesem See. Die Wikinger versteckten ihre Opfer häufig in Seen, die Moore der Gegenwart.

Sie schlich sich hinter der Séance entlang, verborgen von Baumstämmen und Gestrüpp, und hörte, wie sie die Götter priesen. Es hatte mit einem hallenden »Heil Odin« angefangen, das wiederholt wurde. Jetzt entdeckte sie den See. Am Ufer lag ein kleines Boot, das im Eis festgefroren war. Darin lagen ein paar Netze. Konnte man hier wirklich fischen? War es das, was Marcus angezogen hatte? Die Fische? Sie ging näher und entdeckte das Loch, das ins Eis gehauen worden war. Kein kleines Loch, sodass man einen Fisch rausziehen konnte, sondern ein so großes, dass jemand hineinpasste. Das Eis war schätzungsweise zwölf Zentimeter dick, das Loch war mit einer Säge gemacht worden. Sie keuchte aufgeregt und spähte in dem Gebiet herum. Es gab viele Fußspuren, die weit zwischen die Bäume führten. Etwas war durch den Schnee geschleift worden, aber der Mond schien nicht mehr so kräftig wie zuvor, eine Wolke hatte sich davor geschoben. Sie guckte hoch und war erleichtert, dass es eine kleine Wolke war, es würde nicht lange dauern, bis die Nachtlampe der Natur wieder leuchten würde. Wo waren die Blutspuren hin? Vom Schnee bedeckt? Entfernt? Natürlich räumten sie nach jedem Blót auf. Es konnte lange her sein, dass Brian diese Fotos gemacht hatte. Sie setzte sich auf den Rand des Ruderbootes und wartete. Das Mondlicht kam langsam zurück, und die Spuren im Schnee wurden wieder deutlich. Sie stand auf und folgte ihnen. Die Stimmen waren jetzt nur ein unheimliches Sausen zwischen den Bäumen.

Der Holzschuppen war plötzlich vor ihr. Die Spuren hörten hier an der Tür auf. Sie war nicht verschlossen. Sie schubste sie auf. Der Raum war dunkel. Sie ließ die Tür offen stehen, um sich orientieren zu können, und bemerkte eine Lampe, die auf einer Art Packtisch lag. Sie schaltete sie an. Das Erste, was der Lichtkegel traf, war eine große, leere Holzkiste mit Deckel, dann noch eine. Sie erinnerten an schnell zusammengezimmerte Kästen. Der Schnee war hinein auf den Zementboden gestoben, und die Spuren setzten sich drinnen weiter fort. Sie saßen in der Ecke des Schuppens, gegen die Wand gelehnt. Die Hände und Füße waren gefesselt und sie sahen aus, als wären sie schon tot. Aber opfert man den Göttern tote Dinge? Würde sie das nicht erzürnen? Sie lief zu ihnen hinüber und rüttelte die leblosen Körper. Die Haut war eiskalt, aber beide hatten noch Puls.

»Mama, wach auf! Wach jetzt auf! Anita, kannst du mich hören?«

Sie erstarrte, als sie draußen Eis knacken hörte, ein dunkler Schatten fiel auf den Zementboden. Schnell machte sie die Lampe aus und hielt die Luft an. Adrenalin durchströmte ihren Körper. Sie war bereit, sich zu verteidigen, und umklammerte den Schaft der Lampe.

»Beeil dich, Anne. Sie nähern sich der Hauptattraktion, sagt Brian.«

»Adomas«, schluchzte sie, und mit einem lauten Luftschnappen setzte die Atmung wieder ein. »Ich hätte dich verdammt noch mal totschlagen können. Sie sind beide hier. Hilf mir, sie hier rauszuschaffen.«

Adomas ging schockiert vor Rose in die Hocke und hob ihr eines Augenlid an. »Sie hat etwas Betäubendes bekommen, guck dir die Pupille an. Das haben sie bestimmt beide gekriegt. Komm!« Er hob ihre schmächtige Mutter hoch und hielt sie auf den Armen. »Für die andere müssen wir zu zweit sein.« Er trug Rose aus dem Schuppen und legte sie vorsichtig dahinter in den Schnee. In Gemeinschaftsarbeit zogen sie Anita auch dorthin.

»Zur Hölle, wie unpraktisch es ist, so viel zu wiegen«, stöhnte Anne. »Wie kriegen wir sie hier weg?«

»Keine Ahnung, aber wir müssen uns beeilen.«

Anne kramte ihr Handy aus der Tasche und musste die Handschuhe ausziehen. Sie suchte Roland Benitos Nummer, rief an und klang ungeduldig. »Roland! Hier ist Anne. Sie müssen jetzt in den Wald kommen! Es eilt!«

Adomas stand wieder da mit ihrer Mutter auf den Armen und sie wünschte, sie könnte mit Anita das Gleiche machen. Sie packte sie mit einer Hand am Arm und drückte das Handy mit der anderen ans Ohr. Vor Wut und Verzweiflung stieg ihr die Wärme in die Wangen. »Morten Holsted! Himmel noch mal! Sie kommen jetzt und kommen Sie nicht allein! Es gibt einen Waldsee, der abgesucht werden muss!« Das hätte hart geklungen, wenn sich in die Wut nicht Tränen gemischt hätten. Sie legte auf. »Komm, jetzt eilt es!«

»Wäre es nicht besser, auf die Polizei zu warten?«

Anne schaute zurück. Sie waren nicht weit vom See und der Lichtung entfernt, wo die Séance abgehalten wurde. »Wer weiß, ob die jemals kommen. Die glauben mir ja nicht. Lass uns lieber sehen, dass wir wegkommen.«

Adomas nahm Anitas anderen Arm, und sie schleiften sie zusammen durch den Schnee wie einen Schlitten. Rose hing leblos über seiner Schulter. Sie waren dadurch vor Blicken geschützt, aber wie lange würde es dauern, bis ihre Spuren gefunden werden würden?

61

Nach einem langen, dramatischen Telefonat mit Giovanna konnte er nicht schlafen. Die Polizei hatte immer noch keine Spur von Salvatore, und Giovanna beschuldigte sie, nicht zu wollen oder sich nicht zu trauen, etwas zu unternehmen. Aber Roland kannte diese Reaktion. Die Polizei wurde leicht zum Sündenbock.

Vorsichtig stand er auf, um Irene nicht zu wecken, und war froh über die Gesellschaft des Hundes in der Küche, wo er den letzten Schluck des abendlichen Rotweins in ein Glas goss und sich an den Küchentisch setzte. Angolo legte den Kopf auf seinen Oberschenkel und sah betrübt zu ihm hoch. Er tätschelte seinen Kopf. »Wo ist unser Salvatore? Er hätte bei uns bleiben sollen, dann hättest du auf ihn aufpassen können.« Angolo fiepte leise, als verstünde er, was er sagte. Roland musste seine Augen trocknen. Er trank aus dem Glas, ohne den Inhalt zu schmecken. Das Aroma des Schuldgefühls war bitter und übertönte alles andere. Anita Andersen. War es ihr so gegangen, seit ihr Bruder ertrunken war? Wie konnte man so leben? Sie hatte natürlich auch versucht, das Ganze zu beenden, aber wie psychotisch war sie eigentlich? Zwangseinweisung, hatte die Leiterin in Risskov gesagt. Also Einweisung gegen ihren Willen und eine Menge Pillen, um sie ruhigzustellen, aber machte man so etwas heutzutage, wenn es nicht begründet war? Was, wenn jemand sie einfach aus dem Weg haben wollte? Das passierte bestimmt nur in amerikanischen Spionagefilmen.

Draußen vor dem Fenster leuchtete der Mond zwischen den kahlen Zweigen der Blutbuche. Er schaute runter auf Angolos feuchte Schnauze und flüsterte die Worte. Die Ohren des Hundes stellten sich schnell senkrecht auf.

»Wollen wir zwei eine kleine Runde gehen und müde werden?« Seine Stimme war belegt.

Angolo wedelte mit dem Schwanz, während Roland den Mantel über seinen Pyjama zog, wohl wissend, dass er da draußen frieren würde, aber ein physischer Schmerz würde vielleicht den inneren überdecken.

Es war windstill, sodass es nicht so beißend kalt wirkte, wie es in den anderen Nächten gewesen war. Angolo raste zum nächsten Laternenpfahl. Geduldig wartete er und betrachtete den Mond. Der gleiche Mond schien auch irgendwo auf Salvatore. Die Nacht war still. Langsam drang das gedämpfte Geräusch des Handys in seiner Jackentasche zu ihm durch. Er hatte vergessen, es herauszunehmen, als er nach Hause kam. Die nächtlichen Anrufe waren nicht seine bevorzugten. Er ging dran und lauschte Annes tränenerstickter Stimme. Sie hatte noch nicht begriffen, dass er mit der Obdachlosensache nichts zu tun hatte, er erinnerte sie daran, wen sie kontaktieren sollte, aber dann wurde sie grob und bestimmend und legte danach auf. Aber er konnte hören, dass irgendetwas nicht stimmte. Er ging mit Angolo zum nächsten Laternenpfahl und ließ ihn schnüffeln. Lange nicht alle benutzten die Tüte. Währenddessen suchte er Morten Holsteds Nummer heraus. Es dauerte eine Ewigkeit, bis der Kollege schlaftrunken antwortete.

»Roland Benito hier. Entschuldige, dass ich dich so spät wecke, Morten, aber ich hab bezüglich des Falls mit den verschwundenen Obdachlosen etwas, das du dir ansehen solltest.«

»Welcher Fall?«

»Die Obdachlosen. Hat Isabella dir keine Akte gegeben? Kurt Olsen hat verlangt, dass du übernimmst.«

»Roland zur Hölle, es ist mitten in der Nacht!«

»Gott, ja. Die meisten Verbrechen passieren nun mal nachts. Du musst zu dem Privatwald im Pannerupweg, Anne Larsen hat ...«

»Anne Larsen?! Die arbeitslose Journalistin? Glaubst du nicht, die langweilt sich einfach? Ja, Kurt hat etwas von diesem Fall erwähnt. Ihn wahnsinnig genannt.«

»Wahnsinnig! Ist es so wahnsinnig, dass Obdachlose entführt und vielleicht ermordet werden? Sollten die nicht genau wie alle anderen Bürger beschützt werden?«

»Doch, Roland. Natürlich. Sag mal, bist du betrunken?«

»Betrunken? Mann ... verdammt! Soll das heißen, es kümmert sich niemand darum?«

»Ich jedenfalls nicht. Und jetzt würde ich gerne schlafen, wir haben morgen früh einen Drogenfall. Es ist nicht mehr lange hin, bis wir uns zu einer frühen Durchsuchung treffen sollen. Nacht, Benito.« Auch er legte einfach auf.

»Verdammte Scheiße!« Er zog Angolo mit sich zurück, gegen den Willen des Hundes, machte ihn im Eingang los, nahm ihm das Halsband ab und tätschelte ihm entschuldigend den Kopf. Dann schnappte er sich die Autoschlüssel von der Kommode.

62

Es kam ihm so vor, als wären sie eine Ewigkeit gelaufen. Anitas Gewicht hatte ihren Arm einschlafen lassen, sie schlug Adomas vor, die Plätze zu tauschen. Er stellte ihre Mutter in den Schnee und schüttelte sie leicht, schlug ihr sanft auf die Wangen.

»Ich glaube, sie wacht auf. Rose, bist du da?«

Die Augenlider ihrer Mutter bewegten sich. Sie versuchte, die Augen zu öffnen. Schmale Schlitze blinzelten ihnen entgegen.

»Mama! Oh, Gott sei Dank!« Sie tätschelte ihr ebenfalls die Wange.

»Sie haben ihnen wohl nicht mehr gegeben, damit sie beim Höhepunkt aufwachen. Das wird sicher bald passieren.«

»Wo bin ich?«, näselte ihre Mutter und sackte zusammen. Adomas rüttelte sie wieder zu Bewusstsein. Anne sah auf Anita herunter.

»Warum wacht *sie* nicht auf?«

»Vielleicht ist sie anfälliger als deine Mutter.«

»Es wäre ganz nett gewesen, wenn sie stattdessen auf die Beine gekommen wäre.«

Ihre Mutter erbrach sich ohne Vorwarnung. Adomas hielt ihr währenddessen die Haare aus dem Gesicht.

»Das ist gut, dann kommt das, was auch immer sie ihr gegeben haben, raus.«

Anne schaute zurück. Ihre Fußabdrücke und die tiefen Schleifspuren von Anitas schwerem Körper zogen sich hinter ihnen durch den Schnee, so weit sie sehen konnte. Sie hätten genauso gut Leuchtspuren auslegen können.

»Die finden uns schnell, wir müssen einen Zahn zulegen.«

Rose schwieg, aber sie konnte auf ihren Beinen stehen. Anne stützte sie. »Kannst du Anita tragen? Es wäre besser, wenn wir sie nicht durch den Schnee schleifen müssten.«

Adomas beschwerte sich, versuchte aber, die junge Frau hochzuheben. Schweiß trat ihm auf die Stirn und seine Schritte waren schwer und unsicher, die Beine zitterten unter ihm. Aber Adrenalin war ein guter Treibstoff. Jetzt ging es schneller, und die Spuren, die sie hinterließen, fielen nicht so ins Auge.

Adomas stöhnte und setzte Anita ab, während er sie stützte, als sie den Zaun erreichten.

»Brian hat gesagt, dass es auch an einer anderen Stelle ein Loch gibt, das in den Trige-Wald führt. Aber hier ist es offensichtlich nicht.« Anne lehnte ihre Mutter gegen den Zaun. »Es geht wohl am schnellsten, wenn ich allein danach suche und euch dann hole.«

»Welchen Weg willst du gehen? Wenn du den ganzen Weg um den Wald rum musst, werden wir entdeckt, bevor du es findest und zurück bist.«

»Okay.« Sie hievte ihre Mutter wieder hoch. »Wir versuchen, hier lang zu gehen.«

Sie stapften am Zaun entlang. Auf der anderen Seite lag auch Wald, aber Vagn Mortensens Wald war hier zu Ende. Doch nun hörte sie jemanden hinter sich. Die Schneekruste knirschte bei jedem Schritt.

»Beeil dich«, flüsterte sie hinter Adomas, der mühsam voranging, Anita hing ihm schlaff über der einen Schulter. Glücklicherweise verschwand das Mondlicht. Der Himmel war mit dunklen Wolken verhangen. Die Meteorologen hatten mehr Schnee im

Laufe der Nacht vorhergesagt. Der kam sicher bald. Die Schritte hinter ihr kamen näher und sie begann einzusehen, dass es, gefangen hinter dem Zaun, unmöglich war abzuhauen. Sie stützte ihre Mutter und nutzte den Zaun, um sie hochzuhalten. Anne unterdrückte einen Schrei, als jemand ihren Arm ergriff und sie zurückzog. Sie drehte sich um, schlug in die Luft und traf mit großer Kraft ein Gesicht.

»Au, zum Teufel, du kleine ...«

Sie schlug immer wieder zu und hörte erst auf, als Adomas brüllte: »Stopp, Anne! Das ist doch Brian!«

Sie zwang ihre Arme zur Ruhe und sah hoch in das Gesicht, das in der Dunkelheit Form annahm. Seine Nase blutete, trotzdem lächelte er. »Du bist schon 'ne kleine Wildkatze.« Fast neidisch schaute er zu Adomas, was sie noch wütender machte.

»Was zur Hölle fällt dir ein, dich so an mich ranzuschleichen, ich dachte, du wärst ... wo sind die hin?« Sie war kurz davor, hysterisch loszuheulen.

»Die Polizei ist gekommen, sieht so aus, als ob die Vorstellung zu Ende wäre. Wen schleppt ihr da mit euch rum?«

»Die Opfer. Sie wollten es heute Nacht wieder tun, Brian. Vorher haben sie es mit Obdachlosen gemacht. Der, den sie mit einem Strick um den Hals gefunden haben, ist ganz sicher entkommen und hat den Weg durch den Trige-Wald gefunden.«

Brians Lächeln erstarb. »Versucht ihr, das Loch in der Hecke zu finden? Das hätte zu lange gedauert, ihr hättet den anderen Weg nehmen sollen. Aber jetzt komm, die Polizei will mit dir reden.«

»Mit mir? Ist das Roland Benito?«

»Ja, der Italiener. Ihr könnt euren eigenen Spuren zurück folgen. Ihr wart leicht zu finden. Ich hau ab zurück zur Kommune.«

Am See waren eine Menge Menschen. Einige Beamte sprachen mit einer kleinen Schar am Feuer. Roland stand mit Olga und Vagn Mortensen zusammen. Anne hörte Vagn sagen, dass es ein unschuldiges Blót sei, das seiner Meinung nach nicht gesetzeswidrig war. Er schwieg jäh, als er sie bemerkte. Sie stützte ihre Mutter, Adomas trug Anita. Roland wandte sich zu ihnen um.

»Ihr könnt sagen, was ihr wollt, aber ihr hättet sie getötet und in den See geworfen! Was ging bei Rudolf schief? Und was war in den Holzkisten im Schuppen?« Sie platzte damit in Richtung Vagn Mortensen heraus und schaute Roland, der einen Krankenwagen rief, überhaupt nicht an.

»Was ist das für ein Schuppen, von dem Sie sprechen?«, fragte er nach dem kurzen Gespräch und steckte das Handy zurück in die Tasche. Er scheuchte die Gruppe mit, als sie den Weg wies. Adomas blieb mit Rose, Anita und einigen Beamten zurück, während sie auf den Krankenwagen warteten.

Sie versammelten sich im Schuppen.

»Das ist unser Lagerhaus«, meinte Vagn. »Wir benutzen es meistens im Sommer.«

»Zur Lagerung, ja!«, knurrte Anne.

»Gibt's hier kein Licht?«, wollte Roland wissen. Kurz darauf wurde eine einsame starke Glühbirne an der Decke angemacht, die die leeren Kisten mit langen dunklen Schatten gespenstisch aussehen ließ.

Ein Beamter, den sie als Mikkel Jensen wiedererkannte, sah sich die Holztruhen näher an. »Bewahrt ihr Obst in solchen Kisten auf?«

Keiner antwortete.

»Die Spurensicherung ist unterwegs«, informierte Roland Mikkel und starrte danach Vagn Mortensen an. »Sie haben Recht, ein Blót ist nicht gesetzeswidrig, Mord aber schon.«

»Mord! Hier hat niemand irgendwen ermordet.«

Roland legte eine Hand auf Annes Schulter und hielt sie zurück. Sie hätte Vagn Mortensen sonst zerfleischt, wie sein Killerhund es beinahe mit ihr gemacht hätte.

»Wenn hier Opfer sind, wo sind sie dann, Anne?« In Rolands Stimme lag noch Skepsis.

»Versuchen Sie's im See. Ich bin mir sicher, da findet man viele Skelette«, sagte sie und sah ihn aufgeweckt an. Erst jetzt bemerkte sie, dass er unter dem Mantel seinen Schlafanzug trug. Gestreifte Pyjamahosenbeine waren in die Stiefel gestopft.

»Die haben auch Albert Hovgaard totgeschlagen, da bin ich mir sicher!«

Vagn starrte sie böse an. Dann lächelte er, kratzte sich den Bart und sah den Kriminalkommissar mit einem verärgerten Kopfschütteln an. »Es ist schwer, eine so wahnsinnige Behauptung zu beweisen.«

»Ja, ohne technische Beweise schon. Hier sind ja ein paar, die uns keine DNA-Probe geben wollten. Aber vielleicht reicht der Ring, mit dem Sie wedeln.« Er nickte Mikkel zu, der hinüber ging und den Ring vom Finger des großen Mannes zog, obwohl der es zu verhindern versuchte. Danach hielt Mikkel ihn gegen die Glühbirne, fast wie im Triumph. Anne starrte ihn an. Sie hatte etwas Ähnliches im Internet gesehen, als sie etwas über die Wikinger gelesen hatte. Das war ein Häuptlingsring aus Silber. Man konnte Kopien im Shop des Nationalmuseums kaufen. Es war ein großer und kräftiger Ring, der in vier erhöhte Felder aufgeteilt war, die bestimmt etwas symbolisierten. Sie fragte sich, warum sich Benito dafür interessierte.

»Der Junge, Marcus. Wurde er auch ...?« Mikkel Jensen konnte das Wort nicht aussprechen und sein Blick zu Vagn war voller Abscheu.

»Wir haben dem Jungen nichts getan. Seine Schwester hätte einfach auf ihn aufpassen sollen, dann wäre er nicht zum See gegangen. So ergeht es fremden Eindringlingen.« Olga Mortensens Stimme war finster und heiser. Sie stand verborgen in der Gruppe und zeigte sich nicht.

»Ja, fremde Eindringlinge. War es das, was in der Nacht auf Signe und Albert Hovgaards Hof stattfand? Erst ein Haufen Osteuropäer, und dann kamt ihr und habt ihre Arbeit zu Ende gebracht? Lief das so ab?«, fragte Roland. Als keiner antwortete, nickte er Mikkel und einem weiteren Beamten zu, der alle aus dem Schuppen zum Verhör aufs Polizeipräsidium brachte. Das Geräusch der Krankenwagen störte die Nacht. Die Eule war verstummt.

Roland legte eine Hand auf Annes Rücken und schob sie sanft vorwärts. »Fahren Sie mit ihrer Mutter ins Krankenhaus. Wir reden morgen weiter.«

Sie hatte wieder Tränen in den Augen. »Danke, Roland. Danke, dass Sie mir glauben.«

»Wer sagt, dass ich das tue?«

Sie ging zum Krankenwagen, dann drehte sie sich um. »Sie sollten entweder heimfahren und sich umziehen oder wieder ins Bett legen.«

63

Ella war die Erste, die zurückhaltend zu reden begann. Sie gab zu, Signe im Schlafzimmer hingehalten zu haben, während ihr Mann und die Nachbarn Thorkild und Vagn bei Albert, der von den Osteuropäern niedergeschlagen worden war und Hilfe brauchte, in der Küche waren.

»Aber er bekam nicht gerade Hilfe, oder?«, fragte Roland mit einer Geduld, zu der er sich zwingen musste. Keiner der Genannten hatte irgendetwas gestanden, und die Verhöre hatten sich lang, zäh und ohne Ergebnis seit den Morgenstunden hingezogen. Er war hundemüde, und wenn sie die Aboriginefrau nicht belogen und angedeutet hätten, einer der anderen habe verraten, dass sie beteiligt war, hätten sie aus ihr auch nichts herausbekommen. Aber er konnte spüren, dass sie sich wünschte, die furchtbare Wahrheit zu enthüllen. Meist fand er das schwächste Glied in einem Haufen Verdächtiger. Einigen fiel es schwerer als anderen, so etwas mit sich herumzutragen, und in der Regel schien das durch.

»Aber lassen Sie uns ganz vorne anfangen. Signe Hovgaard weckt Sie mitten in der Nacht und erzählt, dass bei ihnen eingebrochen wurde. Sie und Ihr Mann gehen mit ihr zurück und finden Albert auf dem Küchenboden liegend. Was passiert dann?« Er schenkte ihr mehr Wasser ein, sie trank einen Schluck, bevor sie in Richtung Tisch zu sprechen begann. Sie hatte ihm zu keinem Zeitpunkt in die Augen gesehen. Mikkel saß mit verschränkten Armen neben ihm.

»Albert hat immer damit gedroht, uns bei der Polizei anzuzeigen ...« Sie sah ihn unsicher an, er nickte als Aufforderung, dass sie weitermachen sollte.

»Ich hab Signe mit ins Schlafzimmer genommen und einen Waschlappen geholt, um ihr Gesicht zu waschen. Im Bad habe ich Finn telefonieren hören, und ich hab in die Küche geschaut, bevor ich zurück ins Schlafzimmer bin. Albert war dabei, wieder zu Bewusstsein zu kommen, und ich fragte Finn, ob er die Polizei angerufen hätte. Er meinte, er hätte mit Thorkild und Vagn geredet und sie wären unterwegs, denn jetzt hätten wir die Chance, Albert zur Vernunft zu bringen. Dann hat er mich zurück ins Schlafzimmer gescheucht.«

»Haben Sie die Schlägerei in der Küche gehört?«, fragte Mikkel und lehnte sich in ihre Richtung.

»Nein, ich hab die Tür zugemacht, damit Signe das Gespräch nicht hört. Sie weiß nichts, das war nur Albert. Er hat behauptet, in einem alten Kästchen auf dem Dachboden etwas gefunden zu haben.«

»Was hatte er gefunden?«

Sie zuckte mit den Schultern. »Fotos, glaub ich.«

»Wie viele Asengläubige seid ihr?«, fragte Roland und fürchtete die Antwort.

»Das sind nur wir.«

»Nur wir? Ihr auf den drei Höfen? Sind Sie die einzige Frau?«

»Nein, Olga ist auch dabei, aber Gunda nicht. Sie weiß natürlich, dass Thorkild gläubig ist, und akzeptiert es, aber sie selbst hat nie mitgemacht. Wir sind zu fünft. Zuerst haben wir uns bei einer Glaubensgemeinschaft angemeldet, so hat das Ganze angefangen, aber das war überhaupt nicht so, wie wir uns das vorgestellt haben. Die Götter verlangten mehr.«

»Also seid ihr aus der Gemeinschaft ausgebrochen und habt eure eigene kleine – Sekte – aufgemacht?«

»Das ist keine Sekte!«

»Wissen eure Kinder irgendetwas davon?«, fragte Mikkel.

»Mit der Zeit werden Dorthe und Sam auch gläubig, aber sie sind noch nicht bereit.« Ella lächelte ein wenig, wurde aber schnell wieder ernst, als sie ihre Gesichter sah.

»Finn hat also Thorkild Hansen und Vagn Mortensen hinzugerufen. Was ist mit seiner Frau, Olga, war sie auch dabei?«

»Nein, sie hat geschlafen. Vagn ist rausgeschlüpft, ohne sie zu wecken. Sie wird oft nervös, daher ...«

»Sie weiß also, was ihr Mann getan hat?«

»Ja, ja, natürlich weiß sie das. Sie hat auch diesen Obdachlosen zu einem besseren Leben verholfen.«

»Ihr habt überhaupt niemandem geholfen! Ihr seid gemeine Mörder. Geisteskranke Penner!« Mikkel sprang auf. Roland wusste, dass die Grenze bei ihm fast überschritten war. Er hatte das kommen sehen und wünschte, er hätte Isabella mit zum Verhör genommen, statt sie ins Krankenhaus zu schicken. Mikkel ging und knallte die Tür fest hinter sich zu, aber jetzt war nichts mehr zu machen; Ella verweigerte danach die Aussage. Obwohl Roland Mikkels Temperament kannte, wunderte er sich doch über diese Reaktion. Er schäumte innerlich, das hier war ein Verhalten, das ein erfahrener Beamter wie Mikkel nicht zeigen durfte. Eine Zurechtweisung war nicht zu vermeiden.

Isabella saß in seinem Büro und wartete.

»Haben sie gestanden?«, fragte sie.

»Bei Ella Geisler löste sich gerade ein wenig die Zunge, bis ... Aus den anderen haben wir nichts herausbekommen.«

»Bis was?«

»Nichts. Konntest du mit Anita sprechen?«

»Ja, sie hatte eine glaubwürdige Erklärung dafür, wie ihr Blut auf den Benzinkanister gekommen ist. An dem Abend hatte sie den Bus zu ihrem Elternhaus genommen, um am Kreuz ihres Bruders im Garten zu beten. Das machte sie ab und zu. Sie wusste nicht, ob die neuen Besitzer es entfernt hatten. Aber hier bemerkte sie einen von denen, der dabei war, die Scheune mit Benzin anzuzünden, sie überraschte ihn und versuchte, ihm den Kanister zu entwinden, dabei schnitt sie sich am Griff. Es gelang ihr, und der Brandstifter haute ab. Von ihrem Handy aus rief sie sofort die Feuerwehr.«

»Sie war also diejenige, die verhindert hat, dass sich der Brand ausgebreitet hat. Aber warum hat sie ihn nicht angezeigt?«

»Sie kann nicht sagen, wer es war, er hatte einen Kapuzenpulli an und flüchtete schnell. Und sie sagte, dass die Polizei ihr das ohnehin nicht abgenommen hätte. Zu diesem Zeitpunkt war sie eingewiesen, und wer hätte ihr da geglaubt?«

Roland nickte bitter. Die Glaubwürdigkeit stand immer auf dem Spiel.

»Warum ist sie zurückgekehrt und in die Kommune eingezogen, so nah an der Stelle, wo ihr Bruder starb?«

»Als sie entlassen wurde, wollte sie die Wahrheit herausfinden. Vor allem wünschte sie sich, dass ihre Eltern ihr glauben würden. Ich hab nicht direkt gefragt, aber es schien ihr Plan gewesen zu sein nachzusehen, ob das Kästchen noch auf dem Dachboden war.«

»Der Raubüberfall durchkreuzte also ihre Pläne?«

»Das kann man wohl so sagen.«

»Aber was hatte sie dann mitten in der Nacht in dem Privatwald verloren?«

»Sie ist Brian Kjeldsen gefolgt, der offenbar auch entdeckt hatte, dass da geheimnisvolle Dinge vor sich gingen.«

»Dann hat er vielleicht die Fotos an Anne geschickt. Ob er wusste, wer Anita war?«

»Das glaube ich nicht. Niemand konnte sie wiedererkennen – nicht mal Andreas, der sie als Kind kannte. Damals war sie blond, klein und schmächtig, aber das ist ja lange her.«

»Aber sie wurde also entdeckt, Brian nicht.«

»Sie erzählte, dass Brian sich durch ein Loch im Zaun zwängen konnte, sie musste umdrehen, aber auf dem Weg aus dem Wald wurde sie niedergeschlagen und wachte in einem alten Haus auf, wohl im Hinterzimmer von Vagn Mortensens Hofladen.«

»Das prüfen wir gerade.«

»Ja, Niels ist rübergefahren.«

Sie schwiegen eine Weile.

»Aber glaubst du wirklich, dass Marcus ermordet und in den See geworfen wurde, damit es wie ein Unfall durch Ertrinken aussah?«

»Ein Kind? Nein, das bezweifle ich. Die rechtsmedizinischen Untersuchungen hätten es auch gezeigt, wenn die Rede von Mord wäre.«

»Wie konnten sie Menschen auf diese Weise töten? Ich versteh das einfach nicht. Glauben die wirklich so sehr an den Einfluss der nordischen Götter, dass sie ...«

»Anscheinend waren sie der Meinung, gleichzeitig für sich selbst den Segen der Götter zu erlangen und den Obdachlosen ein besseres Leben zu geben. Vielleicht taten sie das wirklich für eine kurze Zeit.«

»Ja, bis sie sie brauchten. Vielleicht ist es eine Ehre, den Göttern geopfert zu werden? Der Mord an Albert Hovgaard geschah also deswegen, weil er sie verraten wollte. Wie krank ist das denn? Werden die nicht auf ihren Geisteszustand untersucht?« Isabella hatte denselben Gesichtsausdruck wie ihr Freund, als er das Verhör abgebrochen hatte.

»Klar. Der Ring wird zur Analyse geschickt, ich bin mir sicher, dass er an der Hand des Mörders gesteckt hat. Wenn das Ergebnis vorliegt, gibt's nichts mehr zu leugnen.«

Roland fiel es schwer, das zufriedenstellend zu finden, zu vieles nagte noch.

»Wem von denen fehlen zwei Backenzähne?«, fragte Isabella weiter.

»Thorkild Hansen.«

»Man stelle sich vor, dass die Journalistin damit Recht hatte, dass extremistische Asengläubige dahinter steckten. Dass sie auch mit dem Mord an Albert Hovgaard zu tun hatten, war unmöglich vorauszusagen, daher, wenn sie nicht ...«

»Wie geht es ihrer Mutter?«, unterbrach Roland.

»Besser, aber sie hat Entzugserscheinungen. Ich hoffe, sie schicken sie zum Entgiften, damit ...«

Dieses Mal wurde sie vom Telefon unterbrochen. Roland nahm eine kurze Nachricht entgegen. Er zog seinen Mantel an. »Ich fahre zum Waldsee. Sie haben dort etwas gefunden.«

Der See sah im Sonnenlicht anders aus als im Mondlicht. Nun lag er in all seiner hellen Schönheit da, umgeben von hohen, kahlen Bäumen und blendend weiß. Das Eis war aufgebrochen und in großen Schollen entlang des Ufers gelegt worden. Auf einer großen, im Schnee ausgebreiteten Plane lagen einige Skelettteile. Ein paar dunkle Schädel, die nach einem langen Aufenthalt im Wasser ans Tageslicht kamen. Der Moor-Fall vom Herbst tauchte in seiner Erinnerung auf, aber hier war die Rede von Skeletten, die nur noch aus Knochen bestanden und deshalb nicht annähernd so makaber aussahen. So stellten die Schulbücher einen Schädel dar. Auf einer Bahre lag eine Leiche. Das Aussehen sagte ihm, dass es ein Obdachloser war. Der Strick war noch um seinen Hals. Er hatte nicht so ein Glück wie Verner Thybo gehabt, der entkommen war. Wenn man da überhaupt von Glück sprechen konnte.

»Wie viele werden das?«

»Wir haben zwei bis drei gefunden, wir glauben nicht, dass es noch mehr sind. Aber die Knochen müssen natürlich sortiert und identifiziert werden. Einige davon stammen von Tieren. Die größten von einem Pferd.«

»Einem Pferd?! Und der auf der Bahre? Wann ist das passiert?«

»Das ist wegen des Frosts schwer aus dem Stand zu beurteilen, aber das Erhängen kann vor ungefähr zwei Wochen stattgefunden haben. Wurde bestimmt dort durchgeführt.« Leander deutete auf einen Baum am Ende des Sees, ein Techniker untersuchte ihn auf Spuren.

Roland kniff in dem grellen Licht die Augen zusammen und versuchte, sich die Séance an einem dunklen Abend vorzustellen. Danach tauchte der Anblick des Sees an einem warmen Sommertag auf. Hier musste es schön sein. Die Schweine wühlten in der Erde am Seeufer, tranken von dem Wasser ... aus der Erde – frisch auf den Tisch.

»Ich hör von dir, wenn du mehr weißt«, sagte er zu Leander und ging.

Draußen vor dem Wald hatten sich Leute hinter dem Absperrband versammelt. Ein Journalist versuchte, ihm eine Frage zu stellen, aber er wehrte sie schnell ab und setzte sich in sein Auto. Wieder dachte er, dass es seltsam war, Anne Larsens dunklen Schopf nicht in dem Haufen zu sehen.

64

Anne lehnte den Kopf an seine Schulter und spürte den weichen Baumwollstoff des T-Shirts an ihrer Wange, roch an ihm und schloss die Augen. So sollte es von jetzt an jeden Abend sein, entschied sie. Keine gefährlichen Missionen mehr, die Augenblicke wie diesen verhindern könnten. Sein Arm lag beschützend um ihr, und sie seufzte zufrieden. Familie ist eine gute Sache, dachte sie mit einem kleinen verschmitzten Lächeln. Vielleicht konnte sich das Verhältnis zu ihrer Mutter jetzt auch ändern. Dann fehlte ihr zu einem perfekten Leben nur noch ein guter Job.

Sie hatten die Berichte im Fernsehen gesehen und es war schwer zu verstehen, dass sie in das Verbrechen verwickelt gewesen waren, über das alle nun eine Weile sprechen würden.

»Das ist nicht zu fassen«, sagte Adomas.

»Ich hoffe nicht, dass jetzt jemand etwas gegen die Asengläubigen hat. Die paar hier sind ja einfach krank im Kopf. Der Asenglaube an sich ist ganz schön.«

»Findest du? Denkst du, dass deine Mutter das genauso sieht?« Adomas zog sie näher an sich und küsste ihren Nacken.

»Ich glaube, ihr ist nicht ganz klar, was da vor sich geht. Anita schon. Sie bleibt dabei, dass Marcus nicht ertrunken ist, aber dafür findet man keine Beweise.«

»Was waren das für Beweise, die sie selbst in diesem Kästchen hatte?«

»Sie hatte sie eines Abends am See gesehen und Fotos gemacht wie die, die Brian mir geschickt hat. Aber alles deutet daraufhin hin, dass das Kästchen verbrannt ist, daher hätte Albert ihnen wohl ohnehin nichts anhaben können, aber das wussten die natürlich nicht.«

»Aber es gab ja auch keinen Beweis dafür, dass sie ihrem Bruder etwas getan hatten.«

»Nee, aber man weiß ja nicht ...«

Adomas' Handy unterbrach sie, er schaute aufs Display und stand schnell auf. Besorgt sah sie ihm nach, als er ins Schlafzimmer ging und antwortete. Er sprach litauisch und sie beschloss, dass sie diese Sprache lernen wollte. Sie *musste* sie lernen. Das war das zweite Mal, dass sein Handy klingelte, seit sie vom Krankenhausbesuch bei ihrer Mutter nach Hause gekommen war. Er stand am Fenster und schaute hinaus, während er sprach. Erst mit ruhiger Stimme, dann erhitzter. Genau wie letztes Mal. Sie schaute die Hälfte einer Naturdoku über Haie auf Discovery, bis er zurückkam und sich zu ihr setzte.

»Wer hat angerufen? Deine Familie?« Es war ja auch ihre Familie, und daher hatte sie wohl ein Recht darauf zu wissen, worüber sie sprachen. Er antwortete nicht und holte zwei Dosenbiere aus dem Kühlschrank. Er reichte ihr eins davon und setzte sich wieder. Die Dose war kalt in ihrer Hand, und sie wusste nicht, ob sie es war oder Adomas' Augen, die sie frieren ließen. Sie öffneten die Dosen und tranken. Sie legte sich wieder in seinen Schoß und schaute hoch in sein Gesicht.

»Willst du nicht sagen, wer es war? Deine Frau vielleicht?« Sie lächelte, damit er sehen konnte, dass sie das zum Spaß sagte.

»Ich muss verreisen.«

Sie richtete sich auf und stellte die Bierdose auf den Couchtisch. »Was meinst du damit? Nach Litauen? Ist zu Hause was passiert?«

»Ich kann nicht mehr sagen, Anne.« Er leerte die Bierdose in einem Zug und stellte sie weg.

»Aber du hast versprochen, dass du nicht zurückwillst, du ...« Er stand auf und ging wieder ins Schlafzimmer, wo er seine Tasche holte.

»Du musst mir verdammt noch mal sagen, was hier läuft! Wo gehst du hin?«

Er gab keine Antwort. Hemden, Pullover und Hosen wurden in die Tasche geschmissen, dann holte er seinen Kulturbeutel aus dem Bad. Ihr ging auf, dass er es ernst meinte. Er stellte die Tasche an die Tür und kam zu ihr, hockte sich vor sie und nahm ihr Gesicht zwischen seine Hände. Küsste sie. So, als würde es sehr lange dauern, bis sie das wieder tun könnten.

»Ich mache das hier deinetwegen. Sobald ich die Möglichkeit habe, rufe ich dich an.«

Sie fand keine Worte. Nicht mal ein Gefühl. War sie traurig darüber? Wütend?

»Ich komm mit. Ich kann schnell eine Tasche packen.« Sie wollte aufstehen, aber er schubste sie zurück aufs Sofa.

»Du kannst nicht mitkommen. Vielleicht später, aber nicht jetzt.«

»Aber du musst mir echt sagen, wo du hingehst!«, war das Einzige, was sie wütend rausbrachte.

»Ich ruf an.« Er zog seinen Mantel an, nahm die Tasche auf und ging, bevor ihr etwas einfiel, um es zu verhindern. Sie hörte seine Schritte die Treppe hinab verschwinden, erhob sich steif und ging zum Fenster. Sah ihn aus der Haustür kommen und zu einem wartenden Auto gehen. Er machte das wirklich, er ließ sie hier zurück. Die Wut wurde zu einem dicken Kloß im Hals. Zu Tränen, die sie zurückhielt. Sie sah den roten Rücklichtern nach, bis das Auto an der Ampel um die Ecke bog und verschwand.

Unten auf der Straße war es wieder dunkel und öde, sie wollte sich umdrehen, aber dann wurden die Scheinwerfer eines anderen geparkten Autos angeschaltet, das langsam vom Straßenrand glitt und den gleichen Weg fuhr. Es war ein schwarzer Kombi. Als er unter der Straßenlaterne entlang fuhr, kniff sie die Augen zusammen und fokussierte ihn. Er hatte ein litauisches Kennzeichen. Ihr Blut gefror zu Eis. Sie lief zu ihrem Mantel und fand das Handy in der Tasche. Wählte Adomas' Nummer so schnell, dass sie beim ersten Mal die falschen der kleinen Tasten traf. Sie ging wieder ans Fenster, während sie auf seine Stimme wartete. Die Straße war leer, kalt und zugefroren, so wie sie selbst sich innerlich fühlte. Es dauerte eine Weile, bis eine metallische Frauenstimme mitteilte, dass es im Augenblick keinen Anschluss unter der gewählten Nummer gab. Sie setzte sich schwer, das Handy in der Hand, und starrte auf den Fernseher, wo die Haie eine Beute unter Wasser zerrissen, das vom Blut rot gefärbt wurde.

65

Roland blieb im Auto unter der Blutbuche sitzen, nachdem er den Motor ausgestellt hatte. Die Dämmerung hatte eingesetzt. Eine einsame Amsel saß aufgeplustert im Vogelhäuschen, wo sie Schutz vor Wind und Kälte gefunden hatte.

Es war nicht die gleiche Erleichterung über die Aufklärung eines Falles wie sonst. Kurt Olsen hatte auch nicht so fröhlich gewirkt, wie er es nach einer gelungenen Mission für gewöhnlich war. Er hatte sich dafür entschuldigt, der Auslegung, die Roland ihm zuvor präsentiert hatte, nicht geglaubt und darauf bestanden zu haben, dass Marcus Andersen ertrunken sei, wodurch er weitere Nachforschungen unterbunden hatte. Roland konnte ihm seine Zweifel nicht vorwerfen, es war ihm selbst schwergefallen, Anne Larsen zu glauben. Aber das zeigte nur, dass man selbst die wahnwitzigsten Theorien nicht ausschließen durfte. Motiv und Tötungsmethoden entwickelten sich auch die ganze Zeit weiter, zeitgleich mit neuen Kulturen und Glaubensrichtungen in der Gesellschaft.

Er stieg aus dem Auto, stand einen Augenblick da und betrachtete die Villa inmitten langsam fallender Schneeflocken, die sein Gesicht trafen und schmolzen. Im Küchenfenster brannte ein schwaches Licht. Irene saß sicher im Wohnzimmer und sah fern. Salvatores Schneemann war nach dem letzten Gewitter zu einem unheimlichen Geschöpf geworden. Angolo hatte einen gelben Zickzack-Streifen darauf gepinkelt. Er riss sich zusammen und ging die Treppe hoch. Fragte sich, warum ihn irgendetwas zurückhielt.

Als er aufschloss, war kein Leben im Haus. Nicht einmal Angolo kam ihm wie sonst entgegen. Er zog Mantel, Schal und Handschuhe aus und ging in die Küche, alle Sinne in Habachtstellung. Irgendetwas stimmte nicht.

Irene saß fast im Dunkeln am Küchentisch, vor sich eine Küchenrolle. Sie hob ihr tränenüberströmtes Gesicht und sah ihn an. Er las in ihren Augen und sein Herz gefror zu Eis. Durch die geöffnete Schlafzimmertür sah er die Koffer bereitstehen. Die Tickets lagen auf dem Tisch. Er starrte sie an und danach Irene.

»Sie haben ... sie haben Salvatore gefunden?«

Sie nickte und musste nichts sagen.

Er setzte sich ihr gegenüber, nahm ihre Hand und drückte sie fest.

Danksagung der Autorin

Letzte Umarmung spielt wie meine beiden vorhergehenden Krimis *Puppenkind* und *Mord auf Antrag* in Aarhus und Umgebung. Versucht man, die Höfe, den Wald und den See im Pannerupweg in Trige zu entdecken, ist es tatsächlich möglich, etwas Ähnliches zu finden, aber die Ähnlichkeit ist nicht beabsichtigt. Alle Figuren sind erfunden, und das meiste ist Fiktion, doch angereichert mit wahren Begebenheiten. Die Recherchearbeit ist die größte. Unterwegs tauchen viele Fragen auf, die das Internet allein nicht beantworten kann. Ich bin auch dieses Jahr wieder von all der Hilfe überwältigt, die ich bekam, wohin ich mich auch wandte, und möchte die Gelegenheit nutzen, allen zu danken, die ihre Zeit geopfert und so aktiv teilgenommen haben.

Vielen Dank an:

Jens Peter Andersen, Polizeikommissar für Organisierte Kriminalität bei der Polizei von Ostjütland.

Ein Asengläubiger, der trotz meiner unheimlichen Auslegung vom Alltag eines Asengläubigen erzählen wollte. Der Betreffende wollte nicht, dass sein Name genannt wird, was ich selbstverständlich verstehe und respektiere.

René Dybdal Pedersen, Ph.D., externer Lektor und Entwicklungsberater an der Theologischen Fakultät der Aarhuser Universität, für Informationen über den Asenglauben und die Einsicht in sein eigenes Buch *I Lysets Tjeneste* (dt. *Im Dienste des Lichts*, nicht auf Deutsch erhältlich, *Anm. d. Übs.*) über die neuen religiösen und spirituellen Gruppen in Dänemark.

Danke an Else Lindhardt vom Nachtdienst von *Kirkens Korshær* für Informationen über die Arbeit mit den Obdachlosen in Aarhus, über Wärmestuben und die weiteren Angebote. *Kirkens Korshær* leistet eine Riesenarbeit auf freiwilliger Basis.

Danke auch an meine Freundin Margit, die das Manuskript mit kritischem Blick gelesen hat und mich immer mit Ermutigung und Rückhalt unterstützt, wenn etwas nicht ganz so läuft, wie es soll.

Nicht zuletzt danke an alle meine Leser, weil Sie *Mord auf Antrag* genauso gut angenommen haben wie *Puppenkind*. Ich hoffe, *Letzte Umarmung* wird ebenfalls von vielen gelesen.

Einen besonders großen Dank an die Verlagsdirektorin, Susanne Jespersen vom DarkLights Verlag, die unsere Zusammenarbeit fortsetzen wollte, obwohl ich mich entschieden hatte, eigene Wege zu gehen und im Selbstverlag zu publizieren. Danke für dein Verständnis und für deine Hilfe beim Korrekturlesen und Redigieren.

Inger Gammelgaard Madsen